U0478052

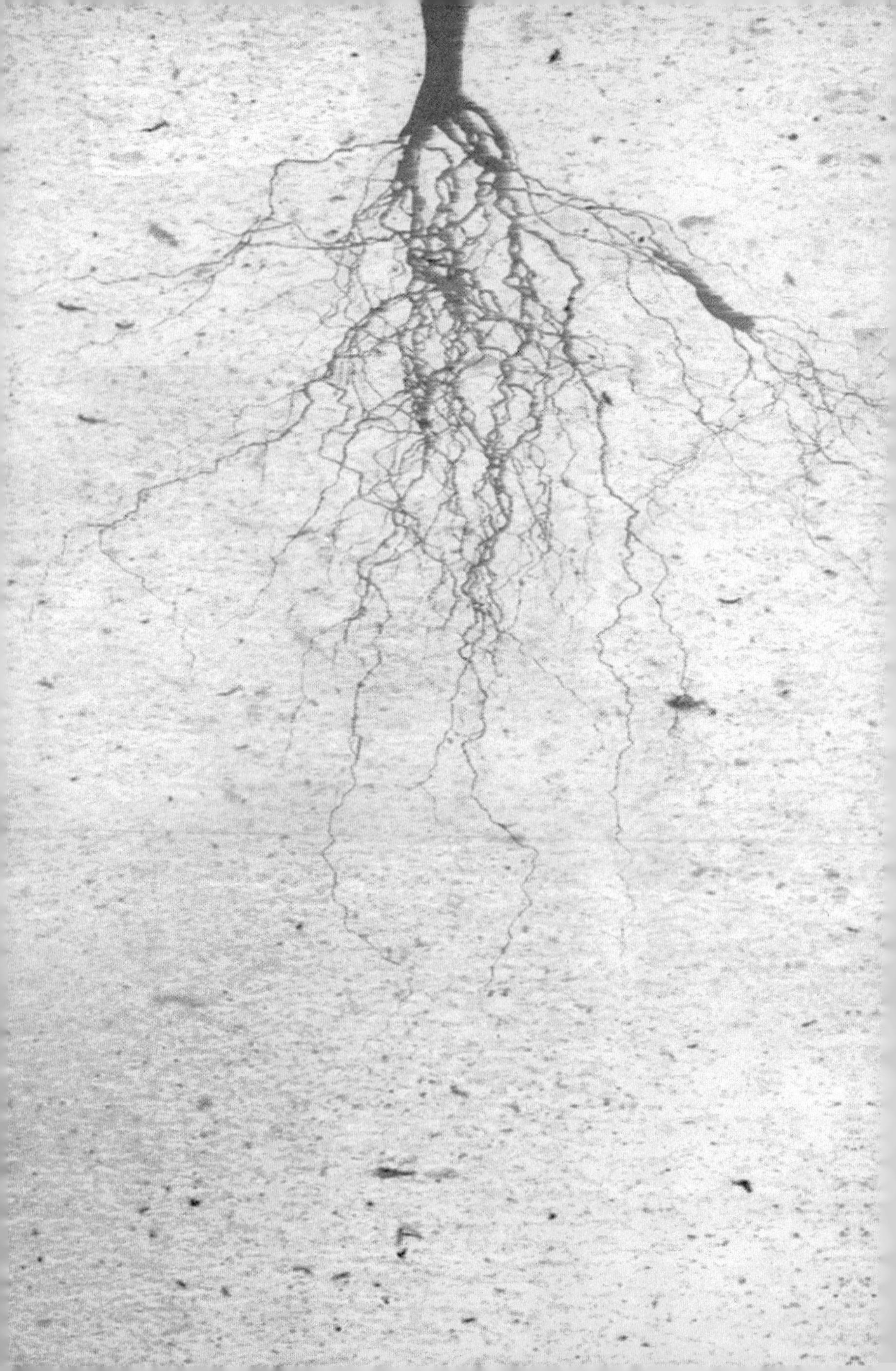

落地生根

赵主明 著

中国广播影视出版社

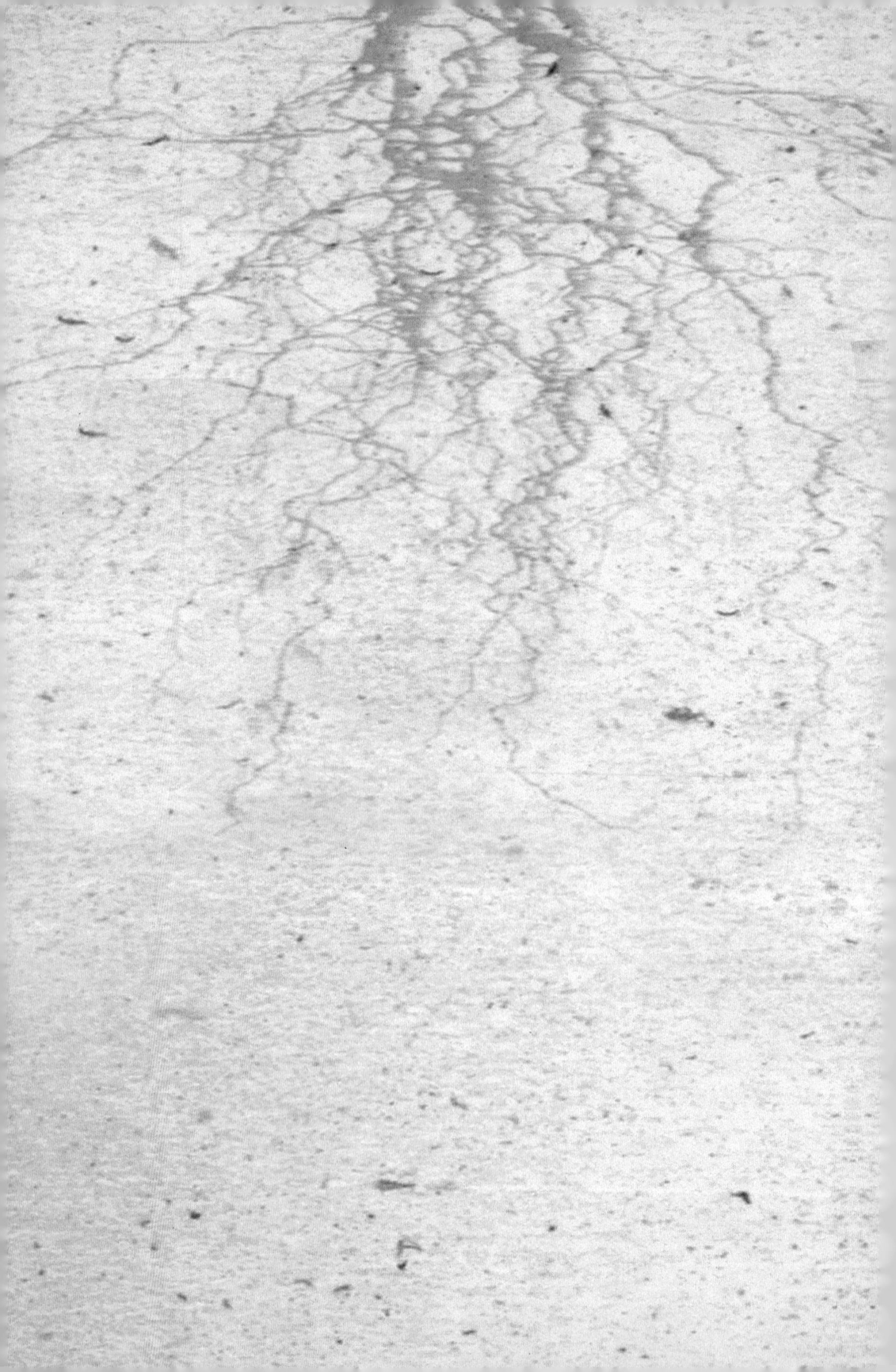

序

一位朋友觅得一块奇石，视作珍宝，邀我观赏，并请题名。我看那石，果然不凡，灵机一动，题曰："生命之源"。并作一诗："茫茫宇宙，鸿蒙初开。清浊有辨，继往开来。万物磅礴，生生不息。女娲补天，遗世一块。"

人的志趣是个灵怪的东西。譬如玩石之人，对石头的迷恋，如痴如醉，常人难以理解。

我小时候特别羡慕飞。白天鹅高飞，划过蓝色的天空，颇有几分仙气。雁阵变换着队形，"人"字与"一"字秩序井然。老鹰空中滑翔，自如潇洒，翅膀不扇，也能盘旋一圈。燕子斜上俯下，体态轻盈，如离弦之箭。蜻蜓振翅，速度迅雷不及掩耳，更绝的是可以随意悬停……

对于飞机，更为震撼。每次听到轰鸣的马达声，都情不自禁地仰首看天，循声搜索。一旦发现，便大声呼喊玩伴们同观，直到钻入云端，或消失在远方的天空。

人能飞起来多好！我常常这么傻想。好几次，真的如愿了，身体随意念飞起来了，飞得十分惬意与神奇。梦醒之后，意犹未尽。

等到真的飞上了天空，已到中年。记得头一次坐飞机，从首都飞经松嫩平原上空，心中的兴奋无以言表。降落到哈尔滨机场后，迫不及待地掏出相机，走下悬梯，就与飞机合影。

有一天，忽然发现，昔日羡慕的自由飞行，似乎打了折扣。天空等于天堂？未必！在天空中飞行，看似无拘无束，自由自在。但有看不见的险情。恶劣天气，凶猛天敌，随时可能构成威胁。鸟儿自由翱翔的同时，也相伴着战战兢兢。虫儿飞起，随时可能被鸟捕捉。即使是飞行掠食者，也得提防着被天敌掠食。

从这个角度来说，飞者飞得并不轻松。另外，寻食也不是件轻而易举的事。寻食不顺，就会饿肚子。再者，看似自由交配，其实存在着激烈竞争。胜者为王，方能如愿以偿。鸟儿栖息于高枝，以规避天敌，但也难保万无一失。

世上事，大体如此，很难十全十美。一帆风顺，心想事成，是心愿，是祝词，是一厢情愿。世上充斥着矛盾，万物相互依存，相生相克。阴阳、寒暑、远近、高低、短长、宽窄、松紧、涨落、上下、左右、前后、日夜、旱涝、软硬、祸福、生死、消长、苦甜、涩滑、荣枯、明暗、强弱，等等，不一而足。

生存的路，靠自己走。凡是现成的，都有人走过。你这时走上去，并非探路人，也不是开路人，只能算作随行者。

当然，随行也有好风景。如果走得快，走得稳，走得久，甭走弯路，可以走到前人没走到的地方，看到别人没有看到的风光。

还有，客观环境影响一个人的情绪。一个人的情绪也会受到旁人情绪的感染。社交活动会潜移默化地塑造人们的心智与行为。来自他人的影响不停地积存于我们的意识之中，你可能意识到了，也可能未曾发现。

一日凌晨，醒来较早，翻来覆去，再难入睡。睡不着时，思绪便如脱缰野马，随意驰骋。本来，平常并不在意年龄，而此时，忽感时光无情。一点没错，如白驹过隙，眨眼工夫，竟然退休了十年。过了古稀，算不算老？心中感慨，遂作一首小诗："当初曾愤年纪轻，恨不一夜变老成。岂知光阴似流水，转眼已是白发人。"

真是太快了！春风秋月，夏花冬雪，闪来闪去，头脑更加清醒。干脆披衣，靠在床头，开启手机，码字作文。上午略修，下午又改，之后发于微信朋友圈。

近年来的退休生活，大体如此。以休闲为主，兴趣来了，写点短文，一来不忘初心，二来也可以充实生活内容，丰富精神生活。写的东西不多，微不足道，只是日常生活的打发而已。

序

人贵有自知之明。寸有所长，尺有所短，三人行，必有我师焉。向众人请教，向书本学习，也是退休生活的重要内容。人不想江郎才尽，最好的办法就是不停止学习与练笔。不搁置终身学习与终身成长的理念与实践，生活的丰富与精神的愉悦才能源远流长，涓涓不绝。

每天散步，兜的还是那个圈，走的还是那条路，山是那座山，塘还是那方塘。但每天都有新的生机，向上的草，盛开的花，伸展的叶，正是一叶一菩提，一花一世界。还有游动的鱼，飞临的鸟。

我讨嫌路旁的葎草，茎上带刺，四处攀爬，什么都缠。不仅灌木受它欺负，连桂花树也不能幸免，茂盛的树冠，被缠得密不透风。

我也不喜欢构树。通红水灵的浆果，欺骗鸟儿进食。鸟屎拉到哪里，种子就播到哪里，一有机会，便迅速生根繁育，很难清除干净。

稗子也很烦人。不仅能生长在旱地，也生长于水田。与稻秧混在一起时，外行人发现难，对付它不那么容易。

然而，好像越不喜欢的东西，越是野性十足，生命力旺盛。铲、割、拔、挖，都难使其断根。甚至，喷洒除草剂也不能将它们彻底消灭。

当然，也有喜欢的植物，生命力同样旺盛。一年蓬，一朵朵碟形小花，组成一个个花束，胜过一群杂技演员的舞碟表演。野胡萝卜花也相对精彩。巴掌大，浑圆形，无数细花，胜过巧手绣女的得意作品。

家草比野草美。因为好看，城里喜欢它。街头、巷尾、路边、公园，都有它们的影子。野草比家草旺。蒲公英借风传播后代。苍耳籽靠毛刺转移地方。车前草可以泻火。鹅儿食能够清热。由弱到强，势不可当。扩展覆盖，形成气候。

物竞天择，适者生存。长期进化，耐饥耐渴，抗旱抗涝。其种子一旦遇到机会，绝不错过。大量散播，繁育后代。

每天看看这些花花草草，也挺有意思。它们逢时而生，拔地而起，旱也好，涝也罢，坚忍顽强，在荒坡上抒发着存在感，展示着生命力。无声无息，代代相传，从不惜力。

于是，有了"半是悠闲半不闲，半是真实半虚幻。人生如梦谁参透，待到参透早过半。怎把九九当六一？童心未泯近古稀。迟开桂花亦芬芳，秋池碧水再涟漪"的句子。岂止如此?"中秋只把头微伸,重阳尽抖精气神,满树香魂谁共舞?一阵风过满地金。"

写,写,写是我几十年的志趣。30年党委机关工作,从新闻到公文,从公文到新闻,再从新闻到公文。10年政协生涯,手中的笔从未停歇。其间,有空闲又有兴趣时,便写点散文,临到退休,竟也出了十多本书。

十年退休生活,为文的心未退。手中的笔,胸中的意,总想挽留一些青春的气息。青春就像春天的风,不可能常驻,一转身就刮走了,抓不住,留不成。走不了的,只有记忆。老,是客观规律,谁也逃脱不掉。不过,可以淡化老的心态,放慢老的脚步,延缓老的速度。精神不老,相当于萌生"第二青春"。

2016年,《月光下》在《信阳日报》发表,获2016年度河南省报纸副刊作品一等奖。2017年,《大别山幽兰》先后在《信阳晚报》副刊和《人民日报》大地副刊发表,其后连续四年被湖北、江西、江苏、河北、安徽、河南等多省中学作为期中、期末考试语文卷阅读试题,被百度文库等平台收录。2018年,《迟到的雪》在《人民日报》夜读节目发出,浏览量超过10万。2019年,《飞起求生》在《信阳晚报》发表,被收入《2019年中国精短美文精选》。2019年,在《散文选刊》上刊登的《在茶农家喝茶》,被选编入《河南省年度散文选》。2020年,《鸡公山梧桐大道》在人民日报夜读节目发出,浏览量超过10万。《喝茶论道》被《中国封面》刊发,同时,被人民日报客户端夜读栏目发出,阅读量超过10万。2021年,《山水画家李一冉》《一把铁剪任风流》在人民日报客户端河南频道发出,浏览量也超过10万。《杨柳风》《杏花雨》发表在《信阳日报》等报刊,还被河南学习平台转发。《幸福之水》《幸运之娃》等对民生问题的关注,在网民中引起了强烈的共鸣。

我常想,飞的梦想,来自于渴望。犹如蒲公英"飞起求生"一样。它那轻柔的茸毛,就是它飞起的翅膀。它耐心地等待着,一旦风经过,便毫不迟疑,争先恐后,借力出行。晴空万里也好,白云飘飞也罢,或者皓月当空,星光灿烂,小风低飞,大风高飞,不嫌弃近,更钟情于远。

故土的美好,母爱的温馨,团聚的欢乐,都难淡化对未来的憧憬,动摇不了远走高飞的信念。机不可失,时不再来,怀揣着梦想,目盯着前方,审时度势，随机应变，风止则停。

　　脚下也许是荒坡薄岭，也许是塘埂河岸，也许是田间地头，也许是溪流湖泊。九死一生，四海为家，落地生根。辟出一片新的领地，活出一个新的世界。

　　在一个陌生地方落脚生根是一种福分。不是所有的种子都这么幸运。落在了没有生存环境的地方，小小的生命最终会被扼杀在摇篮之中。

　　天涯何处无芳草。故土难离，离了。新域难移，移了。生根之地，又成故乡。等待来年，它有了子孙，还会延续祖上传统，飞向新的世界，不枉今生。

　　飞是美好的，但是，飞得再高再远，大地终是归宿。我们来自大地，最终都得回归大地。只有落地生根才能补营养，坚意志，壮筋骨，强身体。写到这里，忽然想起毛泽东同志的一句话："我们共产党人好比种子，人民好比土地。我们到了一个地方，就要同那里的人民结合起来，在人民中间生根、开花。"

　　于是，此集的书名有了。

赵主明

2021年10月1日

目　录

一、屐痕

奥地利纪行…………………………………………………3
行走在天路…………………………………………………11
仰韶三题……………………………………………………14
"伊甸园"……………………………………………………18
明港之行……………………………………………………20
旅俄随笔……………………………………………………24
杨岗秋景……………………………………………………34
温哥华的雨…………………………………………………36
边城…………………………………………………………38
雷神之水……………………………………………………42
靖宇县………………………………………………………45
站在这块展牌前……………………………………………47
鸡公山梧桐大道……………………………………………50
不赌就是赢…………………………………………………54
不"啃"那个苹果……………………………………………56
棕榈泉购物…………………………………………………57
活着的与死去的……………………………………………59
郝堂好在哪里？……………………………………………61

科罗拉多大峡谷…………………………………………63
纳帕山谷……………………………………………………64

二、原乡

家乡的味道…………………………………………………67
年话…………………………………………………………75
兮……………………………………………………………90
与浉河为邻…………………………………………………92
烟火气……………………………………………………104
赵姓淮水共流长
　　——赵姓族谱序……………………………………106
回老家的路………………………………………………108

三、人生

源自心灵的作品…………………………………………113
闲侃人生…………………………………………………117
善用新平台………………………………………………119
一笔真情
　　——《一尺之笔》序言……………………………121
山水画家李一冉…………………………………………131
一把铁剪任风流…………………………………………134
不负淮水滚滚流…………………………………………141
六尺绵绸…………………………………………………143

可贵的精神
　　——序李锡忠诗词集 ……………………………… 145
《淮水情长》序言 …………………………………………… 147
人间最美是真情 ……………………………………………… 149
父亲节随感 …………………………………………………… 153
甜美的事业 …………………………………………………… 156
积累智能 ……………………………………………………… 159

四、抒怀

夜宵 …………………………………………………………… 165
月光下 ………………………………………………………… 175
如厕问题 ……………………………………………………… 179
山友 …………………………………………………………… 183
闲侃流云 ……………………………………………………… 185
传承与创新 …………………………………………………… 188
节奏与脚步 …………………………………………………… 189
冬日阳光 ……………………………………………………… 191
把好日子过好 ………………………………………………… 193
吐痰问题 ……………………………………………………… 198
心的距离 ……………………………………………………… 199
幸福之水 ……………………………………………………… 200
幸运之娃 ……………………………………………………… 204
陶罐 …………………………………………………………… 207
不变的夜 ……………………………………………………… 210
《信阳当代诗词选》序 ……………………………………… 211
咸淡之间 ……………………………………………………… 214

巾帼不让须眉……………………………………………216
第一场雪…………………………………………………218
纸的记忆…………………………………………………220
琴音………………………………………………………228

五、风物

两只斑鸠…………………………………………………231
不飞的雁…………………………………………………235
黑豹与黑虎………………………………………………238
蜂之散记…………………………………………………240
花斑蚊子…………………………………………………251
节日的鱼…………………………………………………253
大别山幽兰………………………………………………255
杨柳风……………………………………………………257
将军菜……………………………………………………260
茶之香……………………………………………………262
老宅沟的绿植……………………………………………265
乌桕谷……………………………………………………274
狗尾巴草…………………………………………………277
飞起求生…………………………………………………280
桂花雨……………………………………………………282
田间那片紫云……………………………………………284
白兰………………………………………………………287
缸荷………………………………………………………289
种蒜………………………………………………………294
竹园………………………………………………………296

蔷薇 ··· 300

六、随想

学琴笔记 ··· 305
我的枕头 ··· 323
杏花雨 ··· 334
秋雨 ··· 336
雨泡灰与百草霜 ··· 339
迟到的雪 ··· 341
野味 ··· 345
中秋节的月亮 ··· 347
吆喝声 ··· 350
咸菜 ··· 353
喝茶 ··· 355
山行侃歌 ··· 362
在茶农家喝茶 ··· 365

一、屐痕

一、屐痕

奥地利纪行

1. 美泉宫

奥地利和北京时差约六小时。我们坐奥航飞机，上午十一点多从首都机场起飞，到达维也纳时，北京正是深夜，那里是下午三点来钟。

朋友接机，驱车市内，沿途没见到高楼大厦。朋友说，当地政府严格控制高层建筑，走遍奥地利，也见不到摩天大厦。

来到一家外表古色古香的酒店，内部设施却是现代化的。据说是一家比较好的酒店，楼高不超过六层。酒店的招牌用德文书写，我看不懂。询问后得知，名叫美泉宫。

此名与距离不远的美泉宫有着紧密的渊源。美泉宫是奥地利哈布斯堡正室的避暑离宫，300年前，是一片开阔的绿地，建宫得名，缘于一眼泉水。

一次，马蒂亚斯皇帝狩猎至此，见一泉水，饮之心神清爽，遂称"美丽泉"。70年后，玛丽姬·特蕾西亚女王下令在此建宫。宫殿气势磅礴，配有巴洛克式花园。宫殿面积2.6万平方米，仅次于法国凡尔赛宫。

第二天上午，我们冒着小雨，游览了距今270多年的古建筑美泉宫。宫殿巍巍，庄严肃穆。周边广场开阔，美泉、绿地、花带、绿色艺术长廊美不胜收。还有一个别出心裁的玫瑰长廊，给游人带来了清新、愉悦的感受。

2. 大音无界

奥地利是个小国家，国土面积八万多平方公里，人口八百来万，百分之六十是山区。奥地利是个艺术之园。那是一个充满音乐与生活情趣的国家，几乎全年都在举办各类世界级的艺术节和庆典。每年举办的音乐和舞蹈节日达两百多个。

众多节日令人目不暇接。不论是在乡村，还是在城市；不论是古典音乐、爵士乐、新潮音乐，还是充满创意的当代舞蹈，都给人们带来欢乐与享受。活跃在城市中具有惊艳效果的"云之声"露天音乐会，夏季文化亮点布雷根茨艺术节，令人兴奋不已的莎尔茨堡国际文化盛事、施蒂里亚音乐节，活跃在乡间的克恩顿之夏艺术节、格拉芬爱格的古典音乐、圣马格雷腾歌剧节，还有众多的舞蹈和爵士乐。

金色大厅是维也纳古老而现代化的音乐厅，始建于1867年，1869年竣工。从1939年开始，每年1月1日，"维也纳新年音乐会"都在这里举行。维也纳交响乐团每季度至少在此举办12场音乐会。

每当新年音乐会，金色大厅都是花团锦簇，充满着春的气息。每年主题花束的品种和色调也有所不同。许多音乐大师，如海顿、莫扎特、贝多芬、舒伯特、约翰·施特劳斯父子、格留克和勃拉姆斯都曾在此度过多年音乐生涯。海顿的《皇帝四重奏》，莫扎特的《费加罗的婚礼》，贝多芬的《命运交响曲》《田园交响曲》《月光奏鸣曲》《英雄交响曲》，舒伯特的《天鹅之歌》《冬之旅》，约翰·施特劳斯的《蓝色多瑙河》《维也纳森林的故事》等著名乐曲均诞生于此。

音乐厅属于奥地利音乐之友协会，该协会拥有会员八千多人，据说是世界上历史最久、人数最多的音乐组织。1870年的首场演出，就是由协会同仁担纲演奏的。

我们这次来，未能进入金色大厅，享受一次音乐大餐。但是，在街头却多次碰到"流浪歌手"的演出。他们中有男有女，有的拉手风琴，有的拉小提琴，有的吹长笛，有的还手脚并用，边拉边打着节奏鼓。一致的是：面前都放有一个容器，或者帽子，或者缸子，以便路人投币。

一次晚饭后，天下着小雨，忽听外面响起了鼓乐声。几阵之后，我们忍不住了，从酒店总台借几把雨伞，循声而往。只见一座楼房前的广场上，有一支二三十人的演奏队伍，身着深色演出服，冒雨在那里演奏，博得了大伞下边食客们阵阵热烈掌声。

　　此情此景，令我颇为感慨。人类的语言多而杂。再智慧的人，也不可能精通所有语言。听不懂的语言，与听鸟儿叽叽喳喳、动物的嚎叫嘶鸣没什么实质性的区别，总归一句话：不知所以。

　　可是，音乐却好得多。尽管不同国家不同民族音乐特色不尽相同，流派各异，发声的乐器多种多样，欣赏水平、习惯、爱好也有所区别，但是，从总体上来说，音乐基本是无国界的。只要有听力，就能欣赏个一二。不懂音乐语言，却能从节奏和音律中得到一种感受。

　　十五年前，我在云南丽江看了一场音乐会。那地方是纳西族的集居地。专场演出主导人宣科，时年已七十多岁。演出队伍中，大部分是老人，其中最大的八十多岁，小的也过了六十岁。演出的内容，是明代传入当地的道教洞经音乐。演奏乐器中，打击乐器占很大比重。宣科在串场中说，他们这种保持了上千年原汁原味的音乐，在奥地利首都维也纳金色大厅里演出时，获得了高度赞赏。

　　那些年，能到那里演出的个人或者团体不多。近年来，听说国内有些名家，也千方百计争取到金色大厅里展示一下风采，以求进一步提升知名度。我没有演奏技能，不盼望展示，但是，也渴望以后能有机会进去欣赏一次音乐盛会，享受一次音乐大餐，弥补此次维也纳之行的遗憾。

3. 老式车

　　奥地利的高速路，一般没有收费站，出口入口多，上下道比较方便。乡村的房屋建得都很漂亮。城市里老建筑不少，高层建筑不多。问其缘由，得知政府不主张修建高层，规划审批控制很严。城市道路不是很宽，却少有堵车现象。城市交通工具以有轨电车、公共汽车和小车为主，步行者、骑摩托车或自行车者不多。

　　有轨电车是城市建设一道风景。老式轨道嵌在现代马路之上，与汽车并行。轨迹似乎给平坦的街道带来了伤痕，影响道路整体美感，但是实用。一列有轨电车，挂着五到七节车厢，相当于五到七辆公交车同时行进。一日早

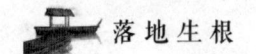

晨，我见到有百余人在一个站牌边等车。一列车开来，车门同时打开，不到一分钟时间，乘客全部上车，车内仍然宽松。

还有一道风景，是马车。但是，马车不是作为正常的出行交通工具来使用的，而是在指定的区域内指定的道路上行驶，专供游人观赏街景时使用。我们在一个闹市区，见到马车拉着游人，与汽车、有轨电车同行于一条街道上。这种境况，一下子把游客的情绪交融在时光快车中，古往今来多少事，霎时奔涌而出，令人顿生许多感慨。

4. 爱情锁

格朗兹是奥地利第二大城市。我们到达时，正下着小雨。我们不忍心浪费大好时光，打着雨伞去看市容市貌。走到一座桥上，发现一个奇观：从桥这头到桥那头，桥栏杆的钢网上，扣着密密麻麻的金属锁。不用询问，就能够明白它的意义：每把锁，都倾注着一对情人的心愿。

谁能相信，一把铁锁能够锁住爱情，像河里的水一样，清清澈澈，长流不息，天长地久。

我到泰山和张家界等地旅游，见过路边的铁索上也零零乱乱锁着好多把锁。虽然上面没有名字，但是，可以猜测多是情侣所为，目的同样是锁住情感，不让外溢。

如果爱情能够锁住，那该多好！一生一世，忠贞不二，爱到永远，白头偕老。果真那样，世上就不会有那么多情感上的朝三暮四、为情所困了。

在"坠入爱河"的情况下，什么样的诺言都能许出来，什么样的好话都能说出来，大有为情而愿赴汤蹈火，"敢上九天揽月，敢下五洋捉鳖"的气概。及至热恋过去，情绪回归到常温，有的人就变了，眼里冒出了对方的弱点、缺点，遇到话不投机，兴许还会唇枪舌剑。

也有人想以此来锁住健康。我小时候认了个干爹，头三年，给他们拜年时，都能够得到一幅用红线串起铜钱编制的项锁，挂在脖子上，模样犹如和尚脖子上挂着的串珠。意思是锁住生命，健康长寿。

人们花小钱，换来一种心理安慰。心情好了，感觉踏实，不再胡思乱想，免疫力说不定也增强了。于是,"一顺百顺"也就不是天上掉下来的"馅饼"了。

5. 西蒙先生

出了机场,接机者抱歉地说,车子本来洗得干干净净,路上遇到一阵雨,被弄脏了。

驾车者是德国人,五十来岁,气度潇洒。开始,我以为是专职司机,后来知道是施瓦辛格同父异母的弟弟,名叫西蒙。

对施瓦辛格,好多人并不陌生,他主演的美国大片《终结者》,给人留下了颇深的印象。曾任七年加州州长,卸任后,又干起老行当,当演员,拍电影。

施瓦辛格出生于奥地利,现居美国,拥有美国和奥地利双重国籍。幼时练习健美,获得过环球健美及奥林匹克先生头衔。在美国学习工商管理,并开班授课,拍摄健美录像带。进入影视圈后接连拍了多部动作片,成为超级动作巨星。

在以后的几天里,都是西蒙驾车陪着我们。他的车技娴熟,性格开朗,为人诙谐。他与当地人交流,说的是德语。与我们一位同行者交流,讲的是英语。讲英语与讲母语德语一样流利。途中顺路带我们看了他的牧场,还到前妻的住处闲聊一会儿。

听朋友介绍,西蒙年轻时专注过做音乐,他其中一个儿子现在也在从事音乐创作。后来投身商海,做起了生意。生意如何,我没打听,看样子,不是很红火,但是生活比较自在。从一路的言谈举止来看,活得还是比较洒脱、愉快的。

他有三段婚姻。第一次婚姻,有个儿子,在农场里不幸去世。为了怀念这个儿子,一片两千来亩面积的牧场至今没有出手,也没有经营,平时请人看守打理,保持原貌。他自己偶尔也会过去看看。

第二次婚姻有个女孩,现在是名小学生,名叫艾丽莎,金发碧眼,乖巧,逗人喜爱。父母都把她当作宝贝。五天之内,娘俩与他会面三次,每次相拥相吻,亲亲热热,看不出一点离心离德、别别扭扭。既然如此,为什么还要离异呢?我咋想也想不明白,又不便询问,只好沉在心底,留个疑问了。

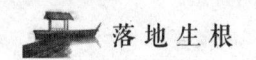

6. 河畔晚餐

上午去了萨尔兹堡,看了莫扎特出生和生活过的地方。下午游览了哈尔施塔特湖。晚上不愿意在下榻的地方吃西餐,就驱车外出,寻找中餐馆。

拐过桥头,瞥见一家分别用德文和中文书写的"福龙"酒店,凭经验推断,是一家中餐馆。停好车子,步行过去,果如所料。

餐馆迎接我们的服务生姓李,简短几句问答,知道了饭店老板是广东梅州人,姓陈,是她的亲戚。早先租房,后来买下了这个地方。

我询问河的名称,她先说是多瑙河,接着说是支流。是支流没错,多瑙河应该比这更具气势。至于小镇,她说叫"巴迪伊巽"。关于"巽"字,我写了几个同音字,她都摇头,最后强调是八卦里的那个字,我才明白。回来后,在百度上搜了搜,没有搜到这个地方。

"我来这里已经十七年了,"她说,"已在这里买了套住房,一百多平方米,合人民币一百多万元。买房比租房划算。这个价钱,在祖国有些大城市,现在只够买一间小屋了。"

餐馆临河,与河岸只隔一条马路。屋里屋外都摆有餐桌。我们选择了屋外。屋外的餐桌沿河边一排金属栅栏内侧摆一放,一溜十几张,有好多巨大的白色遮阳伞覆盖,遮阳遮雨。

大家共同动手,顺势将三张餐桌拼放在一起,拼成一个长方形的大餐桌,面向河流,坐了下来。西蒙开始点菜,我和一位朋友趁隙沿河走走。

河岸大树成荫,河中水流湍急,水质清澈见底,河上多桥,之间相隔不远。岸畔行人稀少,环境清静。远山如黛,夕阳辉映,风景如画,令人爽目清心。

走过两座桥,手机响了,他们催促赶快回来,菜上齐了。

7. 在古堡

奥地利古堡很多,大都在我们眼里一闪而过。

有一处古堡,位于一个湖岸的山坡之上。古堡前面有一座浅山,几处池塘，野草萋萋，古木森森。后面是一处牧场。整体面积百亩以上，同属于一个堡主。

古堡外形没变，内部改成了酒店，用于接待游客。平时，堡主并不在那里居住，而住在首都维也纳。委派一名男性，具体打理古堡的生意。

我们在古堡里转了一圈。其装修风格明显是印度特色。无论前台、客房和餐厅，都不例外。卧具和摆设比较豪华，但是色调偏暗。

中午就餐安排在一层餐厅。同行的一位朋友建议，别在室内，干脆挪到室外阳台上去吃。这个主意得到了一致赞同，大家一起动手，很快在室外组合一个长方形餐桌，铺上桌布，摆好餐具。

吃的是西餐，大家没什么客套，随便招呼一下，不分主次，随意坐下。啤酒饮料，各取所需，也不谦让。举杯互祝，喝什么喝多少都是自便。在那地方吃饭，又明亮，空气又新鲜，还可边吃边欣赏周边风景。

饭前，古堡的主人专程从外地赶来，陪我们浏览了古堡周围的环境，还带着我们到他附近另一处房舍参观，介绍准备开发的规划。

开始还晴，吃着吃着，飘过来一片乌云，"哗哗啦啦"下起了大雨。好在我们置身于玻璃蓬下，玻璃的宽度正好可以遮住大家，不仅淋不到雨水，而且雨打玻璃的"蓬蓬啪啪"声还活跃了席间的气氛。

饭后，雨过天晴，蓝天白云更加美丽，空气分外洁净清新。朋友问我们休息不休息，大家兴致很高，几乎异口同声拒绝。立即动身，去看附近的一个湖景。

8. 哈尔施塔特

从萨尔兹堡出发，途中在西蒙家的牧场稍停，两个小时后到达哈尔施塔特镇。

此地是上奥地利州萨尔茨卡默古特地区的一个村庄，毗邻哈尔施塔特湖。湖水清澈透底，在高山峡谷之中，像一条宽阔的绿色绸带。

湖边山峦起伏，山水把这里打扮成人间天堂。依山临湖的房舍，有许多木屋，风格各异，有的就建在临岸水中，屋旁泊着自家小木船或游艇。人在屋里，推窗见湖，尽览美景。

　　小镇规整而洁净。家家户户，植着花草。好多房子的窗台上都摆着盆栽鲜花，有的贴墙栽着果树，累累硕果，犹如挂在墙上一般。

　　公用草坪绿地，古树鲜花，设置得体。临湖一处休闲场地，不仅有长条木椅供人休憩，还有体育健身设施。我们在那里荡了秋千，溜了滑索。

　　历史上，这里因盐矿而致富进而出名。公元前，古老的凯尔特人就开始在此开采山盐。这里有世界上最古老的盐坑，目前仍在作业。

　　这里曾发现人类历史上独一无二的哈尔施塔特史前文明古迹。发掘出公元前八百年的古墓穴，出土了铜质和铁质砍刀等。在盐矿中还发掘出一具保持完整的古尸，被称为"盐中人"。

　　街道不宽，沿湖岸延伸，有不少旅馆和商店。店铺里展示的手工艺品琳琅满目，其中不乏引人注目的木雕工艺品，如可爱的动物卡通造型、现代感十足的生活物品、名人雕像等。

　　路口设置的木头路标很有特色。有的不仅写着路名，画着指引箭头，还有所导引之地的画面展示。比如：用一个男人在床上呼呼大睡示意附近有一家旅馆，用木制鱼头告知附近有一家饭店等。

　　哈尔施塔特于1997年被联合国教科文组织列为世界文化遗产。遗产博物馆里的文物有盐矿挖掘出的衣服及采盐工具、铁器时代的生活用具以及最早的蒸汽船模型等，十分珍贵。

　　据说，冬季来此地旅行，不仅可以一饱雪景的眼福，还能体验雪山雪地上的多种游乐活动，别具刺激。这对我们来说，眼下只能是个憧憬。立马可以做到的，是看看人家拍摄的在雪景中游乐的照片。

一、履痕

行走在天路

题记：天路只是一条普通公路，本体并无风光可言。然而它穿越坝头、坝中直抵坝上，为人们欣赏塞外百余公里的风景提供了便利，于是，便成为风景中的一个要素，甚至成了风景区的代言词。

能发现人才并为其健康成长提供条件，促成大器，使之受到众人称赞和景仰者，自己也可能成为被称赞和景仰的对象。这就是伯乐的力量、作用与回报。

张家口的朋友说，七八月间去他那里看天路最好，草青花红，气象万千，风韵殊异。然而，因路途较远，又无空闲，迟迟未能成行。

终于有了机会。中秋节刚过，便去实现夙愿。朋友信息提醒："这里已经冷了，要多带衣服。"

于是，翻箱倒柜，找出一件夹克，一条秋裤。到达后，并没用上。途中穿着短袖T恤、单裤、网眼鞋，足矣。

驱车天路，边行边看。遇到停车较多的停车场，我们也停下来走走看看。天阴无雨，虽有点凉意，却不觉得寒冷。随身带着的夹克倒成了累赘，索性扔到车上。

走过天路，方体验到天路的含义。天路并非天上之路，也不是上天之路，而是人间一条虽普通却显非凡的公路。

路是人修的，修在塞外秀丽的景区。名字是人起的，起在小有名气之后。据说，最先是一个记者走了这段公路，心生感慨，呼之"天路"；随行人附和道："对，天路"；后来越来越多的人听说了天路，跟着也叫它天路。

百公里天路因此扬名立万。路虽曲曲弯弯，上上下下，仅为双向二车道，

11

但名气大了以后，车水马龙，热闹非凡。

有几处上下坡，公路弯成相连的 S 形，站在高处俯视，特别悦目。以黑色路面为中线，囊括两边斑驳陆离的色调，可以拍出层次分明特色凸显的风光照片。

世上好多事，都显得有点怪气，路也如此。过于平直，就缺乏韵味。文也如此，"文似看山不喜平"。途中有几个曲曲弯弯，上上下下，倒能产生视觉冲击力，给人以愉悦。

人们的快乐神经常有点怪，没有新奇，会出现审美疲劳。有新奇的地方，就聚人气。商场购物和游览景区都有"扎堆"现象。天路出名后，盛夏黄金季，游人如织，路上拥堵也随之成了常态。据说严重时，早入晚出，得费时一个白天。

坝头入口处，修有大门，曾为收费处。实施不久，便因社会舆论和媒体炒作而夭折，成为摆设。

入口处称为坝头，上行经坝中，抵达野狐岭，继续前行，可达坝上。

坝上风光，久负盛名。据说在清朝，一度成为皇家狩猎场。一次大规模狩猎活动，不仅是一种娱乐，而且等同于一次实地军事演练。

起伏的山峦，叠升的梯地，是天路风景的一大特色。山坡上有成片的松林、沙棘、杨树，梯地里多莜麦、胡麻、土豆。大片大片的山地草甸，丰富了景区的内涵。

风景壮美的地方，多修有停车场。除了停车处，还有摊贩布阵售物的地方。游人和摊主搭讪着，同时，摆姿、作秀、拍照。人来人往，熙熙攘攘，像农村集贸市场那种景象。

商品不多，除了儿童玩具，就是土特产品。炒熟的胡麻籽，不及芝麻一半大，却比芝麻还香。一桶桶胡麻油，据说营养价值很高。一袋袋红皮土豆，据说品质也非同寻常。

沿途"饭店""庄园"食店很多。烤羊肉、手把羊肉、莜面等都是店员极力推销的。

询问几个食店的价格，手把羊肉每斤 65 元至 85 元。当地朋友私下告知，市场上每斤 20 元。

一、屐痕

"乖乖,宰客的刀子磨得真快。"朋友说:"他们一年只有三个月的生意,宰一个算一个。"旅游区餐饮宰客,曾有媒体报道过。

除了价高,令人犹疑的还有食材。看那羊肉、牛肉都不新鲜。同时,卫生状况也令人不快。唉,还是忍着吧,到张北县城再吃吧。

路边的金瓜、沙果、番茄,倒是新鲜。每个车辆集中停靠点,都有出售。看样子,当地农家兜售的这类物品,质地堪为上等。

在一个停车点,朋友买了几个烤红薯和烤土豆,热乎乎的,散着香气。揭开皮,咬一口红薯,软;再咬一口土豆,面。番茄生吃,沙面微甜。

莜麦,远观青苗与小麦相似,变黄后与大麦相仿,近看又有点像燕麦。成熟后的麦仁细长形微。磨成面颜色灰白。

午饭选在县城一家蒙古老奶奶夫妻店,六个人要了六斤熟肉:牛羊肉各三斤,还要了两笼蒸莜面。我最喜欢吃的是蒸莜面,沾着调料吃,别具风味。

虽说这顿饭吃得心情不错,但不及欣赏自然风光那样赏心悦目。更何况可以开卡丁车在草场上奔驰,沿湖岸狂飙。

骑上高头大马,则是另一种刺激。一声"驾"字,再加击上马屁股一掌,坐骑立即奋起四蹄,草场上随之响起马蹄的"达达"声。此时,手攥缰绳,身体前倾,双脚紧蹬马镫,右手向前方一挥,颇有一点勇士的范儿。

愉悦,此时便成了幸福主体因素。原来,幸福在此时就这么简单。而财富多少,官位大小,旅途快慢,世事忧烦,顷刻都归隐去了。

仰韶三题

在仰韶酒业公司博物馆里，挂着一条横幅，上书"仰韶七千年，一部酿酒史"十个大字。字虽不多，却一语惊人，道出了这里的悠久酿酒历史和厚重的酒文化。

这可不是信口开河。一百年前，有人在仰韶村挖出了大量新石器时代的文物，其中有不少彩陶制品，并考证出酿酒用的彩陶罐，装酒用的彩陶瓶。

悠悠七千年，漫漫人生路。在那蛮荒时代，就有了酿酒技术，有了酒，有了彩陶酒器，真是了不起的智慧。酒，伴着中华文明的脚步，一路高歌，激昂慷慨，大步走来，一直走到今天。

我们来到此地，参观了酒池、酒窖、酒博物馆，感受仰韶酒制作过程。到仰韶村址、仰韶文化博物馆，感受仰韶文化。到仙门山参观仰韶藏酒洞，之后又畅饮了彩陶坊酒。回家的路上，似乎有些酒不醉人人自醉了。

1. 十三香

顶着烈日，来到仰韶酒业有限公司，感觉到处都飘着酒气。在厂区外的马路旁，在厂区内的道路上，在生活区的花池边，都闻到了浓浓的酒气。夜宿专家公寓，半开着窗户，每每醒来，都感觉得酒气扑鼻。我联想，对酒精过敏的人，如果到这里转悠一天，会不会不饮而醉。

空气中的酒香，显然是从发酵池而来。厂房里那么多窖池，夜以继日地产生着酒精，而房子的窗户都是开着的，酒气不停地飘出，可想而知。在蒸馏、出酒、勾兑等环节，酒气散发，也不可避免。

而空气中这些酒香，与开瓶斟入杯中的酒香有着明显区别。酒瓶里的酒，才是真正的怡情、悦心、醉人之香。

一、履痕

15年前，我喝过仰韶酒。那是三棱形玻璃瓶装的50毫升70度酒头，标注"浓香型"。到了这里，喝彩陶坊酒，举杯品尝，询问香型，告知"陶融型"，并说这是中国白酒的第"十三香"。

我有点发蒙。陶香有什么特点？谁说的是中国第十三香？驻马店有个王守义，他创制的调料叫"十三香"，与此有关联么？王守义已作古多年，"十三香"却一直香气不散，那是植物自然之香的混搭。

对我国白酒的香型，我略有所知。比较清晰的有酱香型、浓香型、清香型、兼香型、药香型，至于米香型、凤香型、芝麻香型、豉香型、特香型、老白干香型、馥郁香型等，感触不多。查了查资料，才明白各自特点、产地和代表性白酒。陶香型，第一次听说。

听了公司的介绍，方弄明白。中国白酒第十三种香型，是仰韶酒业有限公司所创，得到了中国白酒界泰斗沈怡方等认可。其风格独特，玉洁、清澈、透明；口感绵甜、芳香浓郁，清爽甘冽，略带苹果香味；饮之无头昏脑涨之感，有回味悠长之美。

公司承前启后，采用九粮九蒸、陶酿陶藏工艺，精选高粱、小麦、玉米、糯米、大米、大麦、豌豆、小米、荞麦九种粮食作为原料，历经81道工序，并辅以独特的陶池发酵、陶甑蒸馏、陶坛储存、陶瓶盛装，酿就了别具一格的"醹、雅、融"风格。

2009年，仰韶彩陶坊酒开始投入市场。其后，陆续投放市场的有彩陶坊天时酒、地利酒、人和酒。而天时、地利、人和又有不同的规格品种，如天时酒就有日、月、星三款。

自然界里，可食植物中的香味多种多样，酒的香味也会不断发展。随着科学技术的进步、酿酒工业的发展，白酒的香型也会不断增加。丰富多彩，百花齐放的局面，是受人欢迎的。

2. 葫芦瓶

坐在大巴车上七个小时，终于来到仰韶酒业有限公司。

走进专家公寓大餐厅，酒菜已经上桌。服务生拿来彩陶坊地利酒。葫芦形尖

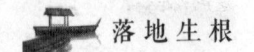

底陶瓶，配套一个盏状陶座。酒瓶只有把尖尖的底部放进瓶座里，才能稳当。

　　这个特别造型的酒瓶，源于七千多年前仰韶文化中鱼纹葫芦瓶的外形，并按照仰韶文化中的制陶工艺精心烧制而成，充满仰韶文化气息的彩绘图案与现代烤金工艺相结合，展现了古今辉映之美。葫芦除了有其流线型美感外，也是中华民族最原始的吉祥物之一。葫芦谐音"福禄"，吉祥如意。

　　在厂区酒窖里，一排排如人高带着编号的陶缸，令人激情满怀。一缸能装一吨酒啊，想想就心跳加快。仙门山的藏酒洞，更令人眼界大开。举目望不到尽头的大陶缸，据说有几千米长。

　　时值伏天，洞外骄阳似火，热浪滚滚，洞内却凉爽宜人。几个吊在空中的大功率风机，搅动着洞里的凉气，吹向洞口。我走在供人参观的通道上，见到几个工作人员正在清理酒缸。他们互相配合，有在缸外服务的，有下到缸里擦拭的。进出酒缸都得有人帮助，还得借助工具。

　　彩陶文化是仰韶文化的重要组成部分。1921年首次在仰韶村发现小口尖底瓶陶片。现今的仰韶酒是陶蒸、陶藏、陶盛，始终有陶。

　　别小看这小小陶瓶的造型。酒器是酒文化一个重要方面。它给人的是直觉艺术感受。中国人吃的功夫十分了得。不仅讲营养，还讲究色香味形。拿酒器来说，古往今来，变化多端。质地有金、银、铜、铁、陶、瓷、玻璃等，也有陶器、木桶、葫芦、竹筒、牛角、皮囊等。酒盅、酒碗、酒杯、酒壶、分酒器，样式也是五花八门。不同时期，不同人群，有不同的爱好，也体现出不同的习俗。

　　在豫南，喝当地酿造的米流子酒，离不开燎酒壶，有人称作"酒鳖子"。加热至沸腾，可以挥发掉酒中的大部分甲醇。用温酒器温酒，是喜欢喝暖酒人的习惯。有道是，凉酒伤胃，热酒伤肝。喝酒时的热情、豪爽、热闹、大气、畅快，在敬酒、劝酒，甚至灌酒；在猜拳、打老虎杠子、大压小、剪刀布锤子、曲水流觞等酒规酒令中得以充分体现。起告示作用的酒旗、酒店招牌，酒馆的服务生过去叫酒保，筛酒、斟酒、泻酒、倒酒、喝酒、饮酒、吃酒的不同称谓，都与酒器一起，展示出酒文化的博大精深内涵。

3. 远高大

　　坐上返程大巴车，行进在二广高速公路上，忽遇暴雨。乌云翻卷而来，天空顿时灰暗，闪电划过长空，"噼啪轰隆"的炸雷，盖过了车轮与路面唰唰的摩擦声。接着，雨点斜打在车窗玻璃上。车内出现了短暂的安宁。我的思绪又回到了头一天在座谈会上的发言。

我首先回忆了几次有关酒文化的经历，时间跨度40多年。40多年前，我到南阳，听到一件惊奇的事。那里有个酒厂，生产赊店老酒。厂负责人得知电影《李自成》开拍，就找到摄制组说："你们在影片中加上一句话，我赞助30万。"什么话？李自成打了胜仗，在庆功宴会上兴奋地呼叫："上酒，上好酒，赊店老酒！"我听后心里一震。我当时的月工资是40多元，一年不到600元。那9个字，每字平均3.3万元，相当于我50年的工资。而30万元呢？相当于500年的工资！

30多年前，我到汝阳杜康酒厂，参加河南人民广播电台有奖征文颁奖活动，听说酒厂还在扩建。传说杜康是造酒的祖师爷呀。三国时，曹操在诗中吟道："何以解忧，唯有杜康。"同时生产杜康酒的，还有近邻伊川与陕西的白水。汝阳酒厂说他们才是正宗。我感慨他们的敏锐。

20多年前，我到湖北松滋，喝过白云边酒。听介绍，此酒名字与唐代诗人李白的诗有关联。公元759年，李白携族弟李晔、友人贾至秋游洞庭，溯江而上，夜泊湖口，即如今的松滋境内，畅饮当地佳酿，即兴吟道："南湖秋水夜无烟，耐可乘流直上天。且就洞庭赊月色，将船买酒白云边。"现在此酒已成松滋特产，为湖北名酒之一。

10多年前，我到贵州茅台镇，参观了"钓鱼台"酒生产厂家。这家原来的民营企业，与钓鱼台国宾馆联姻，推出"钓鱼台"品牌的酱香型白酒。后来又组建了贵州钓鱼台国宾酒业有限公司，秉承"一流品质、优级品牌"的宗旨，打造与"钓鱼台"品牌相匹配的名酒形象。至今，发展如日中天。

从这些酒业的发展，我似乎看出了一丝门道：酒品质、酒文化、酒人脉对酒企发展十分重要。好喝是硬道理。酒品质好，才能走得远；酒文化厚，才能登得高；消费群体人脉旺，才能做得大。

联系仰韶酒业，有彩陶坊这样的优秀品质，有七千多年酿酒的历史文化，有口碑不错的消费群体，何愁登不高、走不远、做不大？

"伊甸园"

11月2日，我们起了个大早，吃了盒饭，上车出发。今天的行程，是维多利亚岛。

此岛是加拿大西海岸最大的岛屿，人口却只有230万，岛上97%的人口居住在维多利亚和坎贝尔河之间。

维多利亚市是卑斯省省会，也是岛上最大的城市，位于岛屿最南端。市名源于英国女皇维多利亚的名字。

正式建市时间是1862年，现在号称"花园之都""小英国""退休乐园"。

这是座美丽的城市，欧洲风情、皇室气氛，随处可见。历史踪迹和现代化城市建设融为一体。

游人可以游览唐人街、百年纪念公园、笔架山公园、世界最长高速公路起点处零里碑等。

我们本以为来得较早，哪知比我们早的人很多，到达摆渡港口时，前面已经排了两行长长的车队。

不过没关系，不必担心坐不上船。渡轮是艘德国人建造的庞然大物，一二层装车，三四五层坐人。一次可以装四百辆车。

在那里等了将近一个小时，才到开船时间。都是开车上船，车子停好后，到上层落座。

卑斯渡轮劈开蔚蓝的海水，甩出一道宽阔的白浪，驶离码头，在乔治亚海峡中全速前进。

船上几乎座无虚席。软座、硬座、咖啡厅里都满满堂堂。还有人在甲板上走来走去，观赏海景。

一、履痕

我稍坐一会儿，忍不住也登上顶层甲板，对准大海和岸边的青山、民房，抓拍着海峡景色。

一小时后抵达港岸。坐车离船，随着车队，在山路上疾驰。

我们游览的重点是宝翠花园。那是世界上最美丽的私家花园之一，建于20世纪初。主人布查特家族来自苏格兰。

这里原是一处石灰岩采石场，采石而形成的深坑陡壁，烧制水泥而产生的矿渣废物，导致不堪一睹的环境。

热爱花艺的布查特夫人，以爱好、远见、执着的追求和不懈的努力，把它改造成一个低洼花园，造出了一个人间"伊甸园"。

布查特夫妇频繁地周游世界各地，收集异国的珍稀灌木、乔木和花卉，将它们巧妙地种植在一起。

花园占地53公顷。分下沉花园、日本花园、玫瑰花园、意大利花园、地中海花园等数个园区。每个园区都有不同特色，令人目不暇接，流连忘返。

从下沉花园开始游览，沿步阶下行，两边的一年生植物与开花乔木和灌木错落杂陈，和谐得体。侧柏青青，枫叶火红，虽是初冬，仍然繁花似锦。

最低处是一湖泊，显而易见，是当年采石留下的深坑。湖水清澈，多个喷泉，喷着高高的水柱，高达20多米。这是布查特夫妇的孙子伊恩·罗斯于1966年为庆祝建园60周年纪念活动建造安装的。

陡峭的石壁，也是当年采石头留下的痕迹。现在被精心点缀，花红草绿，乔灌相济。若不被各类植物巧妙修饰，定是一处难看的废墟。

唯一不加装点的，是远处一座高耸的烟囱，那是当年水泥厂的遗迹，好像留下一个印证，给游人布下一个花园之前残破面貌的想象空间。

我们走马观花，游览了将近两个小时。之后，驱车抵达维多利亚港。港湾里停泊的游艇密密麻麻，还有水上起降的小飞机。议会大厦，百年建筑皇后酒店等，都没往心里去，脑子里还在回味着刚刚看过的在废墟上改造成的花园。

这座花园仍由布查特家族拥有并经营。他们延续着布查特精湛的园艺和欢迎参观的传统，每年游客将近一百万人。2004年在建园一百周年之际，被选定为"加拿大国家历史遗址"。

19

明港之行

艾蒿

从107国道北行进入明港镇境内,感觉路面宽阔了,干净了,路两边的环境美了。路边的花花草草,还有新栽的几行幼树,向着视野,不停地涌来。

在镇南不远处,车头一拐,驶上乡间小路。几分钟后,到达一个艾蒿生产加工的地方。

在这里,我头一次见到大面积种植艾蒿,也是头一次参观了把艾蒿加工成医疗保健用品的全过程。

厂房就在路边,大门洞开。走去,一股浓郁的艾蒿香气扑鼻而来。宽大的厂房里,一边堆的是成垛的干艾蒿,另一边安装着加工机器。

机器正在运转。首先把艾蒿送入粉碎机进行粉碎,然后吹入密封的管道,通过系列加工筛选,分别出艾蒿绒、艾蒿粉和艾蒿沫。一个流程下来,看不到因加工而产生的空气污染。

接下来对绒、粉、沫分别进行包装,生产出艾灸条、艾洗袋、艾枕芯。生产环节并不复杂,也谈不上技术难度。

好就好在以此带动脱贫致富工作。这里的艾蒿过去都是野生,零零散散,任其自生自灭。只是到了端午节,家家户户才想起它,砍点回家,插于门前,驱灾祈福。

现在进行人工种植。看看厂房东边,便明白了几分。艾蒿种植园里,第二茬生长旺盛。厂里负责人介绍,现在种植了上千亩。每年收割四次。

艾草与中国人的生活有着密切的关系,每至端午节,人们总是将艾置于家中以"辟邪",干枯后的株体泡水熏蒸,用于消毒止痒。

垃圾处理

印象中，20世纪六七十年代，老家的农村没什么垃圾。农作物秸秆用于牲口饲草或烧柴，人、畜、家禽的粪便沤制后用作肥料，烧锅产生的草木灰，扫地收拢的灰尘草末之类，倒进粪堆或粪池，涮锅水、洗脚水也倒进去。生活产生的废物经过这样简单有效的处理后，用于肥田养地，保持着农业无公害的良性循环。

那时候，庄户人家大都有粪堆与粪池。春天垫粪堆底子，夏天铲草皮倒进粪池。常年都把积攒农家肥作为一项任务。秋后，翻整粪堆，清理粪池，为小麦油菜准备底肥和苗肥。还为第二年春天下秧预备土杂肥。

十五年前，一次去澳大利亚考查，得知那里牧民的生活垃圾集中收集处理，马上联想到我们的乡村，那些农家的生活垃圾不是可以成为很好的农家肥吗？用得着那么费劲收集起来集中处理吗？种地养地，良性循环多好啊。

近些年，再到农村去，很少见到传统的生活垃圾处理方式了。土杂肥退位，化肥上前，底肥苗肥多是使用化肥。秧田也不拔草了，而使用除草剂。杀虫用的是农药。生活的废料也就成了令人讨厌的垃圾。尤其是废旧塑料袋，使用后的塑料薄膜，到处可见，连山沟小溪里都不能幸免。

有什么好法子解决这个问题，让乡村更美丽呢？在新集村，顿觉耳目一新。这哪像村里的道路？路面平坦干净，路两边格桑花开得正旺。花间行道树长势喜人。村头有个垃圾处理站，一对夫妻专做本村垃圾分拣处理工作。

村里垃圾集中到这里进行分类处理，能再生的，卖给相关单位；适宜做农家肥的，加工成农家肥；不能再利用的，进行集中掩埋处理。

镇领导说，镇里现在聘有专门人员，并拨出专款，对全镇垃圾进行收集处理。白色污染也随之解决了。

格桑花

村里大路两边，生长着格桑花。花开正旺，五颜六色，楚楚动人。

这花不是野生，而是人工种植。过去，豫南的野花品种很多，野菊花、金鸡菊、金银花、野刺玫、一年蓬，等等，花开灿烂，香气宜人。但从没见过格桑花。

十年前，我看过格桑花，是在内蒙古草原、新疆天山、藏域雪原等地。每次见到，都要动情一番。

格桑花又称格桑梅朵，藏语"格桑"，就是"美好时光"或"幸福"的意思，"梅朵"是花的意思。格桑花，也就是幸福之花。

长期以来，此花一直寄托着藏族人民期盼幸福吉祥的美好情感，被视为高原上生命力最顽强的野花，也是西藏首府拉萨的市花。

由野花到市花，由野生到人工培育，由边陲到江淮，显现了格桑花的观赏价值，其精神也得到了人们的赞誉。

让我们来欣赏一支专唱格桑花的歌曲吧。歌中唱道："格桑花儿开，浪漫染云彩，花蕊捧着心，花瓣牵着爱，雪域高原一幅五彩的画哟，寻芳的使者情窦开。格桑花儿开，芬芳飘四海，花枝摇出舞，花叶似裙摆，藏乡儿女生在花丛中哟，追梦的人们好运来……"

农具

村里有个村史馆，展出了好多农器具。土犁子土耙，铁锨扬叉，纺车织机，石磙磨盘，斗升秤杆，笆斗簸箕，箩筐尖担，货郎挑，拨浪鼓，等等。虽不陌生，却成了曾经的记忆。如今，有几个物件，还在使用？

20世纪50年代，农村有一幅描述理想生活的画："洋犁子洋耙，电灯电话，楼上楼下。"如今，基本实现了。幸福吗？幸福！幸运吗？幸运。

然而，农民心中的幸福感怎样？怎么珍惜来之不易的幸福生活？这块土地守得住，守得好吗？年青一代，更看中了"挣快钱"，选择进城去打工。哪怕是打个零工，一天百元，一月可挣三千元。而种地呢？辛辛苦苦，一年下来，一亩地也落不三千元钱。

我放过牛，喂过猪，扶过犁，踩过耙，扛过锄头，拿过镰刀，挑过担子，蹬过水车，推过石磨，打过碾子，骑过秧马，背过棉柴，堆过草垛，扬过稻谷……对那些劳动工具，太熟悉了。虽然五十多年过去，久违了，但记忆犹新。看到这些，仍然亲切。

书屋

没想到，村里有个图书室。

图书室里既有适合成年人看的书，也有适合孩子们的图书。

想起我上小学时，除了课本，再没有其他读物。一次，在村中一位老先生家里，发现了一本黑乎乎残破缺页的《封神演义》，十分激动，借来一口气看完。对《三国演义》的阅读，也大体如此。

读初中时，从一位语文老师那里借得一本《红楼梦》，没等看完，便被追要回去。事后知道，是校领导批评了那位老师：这种书怎能借给学生看？

而今天，有村图书室可以丰富农民及农村孩子课外阅读，着实令我一阵惊喜。

上午11点多钟了，我们走进图书室，还见到一位中年男子正聚精会神地看书。另一个房间，一位年轻女性，正津津有味地给两个孩子讲书上的故事。

听说镇里对读书很重视，不仅建了图书馆，还不断补充新书，做到有书可读。

荷塘

进村便见荷塘。碧伞高举，荷花绽放，荷的香气随风飘来，满眼欣欣向荣的景象。

走过零星荷塘，还有连片荷塘，一望无际，据说几百亩。行走在荷塘间的小路上，让人体验了一把"接天荷叶无穷碧，映日荷花别样红"的意境。

午餐有荷叶炒鸡蛋。一盘上桌，只见青的青，黄的黄。吃一口，有股淡淡的荷叶香。

油炸荷花更令人耳目一新。刚摘来的荷花，沾上鸡蛋面糊，放进滚油锅里，炸得金黄。咬一口，外焦里嫩，嚼起来，松脆有声，齿间溢着荷花的清香。

以前吃莲蓬吃藕，没吃过荷叶与荷花。这是他们着意开发的特色菜。品味起来，岂止是饱腹？更有一种精神营养。挖掘食荷文化，开创富有诗情画意的新品，令人听起来愉悦，享用后心旷神怡。

旅俄随笔

1. "绿皮火车"

出行前，旅行社的工作人员介绍说，此次旅行安排，从莫斯科到圣彼得堡，往返都坐火车，单程700多公里路，需8个小时。老式车，相当于我们的绿皮火车，不像我们的高铁，既快又舒适。

听罢此言，想起30年前，有位朋友去苏联，回来后，颇为感慨地对我说："从莫斯科到圣彼得堡，火车座位跟我们软卧车厢一个样。"

那天晚上，我们先去一家中餐馆吃饭。来这里就餐的，多是中国同胞，熙熙攘攘，来去匆匆，像家乡吃流水席一样，屁股刚把板凳捂热，就撤了。团餐，十人一桌。六点半上菜，七点钟结束。

冒着小雨，拉着行李箱，随着团队，到达车站，过安检，登三楼，进候车室。离开车还有三个多小时，好不容易候到一个空位，坐下来耐着性子等待。

扫一眼候车的人，几乎都是同胞。与邻人攀谈几句，得知他们分别来自山东和湖南，也被旅行社安排坐这个时段的车。这种班次被戏称为"红眼班车"。对游客来说比较辛苦。对接团社，好处是省去了一宿酒店房费。

候车室没有小商品售卖，没有大屏幕播放娱乐节目和广告，一个屏幕，滚动播出用俄文标注的车次与发车时间。同时，不停地用俄语播放着提示。想不到的是，没有开水供应，也没有厕所。想方便，只有步行下三层楼，并交费40卢布。

在大巴车上，导游反复提示，上火车后得付给列车员小费，每人50卢布，不然，没电、没水，卫生间进不去。上车后，车厢里的大灯果然没开，厕所门锁着，开水炉的门也锁着。有人开启手机照明灯，帮助安放行李。直到领队逐个包厢收罢小费，问题才迎刃而解。

　　列车不停地向前，八个小时后，天亮了。车窗外，一幕幕田园风光接连闪过。民居全是别墅式的，分散在绿色中，美丽如画。广袤的土地，为他们的生存提供了优越的生存条件。

　　返程安排在夜晚十点半，仍是"绿皮火车"。程序与来时一样，验证身份，上车，进包厢，交小费；然后，灯开了，茶炉门开了，厕所门也开了。一夜无话，早晨六点到达莫斯科站。下了火车，站台上黑压压的，几乎全是中国人。

　　导游说，莫斯科有九个火车站，这是其中一个。现在，站台表层用水泥预制的长方形小砖铺成。砖与砖之间，留有半指宽的距离，用水泥勾缝。看起来坚固耐用，还能够防滑。数百只拉杆箱，每箱至少两个轮子着地，一起往出站方向疾行。箱轮摩擦砖缝的声音，像几十挺机关枪在同时射击，又像倾盆雨点砸向地面，"嗒嗒嗒"声不停地冲撞着耳膜，压住了车站播音员的声音。这种噪声令人心烦，甚至躁动不安。

　　瞄几眼紧邻的站台，停着一列双层列车，每层又分上下铺。另一站台边还停有类似于我国动车样式的列车。

2. 旧房新屋

　　导游说，俄罗斯早些年的建筑以土木结构为主。蒙古人打到俄罗斯后，带来了中国的匠人，传授了烧制砖瓦技术，此后，开始使用砖瓦。果真如此，比起中国的"秦砖汉瓦"，那可是晚多了。

　　此行所见，莫斯科最富特色的建筑物，主要集中在克里姆林宫周围。有列宁墓、国家大剧院、圣瓦西里大教堂、国家历史博物馆、古姆大商城，俄罗斯总统办公楼等，风格多样，有哥特式、拜占庭式、巴洛克式、文艺复兴式等。当云朵飘到尖顶、洋葱头的建筑物上空时，不仅景色上镜，也能勾起游人的许多遐想。

从所住酒店到达这里，行驶了半个多小时。沿途高大建筑物不多，建房密度不大。大片大片的绿地，在中国很多城市难以见到。楼房外观陈旧，说不上特色。

二战胜利后，俄罗斯建了7座摩天大楼，号称"七姐妹"。其中有莫斯科大学、乌克兰饭店、外交部大楼等。莫斯科大学主楼高240米，共33层、3万多个房间，石材全部产自阿尔卑斯山区，工程耗资约2亿美元，是1990年之前欧洲的最高建筑。

外交部大楼高172米，27层，1948年开建，建成于1953年。60多年过去了，现在仍是俄罗斯外交部所在地。

相形之下，我们的城市，这些年发展飞快。不说大城市，就连三四线城市，也是高楼林立。

这些年，各地城市规模膨胀很快，高楼大厦如雨后春笋般拔地而起，但大都建筑密度较大，户外活动空间不够宽敞，开发商还喜欢在容积率上做文章。

3. 莫斯科大学

莫斯科大学位于麻雀山上。开建这所学校的是位女性，早年家境贫寒，她的成长过程与创办此校的经历颇富传奇色彩。

麻雀山是莫斯科市最高点。十月革命成功后，曾改为列宁山，后又恢复原名。

苏联时期，她曾是世界名校。据介绍，最辉煌时，全球排名前十。学校共有13位诺贝尔奖获得者。

叶利钦执政期间，没钱扶持，学校人才流失严重，在世界大学排名位置中急剧下降。

普京上台后，重视这所大学的发展，拨款资助。学校名次在世界范围内又迅速回升。看来，教育水平与国家的兴衰强弱紧密相连。

太阳已经落到了莫斯科大学那座标志性大楼的尖顶。与此楼隔路相望的麻雀山顶峰上，还聚着黑压压的人群。他们是游客，在依栏俯瞰中心城区景色。我也挤在其中。

拍了一些照片，环顾四周，只见游客中，多半黑头发黄皮肤，听口音，无论是普通话，还是方言，都能听得出来，大多来自中国。

祖国兴旺发达了，走出国门、开开眼界的人也渐渐多了起来。

早些年，来俄罗斯从事贸易的人居多。近几年，来旅游的人逐年递增。"落地签"，既方便了想来俄罗斯转转的同胞们，也反映出两国战略伙伴关系确立后的新变化。

4．百年地铁

此次行程，安排的景点有地铁。

地铁有什么看头？国内不就有吗？现在的省会城市，不少都通了地铁。

但是，看过之后，方觉不凡。

建得早。莫斯科开始修建地铁，正是中国人民抵抗日寇入侵的时候。

70余年过去了，当年修的地铁仍在运行。纵横交织的地下通道，气质非凡。

建得漂亮。车站造型丰富多彩，华丽典雅。每个站都由著名设计师设计，格局不同，风格独特。

我们进入一个入站口。宽敞的大厅，高大的穹顶，明亮柔和的灯光，令人惊讶。

无人售票，刷卡进站，体现出新技术。

然后，走上步阶式电梯。电梯速度很快，令人称奇。

第一次坐这么快、这么长、这么陡的步阶电梯去站台。导游早有提示，靠右站稳，抓好扶手，心无二用，确保安全。

地铁车厢无特色可言，运行速度倒是快，发车间隔时间很短。

我们试坐一站，短暂地体验一下，没看出什么特别之处。知情人说，周一到周五，可没这么轻松。拥挤，热闹，那是常态。

站台墙壁上不同寻常，有五颜六色的大理石、花岗岩、陶瓷、玻璃镶嵌的浮雕。尤其是雕刻与壁画，琳琅满目，所画内容，突出反映出当时的社会特征。还有别致的灯具，灯光辉煌。好像富丽堂皇的地下宫殿，不愧有"地下艺术殿堂"美誉。

奇怪的是，在站台里没见到商品广告。

5. 走进冬宫

"沙俄皇帝夏有夏宫，冬有冬宫。有春宫吗？没有。"

上午看罢夏宫，接着去看冬宫。"到了冬宫，可以看到皇室天天盛宴，夜夜舞会。还要春宫干吗？"

一口流利的普通话，出自一位金发碧眼的女性之口。若是不见其人，仅凭声音，还以为是俺们的同胞呢。

"在哪里学的汉语？"有人问。

"圣彼得堡大学。与普京是校友。"她笑答。"不过，从没见他回来参加校友活动。"她补充道。

"排队、验票、安检进宫。大家一定跟着我走，不要掉队。冬宫不比夏宫，直走就行了。掉了队，很难与大家一起走出这座迷宫。"

"冬宫里收藏的东西有多少？这样说吧，如果一个人在每件藏品前看一分钟，看完需要14年。"

乖乖，听了这一句，我颇为惊讶。这么多好东西！怎么看？

"跟着我走，看重点，一个半小时出来。一定要记住，里面的东西只能看，不能摸，摸了会被罚款。"

此宫曾是沙皇的官邸，曾遭过火灾，受到战争破坏。十月革命后，拨给艾尔米塔日博物馆。

冬宫为巴洛克式建筑风格。外观四面各具特色，内部风格归一。据说是世界四大著名博物馆之一，与巴黎的卢浮宫、伦敦大英博物馆、纽约大都会艺术博物馆齐名。

博物馆藏品270余万件，包括史前文化和埃及艺术收藏品以及大量意大利、西班牙、德国、英国、俄国、比利时、荷兰和法国的油画及雕刻。其中有1.5万幅绘画，1.2万件雕塑，60万幅线条画作品，100万块硬币和证章，

22.4万件古代家具、瓷器、金银制品、宝石与象牙工艺品等。

这些工艺品分别陈列在350多个展厅中，其中有毕加索立体画展厅，意、法画家展厅，俄国历代服装展厅等。

艺术品的收集始于彼得大帝女儿伊丽莎白女皇执政时期。1852年2月7日首次开馆。

我们从面向涅瓦河的大门进入冬宫，走进宽敞华丽的前厅。白色大理石楼梯、庄严、肃穆。宽敞的台阶、浮雕式的护栏、墙壁上镶嵌的镜子与二楼天花板上由意大利画家绘制的油画交相辉映。

由此进入彼得大帝厅。此厅也称"小金銮殿"，专为彼得大帝而建。摆放由18世纪英国机械师制造的、集艺术性和实用性于一身的"孔雀"机械座钟。

旁边放置一台显示屏，重复播放美丽的孔雀、公鸡、松鼠和猫头鹰站立在一棵枝繁叶茂的橡树旁，逢正点时，孔雀开屏，猫头鹰眨着双眼，公鸡打鸣，橡树下的蘑菇冠上显示时间。

走过此厅，进入一个接一个的展厅。看不完的瑰宝，听不完的故事。虽然走马观花，却也令人震撼。

6. 进口汽车

我刚参加工作时，见到的卡车有一汽生产的"解放"与苏联的"嘎斯"。

吉普车主要是"北京吉普"和苏联的"胜利二十"。车顶都是钢筋帆布篷。

这次俄罗斯之行，在大街上看到跑着的、停着的几乎全是外国车，奔驰、宝马、大众、现代、凌志，等等。没见到一辆过去在我心目中苏联的品牌车。

在莫斯科，仍然行驶有轨电车和无轨电车。一般都是三两节车厢连在一起。行人少，骑自行车的更少。小车多，车速快，守规矩，让行人。还见到了河南宇通大轿车。交通秩序好，塞车现象不多。

早晨六点半，我们去中餐馆吃饭。过马路，等绿灯。不到两分钟，过了三辆无轨电车。其中一辆坐着几个人，另两辆除了司机，没有乘客。

飙车是一大奇观，尤其是摩托车。在麻雀山观景点与相邻的大道上，不

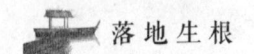

时看到几辆摩托车你追我赶，互不相让，呼啸而来，呼啸而去，比着炫酷。从眼前闪过时，如出弦之箭。鸣声中带着"嘣嘣嘣"的爆响。加速到极点时，突把前轮昂起悬空，只留后轮着地，欲飞一般，声音刺耳，令人惊悚。

7. 红眼航班

按照通知要求，晚上6:30来到郑州新郑机场T2航站楼国际出发4层6号门，领队已到，行李箱上插着"玩转地球"彩旗。点名之后，过来一位年轻人，肩挎小包，手捏俄罗斯卢布。领队介绍后，开始宣传兑换俄罗斯卢布的必要性，然后以700元人民币换5000卢布的比例，为全团多数人兑换了卢布。

事后一想，好吃亏呀，还不到1:8呢。以每人亏120元来计算，约20分钟时间，几千元的利益就到手了。

我们乘坐的是俄罗斯维姆航空公司的航班。机型：波音777——2000。乘客几乎全是中国人。令人纳闷的是，沿途飞行8个小时，播音全用俄语。机上所有屏幕都没开启。

返程时，三点钟起床，四点钟出发，告知的起飞时间是7:40，结果等到11点，仍未起飞。

坐这个班次的仍然是中国的游客，奇怪的是，飞行过程中，也全用俄语播音，屏幕未开启。

之后第二天，得知这个航空公司宣布停飞，莫斯科机场滞留了数百人，无法按时离境。

媒体报道称，9月25日，俄罗斯维姆航空公司对外宣布，公司因资金短缺将停止运营并取消包机航班。这导致航班大面积延误或取消，包括中国公民在内的游客。

回国计划乘坐9月25—26日维姆航空航班飞往中国的旅游团正遭遇类似问题。近期还有几十个中国旅游团，即将结束在俄罗斯的行程，也会遇到回国被耽误的问题。因此他们还面临违反游客在俄停留期限的相关规定。

根据俄罗斯联邦旅游局提供的信息，维姆航空公司还有19.6万张已售机票尚未使用且直到10月底之前都有效。目前，有3.9万游客滞留在异国他乡。

一、屐痕

　　新华社也有相关报道：俄罗斯总统普京27日因该国维姆航空公司取消所有旅游包机造成大量旅客滞留一事，严厉批评负责交通运输事务的俄副总理德沃尔科维奇与交通部长索科洛夫。

　　目前，俄罗斯联邦航空运输署已对维姆航空公司展开调查，初步调查结果显示：该公司目前需要偿还6家银行近70亿卢布（约合1.21亿美元）的贷款。此外，当前共有9家旅行社与其有合作关系，并且预先支付了全额票款，俄罗斯侦查委员会以涉嫌侵吞乘客财产为由，对该公司展开刑事调查。

　　庆幸，我们恰好头一天返回，免除了滞留他国的尴尬境遇。

8. 教堂

　　教堂，一个教堂，又一个教堂，再一个教堂……

　　从莫斯科到圣彼得堡，短短几天时间，安排游览好多个教堂。基督教教堂，东正教教堂；不能进入的教堂，可以进入的教堂；尖顶的教堂，穹顶的教堂，洋葱头式的教堂。

　　哥特式、拜占庭式、巴洛克式等，从外观上看，都比较气派，其风格与中式寺庙建筑迥然不同。

　　不能进入的，就兜个圈子，看看外观，拍拍照片。允许进入的，就进去感受一下。

　　每个教堂，都有一个传奇故事。位于圣彼得堡罗要塞里的东正教教堂，里面安葬了多位皇亲国戚，实际上等于彼得皇家的坟墓。

　　"滴血"教堂，名字就有点恐怖味。事实上，它的确与血腥有关联。

　　此教堂建在涅瓦河畔，为纪念亚历山大二世被暗杀所建。

　　亚历山大二世是俄罗斯历史上著名的皇帝，是俄罗斯近代化的先驱，在任期间，下诏废除了农奴制，为俄罗斯19世纪后半期的中兴奠定了基础。

　　他主持了多项政治改革，制定了把俄罗斯君主制改造为君主立宪制的改革计划。

　　对外征战扩张。迫使英国、法国、奥地利、普鲁士、土耳其等列强让步，取得在海上自由航行权。

他推行的新政引起一些人的强烈反对，有人屡次试图刺杀他，都未得逞。

1881年3月13日，他的马车经过格里博耶多夫运河河堤时，遭遇"民意党"极端分子的暗杀。第一枚炸弹炸伤了亚历山大二世的卫兵和车夫。第二枚炸弹在他脚下爆炸，双腿被炸断，送回冬宫后很快死亡。

1883年，他的儿子沙皇亚历山大三世在其父遇刺地点修建这座教堂。

1907年，教堂主体建造完成，以莫斯科红场上的圣瓦西里大教堂为蓝本，外观娇艳秀丽。

1939年9月1日，爆发第二次世界大战，列宁格勒被德国军队围困期间，引发严重的饥荒，基督复活教堂被用作蔬菜仓库，因此得到了绰号"马铃薯上的救主"。

1945年8月15日，第二次世界大战结束后，基督复活教堂被用作附近的一个歌剧院的仓库。

9. 夏宫

进宫内游览需要买票、排队、安检。如果背有双肩包，披有外罩，还需寄存。

夏宫就是凯瑟琳宫，位于俄罗斯圣彼得堡市，由彼得大帝的女儿伊丽莎白一世主持修建，巴洛克风格建筑，规模大，气势恢宏，堪称世界建筑史上的一大精品。

此宫建于18世纪50年代。建筑设计师为巴特鲁姆拉斯特。建筑物几乎有一望无际的长度，是王权尊严与秩序的完美体现。

宫殿外部的辉煌令人啧啧称奇，内部装饰更令人叹为观止。宽敞的大厅，众多的房间，装饰奢华，藏宝丰富。有一个房间的墙壁全用早期绘画大师的油画作品覆盖。

琥珀宫是最著名的一个房间，被誉为"世界八大奇迹"之一。它最早是德国人的财宝，内有12块护壁镶板和12个柱脚，由当时比黄金还贵十多倍的琥珀制成，同时饰以钻石、宝石、黄金、银箔，总数量多达10万片，重量超过6吨，工程耗时10年。

一、履痕

1713年，弗里德里希一世国王去世，儿子威廉一世继承王位。

那时，欧洲大陆战争连年不断，普鲁士和俄国决定结盟，以抵御外来侵略。1716年，俄国沙皇彼得大帝到柏林访问，向普鲁士国王赠送了厚礼，威廉一世就将琥珀宫送给彼得大帝。1717年，"琥珀宫"从现今的德国被运到圣彼得堡的凯瑟琳宫。1941年，纳粹德国入侵苏联，将"琥珀宫"拆卸下来，装满27个箱子，运回德国柯尼斯堡。

此后，它就神秘地消失了。有人说被炮火夷为平地，也有人说被纳粹军官藏在一个地下室里，还有人说被沉入湖底。众说纷纭，究竟如何，至今仍揭不开谜底。有人注意到，曾有刨根索底的几个人，竟都神秘地死去。

现在的琥珀宫，是花了重金修复的，重现了当年的瑰丽。无论是普通游人，还是政界要员，来到此地，无不一睹为快。

我们游览时，被告知不准触摸，不准照相，停留时间也有限制。

出了宫来，雨下得更大了。后花园越走越深，宫殿越来越远。再回首，感慨犹觉未尽。

杨岗秋景

鸡公山李家寨有个名不见经传的山村，名叫杨岗。如今被确定为鸡公山风景区"一园十八景"中的一景。

这里的风景好在哪里？看过之后才有切实的体验。

我们是在秋冬之交的时候来到这里的。几百年上千年的老银杏树已经落光了叶子。村部旁两株古树，苍劲挺拔，隔路相望。一株是枫杨树，另一株是榆树。村部往上，山路弯弯，直到龟山。龟山脚下，一条大坝横亘在山谷，聚起一个人工湖，名叫龟山湖。湖面不大，湖水清澈，游鱼可数。山风刮过，波光粼粼，像柔美的绸缎。惊起了一群野鸭子。它们贴水面而飞，落到对岸湖边，嬉戏去了。

树龄不大的银杏树，叶子金黄。枫树的叶子半红半绿，麻栎树的叶子灰黄，黄栌的叶子暗红，托盘的果实艳红，松杉的叶子老绿，这些彩林，把山峦妆点得色彩斑斓。

山林倒影在湖中，被水波拉伸摇曳，微微晃动，仿佛山魂轻舞，似画非画，非诗如诗，如梦如幻。

湖边的小道，时而被彩林簇拥，时而被彩林遮顶。枝叶筛下的阳光，洒在落叶上，斑驳陆离。走在其上，沙沙作响。

湖的上游，有条小溪，在山沟里时隐时现，蜿蜒而下，静静地流淌。遇到石头挡路时，发出轻轻的流水声。

几乎听不到虫鸣。偶尔有几声鸟叫。看不见鸟影，也不知是什么鸟儿。

山沟里的平洼之处，生长着没膝深的野草，说不出学名，只知道俗称"老力草"，一丛一丛地长着，家乡人过去把它作为搓绳和打草鞋的原料。在

一、履痕

盛夏时节砍下来，晒干存放，用的时候，先喷水打湿，再捆紧用棒槌捶打，捶软后即可使用。

现在的人们，似乎把它的功能全遗忘了。无论是零零散散生长在田间地头，或是成片生长在丘陵山窝，再无人问津。

这里的一大片，早过了可以搓绳的时机，已经叶黄穗老。自生的最后阶段，只能等待冬日后的自灭。

再往上行，大有"山重水复疑无路，柳暗花明又一村"的感觉。尽管领路人说，还有美景在前头。但日已正午，我们几个只有恋恋不舍，沿原路返回了。

来回一趟，没遇见一个行人。耳闻目睹，静静的，净净的，幽幽的，悠悠的，颇有世外桃源的感觉。

温哥华的雨

午餐时，抬头望望窗外，雨还在下，滴滴答答，不温不火。看天，灰蒙蒙的。

真是一种遗憾，与三年前一样，来到加拿大温哥华市，也是停留半天，遇雨。

但遗憾的心情并未影响计划的进行。到酒店放下行李，向总台借了雨伞，找个中餐馆，温饱后照旧出行。

穿过闹市，来到一个居民区。只见道路宽阔笔直，纵横交错。路两边绿树成荫，树旁有草坪延展。

一座座独栋住宅，分布在道路两旁。木栅栏围墙，铁栏杆围墙，都很得体。灌木围墙最富特色。将密植的灌木修剪成一人多高的墙状，齐齐整整，密不透风。

看不到高层住房，一二层房居多，房周花木扶疏，绿草碧树相映。户户大门紧闭，雨中一派静寂。

树上的叶子在轻风细雨中轻轻摆动。叶有深绿、半黄、大红等，雨中湿润明亮，一览胜于二月繁花。

马路和草坪上，落叶缤纷。细雨增加了落叶的分量，稳稳地伏于地上，风吹不起，人走不跟。一眼望去，一道斑斓的风景线。

车子缓缓行驶。透过窗口，观赏着油画般的风景。过了好几条路口，干脆把车停住，下来步行。

雨把马路洗刷得不起一丝灰尘。草叶上水珠点点，晶莹剔透。一脚过去，踢碎一片珍珠。

雨不算大，大家都没撑伞。一个个把身影移动在朦胧中，融合在秋色浓郁的画面里。

一、屐痕

路上汽车不多，路边停车也很少，环顾四周，看不到尽头，整个住宅区，显得幽雅、静谧。

美好宁静之地，非常适宜人居。

看罢居民区，来到百纳德港湾。这里是繁华地带，有海港，有公园，有酒店，有商铺，是游览者必到之地。

港湾里泊着许多游艇，有水上飞机起降。海水湛蓝，水质清澈，细浪轻轻地拍打着石岸。

五帆酒店的五张白色船帆形状建筑可谓这里的地标，十分惹眼。与天空中的灰云相映衬。大家想以此为背景拍张照片，因为云雾蒙蒙，难拍清晰。

小雨时下时停，行走在港湾人行道上，却无湿鞋之忧。注意脚下，道砖铺地有排水凹槽。雨水落到砖上，即流到槽里，顺势流进下水道。

雨停了，人行道上已经干爽，凹槽里还有小股流水，远远流来流去，无声无息。

岸边一个雕塑，四五层楼高，在细雨的冲刷下，蓝得通透。一看便使人想起水滴。对，就是一滴水。这恐怕是目前世界上最大的水滴了。

离开港湾，途经唐人街。细雨并没有淋住这里的中国文化元素，店名、商品、氛围都蕴含着中国闽粤特色。导游说，这里居住的多是早期移民。

在一座建筑物的廊檐下，躺着一个衣衫不整的人。细雨凉风，无家可归，乞讨街头，也是一幕惨景。

到了斯坦利公园，雨中突现阳光。景色立马也亮丽起来。机会难得。我们赶紧拍照，照了单身，又照合影。

细雨把公园里森森古木洗刷得更加威武，把公园边修剪整洁的草坪滋润得更加碧绿。

大雁在草坪上悠然自得地啄食嫩叶，偶尔飞抵游人身旁。海鸥在公园边飞来飞去。它们对游人一点也不害怕，甚至欲向游人讨要美食。

边城

本以为那是个湘西偏僻安静的小镇，到达后的那一刻，我意识到错了。

偏僻是在昔日。十年前，去张家界时曾问一位朋友，到凤凰古城需要多长时间？答道："路不好走，开车一天。"

我们选择了放弃，心想，等通了高速再去吧。

这次前往，顺道在岳阳稍停，感受一下范仲淹《岳阳楼记》描述的情景。

下午三点离开洞庭湖畔。高速路上，以百公里时速直奔目的地，未到吉首，天已黑了。

到达凤凰古城时，已近夜里九点。放下行李，简单用餐后，便去游览夜景。

所住的江天旅游度假村，位于江天广场一侧。广场不大，四周有好几家酒店餐馆。广场里停满了小汽车。出了广场，就看见了沱江。

由虹桥过江，穿过几条旧巷，一道由长方形条石砌就的古墙呈现眼前。它沿江延伸，据说既可防土匪，又可防洪水。边城昔日多匪患，如今只剩下水患。有一年，连下七天大雨，洪水漫上了江岸四层楼。

水患由来已久。江边那座高耸的宝塔，是百年前为镇水妖而修。如今，古塔依然高耸，水患仍未根除。

我们随人流而行，头上无月无星，满目尽是灯火通明。亮化工程，使这里的夜色绚烂多彩。

别说失望。梦想安宁，追寻旧时岁月的游客，在这里见到了迥然不同的场景，心态应该随缘而调整。

极目所至，能看到的建筑物都披着光饰，光环、光带、光斑等，尽展其

一、屐痕

靓丽。对岸的酒吧，竞相炫酷。彩灯闪烁，乐声震耳，狂欢场面令人眼花缭乱。男人，女人，黄皮肤，蓝眼睛，红头发的人都有，或吞云吐雾，推杯换盏，或扭动身躯，蹦迪嗨歌。

从另一座桥上过江，沿江边步道回返，体验尤甚。不夜城，千般一律，似曾相识，这就是对凤凰城的初识。

夜已深，人躺在床上，思绪还留在外面。院子里依然人声嘈杂。不知道还要热闹到几点。而我，悄然在嘈杂声里入梦。

夜幕退去，旭日东升。古城一改夜间的情奔，回到正襟危坐的本真。九点钟出门，游人已经如织。再经过酒吧，只见大门紧闭，态势安宁。日夜反差，使我想起"昼伏夜出"这个词来。

沱江无言，静静地流淌。水清且浅，河底的苔类和水草历历在目，随流舞动。

在一片水草间，见到一条死鱼，重约半斤，我们边行边猜测它的死因。不时有湿腥气息钻进鼻孔。

江边两条木舟一前一后迎面划来。每船一个艄公，一会儿举篙，一会儿操网，不紧不慢，边行边打捞顺流而下的漂浮物。显然，岸畔有人乱丢了垃圾。

一侧江边，静静地泊着几十条小木船。岸畔的牌子上写着"实景演出"四字。我们无心打听何时开演，或许在天黑以后，而那时我们早已离开。

眼下也有木船穿行。载客的木船，形状雷同，一船一篙一艄公。满载时顺流而下，空船时逆流而上，往返穿梭，构成江中一景。

驻足注目，顺流而下的木船经过叠水坝时船头突然向下，船尾上翘，瞬间一个加速，不知坐船的游客此时有否激流闯滩的感觉。

循头晚旧路，重走古城。过去的古城，四方四个城门，现在西门没了。古城不大，三门相距不远，费时不多，我们全部走过。大门依旧，外包铁皮锈蚀，底部裸露的木板腐烂。门的初衷功能消失，失去了关口作用，充当着历史的展品。

老建筑，老巷子，保持较好的多集中在古城里边。有些木屋像吊脚楼似的，濒临沱江，江水大涨时，底部密密麻麻地支撑圆木间满是激流。

临街的房屋，多用作门店。经营的商品，与国内其他旅游景点大同小异，琳琅满目。要说特色，银器颇值一提。银店多，规模大，在射灯照耀下光彩夺目。我们欲进一家银店，导游赶忙使个眼色，低声说，等会儿带你们去个地方，那里放心。带我们去的是政府示范的地方，楼上楼下集中展示着本地大师级的作品。我们细品酒具、餐具、饰品、银杯、银碗、银筷、银镯、银项链等，制作功夫的确不同凡响。

有些店铺，以现场制作来提升卖点。游客可以亲眼欣赏牛角梳子、姜糖、花生糖、银器等制作过程。

路边街头，有专为女性编发辫的，而且夹上鲜花。编好后的发辫，风采飘逸。

还有销售河灯的男女，在江边的游客中走走停停。放河灯不是这里的专属风情，家乡淮河岸畔也有。节日放灯时，星星点点的灯火在水上漂流，寄托着放灯人的心愿与祝福。看灯人也难免触景生情。

营销苗族风情的看点，要数苗家姑娘华丽的嫁衣。导游说，姑娘出嫁时，需穿精心打造的嫁衣。一套嫁衣重达十斤以上，银饰很多，尤其是银冠，珠光宝气。

游览中，多次碰到穿着这种服饰的人，不过，那不是新娘，而是举着小旗走在团队前头的导游，或是职业租衣拍照的人员。

与戴礼帽，架墨镜，穿黑衣，背长枪的"湘匪"相遇时，不必诧异，更不需害怕。湘匪为患的年代早成历史。现在的装扮，只与商业交易关联，无非是招揽游客合影，或提供道具拍照。费是要收的，总有人愿打愿挨。

游客服务中心附近有个广场。展翅飞翔的凤凰雕塑立在中央，据介绍，这是名家的杰作。

朋友站在标识前准备拍照，背后突然窜出一位中年男人，手持红花，二话不说，拉起他的双手，摆开了造型。朋友先是一惊，接着很不自在地被拉着一个接一个地变换着姿势。我赶忙用手机抢拍。末了，那男子跟我朋友要钱："给点吧，十元五元都行。"

见怪不怪。同行两位女士经不住人家的劝说，租衣拍照，被摆出的造型多姿多态，拍出的照片还真有范儿。

一、屐痕

对此，我们跟着一乐。

游览中多次见到有人挎筐挑担，指着切割成大块的"野蜂胶""野蜂巢"叫卖，每斤五六十元，每块好几斤重，说可以治鼻炎。我还真的动了心。

即将成交时，突然多了个心眼，走到导游身旁，轻声询问。她莞尔一笑，瞄一眼卖货的人，小声说："有那么多野生的吗？我也不知是怎么做的。"我听了又失望又高兴。失望的是看好的东西没买。高兴的是聪明了一回，夫人平时总是埋怨我"太憨"，买东西不会挑拣，不会讲价。

挑着担子，行行停停，兜售腊肉的人，也频频遇见。说是腊肉，更像肉。外表灰黑，横切面暗红，要价30元一斤。

边走边看。

雾气朦胧中，隔江观看黄永玉的故居。屋不大，临江，无人居住。古往今来，文化留名，与"生前博得死后名"，哪个更宜？

当再一次眺望沈从文墓地时，不禁把《边城》与《乌龙山剿匪记》对比起来，又生一番感慨。

忆往昔，湘军历史上名气不小。看今朝，湘菜今日美味闻名。在京城、省城、县城都见过"湘鄂情"，今天身入湘西，不妨体验一把正宗湘情。

进了家街边小店，在菜谱上反复搜寻，选便宜的点了几味，并特意要求不要太辣。上桌一尝，哪里微辣？分明"怕不辣"，只好"辣不怕"了，吃得我满头汗流。

饭后起程，驶上高速公路，靠在座椅之上，似睡非睡，胡思乱想一通。

说起这次凤凰之行，虽是来去匆匆，但景色看了，故事听了，湘菜吃了，拍了照，留了影，完成了一桩心愿。

至于赏景没达到念想的境界，只能算美中不足。人不可能活在真空，也不可能活在古代，只能活在当下，活向未来。心怀美好，走向春暖花开。每一件想做的事都尽了心，尽了力，才是人生正题，也就不觉遗憾了。

雷神之水

位于加拿大安大略省和美国纽约州交界处的尼亚加拉大瀑布，是美洲大陆最著名的奇景之一，平均流量每秒 5720 立方米。此瀑之名源于印第安语，意为"雷神之水"。没见到瀑布，老远已闻轰鸣之声，犹如滚滚闷雷，他们认为那是雷神说话的声音。

从多伦多去那里，大约一个多小时车程。11 月 3 日上午，我们先在市里游览了多伦多大学，看到了白求恩当年就读的教室，又参观了省政厅，然后直奔尼亚拉加市。

加拿大对开发这个地方的旅游资源很重视，专设一城，名字就叫"尼亚加拉瀑布市"。市区人口十多万，街上的服务娱乐设施随处可见，但此时似乎属于旅游淡季，我们并未看到热闹景象。

观赏这个自然奇迹景观，有三个不同角度，坐飞机俯视，登瞭望塔台平视，乘船仰视。我们选择一种方式，坐船游览。

先下到河边码头入口处，每人领取一件塑料雨衣，披挂妥当，然后登船。

游船中有一艘名叫"雾中少女"号。据说 300 年前，居住在当地的印第安人震慑于自然的威力，于每年收获季节选定一天，集合全村少女，酋长站立中央，引弓对天放箭，箭尖下落，离哪位少女最近，这一少女即被选为代表，送上独木舟。舟中装满谷物水果，从上游顺着激流冲下，坠入飞瀑中，于是人们都说尼亚加拉瀑布的雾气，便是少女的化身。我们坐的那艘，因为没有汉语介绍，听不出来。

我们并不想感受这里的旅游文化传闻，只是想领略瀑布的景观。这里的瀑布群落主要由两个大瀑布组成，源流虽然来自同一条河，又落到同一条河里，相聚不足千米，却属于美国和加拿大两个不同国家。前者名为婚纱瀑布，后者称作马蹄瀑布。

游船先经过"婚纱瀑布"，再开往加马蹄瀑布。婚纱瀑布下岩石层层叠积，犬牙交错，激流冲进缝隙后，又纷纷窜涌出来，复跌到下层的岩石里去，再从更下层的岩石间喷发而出，银花飞溅，纵身一跃，呈蓝色，融进滚滚东去的涌流，蔚为壮观。

马蹄瀑布狂泻直下，水汽腾空，浪花飞溅，高达百米。冲到河里，呈青色，水势汹涌，翻江倒海，雷霆万钧，惊心动魄。游船略靠近时，便被咆哮的水浪冲击得颠簸摆动。阵风将暴风雨般的水珠裹起，劈头盖脸砸来，身上的雨衣无法有效地防护，头发、裤腿和袖口都被打湿了，相机也无法正常使用。

游船在河里行进，船后一条彩虹时隐时现。返回时，略微靠近横跨尼亚拉加河流的彩虹桥。桥两头分别连接两国的两城。桥中央飘扬着美国、加拿大和联合国的旗帜。据说两尼亚加拉瀑布的水流冲下悬崖至下游重新汇合之后，在峡谷里继续翻滚腾跃，岸居民不仅是隔河相望，还可以自由越界走动，观赏瀑布。

历史上，并不都是这么和谐。为了争夺这块宝地，美、加两国进行过激烈的战争。战争结束后，签订了"根特协定"，规定尼亚加拉河为两国共有，主航道中心线为两国边界。两国在瀑布两侧各建一个叫作尼亚加拉瀑布城的姐妹城，分别隶属于加拿大的安大略省与美国的纽约州。

尼亚加拉河横跨美国纽约州与加拿大安大略省的边界，是连接伊利湖和安大略湖的一条水道，河流蜿蜒而曲折，河道先宽后窄，落差先小后大。至此骤然陡落，水势澎湃，声震如雷，形成了尼亚加拉瀑布。

演绎出世界上最狂野、最恐怖、最危险的漩涡激流，又冲进深38米的漩涡潭，然后一个蛟龙翻身，经过左岸加拿大的昆斯顿、右岸美国的利维斯顿，冲过"魔鬼洞急流"，最后由西向东进入安大略湖。

据资料记载，在新大陆被发现之前，尼亚加拉这一奇迹一直不为西方人所知。直到1678年，一位叫路易斯·亨尼平的法国传教士来到这里传教，发现了这一大瀑布，赞叹不已，做了传神的描述，介绍给了欧洲人。1625年，

落地生根

欧洲探险者雷勒门特第一个写下了这条大河与瀑布的名字,称其为尼亚加拉。但让尼亚加拉瀑布真正声名鹊起的是法国皇帝拿破仑的兄弟吉罗姆·波拿巴,当时吉罗姆带着他的新娘不远万里从新奥尔良搭乘马车来到尼亚加拉瀑布度蜜月,回到欧洲后在皇族中大肆宣扬这里的美景,于是,欧洲兴起了到尼亚加拉度蜜月的风气。

时至今日,到这里度蜜月仍是一种时尚。

一、履痕

靖宇县

抗日英雄杨靖宇，35岁就献出了宝贵生命。他的落难，不是日本鬼子直接逮住了他，而是跟了他多年的部下叛变投敌，当了汉奸，由叛徒、汉奸围捕枪杀了他。

抗战大阅兵前夕，我们来到吉林省。早饭后，从长春市驱车出发，中午到达靖宇县。简单午餐之后，开始参观靖宇纪念地。

那里占地面积不小，主体纪念物由杨靖宇塑像、杨靖宇纪念塔、杨靖宇殉国地、杨靖宇纪念馆等组成。园区内，一条溪流横穿而过，苍松秀水，鸟语花香，景色宜人。

靖宇县原名濛江县，位于吉林省东南，长白山西麓，松花江上游左岸，属于白山市辖区。1946年，为纪念民族英雄杨靖宇殉难而改名为靖宇县。

杨靖宇将军纪念地在县城东南6公里，已建成园林式公园。进了大门，首先映入眼帘的，是杨靖宇将军高大威武的塑像。我们站在塑像前，鞠躬敬礼，注视良久。

杨靖宇将军是我们老乡，出生于毗邻的驻马店市确山县李湾村，原名马尚德，字骥生，先后加入中国社会主义青年团、中国共产党，曾任中共豫南特委书记、豫南工农红军游击队总指挥，领导过确山农民暴动和刘店秋收起义，创建鄂豫皖苏区红军别动大队。

后来，他被中央调到东北，历任中共抚顺特别支部书记、东北反日救国总会会长、中共哈尔滨市委书记兼中共南满省委代理军委书记、东北人民革命军第一军军长兼政委、东北抗日联军第一路军总司令兼政委。

杨靖宇率领着抗联部队，与日本鬼子进行了激烈的斗争，遭到了敌人的疯狂反扑。在斗争形势日趋残酷的形势下，跟随他多年的部下叛变投敌，使抗联队伍大受削弱。到了1940年初，只剩20多人了。

2月18日，杨靖宇身边的最后两名警卫员在濛江县附近向群众购买粮食和衣服时被捕，敌人从他们身上搜出杨靖宇的印章，判断他可能就在附近，于是增派兵力和飞机展开围捕。

2月22日，杨靖宇踏着没膝的白雪，只身来到三道蒙江河边，寻找失散的抗联部队。已经5天没有吃到一粒粮食的他，在山上遇到了4位农民，委托他们进城买点吃穿用品。不幸又被叛徒抓到，盘问出杨将军的下落。

于是，敌人派出200来人围剿他。在三面受敌的情况下，他仍然挥舞着双枪向日伪军警猛烈射击，终因寡不敌众，身中数弹，壮烈牺牲。

杨靖宇牺牲后，令日本侵略者纳闷的是，被围困在冰天雪地里，断粮五天五夜，靠什么生存？敌人将他剖腹查看，发现胃里全是枯草、树皮和棉絮！

我们走边听介绍，下了一个长坡，从小桥上跨过溪流，来到纪念塔旁。此塔由塔基、塔身、塔顶3部分组成，正面刻着朱德同志的题词："人民英雄杨靖宇同志永垂不朽"。

纪念塔北侧50米处，建有一个护碑亭，亭内耸立一座石碑，正面刻着"人民英雄杨靖宇同志殉国地"，背面刻着杨靖宇简历。

碑亭边长着一棵青松，朋友说那里就是杨将军的牺牲地。当年杨靖宇与敌人作战时背靠的是一棵扭筋子树，后来这棵树干枯了。20世纪60年代，靖宇县人民在此栽了这棵针叶松，用来纪念。

从纪念塔到纪念馆，经过一个开阔的广场。广场一侧，停着两架报废飞机，用作展览。我们来到这里，是下午一点多钟。经过联系，一名纪念馆的工作人员提前上班，为我们讲解。

纪念馆设3个展览厅，以陈列"杨靖宇将军战斗的一生"为主，同时设专室陈列其亲密战友、当年抗联一路军部分将领的英雄事迹。现珍藏的文物资料2400余件和来自国内外知名人士的留言题词。

看罢这些史料，一股在我心头挥之不去的愤慨，除了日本鬼子，就是国内的叛徒、汉奸。正是这些无耻家贼，才使得侵略者长驱直入，践踏祖国大好河山，无数中华儿女受到戕害。

在和平的环境下，还有汉奸吗？有！那些为了个人的利益，而出卖国家和人民利益的人，不就是么？他们的危害，同样不可低估，不应饶恕。

一、屐痕

站在这块展牌前

新县鄂豫皖苏区首府革命博物馆第三展厅内,有一块红底金色展牌,上书:"坚守信念,胸怀全局,团结奋进,勇当先锋"的大别山精神,永远激励着我们在习近平新时代中国特色社会主义思想的指引下,不忘初心,牢记使命,为实现中华民族伟大复兴的中国梦而奋勇前进!

十一过后,我随市文联组织的文学爱好者,来到新县,接受红色基因传承教育,又一次伫立在展牌前,心情依然澎湃。不止一次看过的几幅画面,又浮现在眼前。

1. 英名墙

在新县烈士陵园,我们排队等候去纪念碑前向烈士敬献花篮。工作人员引领,列队面向纪念碑,一鞠躬,二鞠躬,三鞠躬,表达崇敬之意。接着,参观烈士事迹展览。到党旗下,重温入党誓词,最后,来到英名墙前。

英名墙形如一叠打开的历史画册,镌刻着鄂豫皖三省26县万名革命先烈的英名。这是一个震撼心灵的数字。这么多人为了革命、为了人民群众翻身解放,过上幸福的生活,把自己的生死置之度外,用各种方式前仆后继,坚持革命斗争。

新县是鄂豫皖工农革命的发祥地之一,是鄂豫边革命根据地的中心地带,在这块红色的土地上,发生过艰苦卓绝、可歌可泣、可敬可佩的革命斗争。以吴焕先、程儒香、肖国清、程怀天等为代表的一代英雄儿女,无私无畏,同敌人浴血奋战,把自己的鲜血洒在了与敌人斗争的战场上,把年轻的生命

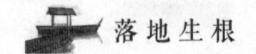

奉献给了党和人民。

有文字介绍，鄂豫皖苏区在册烈士共13万多名。他们，都没有看到为之奋斗的革命胜利这一天，没有享受到革命胜利的成果。但是，他们在烈火中永生，功勋不朽、浩气长存，人民永远不会忘记他们。

今天的幸福生活，与烈士们抛头颅洒热血密不可分。武不怕死，文不贪财，坚守革命信念，勇往直前，坚持斗争，正是大别山精神的核心。吃水不忘挖井人，我们的子孙后代，永远不能忘记他们。忘了他们，就是数典忘祖，不肖子孙。不忘昨天，珍惜今天，奋斗明天，才能保稳红色江山千秋万代不变颜色。

2. 将帅馆

这里我看过多次。每一次都肃然起敬。大别山区的革命队伍，起步早，发展快，由小到大，由弱到强，坚持革命斗争，从未停止。从星星之火，到风起云涌，斗争，胜利，失败；再斗争，再胜利，又失败；再斗争，起伏跌宕，惊心动魄，直至最后胜利。无论形势多么复杂，时局多么艰难，斗争多么险阻，红旗飘飘，28年一直不倒。这种可贵的大别山精神也是我党的宝贵精神财富。在斗争中，一批优秀的共产主义战士牺牲了，一批栋梁之材成长起来了。

将帅馆里分为序厅、元帅厅、大将厅、上将厅、中将厅、少将厅，全方位、多角度地展示了在鄂豫皖苏区工作和战斗过的349位将帅的丰功伟绩。

一面将军墙，展现了那么多将军的头像。他们是大别山区人民的自豪。尤其是那些开国将领，是战场上厮杀出来的佼佼者。革命不怕死，怕死不革命。一个个豪杰出生入死成长起来，一句句豪言壮语昭示着一代人的信仰、追求与奋斗。他们是响当当的勇士，是大别山精神的践行者，是我党我军的骄傲。

3. 纪念碑

我们来到箭厂河乡"红田"。红田现在是一块一亩左右的草坪，一侧立碑

一、屐痕

一通，镌刻着"红田"的由来。1927年冬，国民党军纠集地主、清乡团进犯箭厂河地区，大肆屠杀共产党员和进步群众，在不到两个月的时间内，300多名共产党员、革命战士和进步群众在这块田里惨遭杀害。烈士的鲜血染红了这块土地，因此诞生了一个凝重的名字"红田"。

"红田"的另一侧，有一组雕塑，表现的是革命者当年不屈不挠、视死如归的真实故事。1927年，农民赤卫队长共产党员程儒香不幸被捕，敌人对他严刑审讯，在数九寒天里扒光了他的衣裳，把四肢钉在墙上，他毫不退缩，痛骂敌人。敌人又将他移到一棵大树下，残暴地割掉他的眼皮、耳朵和舌头，他仍不畏惧，直到英勇就义。敌人没能从他口中得到半点秘密。

1933年秋，箭厂河区一乡团支部书记兼童子团中队长肖国清，在反"围剿"突围的战斗中不幸被捕。敌人妄图从这个年仅16岁的女共产党员的嘴里得到党组织情况，对她施行了各种残酷的折磨，但肖国清同志不屈不挠，一直怒骂敌人，直到被活埋。

在整个革命斗争过程中，箭厂河乡有5000余人献出了宝贵的生命。家家有烈士，户户有红军。他们在这块红色的热土上，洒下了斑斑血迹，留下了个个英名。

看着复活当年斗争场景的雕塑，听着工作人员生动的讲解，当年驰骋疆场、奋勇拼搏的壮烈场面，视死如归的高尚情操和气节，同时浮现在脑海。我们将永远铭记他们的钢筋铁骨、浩然正气，不忘初心，牢记使命，义无反顾，开创新的时代。把生死置之度外的革命者，永远是大别山精神的脊梁！

落地生根

鸡公山梧桐大道

初冬时节，我们驱车走了一趟鸡公山"梧桐大道"。

它起自大茶沟西端，一路西南，绕山过岭，跨河越溪，在群峰逶迤中伸展，至桃花寨转向东南，峰回月亮湾民宿度假区，直达武胜关。再依次沿老平汉铁路方向，去火车露营地；穿过依云温泉度假村，到鸡公山核心景区；过国际漫城，经波而登森林公园，到大茶沟；入当谷山杨岗古村落；上灵山金鼎，下山至京港澳高速公路相接处；西行经云水寺，到体育特色小镇；过国际艺术园区，回到出发地。总共105公里，走成一个宝瓶状。其中60多公里已经全部竣工。

虽说是山路，品位却不低。水泥路基，柏油铺面，双向二车道，中有分行线。两边铺设路沿石，靠山一侧，修有排水沟，靠谷一侧，栽了法桐树。两棵法桐之间，又栽了百日红、格桑花、金鸡菊等，俨然一条错落有致的林荫花道。

它对接了鸡公山老景区上山的道路，串起了新景区十余个景点，犹如一条闪亮的金线，把一个个美丽的珍珠，串成一条漂亮的项链。

行进在这条大道上，山峦起伏，群峰叠翠，溪流蜿蜒，鸟语花香，如诗如画，目不暇接。四季之景，各有千秋。春天山花烂漫，蜂飞蝶舞，幽兰飘香；夏天泉水叮咚，鸟儿欢歌，荷叶田田；秋天金风飒飒，硕果累累，彩林漫山；冬天白雪皑皑，雾凇晶莹，玉树缤纷。

或许有人说，再好，不就是一条路么？是的，一条山路，与川藏公路比，算不了什么；与云贵高原高速路比，也不值一提；与港珠澳大桥比，更是小菜一碟。但是，如果把修建过程、所起的作用，以及开发的新景点综合起来

一、履痕

看，就会情不自禁地点赞。

梧桐大道不是一条普通的山路，而是鸡公山新景区开发理念的体现。它的修建，挑战了自身条件的"不可能"，体现了可贵的爱岗敬业精神，是智慧、拼搏、毅力的结晶。

大道从游客集散中心入口。这里是利用搁置已久的半拉子工程，整合多方资源，按照五A级标准打造出来的，拥有1500个车位和全方位服务设施。站在高处俯视，犹如摆在群山之中一个巨型棋盘，蔚为壮观。

穿过游客集散中心，便进入山里。途经头一个景点是和静砦。此砦建于明末兵荒马乱的年代，至今已有400来年历史。那时，居于山脚下大王村的民众，屡遭匪患。为了抗匪避祸，全村人倾力修砦，秋收后，进砦生活，组织起来，自我保护。古砦虽久经风雨，东西南北四门犹存，砦墙巍然，昔日轮廓依稀可辨。各处景点正在修建中，对外开放指日可待，将给人以"和衷共济，静而能安"的历史体验。

从这里拐上另一条山路，到龙袍山。这里主峰巍峨，怪石嶙峋，老松苍劲，古树蓊郁。登峰东望，鸡公山主峰突起，在蒙蒙山岚中，似有神鸡化凤的意象。西龙东凤，遥相呼应，相得益彰，可谓龙凤呈祥！

从和静砦直行，过开阔的田园，到桃花寨。这个景区主要由古寨、溪流、湖泊、高山草甸等组成。新修了桃花湖，整理了桃花溪，架起了玻璃栈道，建成了水滑道、旱滑道，开发了蹦极、五彩滑道、高山露营地等，新建了桃花寨酒店，沉睡的深山热闹起来，周六周日与节假日，游人如织，络绎不绝。

从桃花寨景区转而东南，起伏蜿蜒，直达武胜关。此关位于豫鄂交界处，北屏中原，南锁鄂州，是我国九大名关之一，春秋时期称直辕、澧山，秦统一中国后改为武阳关，南宋时期易名武胜关。关下有京广铁路隧道通过，关上有107国道纵穿。这里是历代兵家所争之地，最早的战事可追溯到黄帝与蚩尤的争战，春秋以后有记载的达60余次。

从武胜关北行，可乘坐老火车穿越时空，体味当年平汉铁路客运情景；可住依云温泉小镇，品尝地方特色小吃，享受地热温泉的拥抱；可到大茶沟览胜，观赏千年老茶树；可登金顶放眼四野山光，体验道教文化；可到杨岗感受古村落，领略农家风情。

落地生根

新景区的开发，弥补了老景区的不足。鸡公山夏季平均气温22.4度，素有"午前如春，午后如秋，夜如初冬""三伏炎蒸人欲死，清凉到此顿疑仙"的美誉。清末民初，就是全国四大避暑胜地之一。但是，避暑有很强的季节性。一年大半时间闲着。随着空调的普及，避暑已不是刚需，山上的人气，冷天冷清，热天也没以前热闹。

如何使鸡公山风景区常年都有游头？十年来，鸡公山管委会班子一直思考并致力于解决这个难题。他们一头扎进山里，调查研究，有路走路，无路披荆斩棘，一连数月，衣裳汗透无数次，鞋子磨破好几双，摸清了辖区内山山水水，理出了开发思路。

跳出传统"2.7平方公里核心景区"的圈子，开发全域旅游，视野放大到287平方公里，从单纯观光型旅游景区向高端休闲度假健康养生区过渡发展，以"大体育、大健康"为主题，引入"文化艺术、体育健身、森林养生"旅游度假理念，出台扩展旅游景区，建好一园十三景，形成贯通、循环、完整的旅游服务链的方案。一园，文化创意产业园。十三景，龙泉寺、云水寺禅养区，龙袍山山地运动养生区，波尔登森林公园，鸡公山国际慢城，鸡公山风景区，天平山桃花寨民俗文化区，武胜关古关隘文化大观园，鸡公山温泉度假村，平汉铁路博物馆，大茶沟滴水崖古茶文化观光区，杨岗古村落与生态农业观光区，灵山金顶道教文化区，山地运动度假区。围绕新思路，带领班子成员和团队，更新经营理念，改变工作方式，全年奋斗在第一线。

景区开发建设，需要资金和人才。广栽梧桐树，诚招凤凰来。修路，做环境，增强投资者信心。凭借辖区优质旅游资源，搭建了鸡公山文化创意产业园、健康运动科技园、温泉健康养生度假区、鸡公山游客集散服务中心等多个集团化招商平台。借助各类招商引资活动的契机，积极招商引资，为项目建设投资引来"源头活水"。通过高等院校等专业机构开展集群招商，建立了政府出政策和平台、学校出技术和人才、企业出资金和管理，最终实现产业市场化运营的"政府+学校+企业"的产业招商发展新模式。先后引进了十余家企业和院校来鸡公山合作投资兴业，为辖区旅游产业发展提供了强大动力和活力。

龙袍山景区、桃花寨景区开发项目很快行动起来了。桃花湖、山泉湖、

一、屐痕

水上飞人、桃花溪水滑道、旱滑道、玻璃栈道、五彩滑道、蹦极、高山野营地、和静砦、茶文化园，等等，三个可停放两千来辆汽车的游客集散中心，还有新农村建设、学校、幼儿园、核心老景区修复等，相继修建。

梧桐大道，在新景区开发中，像一根绸带，飘逸在群山峻岭间，把新景区联通起来，与老景区对接，拉开大旅游的框架，完善景区的文旅功能，形成了鸡公山风景区大旅游格局。

走过这条大道，回头看看九年间的变化，可喜可贺！如果没有强力带头人，没有高度的责任感，没有拼搏奋斗的精神，没有坚忍不拔、勇往直前的毅力，没有团队的集体付出，实现突破是不可能的，这条看似普通的大道，连同拉开的景区框架，至今可能还在梦里，甚或连梦里也没出现。这就是梧桐大道意义所在。

它示人以诀窍，要引金凤凰，先栽梧桐树。栽了树，筑了巢，鸟才喜欢飞来。它给人以启示：世上无难事，只要肯登攀！坚持创新，无中能生有；坐吃山空，有也会变无。

不赌就是赢

拉斯维加斯是美国建在沙漠上的一座赌城。只有亲临，才能体验到赌的规模和赌的疯狂。

行走其间，几乎随处可见聚赌的地方，连机场的候机厅、酒店的大堂、商场一隅，也不例外。

参赌的，有男人女人，有白皮肤、黄皮肤、黑皮肤，有年轻人，也有上了年纪的人。赌具、赌法五花八门，令人眼花缭乱。

小赌之地，开放性强，阵容大，一个酒店大厅，摆放着百台甚至几百台老虎机，还有二十一点、百家乐等。

我们所住的酒店，是个中等条件的酒店，一层大厅主要是赌场，一眼望不到尽头，日夜营业，高峰时熙熙攘攘。

据说还有单间，专供豪赌，一般人想碰碰运气，体验一下，是不便进去的。只有腰缠万贯、一掷千金的赌徒，才敢进入。

导游告诉我们，他来这里已经十多年了，给赌场送了二十多万美金，"挣的钱输给开赌场的了"。

"挣点钱不容易，既然赌不赢，为什么还不收手呢？"对这个提问，他无奈地回答道："经不住诱惑，总想赢回来呀。"

看样子，说的是心里话。参赌者，没有一个想输的。想捐款，直接去慈善机构不就得了。

都想赢，谁愿意输呀？赌场老板吗？没这种傻蛋！开赌场干什么？赔本买卖还干吗？早就关门歇业了。

"十赌九输"，是赌场名言，万贯家财抵不上赌。古往今来，赌徒、赌棍、

一、履痕

赌红了眼的人，家道破败，妻离子散有的是，有人甚至因走投无路而自杀。

一般人进了赌场，心就不是自己的了，赢了小钱，还想赢大钱；输了小钱，又想捞回来。结果，赢的没有输得多，越输越想捞，难以控制。最终，赢的还是赌场老板。

马来西亚的云顶，澳门的葡京，还有蒙地卡罗等，这些世界上著名的赌场，给多少人制造了悲惨世界，留下了终生的遗憾！

赌王何鸿燊常说："不赌就是赢！"

落地生根

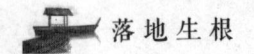

不"啃"那个苹果

美国历史上的淘金热,洒下了不少华人劳工的汗水与泪水。他们的发财梦,在岁月磨难中,最终化为泡影。

近在咫尺的岩岛,如今成了游览的一处胜地。岛上有什么可看的呢?只有名噪一时的监狱旧屋,曾经关过重犯。

汽车行驶到金门大桥上时,导游指着斜对岸那片居住区向我们介绍说,就是那个地方。"现任市长干了四届了。为什么?难干,没人竞争。"

在另一个区域,却大不相同。那里集中了不少高科技企业,有生物制药和IT产业,IBM、谷歌、苹果公司等,都在那一片。

说起苹果,有人首先问及的是苹果6,因为有朋友希望在这里买几个,带回去送朋友。导游领着我们先后去过三个专卖店,看到排着长队,都摇头离开。

我们虽然没买手机,却到展示柜台转了一趟。展示的苹果6,有16G、32G、64G、128G四种型号,价格最低的299美元,最高的599美元,比国内价格便宜一半。

有人想请当地的朋友帮助买几个。朋友说,那个价格的手机,只能安装美国通讯公司出售的手机卡,在美国使用。回中国,不行。

至此,欲购者似乎明白了。好像国内通讯公司与生产商或销售商也有过协议价。

一、履痕

棕榈泉购物

　　行程中，有一次购物活动。地方在洛杉矶的棕榈泉。那里远离闹市，开车得个把小时。主要产品是服装、提包、手表、化妆品、保健品等。

　　棕榈泉街道纵横，道旁栽的主要是棕榈树。占地面积不小，清一色一层建筑，对外宣传是名牌厂家直销。有一百多个店铺。

　　虽然远离城市，四不靠，因交通方便，购物集中，却不乏专程而来的游客，高峰时熙熙攘攘，好不热闹，一点也不亚于闹市里的大商场。

　　购物者，各种肤色的人都有。我们去时所见，黄皮肤者居多。手提包、钱包等名牌产品，成大包的购买者，中国大陆游客占比不少。

　　我与几个人聊过，他们一次购买那么多东西，并不是自己使用，也不是回国转手出售，而是赠送亲友。出国前亲友们设宴饯行，回国后又要接风，不能空着手啊。

　　我出国最不爱的就是购物。国外名牌货，价钱大都比较贵，有些贵得出奇。俺这工薪阶层，饱饱眼福就可以了。

　　有人说，在美国买东西，别想着那是美元，就当是人民币。比如，一个小包，二三百元，相当于月工资的十分之一，不伤大元气。

　　说起来好听，做起来哪有那么单纯啊。毕竟我们的月收入是人民币，而不是美金。在美国，小时最低工资不低于十美金，月薪三千多美金。而我们的收入还不到一千美金呢。

　　这些名牌产品，与国内销价相比较，是便宜一点。但是，普通工薪阶层，谁舍得花一个月的工资，买个小包？

　　滑稽的是，不少外国的名牌产品，生产厂家却在中国。中国生产出来的产品，贴上他们的商标，运给外商，就价值数倍，有些甚至高过十倍。

我认识一个专为外国名牌厂家生产衬衣的工作人员，他们厂子里的产品，贴牌外销。生产一件衬衣，成本也就是一二百元人民币，运到国外，竟卖两三千元。

有些人甘愿花这个钱，讲名牌，比洋气，出国后，花贵价钱买回在国内用。有人用"疯狂购物"这样的字眼，来表述中国游客在美国的购物活动。

买家多了，价格也被抬起来了。这不能全怪人家奸猾，"拿你的锯，锯你的树"，买卖双方都是自愿的，"周瑜打黄盖，愿打愿挨"。

一、屐痕

活着的与死去的

  两次到华盛顿，所看的景点几乎一样，白宫呀，国会呀，等等。这些地方，集中在一片相当开阔的地带。所看到的内容，无非是活着的与死去的名人名事。

  活着的，有居住在戒备森严的白宫里的美国总统。与总统当然无缘面对面。其实，见到见不到就是那么回事。想见的话，并不难，看电视新闻就可以。而我两次来，都是站在南草坪铁栅栏外望几眼，拍个照。收获仅仅是到过它的旁边，得到一丝兴趣的满足。用相机拉近镜头，可以看清房间的窗户。据说，早些年，也可以进到里面看看，当然，严格的安检是不可少的。

  还有在国会大厦里活动的人。第一次去，隔着一池清水，望几眼，拍几张照片，仅此而已。回国后，有人问看过什么地方，照片一摊，振振有词地回答：您自个看，这不是美国国会大厦吗？这一次，绕水而过，进了围墙，站在大树下绿草坪上，近距离观察一番，当然也没忘记拍几张照片。

  导游指指国会大厦，告诉我们，底层长方形的建筑物，是上下两院活动的地方。议长和议员多在上头圆桶状建筑物里办公。顺手势看去，上半部分建筑物正在维修，钢管拼搭起来的脚手架，像网格一样，把上半部分围得严严实实，像个偌大的鸟笼子。这里面的人，制约着总统的行为，左右着美国重大决策。

  死去的，共有五部分。与国会大厦位于同一条中轴线上的，有高耸入云的华盛顿纪念碑，宏伟肃穆的林肯纪念堂；在中轴线一侧的，有杰克逊纪念堂，越战和韩战纪念碑。

  越战纪念碑的碑体由黑色花岗岩砌成，长500英尺，呈V字，上面以战

59

落地生根

死者的日期为序，刻着 1959 年至 1975 年间美军在越南战争中阵亡者的名字，总共 5.7 万多人。

设计纪念碑的是华裔林璎女士，当时 21 岁，还是耶鲁大学建筑专业三年级学生。她的设计方案在 1421 件应征作品中，成为首选。其设计如同大地开裂接纳死者，具有强烈的震撼力。游客很多，其中不少是美国人。我们看到，一群群学生模样的人，在老师的带领下，也前来这里，好像在接受教育。

韩战纪念碑是一个小小的纪念园区。19 个与真人尺度相仿的美国军人雕塑群最先映入眼帘。他们头戴钢盔，身背行囊，荷枪实弹，表情紧张，身躯前倾，在一片长满青草的开阔地上，似乎各自为战，搜索前进。

雕塑南面是一座黑色花岗岩垒砌的纪念墙，上面浅浅地蚀刻着一些隐约可见的士兵脸部。这些形象是根据朝鲜战争新闻照片中美军各个兵种的无名士兵的真实记录临摹镌刻的。参照新闻照片的碑刻，给人一种历史真实的感觉。

碑旁有一处雕塑，表现的主题是一个越南女性，正在抢救美越战场上一位受伤的美国士兵。美越之战，打了十几年，激烈程度少有，是否会有真实的这一幕，我无法也无心探究。

这两场战争，是美国战争史上两场恶仗，也是两场败仗。对于大多数美国人来说，无疑是两场噩梦，为此付出了沉重的代价。不知美国人来到这里会有什么感想，我猜想，少不了眼泪和思索。碑上"自由不是无代价的"的刻文，也许能给他们心灵带来一丝安慰。但是，越南人、朝鲜人会怎么想呢？

死去的，早已无声无息，只能享受后人的祭奠怀念，永远听不到后人的是非评价了。活着的，在那两座大楼里整天还在思考着什么？还要不要屡屡出兵，让臣民们继续到外国"付出代价"，换取"自由"？

他们死在了朝鲜战争、越南战争的战场上。死得值得吗？谁该对他们的死负责？

一、履痕

郝堂好在哪里？

郝堂原是一个名不见经传的山村，像这样的村落，在豫南大别山区比比皆是。然而，这几年来，名气渐长，慕名而来的人络绎不绝，周六周日出现游人扎堆的现象。国内一家权威媒体称其为"最美山村"。

有位朋友前年就向我推荐郝堂，建议过去看看，我口头答应了，却并没放在心上。去年夏天，想起此事，悄悄去了一趟。不去则已，一去就喜欢上了这个地方。接着，去了第二趟。今年迄今，又去了两趟。

几趟之行后，提起郝堂，头脑里总是回放那里的一个个镜头：

旧居经过精心设计，在没有拆毁原建筑物的前提下，一张崭新的面貌展现出来了。由杂乱无章变得井井有条，由土气变得风度翩翩，由自然环境美丽变为整体美好。这是文化品位方面一个质的飞跃。用由普通变为不普通来表述相当恰当。

原来的水塘，用石头砌岸，放置一辆水车，不仅增加了美感，还增加了文化气息，江淮水乡的特色活灵活现。水车早已不用，在农村很多地方，已见不到它的踪影。这里的环境创意，既不影响水塘功能的发挥，又能把人的心绪拉回到过去的岁月，拉回到远古时光，令人浮想联翩。先人的智慧，曾让后辈们受益千年。如今，它被抽水机取代了。

泥巴和篱笆组合的围墙，保持并彰显了豫南民居的风貌。石臼和破缸，被农家用来栽植莲藕，增添了农家小院的生机。

村头的碾子，留住了人们对往事的追忆。大树下的石墩，就地取材。慵懒的黄狗，酣睡在门前。

村里放有垃圾桶，有生活污水处理设施。旧屋加了门楼。院墙边的篱笆

61

里种着蔬菜。拱桥与青山相连。水边的苇子颇有几分水乡的味道。

小溪增加了拦水坝。一道水坝成为一道景观。多处竖着乡土气息浓浓的农家餐馆指示牌。有不少人家仍独居在田园的环境中。

诸如此类，不胜枚举，引起了我的反复思考：郝堂好在哪里？是什么吸引那么多人前去参观游览？那里的建设对正在进行的美丽乡村建设有何示范意义？能给大家什么启迪？值得借鉴的经验有哪些？

是山清水秀，风景秀丽吗？是稻秧青青，碧荷连连吗？是老屋新韵，如诗如画吗？是传统文化和创新思想碰撞出火花，彰显了豫南特色吗？是村民因此而增添新的福祉吗？

探讨的欲望躁动于腹中，但未得定论，故而迟迟未有动笔。恰好老记协组织这次集体采风活动，那么，就拜托各位老新闻工作者，认真听，仔细看，深挖掘，慧眼识宝，理出门道，直白真经，报道出去，宣传开来，让更多的人了解郝堂，认识郝堂，从而获取滋养，继续解放思想，真抓实干，因地制宜，各具千秋，让美丽乡村之花开遍豫南大地。

一、履痕

科罗拉多大峡谷

　　从拉斯维加斯去科罗拉多大峡谷，不到两个小时车程。沿途所见，几乎全为荒漠。公路两旁的绿色，品种不多，都是耐旱植物。高些的，多属仙人类。

　　恶劣的自然环境，并未难倒居住在那里的印第安人。领头人是酋长，拥有绝对权力。

　　人烟稀少的大峡谷，过去被印第安人统治着，现在，名义上仍然是他们的领地。据说，酋长的权力依然了得。

　　大峡谷的气势名不虚传，险谷峭壁，望无尽头，惊世绝伦，扣人心弦。科罗拉多河从谷底穿过，就像地狱里一条绿色的幽灵。

　　导游说，如果步行下到谷底，需要两天的时间；如果乘坐毛驴下到谷底，需要一天时间。而乘坐直升机，只需要十多分钟。

　　导游说，美国是个讲究现实的国度，别人给你服了务，并不想要个"谢谢"的话语，而是看重小费。给了，会更周到一些。没给，人家还会直接提示。

　　我们选择乘坐直升机浏览，驾机者是位女性，三十来岁，中等个头，身材修长，浓眉大眼，脸色红黑。见到我们，回眸一笑，并无言语。

　　一行六人，在地面服务人员的帮助下，登上座舱，系好安全带。接着，驾机者熟练地操纵飞机，离地，侧身，转向，向峡谷飞去。

　　我们给了小费，心里踏实。这地方今生可能只来一次，花钱买愉快，值得。看来，架机者比较尽心，沿着最令人激动的地方飞。贴着悬崖峭壁落往峡谷的感觉惊心动魄，久久难忘。

　　下了飞机，去河边坐船。船工先把船头调向上游，逆流而行。慢开一会儿后，又急速向前。接着，在岸边稍停，任凭随流漂下，供大家拍照。

纳帕山谷

在美国旧金山，早饭后出发，去纳帕山谷，约一个小时到达。天气很好，阳光明媚，微风，天空湛蓝。

纳帕是一个县，位于加利福尼亚州北部。我们途经县的治所，从外观上看，规模与我们这里乡镇办公场所差不多，相当简约。

这里的土壤和气候特别适宜葡萄生长，又有纳帕河水可以灌溉，盛产优质葡萄。但是，我们却没看到想象中的山谷。所过之处，全是起伏绵延的丘陵。

汽车在公路上奔驰，一片片葡萄园在眼前接连闪过。虽然早过了葡萄采摘的季节，但是叶子尚挂在枝头，流畅的沟垄线条，呈现韵味十足的金黄色。

我们先后参观了一个意大利酒庄和一个法国酒庄。酒庄拥有自己的葡萄园，自己的酿酒大师、酒窖、销售渠道。

酒窖里摆满了一行行装满葡萄酒的橡木桶。有些木桶还留有气孔。酒庄陪同人员介绍说，就在酿制的过程中，需要呼吸。

纳帕是美国最优秀的葡萄酒产区之一，生产的葡萄酒全国闻名，已经成为美国酒文化的代名词，是葡萄酒行业高贵典雅的品质象征。其知名度就像中国贵州的茅台酒一样。

来这里的人很多。浏览风光、品尝美酒是主要目的。可以在柜台免费品尝不同品种的葡萄酒，也可以选择座位，要几味佐酒菜，慢慢地享受。

酒价不贵。游客喜欢喝的，从几十元到百多元人民币一瓶的都有。

我们免费品尝了几种风格和质量的红葡萄酒、白葡萄酒，还尝了冰红、冰白。几个人对冰白颇感兴趣，每人买了一箱。付完款，开好票，不用携带。他们可以直接发货到国内。

二、原乡

二、原乡

家乡的味道

题记：不论身在咫尺，还是远行万里，隔山隔水，难隔家乡的味道。那是植根于心底的记忆，一有机会，便被唤起。咀嚼起来，不单是味蕾的享受，更兼乡情的满足。乡情乡味，如藕似丝，紧密牵连，扯不断，抛不去。而四季乡味，各有千秋。腊月，最浓的是腊味，从乡村，到城镇，从居家，到酒家，处处有影，时时飘香。来一锅，全屋香；上一盘，满桌馋；嚼一口，心舒坦；饭局未尽，心已陶醉。

1. 腊月风景

腊月初八，商城县伏山乡里罗城村首届民俗节开幕。晨雾未散，这个豫南大别山主峰金刚台脚下的小山村，已经人山人海，熙熙攘攘。

县城通往村里的道路，车水马龙。村头宅旁，热闹非凡。杀猪的，宰羊的，打糍粑的，编草鞋的，爆米花的，卖鞭炮的，熬腊八粥的，写春联的，应有尽有。

我们参观了几家农户，房檐下，树枝间，木架上，晾晒的腊肉，引起了我的特别注意。在农家午餐，除了本地所产的香葱白菜、豆腐粉条、萝卜芋头、大蒜芫荽外，还有一个腊肉火锅，一盘腊猪蹄。腊味上桌，满屋飘香，不仅令人食欲大增，吃得津津有味，而且话题也扯到家乡腊味上来。

其实，我早就关注家乡的腊味风景了。刚入冬季，腌制腊肉就已经开始，进入腊月尤盛，到处可闻腊味飘香。从淮河岸畔，到大别山麓，从城镇，到乡村，都能看到晾晒腊肉的场景。腊味品种较多，有腊猪肉、腊羊肉、腊狗肉、腊鸡、腊鸭、腊鹅、腊兔、腊鱼、腊肠等，晾晒的景象简直是一条豫南食俗风景线。

寒冬腊月，亲朋相聚，无论到家里，去排档，还是进酒楼，上饭店，都能吃到腊味。腊味火锅，腊味小炒，腊味杂炖，腊味凉拌，等等，任你选择。

家乡的腊肉，没有杂巴味，只有本体纯香，入口清爽，咀嚼筋道，回味悠长，多吃不腻。不像有的地方的腊肉，灰不溜秋，像沾了锅灰，吃起来只觉得咸。也不像有的地方的腊肉，靠花椒、红油、辣椒提味。更不像有的地方的腊肉，口味偏甜，缺乏厚重的味道。

家乡的腊肉，色亮，绝无烟熏火燎的外观；香高，一锅香满一屋；味浓，越嚼越有嚼头；易搭配，纯肉味佳，与辣萝卜、胡萝卜、山药、冬瓜、莴笋等煨炖，其味亦美。

家乡人制作腊味，不用烟熏，不加芒硝，诀窍在选肉、腌制、晾晒三个环节。看似简单，但做成上品并不容易，关键是选好上等鲜肉，把握好盐的用量和腌制时间及晾晒程度。

制作腊味，是先民的智慧。在没有冰箱的年代，鲜肉保存是个问题。"三九"腊月，天寒地冻，室外等于天然冰箱。此时制作腊肉，不易变质，延长了保质期。存放数月不坏。

过去，家乡自然条件较差，生产条件比较落后，农民生活不富裕，平日吃不起肉，逢年过节，或者来了贵客，才舍得买肉。那时候腌制腊肉，多在腊月，杀了年猪以后。多数人家杀不起年猪，只能买一点。杀年猪的人家也不是自家吃，而要卖出一部分，换作钱花。

腊味飘香，飘的是年节气氛。腊味是春节的预告。民谣："小孩小孩不要哭，过了腊八就杀猪"；"小孩小孩不要闹，腊八过了就祭灶"；"祭罢灶，年来到，闺女要花儿要炮……"腊月里的传统节日一个挨着一个。腊八喝粥，少不了腊味；祭灶上供，少不了腊味；除夕夜饭，也少不了腊味。

新年待客，没有腊肉不成席。固始人称腊肉为"腊俏"。俏，"俏巴"也，特好的意思，也是当地使用频率特高的方言词语。外界曾一度称固始县为"俏巴县"。

腊味飘香，飘出了浓浓的亲情和友情。农谚说："人误地一时，地误人一年。"夏麦秋稻，从种到收，季节不等人。又收又种的时候，连天加夜，加班加点。到了隆冬，可以喘喘气，歇息了。又恰逢节日，走亲戚，串朋友，成为习俗。用腊肉招待亲朋好友，既方便，又上档次。

2．雪日腊味

入冬两月，几乎无雪。无雪的冬天，是个遗憾。城里人盼雪，雪是冬天的一景。乡下人盼雪，雪是麦的乳汁，谚曰："雪是麦的被，头枕馍馍睡。"

腊月初一夜晚，雪终于来了，人在梦中，它悄悄地飘落。清早起床，推窗一看，大地茫茫，满眼洁白。天，灰蒙蒙的，树，静不摇风，雪花纷纷扬扬，落地无声。

窗外落叶乔木，张开怀抱，迎着上天的使者。朝天的一面，留住了洁白。两株桂花树，深绿肥厚的叶子，捧住了更多的雪花，妆成两柄白色巨伞。

一群麻雀，在树枝上叽叽喳喳，飞上飞下。两只斑鸠，数只山鹊，还有几只长尾巴红嘴尖的鸟儿，也来凑热闹。它们的目标，盯住石榴树下那个狗食盆。而此时的狼狗"黑豹"，在门廊里拉开护食战斗的架势，随时准备扑上去，抓捕飞落的抢食者。

我走到阳台，抓两把松软的积雪，攥成雪团，用力朝树上扔去，那些杂七杂八的鸟儿，惊散逃去，细枝随着摇曳，上面的积雪下落。灵敏的黑豹，窜到院子中央，抬头看着我，"汪汪"几声，似乎表示它并没偷懒，而在尽责。

家人起床，把檐下挂着的腊肉取下来，改挂在阳光房里，免得被贼雪浸湿。这几块腊肉，头天刚完成腌制的第二道工序，挂起来晾晒出风。等到半干，还需时日。此时，不怕天寒地冻，却怕雨淋雪盖。若被浸湿，容易变质。

上午，老家有个亲戚远道而来，带来了腌好的腊肉。他家的老奶奶，腌制腊肉，可谓一绝。特别是腊鹅、腊鸡、腊鸭，令人百吃不厌。每年，都要捎几样过来。

午餐请两朋友作陪，一火锅腊肉，几碟配菜，几人围坐，开一瓶老酒，边吃边喝边聊。锅中冒着泡儿，"咕咕"作响，水汽蒸腾。窗户玻璃被雾气沾盖，像磨砂了一样。面红耳热之际，开窗看雪，雪花趁机钻进屋来。腊味则趁机逃向窗外。

酒逢知己千杯少。赏雪、饮酒、品茶，拉家常。你一言，我一语。随后，山南海北，东邻西舍，古往今来，是非曲直，惬意憾事，无拘无束。

过了半生的人，已经深谙什么是幸福。常见有人身在福中不知福，这不顺眼，那看不惯，人云亦云，缺乏主见。殊不知，大到社会，中到群体，小到家庭，各有各的难处，都不容易。社会和谐，贵在理解。

而国民也有个责任感的问题。古人云，国家兴亡，匹夫有责。如果人人想着自己，忽略了社会责任，那么，这个社会就会乱套，就难以收拾。

社会不可能十全十美，人生也不可能事事顺意。一生能够生活在和平的环境里，局势和平，社会和谐，家庭和睦，十分难得。

小聚接近尾声，话题转到现实。有人说，人生既要活得值得，又要活得知足。人生不奋斗，不创造价值，有什么意义？但是，生活上不宜攀比。像今日雪天，朋友能够小聚，叙叙家常，品品腊味，轻松欢畅，就是幸福。

幸福的感觉，今天，似乎飘在腊味里。

3. 腊味记忆

题记：小时候，家乡农民很少买羊肉。较好的户，一只腊羊腿，也是大年三十吃到正月十五。待客之道，有了羊肉，就多了一道好菜。腊羊肉，腊味膻味并重。闻着一股子腊膻味，心里也是美滋滋的。

父母在世时，我每年都回老家跟他们一起过春节。父亲在弟兄中排行老大，按惯例，初一上午，堂弟们先来我家拜伯父；初二上午，我们则去他家拜叔叔。

堂弟的舅舅，同住一村，隔沟相望。有一年午饭后，我随堂弟们去拜年，吃了花生，嗑了瓜子，喝了糟水，起身走路。他舅舅诚心相留，盛情难却，只好晚饭后再回。

那时候，家乡较穷，一般的农家吃不起羊肉。能够买得起羊肉过年的，算比较好的人家。不过，有一只整羊的很少，一般是半只或者一只羊腿。

晚饭有个火锅。红泥锅腔，本地土窑所烧，三条腿朝下，三个支撑点朝上，中间放个铁箅子。双耳坡底小铁锅，专供这种炉子配套使用。

二、原乡

火锅上桌，我们动手帮助生火。先点燃麻秆，塞进炉子底层，再往炉箅上头放些小劈柴块。我们轮流头贴桌面，嘴凑近引火口，"扑哧扑哧"吹火助燃。灰白色的麻秆灰，被吹得满屋子乱飞，桌子上很快落了一层。

火锅上桌，一股诱人的腊羊肉味钻进鼻子。没看见羊肉，只见粉条和白菜。弟兄们好不热闹，举杯畅饮，你敬我，我敬你，时不时地将蜡烛火苗吓得左摇右摆，躲躲闪闪。

火锅"咕咕噜噜"冒着泡儿，香味也随着白色雾气四散着，引得筷子来来往往。有人勤快，停会儿就往锅腔里塞两根小木条，青烟和火苗也相继升起。

吃饱喝足，我和弟弟启程回家。夜，黑咕隆咚，寒星在天上闪烁。没出庄子，引来一阵狗叫。走在田间小路上，高一脚，低一脚。四周静寂无声。

我忽然想起刚才的羊肉火锅来，对弟弟说，只闻到腊膻味，没吃到腊膻肉。弟弟说，他也是。

4．瓦罐腊味

题记：一个口、底小肚子大的瓦罐，成了我家的油罐，在厨房的墙洞里蹲了好多年。油罐不大，能盛五六斤，装过菜籽油、棉籽油、花生油、黄豆油和芝麻油，更多的时候装的是猪油，而且是腊猪油。长年累月的油浸烟熏，使他外表看起来灰头灰脑，油腻歪歪。但是家里人对它的钟情，我一辈子都忘不了。

如果它没碎，也许可算作一件文物，至少可看作传家宝。然而，很遗憾，它没能撑得下来。烟熏火燎，越界使用，超出了它的功能和承受力，有一天，终于支撑不住，爆裂了。

我当年还小，不知道它的来历，只记得没上学的时候就认识了它。它常年静静地待在厨屋灶旁的墙洞里，只是往里灌油时才被端出来，灌过之后又端回去。用油时，就用油勺子舀一点出来。

全家人吃油全从罐子里来。吃到罐底时，把罐子斜过来，让罐肚子贴着锅腔，一点一点地刮那黏在罐壁上的残油。有时，残油刮尽了，还没能补充到新油，就倒点热水，抱着罐子轻轻摇几摇，涮点油花出来。

说给现在的年轻人听，像天方夜谭。但那时候，的确如此。老家是丘陵

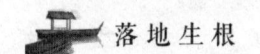

地区，虽然水田旱地都有，但是，过去基本上靠天吃饭。风调雨顺时，不饿肚子。遇到旱灾，轻者减产，重者大面积减收，甚至绝收。

靠天收，不稳产。庄稼不收当年穷，三年两头灾害，不是旱就是涝，农民生活比较艰辛。青黄不接的时候，出现上顿不接下顿的情况一点都不稀罕。"吃粮靠统销，花钱靠救济，生产靠贷款"，是当时流行的顺口溜，也是真实的写照。

表现在油罐子里，虽说吃着省着，节俭又节俭，还是时常缺料。油罐子一空，当家人就着急。急也没法，有时东借西抹，有时寅吃卯粮，还把做腊猪油作为一种办法。因为腊猪油出味，比水油解馋。

做腊猪油比做腊猪肉简单。最好原料是猪板油，放在案子上摊平，均匀撒盐，稍加揉搓，卷成筒状，外裹草纸，用绳子捆好，吊在通风干燥的地方，逐渐自然变腊。在腊月做好，可以吃大半年。

每次炼油，都割下一大块，再切成小块，放进铁锅，大火加热。炼好后，装进油罐里，随吃随取。做面条、面叶、面糊、红米茶、腊菜干饭等，撅一筷头子，在热锅里一搅，看不见油花，能闻到香气。

1959年，遇到了罕见的旱灾，大面积绝收。入冬后，生产队大食堂断粮，只能煮点菜汤，好多人都患了浮肿病。为了保命，母亲扭动着小脚，强支撑着柔弱的身体，冒着凌厉的寒风，到野外挖野菜。又到田埂上一小把一小把地揪着枯草，用镰刀一小撮一小撮地砍下，装进竹筐，背回家里。没有锅腔，也没有铁锅，就用两块土坯靠屋山墙支撑成一个腔体，把油罐拿出来架在上头，煮野菜充饥。

头一次，菜汤倒进碗里，喝起来一股腊猪油味，好闻极了。以后，此味渐淡，最后全部消失。这个腊猪油罐陪着全家人度过整个冬天，又度过早春。就在大麦即将成熟时，忽然瘫碎在烧它、燎它的草灰上。

5. 腊味爱好

题记：萝卜白菜，各有所爱。我爱吃腊味，但不是所有的腊味我都喜欢吃。有吃，有所不吃，是个性选择。爱吃的，不一定有理由；不爱吃的，却都有个中原因。

我喜欢吃腊肉。特别喜欢吃肥的。蒸出来的，切成长方块，闻着喷香，看着透亮，入口即化，十分解馋。年轻时，一次可以吃上七八块。现在不敢了，怕得"三高"，一两块足矣，偶尔也吃三块。家里常年有腊肉，妻子不常做。她说，吃多了不健康。话是有道理的，但是，经不住那股味儿的诱惑，总想隔三岔五吃一次。

但是，我不喜欢吃瘦肉。瘦肉丝多不易嚼烂。牙稀缝子大，塞牙，不剔牙难受，剔了不雅观，越剔越稀，干脆免吃。腊鹅、腊鸭、腊鸡，干脆不吃。

腊肉加上辣萝卜、胡萝卜、冬笋等炖火锅，我喜欢吃里面的素菜。放上粉条、芫荽、地菜、黄心菜，既有营养，味道也好，特别钟爱。

有一种腊肉，我是不尝的，那是腊狗肉。我一向不喜欢吃狗肉。其中一个原因，狗是人类的朋友，对主人绝对忠诚。

本地山区，也有喜吃狗肉的，尤其是腊狗肉。有几年，春节前，朋友送点腊狗肉，我马上转送出去。在我的影响下，家里几乎不做狗肉。

腊猪蹄，胶原蛋白含量丰富，脂肪少，胆固醇含量也不高，是一道极好的下酒菜。卤水腊猪蹄，腊猪蹄炖冬笋，都是诱人的美食。

腊鹅掌、腊鸭掌、腊鸡爪也是下酒好菜，嚼起来满口喷香，津津有味。一般作为凉盘上桌，多吃几个，也不占肚皮。既饱了口福，又不影响健康。

家乡风味的腊香肠我也喜欢。那是用五花肉搅烂加上食盐、花椒、大茴、红辣椒等佐料腌制的，有的添加少许糯米，灌入肠衣，腌制几天后，出风晾晒，制成后香味浓，不发甜。

6. 腊味乡情

题记：腊味飘香，飘的是一缕乡土情怀。常年在外的游子，闻到腊味香气，就找到了家乡的味道。即使在北京、广州和郑州这样名吃荟萃之地，也没有淡化老乡们对家乡味道的留念。每年腊月，家乡的腊味会通过不同途径千里迢迢捎到他们手里。

都说广东人会吃，的确。广东人食材多样，讲究补养，粤菜是我国一个重要菜系。在全国各大城市，几乎都能够品尝到。

但是，有些吃法我现在也无法适应。第一次到广东，早餐在街头吃粥，没见到白粥、绿豆粥、红豆粥、八宝粥。朋友先给我要一碗鱼粥，白米熬带鱼，我吃一口，几乎想吐。换了一碗皮蛋粥，勉强吃了一半。

如果说这是饮食习惯，需要有个适应过程的话，我心底里最不赞成的是吃得蹊跷，比如猫蛇猴鼠之类。

有一次去广东，一位老乡请客吃饭，安排在一家像样的餐馆。这位老弟在广东生活了二十多年，按说已经入乡随俗，习惯成自然了。但是，入席后先上了一盘腊鹅，一盘腊肠，尝尝，跟家乡的一模一样。腊鹅不像广东的烧鹅。腊肠也不像广式香肠，正纳闷，朋友说："老家捎来的。"他说，每年春节前，都要从老家捎来一些腊味，放在冰箱里，吃大半年，隔一段吃一次，找找家乡的味道。

这些年，家乡人到首都做事的较多，尽管年龄不同、学历有别、经历不一、岗位各异，但在饮食习惯上，总喜欢家乡的味道，隔三岔五，过一次瘾。于是，就有人就开起风味餐馆，挂起家乡招牌，做起家乡味道的饭菜。几乎每次去北京，朋友都会安排去一位老乡那里吃一顿，每顿都少不了家乡的腊味，吃得最多的是腊猪肉、腊鸡、腊鹅、腊肠。

省会郑州，更是近水楼台先得月。打着信阳招牌的餐馆酒店，多到两三千家。到这些地方就餐，只要喜欢，一般都可以品尝到腊味。尤其是入冬以后，家乡的腊味菜品丰富，煎炒焖炖，各有千秋。推杯换盏之间，家乡方言，此起彼伏，腊锅腊盘，腊味四溢，乡情、友情、热情尽现其中。

住在信阳，身在家乡，对家乡的腊味更为钟情。我有位亲戚，在老家县城工作，家里善制腊味。每年腊月，他来市里开会或者办事，总要捎带一个蛇皮口袋，里面装的全是腊味，有腊鹅、腊鸡、腊猪肉等。

我国制作腊味历史悠久，春秋时期已有记载，名曰"束修"，即十块干肉的意思。没有考证家乡的腊味起于何时，但可以判定，乡味乡情，是一个民族的生存状态，也是一种精神或者心理状态；而这个民族之中人群得到的，则是对生活的一种感受，也是一种乐趣。别小看了这普普通通的腊味，它充满着人文情怀和浸透着中国文化的馨香。

二、原乡

年话

1. 年回

过年了,回家,是一种心愿。有家可回,是一种美满。能够回家,是一种快乐。家人团聚,亲情融融,其乐在心,是人生的一种幸福。

年轻的时候,回家,就是回到父母的身边。自己有了小家,从小家回到父母身边,就是回了老家。父母仙逝,自己有了孩子,回家,就是回到配偶的居处。

临近春节,车站里,机场上,码头边,回家过年的气氛浓到极点。白天人山人海,夜晚熙熙攘攘。拉着箱子的,扛着包袱的,拎着袋子的,络绎不绝。

上学的,教书的,打工的,经商的,上了年岁的,乳臭未干的,匆匆忙忙,千里迢迢,不惧风雪,不畏泥泞,不怕寒冷,心里燃烧着一把思乡的烈火,一切艰难困苦都抛在了脑后。

过罢小年的第二天,我到了县城,宽阔的街道和平时比显得拥挤不堪。车流滚滚,车牌号五花八门,多是外地的。知情人士介绍说,春节期间,县城车辆增加在四千辆以上。有的人吃在乡下,住在县城,宾馆招待所房间早就定满。

古人说,父母在,不远游。现在世道变了,当父母的多想让子女远走高飞。即使远隔重洋,相距数千里之外,也不在乎。可是到了春节,父母不能去,孩子不能回,双方的思念情绪不约而生。熟人见面,总要问起"孩子回来不?"

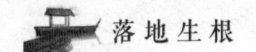

我们的父母在世时，每年春节我们都拖儿带女，赶回家与他们团聚。碰上风雪的天气，路途艰难，也从不动摇。每年回家，父母见到我们的心情，从言谈举止中明显地流露出来。

有些情感，到了我们为人父母后，体验才更加深刻。比如："儿行千里母担忧"，我开始听母亲说的时候，并不在意。现在，在更深层次上认识到这句话的亲情内涵。

由此想到，过去听过的一首歌，歌名好像叫《爱上一个不回家的人》。歌词大意是：就不要说抱歉／毕竟我们走过这一回／来过就不曾后悔／初见那时美丽的相约／曾经以为我会是你／浪漫的爱情故事／唯一不变的永远／是我自己愿意承受／这样的输赢结果／依然无怨无悔／期待你的出现／天色已黄昏／爱上一个不回家的人／等待一扇不开启的门／善变的眼神／紧闭的双唇／何必再去苦苦强求／苦苦追问。

当时糊涂地听了，也跟着糊涂地哼过。今天想想，忽生疑问，觉得不大对劲。为什么不回家？是无家可回么？是有家难回么？是有家不想回么？无家可归者可怜，有家难回者可悲，有家不想回者可叹。

家，是幸福的港湾。外面冷了，家可以温暖。外面热了，家可以降温。外面嘈杂了，家可以清静。外面灰暗了，家可以阳光。遇到风浪时，家还可以躲避风雨。所以，常回家看看，很有必要，春节犹是。

2. 年下

今天傍晚时分，中雨变成了中雪。到了夜晚八点多钟，地上已经白茫茫一片了。孩子们喜出望外，跑到雪地里玩了个痛快。身上落了一层雪，前额滴水，头顶冒汗，方肯回屋。

对年头岁尾的这场雪，兴奋的人太多了。这也是今冬以来的第一场雪啊，怎不叫人动情呢！明天是辛卯年最后一天。据天气预报说，雨雪继续下。果真如此，新年就没有遗憾了。

谚曰："年下、年下。"下，指下雨或下雪。过年时，往往不是雨，就是雪。这个规律，不仅表现出先人对气候的实践与认知，而且道出了农家的喜

二、原乡

悦与期盼。喜雨润庄稼，瑞雪兆丰年。偶尔过年没雨雪，人们就说："哎，干手干脚过个年啊。"听话音，似乎得了方便；其实，内心有抛不掉的遗憾。

今冬天气有点怪，很少下透墒雨。进入腊月后，老是晴天大日头，持续干旱。吃过腊八粥，气象预报说今天有雨，但没下；说明天有雨，还是没下；说后天有雨，仍然没下。小年前后，又预报说，后天、大后天有雨雪。到了后天、大后天，又变成晴天或多云了。

年关临近，雨终于来打了个前站。先是和风细雨，无声无息。继而淅淅沥沥，下起了中雨。这雨仿若春雨，滴在脸上、手上，并不感到刺凉。清晨起来，天仍然阴得很重。打开手机，看看一周天气预报，今明两天都有雨雪，而且由小变大。

几天的雨，解除了小麦、油菜、紫云英的干渴，也给菜园子增添了许多生机。人们一度感到干干的嘴唇，也得到了滋润。当然，对千里迢迢回家过年的离乡游子来说，有些不便，为探亲访友增加一点麻烦。

记得小时候，年雪下得勤，下得大。夜晚，带着哨子的东北风，把窗户纸刮得"哗啦"响，还不时咣当一下大门。圈里的老母猪直哼哼。清晨起床，拉开大门，满眼皆白。大雪把房门都封住了。鹅毛片般的大雪，仍然在空中乱舞，纷纷扬扬。孩子们高兴极了，仰首向天，伸手接雪，攥雪团，扔雪球，吃雪花。

大人们可没孩子的兴致。起床后，首先找到木锨扫帚，铲雪扫雪，开出一条从堂屋到厨屋的通道。然后，再开出从家门口到路坝的通道。接着，把面箩绑在秧耙头上，清理茅草屋顶上的积雪。

俗话说："雪是麦的被，头枕馍馍睡。"雪不仅滋润了麦苗，还可以起到保温作用，防止被冻坏。雪给人们以无限遐想，满足人们的好奇心。您看那"北国风光，千里冰封，万里雪飘。望长城内外，惟余莽莽，大河上下，顿失滔滔。山舞银蛇，原驰蜡象，欲与天公试比高……须晴日，看红装素裹，分外妖娆……"多么激动人心啊！

可是，雪也给人们带来许多不便，甚至灾难。列车晚点，汽车受阻，飞机延误……雪给鸟类也带来危机。它们饥肠辘辘，寻不到食物，四处飞翔，寻寻觅觅。有一年，家门前那些吉祥果子挂满了一树。几天大雪后，全被山

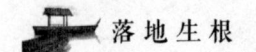

喜鹊吃完。每当家人喂鸡时，树丛里还蹲着几十只一群的麻雀，叽叽喳喳叫个不停。养鸡的主人一离开，立马蜂拥而至，抢食鸡的口粮。也怪，鸡叨鸡，叨得头破血流，却不与麻雀计较，甘愿与它们分享口粮。

雪停了。天蒙蒙亮，就听到外面"沙沙"的踏雪声。噢，大冷天，谁起那么早干吗？后来知道那是村子里的勤快人，一大早背着粪箕捡粪来了。猪粪、狗粪、牛粪、驴粪，凡粪都不放过。有道是："小孩盼着过年，大人盼着种田。""庄稼不收当年穷啊！"来年的好收成，需要提早做准备。

太阳已老高，拉开鸡圈门，群鸡一涌而出。阳光在皑皑白雪的反射下特别耀眼，看来鸡一时还不适应，踏在雪地上慢腾腾的，好像不知向何处行，一个个"竹叶三"重叠着。狗早跑出了院子，留下了两行"梅花五"。

房檐上下垂的冰凌，如排列的长剑，开始往下滴水。孩子们掰下来，一手一个，互相亮剑。直到打断，或者手冻得通红，疼得忍不住了，方肯罢休。

久盼的除夕终于到了。一桌菜上齐，并不开吃，一家人挤在门口，观看放炮。一串满地红爆竹"噼噼啪啪"炸响，浓烈的火药味随着硝烟升起扩散。响声过后，雪地上的硝烟并未散尽，零零星星地冒了好大一会儿。此时，大人在雪地上放一个草垫子，全家人轮流跪拜天地。

大年初一起来，只见门前的雪地上，鞭炮纸到处都是，好像铺了一层红地毯，多数与雪冻在了一起。雪把它留住，似乎也留住了喜庆气氛，留住了新年伊始的良好开端，留住了一年的好运气。

回忆是美好的，现实生活比过去强了好多。但是，再难找回那份孩儿时代的心情。也许，明天，孩子们都到齐了，长辈说说那份亢奋愉悦的心境，会在他们身上重现。

3. 年饱

年轻时候在老家，见到平时胃口很好的人，一到年节，却没食欲了，吃饭饭不甜，喝酒酒不香。有人甚至胃发胀，口发干，脸发红。为什么呢？老人说，是年饱。

年饱年饱，顾名思义，过年时自然就饱了。奇怪，过年怎么会自然饱呢？这要看看怎么过的年节。

中国人过年，十分隆重。进入腊月，就筹划过节事宜。吃过腊八粥，开始杀猪宰羊，腌制腊味。农村的集市也拥挤起来，非常热闹，买卖兴隆。小年已罢，磨豆腐，炸丸子，磨元宵面，酥鱼酥肉，忙得不亦乐乎。

年三十中午，就做年节的饭菜，全家人一起高高兴兴地吃啊喝啊，好不热闹。到了除夕晚餐，年节氛围达到高峰。一家人相聚吃年夜饭，吃的是最认真、最下功夫做的饭菜。尽情地吃，尽情地喝，尽情地乐。吃饱喝足乐够之后，坐着守夜。夜深了，肚子还饱着呢，又喝元旦醪糟茶。其后放鞭炮接年。折腾到凌晨，才睡觉。

在农村，有的人家早晨还没起床，拜年的就来了。只好赶紧穿衣洗漱做饭，忙乎妥当后，还得陪客人喝酒。一顿饭吃上一两个小时，已是上午十点多钟。上午也得出去拜年，中午接着吃喝。吃到下午三四点钟，晚上又接上了，又得耗费几小时。一连多天，如此，不说人的精神耗费，胃能不累吗？能不饱吗？能不出毛病吗？

并不是每个人都情愿过得那么累。传统的世俗风俗，一般人难以抹开。对亲戚，尤其是长辈，必须给他们拜年。外地回来的朋友起码要陪着吃一顿饭吧。回来的朋友多了，就得分别多次陪餐。陪人不喝酒是说不过去的。这样，挨着拜年，轮流请客，不停地陪吃陪喝，不年饱才怪呢！

旧的不良风俗得慢慢地改，想一下子改完很难。过去常喊移风易俗，有些已经改得差不多了。有些活动，本身并没什么不好，只要把握好度，就没什么问题。

年节期间，亲朋好友相聚，最好不要太过难为自己的胃，还是以吃出健康为好。

4. 年喝

中国的酒文化博大精深，源远流长。俗话说，无酒不成席，过年尤其是。家人团圆时喝酒，亲戚聚会时喝酒，朋友来了喝酒。淮上民风，从初一到十五，只要有客，就得有酒，包括早饭。菜多菜少没人计较，没酒就少了气氛。有时候，一天三喝。碰巧了，串个酒场，四喝五喝的都有。

酒这东西，喝多了绊腿。某些场合，开始都说不想喝，最后都是半斤多。有人说，好酒不醉人，瞎话！再好的酒，喝多了一样醉。大凡喝酒的人，很难做到一辈子不醉。

酒醉了难受，醉酒了百态。喝高了，有人说不成话了，有人说话多了，有人头晕了，有人腿软了，有人说话舌头不打弯了，有人走路腿打飘了，有人趴在酒桌上起不来了。

醉倒在家门口是春节期间常有的事。醉了酒，不仅自己受罪，别人还受累。主人无奈，酒后还得收拾残局。如果没有人发酒疯，那算主人幸运。有人问我：什么酒喝了头不晕就好了。我说：那就喝白开水，肚子胀多大，头都不会晕。

酒喝微醉，花看半开。没喝好，情趣不够浓，有人就失望。喝得大醉，伤身伤神。有点飘飘然的感觉，是为佳境。就像看花，还是花蕾，不见风采；开到极致，立马凋谢。

小年过后，陪客进入一家酒店，迎门挂着一幅漂亮的隶书匾额，书写的是《论语》中的一句话："子曰学而时习之，不亦说乎？有朋自远方来，不亦乐乎？人不知而不愠，不亦君子乎？"几杯酒下肚，来个戏解：有朋友从远方来，陪他喝酒，不是很快乐吗？朋友在一起，如果能经常喝个小酒，不是很高兴吗？如果不能喝别人又能够理解，不是很有君子的气度吗？大家哄然一笑，又干了满满一杯。

今日席间，有人说了老家一句土语"别贺了"。另有人发问，什么叫"贺"？别"贺"了是什么意思呀？一位老弟立马接茬：远古没有钱币，把贝作为等价交换物。贝即相当于后来的钱币。贝，就很厉害了，加贝呢？不就更厉害了么？大家又是一阵笑声。

吃饭了，上了一盘地锅馍。有人又问："为什么叫馍呢？"那位学者解读到："馍者，莫食也！过去，人们饥寒交迫，经常饿肚子。一日三餐，稀饭还不够吃，哪来的馍呢。偶尔吃一次，希望大家要珍惜，节约节俭，不可过食，更不可铺张浪费。"于是又一阵大笑，每人又满上一杯。

说到拍照，扯到平远、高远、深远的境界。大家一起去拍山景，拍的画面相差不大。但是，仔细分辨，文化底蕴不一，感受风景的层次会有很大差异。平远显得直白乏味。高远缺少厚度神韵。只有居高临下，拍得深远，才尽显层次的高美。文化底蕴的厚度，决定了画面取舍的高度。因此，文化的积累十分重要。此时响起掌声，又斟了满满一杯。

心里一高兴，酒量不固定。开始还说喝着难受，喝着喝着，情绪上来了，喝得主动，喝得豪爽，喝得尽兴。春节喝酒，真是酒逢知己千杯少啊。大团圆后，个个春风满面，谁都没醉。

5.年花

"新年到，新年到，闺女要花儿要炮……"民谣透出了春节时买花戴花的民俗。

电影《白毛女》里，杨白劳大年三十扯了一根红头绳回来，给喜儿边扎边唱：人家的闺女有花戴，你爹我钱少不能买，扯上二尺红头绳，给我喜儿扎起来……

斗转星移，习俗也在不断演变，有传承，也有创新。在我小的时候，闺女要花，已不戴在头上，而是别在屋里某个地方。

那些年，每当春节，必回去与父母团聚。父亲用他的巧手编制过年气氛，用红纸扎花瓣，绿纸剪花叶，然后做成几朵大红花，别在草屋里，喜庆元素立马增加了。

有些年，绢花多起来。绢花比纸花柔润鲜亮，经久耐用，但只是使用绢布成本高，做得慢，卖价贵，普通老百姓不便消费，一般工作人员也是望而却步。

塑料花的问世，使花市行情大变。塑料花形状逼真，价格适中，无论城市，还是农村，都较受人们欢迎。春节期间，装点室内，喜欢用它。

后来，人的观念又变了。塑料花虽美，仍有假花的缺憾。经济条件好了，消费层次也随之变化。真花开始受人青睐。鲜花行情看涨。

春节前夕，从云南、广东等地贩运鲜花的人多起来，花店也应运而生，玫瑰、百合、康乃馨等，插成花篮，扎成花束，应有尽有。

随后，剪花插花发展势头趋缓，盆花市场接着兴旺。在我们居住的小城市，就发展到多个花市，有的规模还挺宏伟。

走进花市，只见各种鲜花琳琅满目，美不胜收。牡丹、西洋鹃、蕙兰等，开得正旺。花价比平时贵了许多，但买花的人络绎不绝。大家都想欢欢喜喜过个年。

经不住市场的诱惑，这几年家里人也去逛花市。尤其是临近春节，牡丹和杜鹃开得真美啊。忍耐不住，就买回几盆，放到室内，氛围马上得到了提升。

好花喜人，好花诱人，好花本想养到第二年春节，但是，没过夏天，就叶枯枝蔫了。

知情者告诉我，卖花的为了延长保鲜期，撒了盐水。花期是长了，但是开罢花就不好再养了。有人对我说，这种反季节的花只能养一季。如果年年都活着，他们的花还卖给谁？

言下之意，有故意作弊之意。是否如此，卖花人心里最清楚，买花人就难说得清道得明了。

6. 年货

早些年，父母在，每年春节都回去与他们团聚。每次回去，都要准备点年货，无外乎吃的喝的。肉类主要有猪头、猪心、猪肝、猪肚、猪蹄和冻鱼。

这些年春节都在城里过，年货办得随意简单。猪肉还是要的，但猪杂碎不买了。我多年不吃动物内脏，害怕胆固醇高。也不买海鲜，我一向不喜欢鱿鱼、螃蟹之类。自己不吸烟，三两条烟待客已经绰绰有余。酒倒是得备一些，无酒不成席。

青菜萝卜必备，花生瓜子也不可缺少，还有豆腐豆筋豆芽、苹果橘子橙子。另外，老家人炸的绿豆丸子，散养的土鸡，农家土鸡蛋，红薯粉条，馓子，我们都爱。多年了，家乡情结一直浓浓的，化解不开。

一周前回老家，给已逝去的亲人上年坟，无非是烧草纸、放鞭炮、洒酒、叩头，表达一种活着的人的孝敬心意，平时不信有那个虚无缥缈的世界，此时倒希望真存在那个世界。

刚进村，就碰见路边有几户人家正在杀年猪。我问他们，准备得这么早呀。他们说，不算早哇，有人还早呢。果然，在有些家庭门口的屋檐下，挂着半干的肉类年货。

农村的年味比城市来得早，气氛浓。年货的准备，进入腊月就开始了。小年没到，集市上就已经十分热闹。赶集上店的路路行行，络绎不绝。街道上，摩肩接踵，熙熙攘攘。街道两边，摆满了摊点，年货琳琅满目。鸡鱼肉蛋，青菜萝卜，葱姜韭蒜，烟花爆竹，门对子年画，应有尽有。不少人家，门前早就晾晒着腊肉、辣鸡、腊鱼、灌肠等腊味了。

城里的年货，特色标志的地方越来越多。专卖店里摆出了黑猪肉、野茶油、米糠油、有机米、葛根粉、五谷杂粮等富有地方特色的商品。价格比普通的要贵，有的贵出好几倍。比如有机米，二十多元一斤。

想买反季节蔬菜，就到大型超市里去。冰天雪地的天气，并不影响茄子、黄瓜、青椒、豆角、莴笋、番茄、西葫芦上市，而且看起来都很新鲜，只要不缺人民币，想买什么都不缺。

苹果、香蕉、橘子、橙子、柚子、榴莲、山竹、库尔勒梨，从几元钱一斤到几十元一斤到上百元一个的都有。大樱桃过去每斤不超过三十元，现在卖到六十至九十元。商品价格差异很大，钱多买好的贵的，钱少买差的便宜的，也算各取所需、各得其所吧。

7. 年侃

游子在外，多数人也不轻松，平日里匆匆忙忙，回家过年难得轻松几天。亲朋好友相聚，几杯酒下肚，脸红耳热，话匣子一开，话题也就多了起来。天南海北，所见所闻，政治的，经济的，文化的，情感的，酸甜苦辣，曲直顺逆，你言我语，说起来没完没了，直到席散。

有次聚会，大家侃兴特浓。侃到传统，有人说，过去人们敬畏的东西太多了。山神，水神，河神，树神，土地爷，灶王爷，等等。现在，山神庙没有了，龙王庙没有了，土地庙没有了。不敬山，乱砍滥伐，造成水土流失。不敬地，种地不养地，超量使用化肥农药除草剂，土质日趋恶化。不敬水，肆意排放污物，江河污染，水源污染，洁净之水越来越少。不迷信，不等于不敬畏生存环境呀。

侃到吃，有人说，民以食为先。手中有粮，心里不慌，脚踏实地，喜气洋洋。十几亿人口的大国，绝不能忽视粮食生产。如果依靠进口粮食来解决吃饭问题，那就糟了。要好好种粮食，要种好粮食。现在人们担心转基因粮食，担心粮食的农药残留。无公害、绿色、有机食品是绝对不可忽略的。

有人说，俗话不俗，庄稼不收当年穷。丰收了，也不能铺张浪费。"谁知盘中餐，粒粒皆辛苦。"先人造字，饿、饥、饱，什么意思？依我看，吃自己汗水换来的东西，知道来之不易，注意节俭，八九分饱就行了。一份东西，几人分吃，就难吃饱肚子，肚子里就会咕咕噜噜叫。别人请吃，不吃白不吃，不饱不放筷子，甚至吃得肚子发撑发胀。

侃到社会经济，有人说，现在物价高，生活不易。生活在小城市里，工资低，物价在不断上涨，年轻人养活一小家并不容易。生活在大城市里，工资福利虽然好一些，但是仅是住房，就令人忧苦不堪。像北京、上海这样的大城市，住房每平方米上万至几万元，一套百平方米的房子就需要几百万元，要拥有一套住房真的不容易。

侃到消费，有人说，现在生活水平差异太大，钱在有的人面前不算钱，大把大把地花，铺张摆阔，也不心疼。在有的人面前，得一分一厘精心数着花，遇到特殊事情，就得寅吃卯粮。小困难，挺一挺过去了。大困难，想借钱都不好找地方。人与人之间的收入与消费，差异真是不小。

有人接茬说，光洗脚就有不少区别。谁研究过涮脚、洗脚、泡脚、足疗？夏天，在乡下赤脚行走，一脚泥巴，到池塘边涮一涮，或用水龙头冲一冲，涮掉了泥巴，穿上鞋子，就完事了。在城里，没有涮脚这一说。洗脚，洗得也细致。打来一盆净水，双脚放进水盆，从脚面到脚掌到脚丫，反复擦洗。泡脚，在时间和水温上更有讲究，时间长，水温适当，有清水泡、药水泡、续热水泡、电热恒温泡等。足疗名堂就多了，按摩、修脚、热敷、拔火罐等。洗脚城、足浴室、足疗馆等招牌屡见不鲜。

由洗脚又扯到洗澡。一身大汗，回到家里，去浴室打开水龙头，简单冲洗一下，南方人叫冲凉。放一池热水，躺进去洗，或者使用淋浴，从头到脚擦洗几遍，北方人称之为洗澡。躺在盆池或者大浴池里，让热水把身体包裹，一躺几十分钟，有人称之为泡澡。城市里这种地方很多，高级点的可冲、可洗、可泡、可泳、可冲浪、可吃饭，相对于洗浴中心、水疗馆等地方，澡堂、浴池的招牌就显得老土气了。

8. 年轮

朋友送我一个树根，有两人合抱粗，下雪之前，抬到露台，当作茶几。今年春节，亲友到家里喝茶，有了新的环境。

边擦拭，边细致观察，容颜苍劲，圈纹密布。每圈展示的是一年的阅历。合起来就是大树的资历。约数百圈的年轮，说明它在深山里度过了数百个春秋。那么，每年的春节，它在深山老林里感受的是什么呢？

树木无言，并非因为寿终正寝。不！它并没有消亡，仍然活着，只是以另一种方式，活在一个全新的环境里，活在与它亲密接触之人的心目里。

见景生情。昨天，听说一件事。大院里，有位年近八十的老人，单位派人去看望，送的礼品中，有一本挂历。看到挂历，他忽然有点不高兴。这不是说我又长一岁吗？是的，不看挂历，就不长一岁了吗？真是老小孩啊。

细想起来，这并不奇怪。这位老人，老伴早已去世，孩子虽在身边，却不住在一块儿。他腰腿不好使，行走艰难，出门挂着拐杖。尽管如此，坚持一日不歇地锻炼。每日晚饭后，都在院子里走来走去。很明显，他想尽力让自己的年轮圈下去。

我多次发现，很多人年轻时，总认为生命的道路还长，没有危机感。为了事业，为了配偶，为了孩子，也为了实现人生价值，不分昼夜，猛拼。待到年长，才发现人生苦短，身体这个本钱太珍贵了。当用心去珍惜时，似乎已晚。越是高龄，越想多活几年。

前一阵子爬山，多次碰到两位老人。一位七十多岁，坚持得很好，每日天蒙蒙亮就上山了，边爬边呼喊着。即使年轻人，跟在后面也喘气。另一位八十多岁。有一次碰面，我叩问老人家高龄，回答说八十六了。我既吃惊，又佩服。这么大年纪，还坚持天天爬山，真不容易啊。

我赞扬他的精神，他说，也累呀。累是自然的。我比他小几十岁，爬快了还喘气呢，何况奔九之人呢！我颂扬他可以长寿，并说自己活到他的年纪，还能运动，就心满意足了。他说你这个年龄就已经坚持锻炼，将来身体会更好的。

但愿如此！人生的年轮多伴着除夕，多长它几十圈。

9. 年扫

过去春节时回老家，首先要做的，就是打扫卫生。那时候，家里住的是茅草房，土坯墙，泥巴地。扫地先洒水，不然，地上扫净了，满屋子的空气却充斥着灰尘，久久消散不去。

床底下平时不扫，积了厚厚一层浮灰。条几肚里旧物杂陈，桌凳的撑子灰垢垢的，都需要擦一遍。厨房的屋梁上，吊着黑色烟灰，清扫时戴着草帽，穿着风衣，清扫完毕，拧鼻涕都是黑的。

现在，过春节不需再回老家，在城里居住条件有很大改善，然而到了春节，一项琐碎繁杂又不得不干的家务活仍然摆在面前，需要自动手，或者请亲友帮忙。今年，自己加亲戚，干了两天，方才满意。

清洗窗纱是件麻烦的事情。我家喜欢开窗户，有些窗户一年四季不关，虽然过一段就擦一次，但是都不彻底。到了年底，沾了厚厚的灰尘。想清洗干净，必须卸下来，放在卫生间里，先蘸上洗洁精，用刷子细细地刷，然后用自来水反复冲。洗后晾干，再装回窗子上。

清洁灯罩也不容易。吊灯、吸顶灯全是节能灯泡，每个灯泡都有一个灯罩。虽然平时很少全开，但是罩里罩外都沾了灰尘，常开的几个，还钻进过蚊虫，存有蚊虫干瘪的躯体。清洁它们，需要借助两米以上的梯子，爬上去小心谨慎慢慢地来。

洗窗帘也很费劲。纱帘还好些，厚布帘子洗起来就不那么容易了。最大的窗帘，家庭洗衣机放不下，需要送到专业店。小些的，一次最多也只能洗一两个。洗后晾晒的地方都不好找。所有窗帘，卸下来，洗后晒干再装回去。

一间厨房，清理出来需要一天。油烟机和煤气灶、灶台、排气扇经过一

二、原乡

年的运行,油腻腻的,墙壁上也有油烟的污染。操作台、拉篮、碗架、筷笼、案板、微波炉、饼锅、刀架、货架、冰箱、地坪,多少都有点油腻。清理干净,不仅需要耐心细心,还需要专门的洁净剂。

门窗要擦,桌椅要抹,地板要拖,脸盆要刷,被子要晒,衣服枕巾要洗,杯盘茶壶要涮,边边角角都要顾及,正是:"扫帚不到,灰尘照例不会自己跑掉"。理个发,洗个澡,也是一项内容。

过年过的是一种气氛,过的是一种心情,不管穷和富,不管远和近,也不管老和少,走亲戚,串朋友,拜大年,叙情意,走到哪里,大都讲究自己形象,注意环境卫生。连平时不修边幅的人,也特意打扮打扮,以求干干净净,利利索索。

新一年,新气象,人们用阳光向上的心态,神采奕奕的风貌,来迎接又一个四季。

10. 年头

昨天是农历腊月二十三,小年,又恰逢周日,不上班,逛街的人很多,农贸市场和超市,熙熙攘攘,比平常热闹几分,人们空手而来,拎着大包小包而去。我也去凑了一会儿热闹,然后去理发店。

理发店里理发的人多,不想来回跑,就得耐心等待。今年农历没有年三十,最后一天是二十九,过罢小年的第六天,就是大年。大年之前,必须理个发。当地人称为"理年头"。

每年这个时候,理发店都忙得不亦乐乎。今年也不例外,老的,少的,男的,女的,剪发的,焗油的,烫卷的,拉直的,白发染黑的,黑发染黄的,都有。

我老家,农民也重视理年头。他们称之为"剃年头"。过去,男剃女不剃。女人留长发,女人们之间互相剪发。男人的头自己剃不了,只得请别人剃。

农民一年到头脸朝黄土背朝天,辛辛苦苦,一般人平时并不大注重仪表。过年了,却不同,都想打扮一下,干干净净过个年。

一般农民理年头,不需出村,不用去理发店。他们都有固定的理发员。

理发员包揽有固定的理发活，带着工具，定期挨村逐庄转悠，轮流上门服务。平时漏个人，不碍事，过年却一个不能漏。漏了谁，补回来。

理发店里人较多，我就坐下来等会儿。一位熟人正理着。她的头发并不长，主要是焗营养油。我赞她有一头好黑发，她说原来比现在还要好。她说理了发，就准备去女儿那里过年。女儿年近三十，研究生毕业，留在成都工作，谈了个朋友，家是那里的。焗洗后，上了精油，显得更加精神，似乎年轻了好几岁。

现在的城里人，尤其是年轻人，喜欢在头发上花工夫。有人一次头发做下来，需要两三个钟头，花费几百元。但是在时兴的氛围里，也有一些例外。前天，一位亲戚到家看我们，闲叙时，她说多年来，自己的头发都是自己剪。有一次剪坏了，去理发店修一修，花了三十元。她说自己从不去美容店。一年花费上千元去美发，不值得。上有老，下有小，得为他们攒点钱。过年了，头发还是自己剪。

应该说，她是一位人近中年事业有成的漂亮女性，在现实五光十色的生活中，能有这种心态和作风，不能不令我感慨。中国富人现在很多。有些人暴富后，追求奢华，铺张浪费，纸醉金迷，甚至吃喝嫖赌，玷污了社会风气。

前几天整理旧物，把一套理发用具翻了出来，有推子、剪刀、围布、梳子等。这套用具，我用了将近十年。那时候，孩子小，他们的头发都由我来理。当时的考虑，一是节约，二是卫生，三是方便。女孩子头发靠剪，男孩子头发靠推，推剪结合，越理越顺手。临近春节，理发的人多，理发店里排队，在家里却可以见空插针，随时进行。

孩子大了，离家外出，各奔前程，需要理发时就去理发店。我也是，理自己的头，得借助别人的手。今年春节，他们计划回来。但是，理年头的活儿，却不需我干了。理发工具今犹在，还是把它存起来，做个纪念吧。

11. 年游

老百姓过年，各有过法。游子在外，纷纷回家过年。常年在家的，外出过年的也不算少。

二、原乡

大年三十的夜晚,接到一个拜年电话,问他在哪儿,云南。他们几家利用春节假期,结伴出行。AA 制,找一家旅行社安排,吃住行全部有计划。目的地的朋友,请吃一顿饭,别的不用管。一路行来,花钱不多,操心不多,麻烦朋友不多,玩得也很高兴。

大年初一,又接到一个电话。一位朋友一家四口人到南方过年了。他们租了一小套民居,租金六千元,租期一个月。租屋里锅碗瓢勺、冰箱、彩电一应俱全。粮食蔬菜自己去买,想吃什么自己动手去做。一家人在那里享受阳光的灿烂,海风的温暖。

有的人像候鸟,过年去南方,温暖如春;伏天去北方,清凉似秋。有的人恰相反,不远数千里,跑到东北去过年。他们乐意体验的,正是在南方见不到的冰天雪地。有个人跟我说,他到了中国最冷的漠河,坐爬犁去边境的江面。江面上冰冻得很厚,汽车开上去都压不破冰层。赶爬犁的老头不解地对他们说,你们城里人吃饱饭撑的呀,大冷天,跑来这里看什么呀?

也有去国外过年的。有位在南方做事的朋友,大年三十发来一条拜年信息,落款后面带上一句"于泰国"。我认识几位事业成功者,他们比较喜欢到国外过春节。他们从起步到成功,历尽艰辛。成功后的春风得意与身心交瘁交织并存。平时,忙得不可开交。过年了,想轻松一下。在国内,少不了应酬。去国外,应酬全免。

过年过的是一种心情,过的是一种乡情,过的是一种亲情,过的是一种传统文化。回家也好,出游也好,只要过得有情趣,过得顺顺畅畅,过得心情舒坦,就过得有意义,过得值得。

兮

家乡固始，方言较多，颇富特色，有婉约的，也有豪放的，有文雅的，也有粗俗的，公认最知名的，是俏巴，有人甚至戏称固始县为俏巴县。

老乡聚会，席间常常侃起家乡方言，你一言他一语，情绪高昂，气氛热烈，笑语声声。

侃得多了，听得多了，好多尘封多年的方言又浮上了脑海。然而，有个迄今使用频率很高的方言，却很少有人注意，这就是语气词——"兮"。

"兮"作为书面语言，多用于古文。比如：刘邦的"大风起兮云飞扬，威加海内兮归故乡"。项羽的"力拔山兮气盖世"。

认识这个字，是读初中的时候。当时觉得古人作文，兮来兮去，可笑而别扭。直到读罢陶渊明的《归去来兮辞》，仍感类同之乎者也，酸溜溜的。

当时，没有意识到，自己从学龄前就已经使用这个字眼了，只是习惯性口语，没有书写出来，没引人注意罢了。

那时候，农村的孩子大都在灰窝里滚爬过。一件新衣裳，穿不两天就抹得不像个样，大人训斥说："看你脏兮兮的！"

隆冬时节，一件棉袄，一个棉裤，抵不住"嗖嗖"寒风的侵袭，外出玩耍，出门就把手缩进袖筒，一副"冷兮兮"的样子。

孩子们玩心很大，有时候吃饭时也不安分，大人就嚷嚷道："吃了饭再玩好不好？谁像你，吃着兮，玩着兮。"

其实，大人吃饭时就那么专注么？不一定。我家屋旁有棵大枣树，庄子上的人们常端着饭碗蹲在树下，吃着兮，叙着兮。

来了客人，更是如此。家乡人好客，再穷也得排排场场，有句俗话"后门押当，前门迎客"，就是真实的写照。菜少一些没关系，酒是必须的，正所谓"无酒不成席"。八仙桌边一坐，吃着兮，喝着兮，叙着兮，闹着兮，其乐融融。

有些年，农村生产条件差，经济落后，一些地方不能自给自足。遇到天灾，更加困难，"吃粮靠统销，生产靠贷款，花钱靠救济"。见到上级发救济粮了，有的人家就把自家说得可怜兮兮。

兮的用处很广，劳作在旱地里，水田里，稻场里，水车上，都能听到"兮"字。除草时，锄着兮，叙着兮；拔秧时，拔着兮，闹着兮；薅秧草时，薅着兮，唱着兮……

你说的话，人家不认可，有怀疑，或者当场提出不同意见，加以否定："矣兮，就数你能！"

有人说的话，答应的事，不靠谱。与朋友谈起此事，往往说"我看这事佯兮"。"佯兮"，事情黄了，看样子难以办成。

有人神经质，疑心重，有点像阿Q的心理状态。"你看他，神经兮兮的样子。"

"兮"，古汉语中的书面词语，被家乡人用得如此顺畅，足可见文化渊源的久远，文化底蕴的厚重，真是坚固如始了。

落地生根

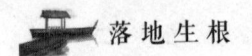

与浉河为邻

1. 引子

　　一座山，一条河，一座城。山似骨架，水若血脉，城如肌肤。山增势，河添韵，城聚气。依山傍河，生机活现。
　　河名浉河，山谓贤山，城曰信阳。南山，北城，河流其间。河南为阴，河北为阳，故信阳也。
　　居信阳市四十余载。先在河之北，再徙河之南。山逶迤，河蜿蜒，山光水色，日日入目。靠山临河，刚柔相济，阴阳平衡，观山览水，心平气和，居于此地，三生有幸。

2. 浴

　　浴，沐浴，俗称洗澡。光着身子洗澡，城里人叫裸浴，乡下人称光屁股洗澡。
　　乡下习俗，塘里洗澡不避人。炎炎盛夏，男人们脱光衣裳，赤条条地跳入池塘，是常事。小孩子更不回避。跳进沟塘，打扑棱，扎猛子，打水仗，好不惬意。
　　1970年，我20岁，夏天，被抽调到地委做新闻宣传工作。当时的机构特别精简，地区日常工作运行主要靠两个组：一个是政工组，一个是办事组，分别相当于现在的党委与政府。政工组下辖办事小组、组织小组、宣传小组

92

等，相当于如今的办公室、组织部、宣传部等。我与宣传小组一起办公，住在地委院临街二层小木楼上。室门西开，阳光斜射，热得睡不成午觉。约同伴去浉河里洗澡。

浉河就在院外，出大门左拐，约300米。河滩有片枫杨林，干粗不及一把，高度刚刚过人。适逢南湾湖放水，水溢河床，漫入树林。

在林子里脱了衣裳，搭在树上。顺势把背心裤头洗了，拧了水，挂在枝上晾晒。水清且凉，洗上个把钟头，燥热全无，内衣也干了，穿好了回去。

十年之后，解决了"一头沉"问题。妻小农转非，从老家迁来同住。时值浉河公园开建，挖土垒山，种花栽树，填埋垃圾，修建亭台。环境美了，人气旺了，清晨与傍晚，来河边走动的人也多了。

盛夏初夜，筒子房闷热，躺下便是一身汗，翻个身，竹席上就有个湿印儿。为了解暑，多次携妻带子，夹着灯草席，来到河边，把席子摊在草坪之上，脱掉外衣，放在上头，陪着孩子下河洗澡。

河水沁骨凉。洗了一会，觉着冷了，就上岸坐在席子上休息。坐热了，再下到河里。如此这般，反复多次，直到孩子们想打瞌睡，方才收拾东西回去。

3. 鱼

俗话说，有水就有鱼。没人往浉河里投放鱼苗，但河里总是有鱼。尤其在夏秋季节，鱼儿颇多。

鱼从何来？一方面来自南湾湖。水产部门每年都要往湖里投放大规格鱼苗。秋后拉网捕鱼，一网最多可收获几十万斤。

湖里有岛屿数十个，其中有个鸟岛，夏季十万只鹭鸟在上头栖息。小鱼小虾，是它们的主要食物。湖里生活着数千只鸬鹚，一年也要消耗几十万斤鱼虾。开闸放水时，护渔网挡了大的，隔不住小的。总有漏网之鱼由湖里随流而下，进入浉河。

另一方面，来自郊区的沟塘。有些沟塘，被人承包养鱼。遇到连日大雨，

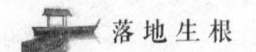

塘里放水，或者水漫塘埂，便有鱼儿趁机溜入河里。

  河里食物丰富，氧气充足，波澜宽阔，任凭鱼儿欢游。但是，在这个貌似自由的地方，却处处隐藏着杀机。鹭鸶、鸬鹚、野鸭绝不会错过大好时光。钓钩、撒网、丝网也在不同区域等待。偶尔也有人驾小舟放鱼鹰捕鱼。迟钝的，被啄食；贪吃的，被勾起；跑慢的，被网住。漏网之鱼，躲了初一，难躲十五。无论鲫鱼、鲤鱼、鲢鱼、草鱼、乌鱼，还是鲶鱼、鳜鱼、小黄鱼，想逃过一劫，难矣。

  清晨和傍晚，垂钓者最多。他们选好钓位，打开马扎，拉出钓竿，挂上鱼线，安好漂子，打下窝子，少停，或穿蚯蚓，或挂面饵，开始垂钓。两眼专注水上的浮漂，升降之际，也是心情亢奋之时。一旦鱼儿出水，"哗啦"一声，线直竿弯，激动的心情无以言表。

  多次清淤，多次修桥，时间都选在秋后开工。先放去河水。此时的坑坑洼洼，会吸引一些撒网者。他们身穿高腰胶靴，一手抓纲，一手托网，转身发力，瞬间向水面抛去。纲举目张，如鲜花开放。对水下的鱼儿，此景却不值得欣赏，那是厄运的来临，逃得过一网，还有二网、三网。

  浉河里的鱼，有天堂，也有地狱。

4. 粪

  过去农民种粮，施的是农家肥。菜农种菜，施的也是农家肥。粮田改菜地，需要几年的培育，才能成为理想的种菜熟地。

  那时，浉河南岸，菜农居多。放眼望去，满眼菜地。粉墙黛瓦的平房，两层旧式小楼，散布其间。菜农园边、屋边，挖有粪池。种菜卖菜，是他们的主要营生。进城拉粪，也是日常工作。

  每天一早一晚，是掏粪者最忙的时候。挑粪桶的，拉粪车的，从浉河又窄又矮的便桥上经过。满载而归时，一路散发着难闻的气息。来来往往的过河人，擦肩而过，有的以手掩鼻，有的憋住呼吸，有的掏出手绢捂嘴。

  菜农们却不在意。是他们闻惯了那种气味？不是，或者不完全是，而为了多产蔬菜多卖钱，需要沤制农家肥。日复一日，就那样地拉着挑着。将粪水先倒进池子里发酵，施肥时再用粪勺舀出来。他们无论在家门口休息，还是在田间劳作，顺风的时候，免不了闻那不好闻的气味。

俱往矣。现在谁还去城里运粪水？没了。种菜人看中的是化肥。再说，城里厕所旱改水，也没有粪便可拉了。政府花大笔资金，用于处理生活垃圾，净化污水。

再说，现在菜篮子工程的担子也不像以前那么沉重。市场已放开，外地蔬菜源源不断地流来，一年四季，不愁买不到时鲜菜。政府部门较多的功夫，转而花在了抓食品安全上。

5. 水

"浉河中心水，车云山上茶"。市里过去的茶社，曾经悬挂过这样的匾牌，招揽顾客。

那时候，城市规模不大，常住人口较少，离浉河又有一段距离，没什么工业和生活垃圾污染，没有水库截流，河里常年清流不断，所以河水可以直接煮开饮用。

河的上游，是起伏连绵的群山。山上林木葱郁，鸟语花香。山腰云雾缭绕，山涧飞瀑流泉，土质疏松，微含酸性，适宜种茶。所产信阳毛尖，白毫满披，汤清色碧，香高味浓，回味甘甜。好水配好茶，富有吸引力。

后来，在贤山与蜈蚣岭之间筑起一条大坝，截断浉河，聚起一个烟波浩渺的人工湖泊。南湾湖的出现，不仅增加了一个旖旎的新景，也起到了调洪、灌溉、运输、发电、养鱼、保障城市用水等作用。利后也生一弊，浉河平时水少了，枯水时节，几近断流。加上城里一些人只顾自己方便，往河沟乱丢垃圾，河水一度污染严重，别说饮用，连洗衣洗澡也成了问题。

清醒过来的人们，已经重视雨污分流，采取措施，控制排污，进行污水无害化处理。同时，在河中建起了多条橡胶坝，截流蓄水。河道清淤整治，河岸护坡绿化美化，都在持续进行。

水生灵气，水焕光彩，有水有鱼有鸟，风景也美了。河里荡舟，不再是奢望。"浉河泛月"，也不再是"很久以前"的景致了。

6. 桥

浉河阻碍了两岸交通。过河，得有桥。修桥补路，古来都是善事。

我刚到市里工作时，位于城区的浉河大桥仅有两座：一座钢架桥，铁路专用。另一座，木头桩墩，可通行汽车。另有几座水泥板搭就的便桥。过河行人，多走便桥。有的便桥可以并行架子车，有的只宜行人通过。三十多年来，没断过改造重修和新建。现在已达十余座，便利了两岸通行。

但是高峰时，有几座大桥仍免不了拥堵。我走得最多的申桥、关桥、民桥和虹桥，都是如此。

申桥连接申城大道与湖东大道，关桥连接八一路与华夏路，民桥连接民权路，虹桥连接鸡公山大道，都属于市里的交通要道，不说节假日，每天几个时段，工作人员上下班，学生上学放学，人们行色匆匆，车水马龙。雨雪天，更是麻烦。

近两年在建的几座桥，有的已经通行，有的即将完工，投入使用。全部竣工后，两岸通行拥堵的状况会改得到较好的缓解。

7. 隐

贤山原名笔架山，因山势酷似笔架而得名。后来有位官员，以孝敬母亲为由，辞职归来，隐居在阳坡一个山洞里。再后来，有人于此地建寺，名为"贤隐寺"。贤山因此而名。

对这段记载，我有点想不明白。自古小隐隐于市，大隐隐于朝。既是孝子，为何不跟母亲住在一起，照顾其起居生活，陪伴安度晚年？是否仕途或人生另有隐情？

这使我想起两个人的经历。李叔同中年削发，到灵隐寺修行，改名弘一，成了高僧。李娜年轻剃度，藏进深山为尼，自断歌星前程。他们为何隐入空门，只有出家人心知肚明。

又想起了几位大师。坛经六祖慧能说："菩提本无树，明镜亦非台。本来无一物，何处惹尘埃？"

佛教天台宗，是智𫖮大师在中国内地最早创立的一个宗派。它集合南北各家义学和禅观之说，加以整理和发展，成一家之言，当时得到朝野的支持和信奉，对隋唐以后成立的各宗派多有影响。

隐者，皆人也。无论神、仙、佛，还是其他宗教领袖，都是真真实实活生生的人。只要是人，谁都有生老病死。唯有哲理，能够代代相传，流芳久远。

如今，贤隐寺曾经的隐者早已只剩下传闻故事，寺庙几经风雨，屡经修葺，也不全是从前那个样子。只有贤山，春去秋来，年复一年，巍峨依旧。

8. 灯

日出而作，日落而息，是先人们代代相传、辈辈遵循的生活规律。今人看来，既有无奈，也是智慧。天黑劳作不便，休养生息，储存精力，以利再战，是最佳选择。日落阴气转盛，日出阳气上升，人体也应该适应阴阳变化，保持阴阳平衡。这也是养生的智慧结晶。

今人则不然。尤其是生活在城市里的年轻人，不少夜猫子。饮酒品茶，嗨歌跳舞，打牌看剧，桑拿足疗，聊天夜宵，等等，不到夜深不上床，有的甚至通宵达旦。

与此相应，城中添加了不灭光源，塑造光辉形象。以前黑咕隆咚、宁静空寂的夜，被热闹繁华所取代。路灯、桥灯、射灯、景观灯，交织辉映。闪烁的灯光，多变的色彩，映到河里，被拉伸、扭曲、舞动，五彩缤纷，光怪陆离，形成水中的迷幻。

节日的烟花，曾在河边大放异彩。瞬间的视听震撼，能使人们久久处于兴奋状态，陶醉于繁荣昌盛。节日期间的放河灯活动，让人们感慨万千，思绪追着河面上随流而去的点点灯火，穿越时空，过一把民俗瘾。

在灯火通明的地方，想看星星，体验一下"泚河泛月"，就有点尴尬了。强光让人视距受限。所以，最好选择偏僻的河段。远离灯火辉煌的地方。另外，若想欣赏点点渔火，也要远离城区河段。

9. 柳

河边的大面积垂柳，始栽于二十年前。信阳还是地区，所辖九县一市，信阳市为县级建制。地、市齐动员，在一个寒冷的冬天，拉开了改造浉河的序幕。提出的口号是建设沿河带状公园，城中有河，河岸有路，路边有景，以此为突破口，加快推进城市建设，提升城市形象。

浉河清淤砌坡，两岸种树栽花，沿河修路。垂柳，是选中的一个树种，主要栽在近水路边。

昔日嫩柳，如今已经长成大树，主干粗达一抱。垂下的枝条，长的二三米，几乎贴近水面。一眼望去，一道绿色屏障。

有多处岸畔的树荫下，成了人群纳凉、喝茶、休息、聊天的地方，南岸的天伦广场与北岸的浉河公园附近，一年四季除了冬天，都有人树下摆设茶摊。

10. 茶

在河岸柳荫下，或者浉河公园那片杉木林子中，近年摆起许多茶摊。天当房，树作伞；玻璃杯，毛尖茶，一瓶开水喝半天。

一年四季，除了冬天，茶摊都比较热闹。尤其在双休日，常常座无虚席。来这里喝茶的人，有当官的，为民的；年长的，年幼的；钱多的，钱少的；男的，女的；本地的，外地的。大家各居一席，相安无事，不分彼此，不论尊卑，来的都是客，都成了光顾茶摊的普通一员。

听不到低回的音乐，看不见五彩灯光，没有轻松娴熟的茶道表演，也没有精美的点心上桌。茶客自选一处合意的地方落座后，摊主会很快为每人奉上一杯清茶，并为每拨客人提去一暖瓶开水，之后，任凭茶客自续自喝。一暖瓶喝完，打声招呼，会立马再送第二瓶过来。

在有的地方，茶喝好了，想吃点东西，茶摊主人还可以提供地锅饭菜任你点选。主要有南湾湖鱼、土鸡、青菜等，三五个人，连喝带吃，也就二三百块钱。喝得轻松，喝得自在，喝得随意，喝得闲适，喝得畅快，喝得有趣，喝得经济，喝得实惠，是许多人乐意到林间茶摊的一个重要原因。

来这里喝茶，可以享受自然。长期生活在闹市的人们，每日面对的是林立的高楼，灰色的马路，穿梭的汽车，攒动的人头，喧闹的商场，炫目的灯光，看腻了，听烦了，心里充塞着枯燥与单调。来到林间，面对大自然的丰富多彩：明媚的阳光，清澈的湖水，碧绿的枝叶，甜甜的清风，淡淡的花香，啁啾的鸟叫，唧唧的虫鸣，顿感神清气爽，兴致盎然。一杯清茶在手，融入周围的景色，边细品慢咽，边与亲朋好友海聊，身心获得了很大的满足。

来这里喝茶，可以享受轻松。周围的环境仿佛是一副轻松剂，清醇的茶水又如一副提神药，二者相辅相成，异曲同工，把岗位工作上的劳碌，生意场上的劳累，人情世故上的焦虑，生活道路上的疲惫，后代培养上的焦虑，暂时从身心中排斥出局，紧绷的情绪得到了舒缓，找回了人生的美妙与乐趣。有的边喝茶边拉家常，有的边喝茶边下棋，有的边喝茶边打扑克，有的干脆闭了眼睛，仰面朝天，躺在竹椅上，什么也不干，什么也不说，任凭树冠上洒下来的阳光在身上晃来晃去，任凭轻风在面颊上摸来拂去。

来这里喝茶，可以享受幽静。这里远离闹市，听不到汽车的喧嚣，看不见尘土飞扬，没有了人声鼎沸，抬头可见蓝天丽日，偶尔飘过片片白云；放眼能望起伏的群山，青翠欲滴；近观有烟波浩渺的南湾湖，涟漪之间，不时有鱼儿跳水，一圈圈水纹向四周扩散；湖畔的茶园，郁郁葱葱；满目景色如诗如画，满耳的虫鸣鸟唱如歌如琴。即使有时湖水拍岸，"哗哗"几声，或者阵风过林，"沙沙"作响，不仅不觉嘈杂，反而更感林中的幽静。

喝到神清气爽、心旷神怡时，倒去残茶，重泡一杯新茗，视野从杯上氤氲的雾气中抬起，极目远眺，神思立马能够飘到雾气笼罩之中的"五云两潭和一寨"。五云即车云、集云、连云、天云、白云五座大山，两潭是黑龙潭、白龙潭两个瀑布和水潭，一寨就是何家寨。那些地方，山泉叮咚，溪流潺潺，云雾缭绕，百花盛开，自然条件得天独厚，是极品信阳毛尖茶叶的主要产地。采得极品茶，用这清澈的南湾湖水泡，好茶配好水，相得益彰，香更醇，味更浓，更能彰显信阳毛尖茶的风韵，更能品出好茶的丰厚内涵。

林间茶摊的兴起，一方面适应了消费者的心理需求。如今越来越多的城里人盼望回归自然，向往轻松生活，追求健康长寿，讲究生活质量，注重饮

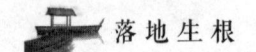

食保健，钟情精神享受。

前些年，有人在市郊的山里，也摆起了茶摊，同时经营餐饮业。在那里休闲，可以眼观湖泊的烟波浩渺，耳听松林风声呼啸，还有蜂飞蝶舞，虫鸣鸟唱，十分惬意。现在为了保护水源地，禁止在临湖区域经营餐饮业。不过，仅仅喝茶，不会产生污染，应该没问题的。

11. 景

信阳古时曾有八景，现在大部分都不见踪影。近年，政府新建了八景，集中在浉河南湾湖大坝到平桥震雷山的两岸。

新八景由上海同济大学规划设计，借鉴中国传统园林建筑风格，结合信阳厚重历史、山水文化，用传统的建筑语言营造出亭、台、楼、阁、轩、榭、祠、塔八个景观。

新八景中的望湖轩、茗阳阁、聚贤祠、龟山亭、河洲榭、平山塔属于创新景观，申塔、琵琶台属于旧景复建。望湖轩是旧物利用。它位于南湾湖大坝西端，原是水库管理部门办公用房，进行了装修改造。建筑物本身说不上什么特色，但在此可观赏青山逶迤，湖波浩渺，春夏秋冬，四季有别，阴晴雨雪，各具千秋。

自西向东有茗阳阁、聚贤祠、申碑楼、龟山亭、琵琶台、河洲榭、平山塔。茗阳阁与聚贤祠分别位于浉河岸畔与贤山东侧。浉河潺潺，贤山巍巍，一高一低，遥遥相望。山南脚下，有一千年古刹贤隐寺。河之北岸，斜对浉河公园。

申伯楼位于浉河公园内。信阳历史上有两个了不起的人物：一个是西周时期的申伯，一个是楚国时期的黄歇。因为他二人，打造出两个城市的别称，至今沿用。一个是上海，另一个是信阳，都简称"申"。上海称"申"，因为黄歇。黄歇是战国时期楚国四君子之一，号春申君，为楚相时，封地就在今上海、江苏一带。受封之初，黄浦江还是无名之流，泥沙淤积，时常泛滥成灾。黄歇命人疏浚，造福于百姓。人们感谢他，称此水为春申江，简称申江。后来，以"申"代称上海。黄歇，是今信阳市潢川县人。

二、原乡

信阳市称"申",与申伯有关。申伯是周宣王的元舅,其女儿为周幽王的王后,生子名宜臼,即后来的周宣王。幽王专宠褒姒,与其生一子名伯服。后幽王废宜臼立伯服。宜臼逃亡信阳,申伯为其建"太子城",即今信阳市平桥区城阳城遗址之内。公元前779年,申伯联合缯国、西夷、犬戎起兵讨伐幽王,杀其于骊山之下,辅佐宜臼即位。即位后增封信阳为申国,建都于今信阳市平桥区长台关。后来,申被楚所灭,地名却一直沿用至今。申塔原在武庙街报恩寺中,即现在的胜利路与解放路交口处附近,因塔砖上刻有"隋"字,故传为隋时所建。

龟山亭位于浉河南岸。那里有大龟山和小龟山,海拔一百六十来米。"龟山晴雪"是信阳市古八景之一。现在小龟山上建了二亭,一曰"龟山亭",二曰"晴雪亭"。龟山亭坐落高处,亭大;晴雪亭稍低,略小。两条河在它附近交汇,河面宽阔,河水静静流淌。

琵琶台位于浉河北岸,南邻宽阔的浉河,北靠宽广的环河大道,东面修有广场,西边遥望拉索桥。总占地面积二万多平方米,主体建筑高近二十米,由三层大殿和二层南北厢房组成。台南紧邻浉河。南岸有座枇杷山,也有人叫它琵琶山。

河洲榭位于浉河与东双河交汇处。北岸闹市,南岸青山,东西河上,长桥飞架。浉河与东双河交会后,水量增加。但是,排入浉河污水集中到这里,水质也随之变差。过去,枯水时节,水色乌黑,气味刺鼻。河中之洲,乱石嶙峋,野草丛生,人迹罕至。浉河治理后,沿河两岸修了宽阔大道,道旁绿化美化,河上新架几座大桥,同时,疏通内河,清污分流,减少污水直接排入河道,河里水质改善。河洲榭部分立于岛上,部分探身于岛边的水里。

平山塔位于平桥区震雷山北麓,峰岭巍然,塔身高耸,风韵高古,气势险雄。景点由山门、登山步道和塔身组成。进入白色大理石山门,沿青石条铺就的步道拾级而上,约500米即达宝塔。此处景点,颇多寓意。塔顶平展,祈望平安;明塔5层,含意"金木水火土"五行;明暗共9层,含义安定久远;山顶到山下落差60米,寓意新中国60华诞之时动建;塔基至山门面积1853平方米,与平桥区总面积1853平方公里相契合;塔高26米,2600块青石铺道,寓意平桥2600多年悠久历史。塔南主峰,有座雷锋寺。寺旁有两个小天池，常年有水，大旱之年也不干涸，投石其中，轰然作响，响声如雷，故称震雷山。传说有龙潜于池内，逢雨有浮云笼罩其上，远望似从池出。每云必雨，验之信然。故信阳古八景有这里一景，名曰"雷沼喷云"。以前，大旱之年，常有人来此求雨。登塔临风，举目远眺，东迎日出西接水，南听松涛北看城。日出东方，紫气东来，昔日平桥小镇，如今高楼林立，马路纵横，车水马龙，络绎不绝，洋溢着现代城市气息，盛开文明宜居之花。

时过境迁，梦里追寻。市里的志书，过去叫《信阳州志》。州志里记载的八景，有"贤岭松风""浉河泛月""雷沼喷云""龙潭瀑布""长台古渡""奎楼晚照""申塔朝晖"等，都有诗文宣扬。信阳市虽然历史悠久，但过去城市规模一直不大，直到20世纪80年代初，还没有一座高楼大厦，城区人口不足40万。市区集中在浉河北岸。登高而望，环市皆山也，与《醉翁亭记》中描述的滁州地貌相似，自然风光很美。但是，古代的"八景"多已时过境迁。先说"贤岭松风"吧。郊南有座贤山，山峦起伏，松林荟郁。山风刮来，松涛阵阵。张钺在诗中吟道："昔贤高隐处，遗岭檀清幽。松密烟速望，风翻翠欲流。梵间多宝刹，坐爱满林秋。疑是蓬莱境，申南作胜游。"其实，就这么个景色。现在虽然仍存，但人们谁也不把它看作著名的景观。

再说"浉河泛月"。浉河是淮河上游的一条支流，发源于谭家河一代的山里，全长141.5公里，流域面积2070平方公里，流经信阳市区。此河早先称訾水，曾因隐士胡超居于溪边，众人赞之为师而名师溪，南北朝时在师旁加了个三滴水。齐建武二年改称浉水，后称浉河。过去，浉河上游没有截流，河中常年有水。月夜，驾一叶扁舟，荡漾于河上，仰望天空，俯视河中，皆有繁星明月，似有天上人间之感。张钺诗曰："双桨荡晴川，蟾光散暮烟。珠随天山满，镜向水心圆。桂席飞杯斝，兰言胜管弦。映淮良可赋，同时对清涟。"现在，上游修了水库，河中修了橡皮坝，河里常年有水，但古景已没有几个人钟情了。

再说"申塔朝晖"。申塔原在武庙街报恩寺中。位置大概在如今的胜利路与解放路交叉口附近。因塔砖上有"隋"的字样，所以相传为隋时所建。有资料说，日本帝国主义侵略中国，曾经对此塔轰击三炮，使塔身上部略有倾斜。后被毁。张钺诗曰："何代留孤塔，千霄不记层。葱葱佳气合，蔼蔼曙光凝。

玉树风堪倚，金茎露可承。此邦多彩笔，特立看飞腾。"现在，老街与寺庙都荡然无存，申塔自然无影无踪。没有几个人留意还有这个古景了。

还有"龙潭瀑布"。此地位于信阳市浉河区浉河港乡，距信阳市25千米，历代文人墨客来这里游玩题咏，留下了许多脍炙人口的诗篇。张钺诗："立马层崖下，凌虚瀑布来。溅花飞霁雪，喧石响晴雷。直讶银河泻，遥疑玉洞开。缘知龙伯戏，击水不能回。"现在此景仍在，只是离市区较远，市民郊游，去那里的较少。交通方便时尚且如此，若在古代，观赏更难。试想想，车船不通，来往步行加上观赏，需要两三天时间，不容易啊。

"雷沼喷云"景点在市中心东南6千米的震雷山上。震雷山顶有两个池沼，其水清冽，阴则云自沼出，天将下雨即有浮云笼罩，相传有龙潜于其中。人以石投下，则轰然作声，如雷震一样。张钺诗曰："鸿钧通窍处，雷沼在山巅。薄霭初浮水，浓云已布天。篆丝重叠吐，簇练立空悬。散作崇朝雨，满山溉茶园。"现在，人们感兴趣的不是喷云，而是三河环绕，山清水秀的旎旃风光了。

"龟山晴雪"也不再吸引人们的眼球。龟山位于市浉河区五星办事处辖区内。这里两河交汇，从山旁流过。每逢冬雪过后天气转晴之时，举目眺望，龟山宛如一只玉背巨龟在河边昂首西望。张钺诗："玉屑朝初霁，龟山近可寻。微青依浅濑，积素入空林。气与初阳动，尘无一点侵。祇应雪片石，把易契天心。"

"长台古渡"位于平桥区长台关淮河北岸。古时的淮河窄而深，河水长年不断。明清时期，河上无桥，古渡是重要的渡口和物资集散地，两岸因此而风光。张钺诗曰："临淮呼野渡，桐柏发源长。涨急篙能没，波平苇可航。烟光通夹岸，云影泛中央。四牡津常问，溯洄意不忘。"现在，长桥飞架，渡口早无，古景早就销声匿迹了。看旧书，寻古景，如今多是时过境迁，只好在梦里追寻了。

烟火气

上年坟，是老家那个地方世代相习的民俗。

一年中有多个传统节日。最隆重的莫过于春节。

每逢佳节倍思亲。小年前后，必到坟前拜祭。

从清明节扫墓，到腊月上年坟，相隔九个月了，坟地杂草丛生，且已枯萎。茅草齐胸，蒿草过人。

我们带一把树剪，两把砍刀，三个人各执一物，开始行动，剪的剪，砍的砍，其余人运输，约半个小时，清理个大概，树枝、枯草堆了一堆。

烧罢纸钱，洒白酒，放鞭炮，最后逐人双膝跪地叩头。上了父母的坟，又去四爷的坟地。途经水塘。其状依旧，荒野有加。满塘一人多深的枯黄的香蒲，白色蒲绒散于其间，在微风下颤动。塘的一头是苇子的天地，枯黄的苇秆，高举着灰白色的苇花，随风摆动。

塘埂上散放着芝麻秸秆，色泽灰暗，上头还存点芝麻梭子。显然，收获了芝麻后，秸秆扔在这里不要了。

走下塘埂又是田埂。田埂上齐腰深的茅草，难以下脚。

这些野树枝、青蒿、茅草、苇子、蒲草，在我生活于农村的那个年代，可都是好东西。秋收完毕，很快就会被砍个精光。

那时候，农村烧锅靠柴火。家家堆有柴草垛。垛的大小，也是家境贫富的象征。麦秸、稻草、杂草分开堆垛。麦秸主要是用来烧锅。稻草大部分用来喂牛。豆秸、红薯藤主要喂驴。麻秆、棉秆、高粱秆，主要用作柴火。芝麻秆烧火火力硬，底火持久，特受欢迎。

每天日出之时，日落之际，家家动火，户户炊烟。炊烟四起，是丰衣足食之象，国泰民安之气，也构成了乡村独具的一道风景。

如今，耕地用上了机器，没人养耕牛了，稻草便不精贵了。雨天出门，有雨衣雨伞，茅草也没人用来织蓑衣了。从资料上得知，一些地方的乡村农家扒了柴灶，改烧天然气。柴火无用了，自然无人问津，柴火垛也就不见了。

农家烧上了天然气，说明社会进步了，农村经济发展了，农民生活水平提高了，是好事，无可非议。

赵姓淮水共流长

——赵姓族谱序

听老人说，新中国成立前，我爷爷弟兄五个从淮河北岸的安徽省阜南县赵瓦庙来到淮河南岸的河南省固始县，租地耕种生活，后分得了土地和房屋，就此定居下来。屈指算来，七十多年过去了。父亲那一辈，与淮河北岸的宗亲仍有来往。轮到我辈，两个堂弟也不止一次参与过祖居地的续谱祭祖活动。

祖居地一带的赵氏宗亲，对宗亲谱牒之事颇为热心，早在十年之前，就有修谱付梓。我因长期工作在外，忙于事务，没有参与其中。几次电话沟通，也仅寥寥几言。退休之后，行走空间大了，自由支配时间多了，又应邀参与了赵姓文化研究工作，所以当祖居地的赵姓族谱修编告罄，族人嘱我作序时，就应承下来，觉得这是族内大事，不容推迟。

中国姓氏文化是中华文化的组成部分，是一种特殊的文化现象。姓氏诞生至今已有五千年历史，是一座蕴藏丰富的精神矿藏，蕴含着民族文明进取精神，加以挖掘利用，对于承前启后建设小康社会有着无可替代的作用。

中华文化源远流长，积淀着中华民族最深层的精神追求，代表着中华民族独特的精神标识，为中华民族生生不息、发展壮大提供了丰厚滋养。老一辈无产阶级革命家对弘扬传统文化十分重视，毛泽东和周恩来等伟人都有明确的观点。习近平总书记也提出了明确要求："要认真汲取中华优秀传统文化的思想精华和道德精髓，大力弘扬以爱国主义为核心的民族精神和以改革创新为核心的时代精神。"

弘扬中华民族传统文化，开展姓氏文化研究，符合时代精神和需求。近年来，各地姓氏文化研究蓬勃发展，编辑出版了不少姓氏丛书和书籍，姓氏寻根活动还搭上了互联网的快车，进入寻常百姓家。姓氏寻根中文网站近400家。各地成立的姓氏研究会达上千个，并通过姓氏研究会这个平台，开展寻根问祖和经贸活动，对促进区域经济发展起到了促进作用。

二、原乡

在中国姓氏中，赵姓占有较大的比例。据有关资料，全国有据可查的姓氏多达万个，当代中国人正在使用的汉姓约 3500 个。赵姓人口约两千万，占总人口的百分之二左右。探索赵姓源流，研究天下赵姓，展示赵姓风采，引导赵姓人士热爱祖国，为中华民族振兴祖国繁荣富强而出谋献策，积极投身社会主义建设，是一件具有积极意义的事情。

编修族志，也是姓氏文化研究活动的一项内容。古人云，盛世修志，其中当然包含族志。水有源，树有根。源头不竭，溪流不枯。根须不断，枝茂叶盛。研究和弘扬赵姓文化，知来龙，明去脉，对于弘扬传统美德，继承优良家风，激励子孙成长，报效祖国服务社会大有益处。

赵姓始祖源于颛顼帝。得姓始祖是西周时著名驭车能手造父。造父因功得赐赵城，始称赵氏。战国初年，赵襄联合魏氏、韩氏三家分晋，建立赵国。公元前 222 年，赵国为秦国所灭，其王室贵族和平民百姓纷纷以国名为姓，称赵氏。历史上，赵姓为中国的社会发展作出了重要贡献，赵姓名人也层出不穷。

赵姓迁播到淮河流域，历史悠久。祖先们一代又一代跟随时代的脚步，不停地耕耘在淮河南北岸畔。辛劳的汗水，汇聚于千里长淮，滚滚东去，流向大海。到如今，芸芸族人，已是一支建设家乡报效国家的生力军。祖上厚德，后人兴旺。不忘先人，源远流长。

编修族谱，并非易事。尤其是编修跨行政区域，涉及千家万户的族谱，更为麻烦。不仅需要满腔热情和乐于奉献的有志之士参与，还需要有组织协调能力、善于统筹谋划的牵头人，更需要认真细致一丝不苟的严谨风范。由此可见，这本族谱来之不易，凝聚了一批族人的心智与汗水。值此机会，也向他们表示诚挚的感谢！

由于族谱涉及面广，区域跨度大，虽然编修者下了劲，费了功，出了力，尽了心，仍难免存在疏漏贻误之处。这不要紧，瑕不掩瑜，再次编修，还可以改进。也盼望广大族人，继续关心支持族志编修联谊之事，积极参谋意见，把族谱编得锦上添花，为赵姓厚德传家、建功立业、服务社会、报效国家添砖加瓦。

是为序。

2014 年 10 月 29 日于望贤居

回老家的路

周末,老家来了两个初中的同学,加上市内的几个朋友,相聚甚欢。说他们路途辛苦,回"一点也不,拼车,每人80元,接到出发点,送到目的地,走高速路两小时到。拼车有个微信群,联系方便"。

的确,现在的公路四通八达,路面质量也好,出行比过去方便快捷多了。县城到市里160公里,价格不算贵;两小时,也不算长。从浉河南岸坐出租车去市高铁东站,还需30元钱30分钟呢。在郑州,从西郊到东区,自驾车需要个把小时。在武汉从武昌东湖驾车到汉口,也需要一个小时。

你一言,我一语,叙着叙着就叙到了过去。过去出行难。听长者说,新中国成立初期,领导人到专署开会,二百里路,全靠步行,得走两天。20世纪60年代初,我的学长到潢川县城念高中,百多里路,也靠步行。

我读初中时,好在学校不远,离家仅8里,有条土路相通。路上经过三个村庄和一个3里长的凹冲。每周六下午回家,周日下午返校,来来回回,行走了5个春秋。

后来,这条路改道,绕过了那个野冲,与一条渠埂合为一体,宽了,直了,近了。不过,仍是土路,雨雪天车辆无法通行。走在这条路上,常遇到赶集的乡亲们,或挎筐鸡蛋,或挑担柴草,或扛口袋粮食,到镇上出售后买回日用品、煤油、食盐、草帽、斗笠、锄头、铁锹、木锨、扫帚、雨鞋、棉布和些针头线脑之类。

1975年春,我被调去县委工作,回老家比原来多了50多里路。那是沙石路,部分路段坑洼不平。骑自行车,两个多小时。烦人的是常吃灰,汽车经过时,带起一条灰龙,不想沾光也得沾。

二、原乡

同年 5 月，我被调到地委工作。回老家的路程又增加了 300 里。也是沙石路，晴天扬灰，雨天溅泥。成段的路面养护不精，车子经过颠簸得厉害。

那时候回趟老家，得分三段。坐班车先从信阳到固始县城，再坐班车到往流镇，然后步行。顺利的话，早出晚至，一天。不顺当，第二天才能到。班车少，票难买，节假日，一票难求。有两次去车站售票窗口排队买票，排到了，票没了，干着急，没脾气。

买了票，得起个大早。发往南京、合肥途径固始县城的早班车，分别是凌晨 5 点 20 分、5 点 30 分；直达固始县城的，5 点 40 分。冬季，这个时间点天黑乎乎的。步行去车站，凌晨 4 点就要起床。

有两次坐的是加班车。那车名曰"代客车"，就是卡车临时作为客车用。在车厢上插数根 U 形钢筋，外蒙一张草绿色帆布篷，车厢后头挂一个钢筋梯子，乘客从梯子爬上车厢。没有座椅，人挨人席地而坐。雨天溅水，晴天扬尘，冬天窜冷风，没坐过想想也觉得难受。

到了 80 年代，市至县的公路由砖渣路改成柏油路，裁弯取直了一些路段，回老家不那么颠簸了。到了 90 年代，路面又进行升级改造。此后，营运客车发展很快，车多了，质量好了，坐车不再困难，日夜都有车辆运行。

但是这时期，从镇上到农村老家仍是土路，晴通雨阻。有次回去遇雨，小车无法行驶，朋友约辆小三轮送我。机动三轮在路上勉强可行，左右摇摆，险象环生。返回途中，翻到水沟里，幸好人没受伤，车还能动。

那年腊月二十八回老家过春节，适逢雨雪，在镇上下车后，借来扁担箩筐，挑上所带的东西，深一脚浅一脚踏雪回去。路上结冰打滑，孩子还滑倒两跤。

有年夏天，岳父病逝。处理完公务，连夜赶回。到达镇上，朋友准备了一把雨伞，一个手电筒，我谢绝了他们护送，拐上乡间小路。雨下小了，干脆收了伞，一手提着行李箱，一手握着手电筒。四野漆黑一片，脚下混着泥泞，耳畔虫声唧唧，偶尔几声蛙鸣，稻田里响着哗哗的水声。我关掉手电，停下脚步，站了一会儿，感受一下乡间的雨夜。几分恐惧，几分悲伤，几许无奈，一齐涌上心头。不敢多停，继续赶路。到家时，妻子一惊，埋怨说："怕你夜里回来，咋不等明天一早呢。"

进入 21 世纪，我们夫妻双方的父母都去世了，老家没了直系亲属。但是，每年至少还要回去两次，一次是春节，另一次是清明节。过年要给父母上坟，清明节还要包坟。我不相信人去世后魂灵还在，然而每当那个时刻，我真期望他们的魂灵没灭，能够感受到子女的一片孝心。这个时候，还能有什么比这更好的尽孝方式呢。

近几年，回老家更方便了。市里到县城，有国道，有高速路。县到乡，乡镇到村，也修了水泥路，雨雪天不再担心行车受阻。

这得益于多年来持续进行的新农村建设。"要想富，先修路。"全市修桥筑路力度很大，构建了高速公路、国道、省道、县乡道、村村通的路网。据统计，2018年底，全市公路通车里程22240公里，其中高速公路475公里。路通物流通、信息通、人脉通、财源通，为贫困地区农民脱贫致富起了助力作用。

古往今来，修桥补路，皆为善举。修了这么好的公路，其实也是民心路，致富路，奔小康路，实现中华民族振兴路。有一次，我到山里去，一位山民动情地对我说："俺这大山沟，过去自行车扛着走，架子车抬着走，现在汽车电动车开着走，感谢党和政府的好政策！"

三、人生

三、人生

源自心灵的作品

我认识朱华梅已经十多年了。十年前，曾以《中华巧女》为题，写过她一篇文章。这个标题是全国妇联授予她的荣誉称号。1995年，世妇会召开前夕，她的剪纸作品《大别山古塔》参赛中国首届工艺品大奖赛，获奖后曾在国内外巡回展出。荣誉称号也是在那个时期授予的。

十余年来，我们见过多次，另有电话沟通。几乎每次相见或电话，话题都集中在艺术创作方面。她对民间艺术苦苦追求、孜孜不倦的实践，使我对她的认识逐渐加深。但是，一直没再动笔写她的文章。我对她承诺说："等你有了令人震撼的作品时，我再写一篇。"

眼下，兑现诺言的时机成熟。一来，她的作品已经交流到国外，今年9月，参加了首届中国民间艺术奥地利展，在联合国大厦会展中心参展时获得交口称赞，本人也作为中国文联民间艺术家赴奥地利代表团成员出访了奥地利。二来，多年的心血，得到集中展示，一本艺术创作的集子马上就要付梓。三来，今年有巨幅剪纸山水作品问世，看罢令我兴奋不已。

十年磨一剑。这个十年，她由青年走到中年，眼角被岁月磨出了皱纹；艺术追求也由稚嫩变得老成。岁月是把尺子，能够量出人的步长里短；岁月是面镜子，能够照出人的笑脸愁眉；岁月是盘带子，能够录下人的思维轨迹；岁月是把勺子，能够舀出人的心智毅力。岁月如大浪淘沙，淘出来的金子，总有一天光芒四射。岁月记录了她艺术生涯的路径，也打磨了人生风采。

十多年间，她的艺术生涯给我的印象有三个阶段。第一阶段，有基础，待起飞。与她初识，与猴有关。那是十二年前，我还在市委办公室工作。一天上午，著名民间艺术大师泥猴张来访，并带来一个弟子，席间得知，名叫朱华梅，与师母同为商城县老乡。

泥猴张对这个弟子相当器重，认为她的剪纸具有深厚的功底，发展前景看好，值得扶持培养，还托付我给与帮助。一月之后的一个夜晚，我接到泥猴张从上海打来的电话。当时，他正应邀在上海献艺。此时此刻，还没忘记托付的事情，显然，有催促落实的意思。

其后我到商城出差，约她见面。晚饭后，她与一位女友一起来到宾馆我的房间，带着一摞杂志、报纸、证书，还有两幅送我的作品。几句开场话后，我开始翻阅那些资料。

《河南教育》封二上的《育花》，是她最早发表的作品，时为1982年。获奖证书中，有参加河南省第二届剪纸大赛并获得二等奖的作品《茶水寄深情》；有20世纪90年代初参加省第二届、第三届电影宣传画展的套色剪纸电影宣传画戏曲片《奇缘巧配》《牡丹亭》；还有2002年10月参加中国文联、中国民间文艺家协会、省委宣传部等十多家单位联合举办的河南民间工艺精品博览会的作品《春姑娘》，获得银奖。此后被选入中国文联出版社出版的第一部完整的中国民间文艺家人才录《中国民间文艺家大词典》。

展开她送我的两幅作品，一副为《春之韵》。画面上一位身着长裙的少女，站在碧波粼粼的河边。河边草木茂盛，少女头顶椰枝阿娜，对岸树木林立。一只小梅花鹿来到少女面前，抬起一只前腿，翘首去接少女手中的叶状食物。整个画面，给人以春风荡漾、生机勃勃的视觉感受，同时，透溢出人与大自然亲密和谐的内涵。

另一幅作品是《三不猴》。画面上并排着三只猴子，中间一只紧闭双目，左边一只用爪子捂住嘴巴，右边一只用爪子捂住耳朵，题字曰"不该看的不看，不该说的不说，不该听的不听"。立意新颖，线条流畅，画面简洁，主题清晰，蕴含丰富。

当时，泥猴张有件得意作品，就叫"三不猴"，立意与时代精神紧紧相随，表现形式则是手捏泥猴。徒弟同名的剪纸作品，显然是借鉴了师父的立意，或者说套用，只是把泥塑艺术移植成剪纸艺术。

这次看到的，可以算作她的早期作品。从题材和内容上看，宽泛而欠集中，借鉴而少创新。在体验民间生活、挖掘民间艺术宝藏上还不够娴熟。

三、人生

第二阶段，苦苦追求，不懈历练。那次采访后，我们一直保持联系。我去商城，或者她来市里，常会通个电话，或者见个面。每次通话和见面，都会询问工作情况和创作成果。我这个门外汉也不厌其烦地浅谈自己的观点：高山巍巍流水潺潺，豫南大别山区有取之不尽用之不竭的创作源泉。山光水色，民风民俗，民情民意，都是丰富的宝藏。源不竭而清流不断，根不枯而枝繁叶茂。抓住这里的特色不放，足可以大展宏图。

这期间，饱含着豫南大别山区独特的生活气息和人文情怀，蕴含了山水风物、民生民性、民情民意、民风民俗的作品，逐渐占据剪纸创作主题。构图也趋向巧妙，画面也渐丰盈，情爱之美、生活之美、情趣之美尽入其中。代表作品有《打水草》《撑山》《摸秋》《磨豆腐》《夫妻赶集》《锣鼓闹秧》《摇到外婆桥——扯浪浪》《千里跃进大别山》等。

从剪中功夫增加了刀下功夫，是她另辟的一条路径。她不忘剪纸的同时，又搞起叶雕创作。叶雕与剪纸截然不同，首先是创作工具，剪纸主要用剪，叶雕主要用刀。其次是原料，剪纸用纸，叶雕用树叶。剪纸重在剪，叶雕重在雕。剪纸不需要对纸张进行特殊处理，叶雕却有选叶和对叶子进行前期复杂加工的工序。

第三阶段，从尺牍小品到巨幅力作。叶雕受树叶的局限，作品尺幅娇小，只宜放置于案头欣赏。以前的剪纸作品，也多是张的尺幅，起不到震撼效果。去年以来，她开始在创作巨幅大别山风光类的作品上下功夫。这样的作品从立意构图到表现，难度无疑不小，所费的精力也非同一般。功夫不负有心人，两年内，创作出横竖两幅山水剪纸巨著。我看了为之一振，激动不已。多年的积淀，终于发力。把那重峦叠嶂、云蒸霞蔚、泉水叮咚、溪流潺潺、苍松挺立、鸟语花香活灵活现于画面。

她曾是一名下岗女工，既要挣钱养家糊口，又要追梦实现夙愿，困难和艰辛可想而知。但是，困难没有难倒她，凭着坚忍顽强，挺过来了，闯出了一片蓝天白云。坚持不懈地追求，坚持不懈地努力，坚持不懈地创新，是她一步步走向成功的锁钥。

如今，她的剪纸和叶雕作品颇受各界人士的好评，在中央电视台新闻联播节目中曾经展示播出，其艺术水平和成就，在中国日报网、人民网、河南

落地生根

卫视、信阳电视台等多家媒体均有报道。

过去，听人称她为民间艺术大师，我觉得过于褒奖，只能算作恭称。现在，有人这样称呼她，我感觉已不算夸张。当然，这并不是说她的作品达到了炉火纯青的程度，而是瑕不掩瑜。要创作出流传百世的精品，还需要继续下狠功夫，向顶峰攀登。我与她交流过，她心里明镜一般，人生道路还长，到达艺术巅峰还有陡坡荆棘，气不能泄，劲不能松，脚步不能停。

三、人生

闲侃人生

友人偶聚，谈及人生话题，你言我语，畅抒己见，各有千秋。众说纷纭，何以为是？人生百岁，世间百态，千身万影，匆匆过客，其中的千变万化，千万种风情，三言两语能够说得透彻？

话题虽然老掉了牙，人生却在不断翻新。生活好像万花筒，摇一下，如此；再摇一下，非如此。摇来摇去，似曾相识，又非雷同，眼花缭乱，难辨真假。

古往今来，不知有多少文字，为之记叙抒情。举例与评品，赞颂与谩骂，祝福与诅咒，惬意与遗憾，希冀与绝望，平和与感慨，交叉并存。

时光、社会和生活，简单地看，极其简单；复杂地看，又极其复杂。历史的，现实的，眼前的，遥远的，前世的，今生的，哲理的，荒唐的，理想的，梦幻的，等等，没完没了，简单与复杂并肩前行。

话到高潮，突生感悟。删繁就简，三句感言。脱口而出，戛然而止。众兴未尽，建议敲出文字，再作表述。

第一句，爱情是一种本能。

爱情是什么？有研究发现，爱情是一种生物程序。爱情行为是由进化力量为主导，通过激素产生作用，为的是把基因传递给后代。如果没有爱情主导，人类繁衍传承就成了问题。

一见钟情，异性的相互吸引，正是生物进化的需要。爱情让人享受了年轻、美妙、浪漫、激情，也会让人面对年老、色衰、平淡、冷漠。从这一点来说，爱情是短命的，犹如浮生紫云，浅尝辄止。

第二句，婚姻是一种缘分。

有缘千里来相会，无缘咫尺手难牵。爱情是男女双方的缘分，是婚姻的基础，但是，不是单有爱情就能够走进婚姻殿堂，也不是所有的爱情都能够成为终生婚姻。各自独立的社会关系，亲属的认同，社会的评价，经济利益等，都是成就婚姻的元素。元素的组合，有时是偶然中的必然，有时是必然中的偶然。不经意间的邂逅，在某个时间，某个地点，相遇相许，相知相爱，都可能成就一段情感缘分，却不一定能够成就牢固的婚姻。

爱情可以是简单的，常常表现出冲动、亢奋，有时近乎癫狂。婚姻却没那么简单。志趣和目标的相同，物资和精神的和谐，性格和习惯的包容，生活和工作的认同，等等，都是美满的元素，需要两个人较长时间的磨合培育。这种元素增之越多，婚姻就越美满，越稳定；减少越多，婚姻就越麻烦，越脆弱。

第三句，家庭是一种责任。

爱的激情或许是短暂的，但是婚姻的结合不可能变来变去。家是一个港湾，可以遮风避雨，颐享天年。然而，达到美妙温馨，需要夫妻二人的坚守和经营。

成就了婚姻，就有了新家。家是一副紧箍，戴在头上别想轻易摘掉；家是一副担子，一辈子都别想撂下歇歇。成了家，家就是一分责任，一辈子都别想删除。成了家，就得对配偶、对老人、对后代负责。赡养老人，抚育子女，抚慰伴侣，一样都不可或缺。责任感，责任心，责任担当，责任效果，对稳定的婚姻都发挥着综合协调的作用。

责任心是一种舍己为人的态度，是一种发愤图强的动力。有责任心，面对失败，能够坚强起来。有责任心，面对困难，就敢于披荆斩棘，勇于直前。有责任心，就会事无巨细操劳家务。有责任心，就不会只顾自己的兴趣与爱好，置家人的感受而不管。家里的任何小事都是自己的大事，勿以事小而不为。

三、人生

善用新平台

信阳市老记协是本市老新闻工作者活动的家园。《老记者视野》是协会主办的会员发挥余热的平台。一会一刊应势而生之后，我首先想表达的感谢之语，绝不是形式上的客套，而是心中真实情感的流露。十分感谢市委、市政府的支持，感谢市委宣传部的直接领导，感谢市文广新局、信阳日报社、信阳广播电视台等单位的积极帮助，感谢省老记协的关怀，也感谢热心此项工作默默无闻无私奉献的老记者们。

无愧于感谢对象的最好的方式是把工作做好。老记协组织要靠会员来建设，来维护；协会的刊物要靠大家来支撑，来出彩。明了来之不易，方会自觉珍惜。人总是要老的，曾经的光环，那是历史。眼前的生活，才是现实。我市不少退下来的老记者，曾是本市新闻队伍的中坚力量，是本市新闻媒体成长的见证者和参与者，有的还是创办者，力没少出，功不可没。其中不少人身体尚好，精神犹佳，年老心未老，有志献余热。

献余热需要平台。没有平台，就落不到实处，就会成为一句空话，就只能限于嘴上说说而已，那还有什么意义？就像打仗起码得有枪，捕鱼起码得有网，种菜起码得有园，插秧起码得有田，航行起码得有船。协会是活动的平台，刊物是文章的舞台，二者相辅相成，相得益彰，是我市新闻战线上的新事物。

组织建起来了，管好就行。办好刊物可不是件轻而易举的事。且不说爬格子是件苦差事，对于戴老花镜的人来说，写出一篇好文更费力气，仅就白纸黑字，抹不去，消不除的特色，就丝毫马虎不得。政治上不出问题，常识上不出笑话，文字上不出纰漏，这是首要原则。仅此还不够，还要有可读性。

落地生根

做到有人愿意读，喜欢读，读后有收获，有回味，真的不容易。

这就需要会员们时刻不忘办刊质量和办刊初衷，把每篇稿件都当成精品来写作，把每篇入选稿件都按照精品的标准来衡量，把每期杂志都当成精品来选编，决不能粗制滥造，马马虎虎，敷衍塞责。

保证刊物的质量，需要作者和编者的共同努力。巧妇难为无米之炊。有了米，做不好，也难以成为佳肴。做干饭还是做稀饭？做锅巴还是做醪糟？夹生、焦糊、过稀、过干等，都是败笔。淘洗、配料、火候都恰到好处，才能做出香喷喷的食品。

新闻特别强调时效性。新闻速朽，早一点是新闻，晚一点就成了旧闻。一般的旧闻对新闻媒体没有一点意义。日报，周报，电视，广播，都是以快取胜。网络传播更快，自媒体发表更便捷，随时随地，鼠标一点，就出去了。

作为双月刊的《老记者视野》，无法在"快"字上做文章。不快，也能新么？可以的！关键在于出新意。新在哪里？在于深度、广度与精准度的完美结合。即使是旧闻，如果挖掘出鲜为人知的内幕，出手后也有"新"意。

把刊物办出特色，必须与其他刊物有所区别。把文章做透做精，深度挖掘是关键。瞄准深度、广度、准确度，贴近主流，紧接地气，既是工作方法，又是思想方法，都需要功力。我们的功夫不在于求快，而在于求品质，通过解读、分析、预测、展望，达到层次上的高度，这就是新意。

摄影方法值得借鉴。镜头向身后推去，看到的是历史；向身前拉近，看到的是未来；使用广角镜头，看到的是宽视野；使用微距镜头，放大的是窄细节；调准焦点，看得更清晰；用好光线，颜色更逼真；剪辑得当，主题画面更集中。因此，要在用好标准镜、变焦镜、广角镜和微距上下功夫，获得精准、清晰、真实、有远见、有回味、经得起实践检验的好作品。

回顾历史，展望未来，分析现实，首先要考虑针对性，展现老记者的独特视野。独特在何处为妙？就是宽、深、远、准。点面结合，远近呼应，深层剖析，全景展示，刨根溯源，围绕"不速朽"做文章。我们既不要与别人争资源，又不要与别人争名分。要营造出与本市其他媒体形成优势互补，同生共进的氛围，为圆好中国梦，建设魅力信阳献智慧，造氛围，鼓志气，添力量，集聚和释放正能量。

120

三、人生

一笔真情
——《一尺之笔》序言

这个春天过得特别忧心。被圈在屋里两月，几乎没出居住小区大门。每天，报纸、电视、电脑、手机、刊物等，大凡能够见到的信息载体，都有关于新冠肺炎的消息，新发病例、抗疫行动，各类文章与各种评论，谣言与辟谣，科学观与阴谋论，正能量与污名化，高风亮节与甩锅行为，等等，不停地奔涌而来。

其中，每天看到的也有龚立堂同志发在微信朋友圈里的抗疫报道。从报道中可以瞧出他的活动轨迹。他没有把自己封闭起来，仍然活跃在新闻工作第一线，发挥一个资深记者的作用，像一个不畏险境、不知疲倦的战士，冲锋于激烈的战场。

有一天，我突然收到他发来的一则信息和一封邮件。说自己今年已到退休年龄，很快会从工作岗位上退下来。抽空整理了一些资料，准备编辑出本集子，请我写篇序言。发来的邮件中，有书稿的基本内容。我看后一惊：怎么，这么快也到了退休年龄？

没错。平时心里虽然没有年龄感，但是，时光却一刻也没有停止它的步伐。这么一溜，30多年过去了，真是太快了。我与他初识时，他才20多岁。如今，我已年逾古稀，他也接近退休了。

那是20世纪80年代末，地委宣传部决定创办月刊《信阳宣传》，从而打造出一报一台一刊的宣传阵地格局。办刊任务交给了我这个时任的新闻科长。我组建了编委会和编辑部，把龚立堂同志从信阳报社借过来，开展具体业务。在那段时光里，他敏捷的工作思路、扎实的文字功底、吃苦耐劳的精神、认真做事的态度，给我留下了深刻的印象。

后来，他又回到报社，继续从事采编工作。三十多年来，工作单位几经变化，但从事新闻工作的岗位没变；职称与职务多次变动，但坚持笔耕没变。从一名普通的记者、编辑到部门主任，再到晚报、广播电台总编辑，再到广播电视台、日报社副总编辑，从主任记者到高级记者，风风雨雨，一路走来，手中的一尺之笔从未停歇。

《一尺之笔》正是他的笔耕硕果。他从大量的作品中选辑了402篇，辑作上、下两卷，时间跨度35年。上卷为一彻万融、一隅之见、一语破的和一言半字四章。"一彻万融"是发表的新闻业务论文；"一隅之见"是媒体新闻阅评和报道；"一语破的"是评论文章；"一言半字"是消息稿件。下卷为一往情深、一代天骄、一腔衷肠、一宿之行和一朝风月五章，"一往情深"是新闻通讯；"一代天骄"是人物通讯；"一腔衷肠"是本埠纪实通讯；"一宿之行"是外埠见闻文章；"一朝风月"是散记随笔类的文章。

《一尺之笔》涵盖广泛，光彩闪耀，犹如一个时期的一方智库。认真阅读，可以明显感觉笔劲雄健，功力深厚。新闻速朽，很少有人热心认真翻阅旧新闻。但是，如果总结信阳30多年的发展，最好读透它；研究信阳30多年新闻史，不得不读它；纵览30多年信阳知名新闻人，必须读懂它。这部书收编的虽然是个人的作品，但反映出的是一个地方一个时期的政治、经济、文化的发展变化脉络，是历史真实而细腻的一方留存。这部书的价值与意义就在于此。

十年前，我看到立堂同志在新浪开了个博客，昵称叫作"堂堂正正正正堂堂"。堂堂正正做人，踏踏实实做事，孜孜不倦学习，年年岁岁坚守，是他多年来对人生的追求，也是努力践行的原则。阅读这部书，也可以深刻地感觉到。

基于此，我答应了为此书作序的要求，并浏览了发来的书稿资料。阅罢，几个突出的观点引起了我的共鸣。

1.关于文字追求。与西方新闻相比，我们的新闻报道每种体裁都有一套固定的程式。从报道的面貌看，文章的风格基本上是几十年来形成的"新华体"；从语言上来说，是比较原则的"人民调"；从内容上来讲，有许多"排浪式"的新闻占据大量版面。"新华体"是现在最通行的新闻体裁的风格，严格按

三、人生

照新闻的五要素和倒金字塔式的要求去写，它虽有简洁、准确、完整的特点，但也缺乏文采，消息就是消息，通讯就是通讯，评论就是评论，界限十分清楚。"人民调"则是原则的话、套话和没有情感的话。"排浪式"的新闻往往都是以罗列数字和现象表现的新闻，如果写新面貌、新成就，不是出现了"几多几少"，就是采取了"几大措施"，要么办了"十件好事"。这类写法的新闻人情味淡，干巴枯燥，可读性差。

"讲好故事，事半功倍。"随着网络时代的到来和现代生活的快节奏，我们现在的新闻写作手法也十分亲近，无论是一般的社会新闻，还是严肃的重大新闻的报道，都是从人写起的，写人见事，写事见人，通俗亲切。在新闻写作的创新上，跳出八股圈，可用散文语言写新闻，可写"四不像"体裁，只要能够表达内容就行，形式已经不成为束缚内容的桎梏。

好新闻重在讲故事。能不能把好新闻的故事讲好，是衡量和评判一名记者采写新闻水平高低的重要标准之一。作为记者，写好新闻是基本功，讲好故事才是真功夫。写好新闻与讲好故事，是一则新闻报道的两种不同表现形式：一种是抽象的，报道停留在新闻事实概念性的呆板陈述；一种是具象的，报道以讲故事的形式呈现内容生动鲜活。如果把新闻报道写成故事，或者说用讲故事的方式写新闻，那么新闻就会更富有个性色彩，更易吸引人、打动人和感染人。

鲜活生动的故事是一个时代的印记。讲故事要胸怀自信、正气充盈，善于发现典型人物和事例中的思想承载，以事寓理，以事析理，用故事把大道理讲正、讲实、讲活、讲出情感，使受众身临其境、感同身受，从而走进故事、有所感悟、汲取力量，在情理结合中阐释真理的内涵、传递真理的力量。如论文《讲好故事才是写好新闻的真功夫》、通讯《八音响彻大别山——探访光山县围绕"八个一"方案推进高质量发展》。

2. 关于新闻敏感性。新闻敏感性，又称"新闻眼""新闻鼻""新闻嗅觉"。新闻敏感性是记者必须具备的基本素质之一，它是记者迅速、准确地识别具有新闻价值的事实的能力，是记者的素养、知识、所积累的新闻实践经验与现实的新闻事实发生碰撞产生的灵感。新闻敏感是记者长期从事新闻实践活动练就的能力和经验，是一种新闻职业的敏感性，是一种顿悟式的思维活动，是新闻工作者政治水平、理论水平和业务能力的综合表现。新闻敏感的强弱与新闻采访报道的成败有密切关系，决定采写新闻的效率和质量。作为一名新闻记者，要具备良好的新闻敏感和洞察力。面对同样一个事件，面对共同关注的一个题材，大家的视觉差异也许很小，感觉差异却可以很大。有没有新闻敏感，写出来的报道可能就有天壤之别。因此，作为新闻记者不仅要有对新闻的敏感性和洞察力，还要具有强烈的社会责任感、使命感。我们要通过自己的新闻敏感，从中发现社会不良现象背后的问题，洞察整个社会现象背后最本质的问题。

概括地说，新闻敏感性就是政治的敏锐性，思想的深刻性，观察的灵敏性。通俗地说，就是要有狗一样灵敏的鼻子，要有鹰一样锐利的眼睛，要有豹子一样飞快的腿。新闻敏感性既是一种综合的判断能力，又是一种敏捷的思维能力。一个党报记者的新闻敏感，首先就是政治敏感。所谓"吃透两头"，就是要吃透上头和下头——吃透上头：熟悉各阶段党的方针政策和宣传的中心任务，做到心中有大局；吃透下头：了解社情民意。只有吃透两头，胸中有大局，才能具备政治敏感。新闻敏感性大致包括以下四种判断能力：判断某个事件是否可能引起听众兴趣的能力；判断同一新闻事件的许多事实中，哪个第一重要，哪个第二重要的能力；判断某些看来无关紧要的线索，是否可能抓出新闻的能力；判断在已发表的新闻中，有哪些同记者已收集到的情况有关，从而发现更重要的新闻的能力。

新闻敏感不是靠天赋，不是靠机灵者的偶然发现，也不是靠从新闻学堂现学现卖，而是靠记者在日常的实践中，自觉训练，长期积累，长期培养得来的。如消息《"世界杂交水稻之父"袁隆平纵论信阳超级杂交稻》、通讯《国家战略的信阳力量——〈大别山革命老区振兴发展规划〉获国务院批复同意溯源》。

3.关于新闻真实性。真实是新闻的生命。从新闻的内在要求看，真实是新闻的首要标准和第一选择；离开了真实，也就无所谓新闻。新闻必须真实，但真实的事情未必可以构成新闻。也就是说，新闻报道的每一件事情都必须是真实存在的，但真实存在的每一件事情不是都值得报道的，或都可以成为新闻的。

三、人生

对媒体而言，新闻的真实性是立命和生存之本，是媒体人应时刻熟记于心的从业准则。无论什么原因，无论稿件长短，只要新闻失实，皆是新闻工作者之耻。虚假新闻报道使新闻工作者违背了职业道德，同时也违背了新闻的真实性与客观性。

"真实性是新闻的生命。要根据事实来描述事实，既准确报道个别事实，又从宏观上把握和反映事件或事物的全貌。"新闻真实性就是以事实为基础和依据来报道新闻，用辩证唯物主义和历史唯物主义的方法如实地反映客观事物的本来面目。坚持新闻的真实性，首先要做到具体事实真实准确，这是新闻最起码的要求，它包含三个层次的内容：构成新闻的基本要素准确无误；新闻所引用的材料必须准确可靠；新闻中使用的背景材料必须完全真实，而且要做到全面、客观、实事求是。新闻真实性原则的更高要求是做到本质真实，尽可能全面、深刻地反映事物的内在品质和规律，在事物的整体上、宏观上和本质上把握报道的真实性。

真实性是新闻最本质的规定性，它是新闻独特力量和高贵品质的主要源泉，体现着新闻的基本特征、性质和要求。追求新闻的真实性是一名记者的基本素养，也是记者永恒的职业主题。记者的天职就是客观、真实、准确地向受众传递新近发生的事实，让其了解概貌、明晰本质，从而产生符合事物客观规律的价值判断与心理暗示。其意义，从大的方面来讲，有利于党和国家的工作大局，有利于社会的和谐进步；从小的方面来讲，有利于保障受众对事实真相的知情权，进而维护其信息利用与精神享受的权益。如消息《吕庆虎治厂有方反被罢了官？实践证明他有才干公司却指责他"没有领导能力"》、通讯《国饮：喝你要商量——关于我国"卖茶难"引出的思考》、通讯《信阳毛尖：真耶？假耶？——广州至北京16特快车厢见闻》。

4.关于新闻时效性。时效性是新闻报道的基本特性。不论是事件性新闻还是非事件性新闻的深度报道，都要有时效性。这个时效性除了尽量快速发布报道外，更多的是能够给受众内容上的一些新观点、新材料、新信息，目的都是争取受众、赢得用户、左右舆论。新闻时效性与深度报道的融合已成为媒体竞争的有效途径，出奇制胜的新闻才是深度报道与时效性的有机结合。

从媒体争取受众的角度来看，在报刊如林、竞争日益激烈的今天，哪家媒体能够最先发出"第一腔"和亮出"第一面",哪家媒体就能够最先吸引受众的眼球和注意力;哪家媒体能够最先满足受众的心理预期与渴望,哪家媒体就可能赢得受众的接受与肯定。先声夺人、先入为主,是新闻报道的基本规律和核心竞争力。只有快速抢占舆论先机,及时、公开、权威、主动发布快而准、广而深、活而实的报道,做到事件反应快、到达现场快、采编发布快,坚持"好"中求快、"准"中求快、"活"中求快、"深"中求快,先入为主,先声夺人,才能使新闻报道的传播力、影响力、公信力释放出来,才能提高舆论引导的时效性和有效性。

新闻是"易碎品",时效越强越有生命力。突发事件的新闻价值和生命力,同传播的及时迅速密切相关。"兵贵神速",抢新闻是新闻从业人员应该具备的意识,也是当今新闻竞争的需要。因此,无论是采访、写作还是发稿,都要竭尽全力地设法缩短突发事件的发生同报道之间的"时间差",力争在第一时间内做出迅速反应,使新闻价值更充分、更有效地显现出来。我们主张"抢新闻",但前提是确保新闻事实准确的"抢",绝不是盲目地瞎"抢"。

从争取受众的角度看,媒体谁能开出"第一腔",谁便能最先吸引受众的注意力;谁能最先满足受众的心理预期,谁便可能赢得受众的首肯。先声夺人是媒体的强项和优势,只有突出特色,才能做到先声夺人;也只有先声夺人,才能更好地彰显特色。如:消息《信阳潘氏兄弟发明"苹果皮520"轰动海内外》,通讯《贫困户的109岁生日》。

5. 关于典型宣传。典型宣传是指对一定时期内,特别是近一段时间内产生的最突出、最有代表性的人和事的重点报道。宣传报道的内容主要包括:典型人物、典型集体、典型事件、典型经验、典型问题。典型宣传有很强的现实针对性和指导性,注重从群众普遍关心、实际工作急需解决和探讨的问题着眼,对启发教育大众、发挥舆论引导有着极为重要的作用。典型宣传是一个具有永恒生命力的新闻宣传手段。

典型宣传的主要成分是正面典型,是"同类事物中最先进的事物"。典型宣传在我国一直是主流媒体的优势和强项,是重要的舆论手段,我国一大批脍炙人口的先进人物至今让受众难以忘怀,成为人们学习的榜样。

媒体不能创造典型,但可以发现典型、宣传典型,而典型报道是否有普遍意义，是否有推广价值，在很大程度上取决于是否反映了时代的主旋律，是否蕴含着时代的气息、时代的印记、时代的特征。正面典型是一种楷模、一种示范、一个标本，会影响大批人的行为，这对社会文明进步极为有利。

正面典型既有共性，也有个性，不能是同一模式的翻版。典型报道不能只是一般地介绍事迹经验，而是要透过具体事迹挖掘深层次的思想内涵和社会价值，让人们知道先进到底先进在哪里，到底在哪一方面值得人们学习。富有时代感的典型报道才能让人可敬，贴近群众的典型报道才能让人可信，充满个性的典型报道才能让人可亲。

一篇优秀的典型宣传，不仅要将特定的新闻人物、新闻事件记录下来，还要让记录的事实、人物能打动人、吸引人、有感染力。如：人物通讯《农民工的好榜样——记中共潢川县驻郑州流动党员工作委员会书记黄久生（上篇）》和《大别山的好儿女——记中共潢川县驻郑州流动党员工作委员会书记黄久生（下篇）》，通讯《信阳毛尖成就脱贫梦 大别山区唱响幸福歌——记信阳文新茶叶公司党委书记、董事长刘文新扶贫二三事》。

6. 关于组织策划。新闻策划是一项创造性的劳动，体现着媒体的政治敏感、全局意识和对新闻的认知程度。策划是对报道的内容、形式进行有意识的谋划、设计和包装，它是对新闻价值再次认识的过程。其目的主要表现为能使新闻报道的主题更明确、内容更集中、形式和角度更新颖，更能吸引受众。

成功的新闻策划，能够使新闻价值和宣传价值得以全面体现。否则，不成熟的新闻策划很难反映事物的本质，双重价值也就难以体现。只有对历史、对现实作系统把握，对社会层面有立体交叉的感悟，才能游刃有余地操作新闻策划。

新闻策划是一项系统工程，它是搞好重点报道的关键，也是办出名牌报纸的制胜之道。在实际操作过程中，只要按照选题依层次、分侧面、破小题、列篇目进行策划，精心组织，就能使重点报道更具权威性、指导性，报纸也就更有战斗力。

广播电视是依靠声音画面进行传播的媒体。同样的新闻事件，用不同的声音画面进行传播，就会有不同的宣传效果。2009 年，为庆祝新中国成立 60

落地生根

周年，媒体各出奇招，充分利用各种宣传形式来表现60年这一重大主题。在新中国成立60周年的历史中，无论是大建设时期，还是在改革开放的岁月里，信阳有很多声音值得中国骄傲。我们选择权威性、典型性的声源，推出大型系列报道《信阳声音·中国骄傲》，该节目把一个历史或成就性报道的题材放在时代的坐标上，并打上时代的烙印，使之更具有时代性和新闻性。以人物为主线，以他们60年来的亲身经历为主要内容。采访对象既有亲历解放战争的老红军、老战士，也有与共和国一起成长的创业者、企业家；既有为信阳发展作出贡献的工人、农民，也有在和谐社会蓬勃成长的青年、儿童。透过这些典型人物的独特声音，折射出新中国成立60年来信阳老区经济、社会、文化、教育等各个领域发生的巨大变化。如通讯《红色绿色交响曲——从大别山"大转折"看信阳新时期大跨越》《生态富民的"光山密码"》《西河，大别山中"三胞胎"》。

7. 关于方向把握。"宣传思想工作一定要把围绕中心、服务大局作为基本职责，胸怀大局、把握大势、着眼大事，找准工作切入点和着力点，做到因势而谋、应势而动、顺势而为。"习近平总书记在全国宣传思想工作会议上的讲话从认识论的高度和方法论的角度，深刻阐释了做好宣传思想工作应具备的战略视野、全局意识、分析研判和实际操作能力，进一步明确了新形势下宣传思想工作的方向目标、重点任务和基本遵循。

胸怀大局、把握大势、着眼大事是做好新闻宣传工作的前提。"不谋万世者，不足谋一时；不谋全局者，不足谋一域"。没有全局方面的深谋远虑，不能从趋势上准确把握，不会在大事上着墨发力，就难以做到领先一步、棋高一着、技胜一筹，把主动权和领导权牢牢握在手中。"大"字里面有学问，"大"字里面有乾坤。这就要求新闻宣传必须辩证看"大"、理性看"大"，"大"有文章，大有作为。胸怀大局才能高屋建瓴，因势而谋，谋在于"高"，"谋"是做好新闻宣传工作的重要前提；把握大势才能明辨方向，应势而动，动在于"快"，"动"是做好新闻宣传工作的重要方法；着眼大事才能切中要害，顺势而为，为在于"新"，"为"是做好新闻宣传工作的重要要求。新闻宣传要以改革创新的精神推进工作，增强主动权、把握话语权，"势"在人为，势在必行，努力开创宣传思想工作新局面。

三、人生

从事新闻宣传工作，无论看形势、找规律，还是抓问题、出对策，都要时刻谨记自己的基本职责，须臾不可偏离"围绕中心、服务大局"的基本定位。新闻宣传如果把握不住主流和方向，没有切中关键和重点，就会显得一团糟，就会各说各话，就会产生负能量。如果能够做到局、势、事的有机统一，能够从宏观大局上进行谋思，从发展大势上进行谋划，从关键大事上进行谋定，做到因势而谋、应势而动、顺势而为，人心就会思定，就会团结，就会迸发出前所未有的积极性和创造性。如通讯《方洼脱贫之方——从一个小山村的变迁看中央扶贫方略的巨大效应》《跨国卖厂备忘录——信阳啤酒集团公司资产转让新加坡亚太集团流产始末》和《宁肯苦干 不愿苦熬》。

8. 关于理论提升。一名博学多识的记者和一名知识贫乏的记者，在发现和判断新闻价值方面，往往会产生截然不同的效果。博学多识、经验丰富的记者，能够及时、敏锐地从采访中判断出哪些是有价值的材料，哪些是没有价值的材料，并能根据对方的谈话，触类旁通，将采访引向深入。实践证明，好的新闻作品，是记者知识、素养、敏感的产物和体现。如果知识贫乏，政策素养不高，写作技巧再高，也只能做文字匠，而成不了名记者。

一般来说，记者应具备的知识素养大致可分为三个方面：一是基础知识。马列主义、毛泽东思想、"三个代表"重要思想、科学发展观、新时代中国特色社会主义思想等理论，是一名记者主要的、基础性的知识框架，作为世界观和方法论，是什么时候也不会过时的。与此同时，要及时学习和补充新政策、新知识，这是记者发现与评判新闻的一把"尺子"，只有心里常装着这把尺子，记者面对纷繁而多彩的世界才能心中有数，才能敏感顿生。否则，对有价值的新闻，只能是视而不见，或者不问新闻事实有无价值，凭空乱抓一气。二是专业知识。除传统的新闻理论外，新闻学与其他学科交叉的边缘学科，像新闻心理学、新闻人才学等，也应该懂得一些。三是一般知识。记者是杂家，对文化科学知识都要有所知晓。

由于传播手段多样化，同一条信息可能会被多家媒体、多种媒体同时报道，而且会有多种多样的解读方式。在信息共享的今天，媒体内容的竞争已经从信息竞争到观点竞争，努力追求新闻的独家视角、独家事实、独家细节、独家观点、独家图片、独家背景、独家写法、独家编排，做出比其他媒体更全面、更及时、更透彻的新闻解读和新闻评论。这样不仅可以满足受众更高层次的需要，也会提高媒体的品质、地位和影响力。

新旧媒体的融合，既是传统媒体增强市场竞争力和受众快捷获取信息的需要，更是社会进步的时代需要。面对新媒体，传统媒体通过与新媒体的融合，使之变成一个新的复合型媒体。记者理应成为全媒体记者。如：论文《旧媒体？新媒体？全媒体——兼谈传统广播如何融合新型媒体》《深度报道如何增加深度》和《标题之美》。

9. 关于书名。丛书《一尺之笔》，章节部分的词语分类都用"一"字开头，从一开始，对新闻、对事业、对朋友的一以贯之、一如既往。作为一名新闻工作者，要始终不断地增强脚力、眼力、脑力、笔力，只有多做研究、多写论文、多出作品，才能无愧于这个伟大的时代。

出书的目的是留给自己，送送朋友。文字是不惧岁月的。作家冯骥才曾经说过：正像保存葡萄最好的方式是把葡萄变为酒；保存岁月最好的方式是致力把岁月变为永存的诗篇或画卷。作品的文字，是遗落的少年情怀抑或青年豪情、中年沉思、老年回忆，在今天，是一次认真的小结，是一次虔诚的回忆。面对这些文字，聊以自慰，一吐为快。

上面这些观点、论述与例证，也是我多年来反复思考过的新闻工作中的一些内容，立堂同志从认知到实践，做得都很出色。我从书稿中摘引出来，意为读者阅读全书时，能起到一点小引作用，便于提纲挈领，快捷了解他的思想、观点、追求、奋斗、探索、创新。其他不再多言，读者读罢，自有品评。

三、人生

山水画家李一冉

　　心上有情,眼中有意,手里有巧,笔下有力,巍巍大别山,滔滔淮河水,在他的笔下得到了淋漓尽致、意境深远的展现。他的山水画,雅俗共赏,走出了家乡,走出了省城,走到了大江南北。他叫李一冉。看他的画,是一种精神享受。

　　李一冉出生在大别山北麓,淮河南岸,有着浓浓的家乡情结。多年来,牢记"笔墨当随时代",倾心展现家乡山水风貌、风土人情、现实生活、时代特征。作品在审美理想的宣泄,彰显笔墨及其艺术语言的表现力上不断提升。作品多次入选中国美术家协会、中国国家画院主办的全国性的美展并获奖,出版个人作品集7种。

　　悬挂于新郑机场贵宾室的巨幅山水画《魅力信阳山水图》是以他为主笔创作的,以鸡公山、灵山寺、南湾湖为主题,表现豫风楚韵的壮美。

　　河南省民主党派大楼一楼大厅的《嵩山胜境图》,是他以太室山、嵩岳寺塔、嵩阳书院为主题而创作的,表现出嵩山的雄姿和厚重的历史文化。

　　信阳高铁站贵宾厅的《大别长淮共朝晖》,则以巍巍大别山、千里长淮为意象,创作出信阳的山河壮美。

　　大别山干部学院报告厅的巨幅作品《大别丰碑》,融合了大别山红色历史,英雄儿女为革命牺牲奉献精神,"一寸河山一寸血,一抔黄土一抔魂",处处有烈士,山山皆丰碑。

　　李一冉现在是国家一级美术师、中国美术家协会会员、九三中央书画院院务委员、河南省中国画学会理事、信阳市五届政协常委、信阳美术馆馆长、信阳市画院院长。他获得了"河南省委宣传部'四个一批'人才""河南省公共文化服务先进个人"等荣誉称号。担任馆长后,事务性工作更忙了,但他写

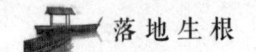

生、创作热情不减，手握一支画笔，常常熬到深夜。

他眼中看的是山水，脑中琢磨的是山水，心中想的是山水，手中画笔画的是山水。山水成了他情感中持久的热恋，生活和工作的亮丽风景，不停地向着艺术山顶攀登。

他善于学习。向古今山水名家学习。从求学到工作，研读和临摹了范宽、李唐、黄鹤山樵、董其昌、龚贤、四僧等历代大师作品，手摹心追，从中汲取营养，把理解、认识、感知融化于想象中，从笔墨实践中梳理出有别于他人的表现手法，逐步形成自己的笔墨样式。既有对传统笔墨的继承，也有对自然物象的感悟。

他勤于思考。在他心里，山水是有生命的。山有灵性。无数生命体都依托在它的怀抱里。它胸襟宽阔，包容万象。表面上，安安静静，年复一年，岿然不动。走进去，却能发现许许多多秘密。它有灵魂，有喜怒哀乐。山花争艳是它的喜，山风呼啸是它的怒，山洪奔腾是它的狂，山泉叮咚是它的乐。山水的博大精深，托起了一方世界，养育着各类植物，各种生物，镌刻着岁月的年轮，留存着时代的印记。心里装着这些，画上便增了神韵。

他苦于实践。他初入社会，岗位就在贤山脚下，浉河岸畔。每日抬头望山，移步见河。山山水水，太熟悉了。但他并不满足，有空就走进山里，静心写生，二十多年，坚持不懈。起伏连绵的碧绿群山，蜿蜒奔流的清澈溪水，动人心弦的红色故事，不知去过多少遍。市郊的贤山、蜈蚣岭，浉河区的四望山，平桥区的震雷山，风景区鸡公山、龙袍山，罗山县的灵山，商城县的金刚台，新县的金兰山，固始县的西九华山，光山县的大苏山，等等，都留有他写生的足迹。

山美水美田园美，四季之美不一样；阴晴雨雪朝朝暮暮，也有所不同。远近高低视角不同，眼里的景色也有差异。所以，写生并不都是轻松舒坦的事。风吹日晒、酷热严寒、蚊虫叮咬在所难免。为了事业，为了追求的目标，为了向艺术高峰攀登，苦累在所不惜，该吃的吃了，该忍的忍了，该忘的忘了。当一本写生集子印出来，散发着油墨香的时候，所有的苦累都变成了幸福。

贵于坚守。承前启后走大道，雅俗共赏不偏向。在他的眼里，山水是会变的。山水永恒，适时而变。不说山峦起伏，溪流蜿蜒，泉水叮咚，瀑布高悬，

三、人生

远近高低，千姿百态，仅春夏秋冬，四时色变，日出日落，绿肥红瘦，木石房舍，云雾炊烟，也都各有千秋。云起云飞，阴晴雨雪，朝日夜月，山水写生，百画不厌。使用场地不同，需求也有所侧重。一画一框，主题鲜明，特色突出。

他笔下的山水是美好的。山不怪，水不恶，一峰一石，一草一木，一瀑一溪，是那么养眼怡心。竹园、果园、茶园、拱桥、小船、茅舍、鸟鸣、鸡啼、鸭戏，那么令人喜爱。鸡公山？金刚台？西九华？金兰山？贤山？赛山？都有其神韵，也不完全写实。写生中具象的山水，思考中抽象的轮廓，心目中追求的美妙，融合粘糅，撞击出创新的灵感，通过皴、擦、点、划、染，表现出来。"笔墨淋漓，氤氲华滋"，"苍茫、刚健、雄强、厚重的北方山水风骨"。

山有灵性，水有灵性，一草一木皆有灵性。用慧眼看山，山不再是僵硬的石头，观水，水不再是沉寂的死水，山有生命，水有灵魂。一幅画，大到数丈，小到斗方，都有主题。大别山的灵性，不同于黄山、华山、泰山、桂林山水。这里有山的连绵，水的潺潺，湖的气势，溪的潺涓，池塘的清亮，林子的葱翠。

业内名家对他的创新精神看得很清楚。大别山区的山水，既有北方的巍峨气势，也有南方的清秀灵犀。历史遗迹，地域风情，文物格式，风土人情，刚柔相济，平和醇厚，质朴温和。"厚人伦，美教化，移风俗"的人文品格。以大别山为题材的山水画，表现的有南方气质的植被风貌、土山带石的山水，画面构图盈满，物象葱郁，皴、擦、染、点兼而有之，笔墨淋漓，氤氲华滋。细看，却是苍茫、刚健、雄强、厚重的北方山水风骨。评价其作品风格"浑然悠然中见潇散空灵，大度隽永中见文质清润，形备势迥中见风骨气韵"。主题鲜明，特色突出，大别山的山光水色、风土人情、民居民俗、历史脚步、沧桑巨变，都融入了他的不同作品。

有位朋友从一次画展活动中买了一幅抽象派作品，花费不菲，拿给我看了半天，也没看出什么名堂，不知好在何处。于是说："白送，我也不要。"道理嘛，很简单，看不懂，体验不出美感的东西，要之何用？我们欣赏作品的美感，而不是作者的名气。我一向认为，好的画作不在于自我陶醉，而在于给世人带来美的享受精神上的愉悦。画家的作品，绝不是孤芳自赏，而是喜欢的人越多越好。李一冉的作品，就是这样。

一把铁剪任风流

我了解许煦,始于她剪的王羲之《兰亭序》。展开卷轴,顿时惊讶。每个文字,每枚嵌印,每点改动,浑如原稿,惟妙惟肖,足可以假乱真。我还是头一次见到如此精美的剪纸作品。

后来,她告诉我,在创作了剪纸作品《四季山水流云图》之后,萌生了再度挑战剪纸技艺的想法。要剪,就剪最难剪的天下第一行书。主意打定,就开始研究字帖。据史籍记载,现在存世的兰亭序字帖,主要是唐太宗命冯承素、欧阳询、褚遂良、虞世南等临摹的作品。经过对比研究,选定了唐人摹本中最秀丽的"神龙本",即冯承素摹本。全文共二十八行,三百二十四字,字势纵横,变化无穷,通篇遒媚飘逸,充分体现出行书起伏多变,节奏感强,形态多姿,点画相应等特点,在章法、结构、用笔上都达到了行书艺术的高峰。特别是文中重复的字,转构别体,无一雷同。最为突出的是二十个"之"字,写法各有千秋,或平稳舒放,或藏锋收敛,或端正如楷,或流利似草,变化不一,尽态极妍。

剪纸受工具和材料的限制,笔画交错,一剪就散。怎样处理,才能保留书法作品的韵味和精气神呢?她查阅了历代书法字体用笔规律,深入读帖,逐字逐画分解研究,每一笔从哪个方向入锋,在哪里停顿扭转笔锋,行笔中的起伏跌宕,微妙变化,每次蘸墨后,笔迹发生的变化等,看透,看入骨,看明白,进而研究出剪纸时的处理方法和技巧。

准备工作,足足花了半年工夫。娴熟之后,方开始剪制。不仅注意保留神龙兰亭帖沉厚静穆、丰神妍丽、气韵动人等特点,而且增添了金石韵味。为了彰显精到,把历代收藏名家的印鉴也如数剪刻镂出,呈现其中。

三、人生

不久，我们办公的地方统一搬迁到羊山新区行政中心。我想给新办公室增添一点文化气息。于是，请来画家李一冉，并请他代邀许煦来办公室商量。一月后，按照商定的意见，一幅精美的山水画挂在了正面墙上。而许煦的剪纸作品却久久没有到位。我不便催问。直到第二年春天，她才送来作品。一看，六幅，全是幽兰。

这时，我才知道，她选幽兰这个主题，是看到我办公室里放着两盆幽兰，揣度可能对此花情有独钟。用什么颜色的宣纸来剪？思来想去，用蓝宣。在本市，买不到。到郑州，也没买着。后来，到北京出差，才买得。通过此事，我看出了她认真执着的性格，做事的良苦用心，追求完美，一丝不苟。她完全可以轻车熟路，随意剪幅作品，应酬了事。既然买不到蓝宣，那就罢了。但她不愿意将就，为了达到理想的效果，不惜费时费工。作品上墙后，看过的人都夸赞好，大雅不俗。

后来，得知她在羊山公务员小区内，装了个工作室。上下两层。底层布置了开放式厨房、茶台、沙发、茶几、餐桌等，四壁挂的是剪纸作品。平时是自家人活动空间，来了客人或朋友，也在这里接待。上层放置一张又宽又长的长方形工作台，平时的剪纸作品就在这里完成。这里也供公益培训使用。她利用业余时间上课，免费为学员讲解剪纸知识，演示剪纸技艺，有时还倒贴剪刀、纸张。

在她的工作室，我看到了巨幅长卷《红楼梦》，精品系列《四季山水流云图》，惟妙惟肖的《十二生肖图》。还有那巍巍大别山，滔滔淮河水，渺渺南湾湖，潺潺九龙溪，喳喳喜鹊叫，翩翩白鹭飞，山乡旱船舞，民间花鼓戏，红军洞，将军首府……豫南大别山区自然风光、风土民情、历史文化、红色遗迹，都纳入了她的创作元素，存储于胸，流淌于剪，表现在作品中。

我看到的仅是冰山一角。四十年来，她从没停止过手中的剪刀，花鸟虫鱼、牛马虎兔，山水林木，风云人物，祖国新貌，名人书法作品等，在她剪刀下巧妙地组合变幻，展现了新的风采，也剪出了人生非凡之路。

如今，她是中国优秀剪纸艺术家，国家二级美术师，中国民间文艺家协会会员，河南省代表性非物质文化遗产传承人，河南省民间文艺家协会理事，信阳市政协二、三、四届委员，信阳市五届人大代表，信阳市民间文艺家协会主席等。她被多所高校聘为特聘教授，开设剪纸课堂和讲座，为莘莘学子讲授中国剪纸技艺。还应邀为中国文联文艺研修院学员、丝绸之路沿线研究生们讲授中国剪纸技艺。

她的剪纸作品曾三次荣获中国民间工艺美术最高奖项山花奖，多次荣获河南省工艺美术最高奖项金鼎奖，河南省政府优秀成果奖，两次被选为国礼，三次登上中国文艺界春晚。在上合会议上，受命为六国总理剪制肖像。多次主持省、市非遗科研课题，为优秀传统文化如何更好地服务社会寻求理论支撑。发表核心论文多篇。总结剪纸经验，编纂《中国剪纸技法》。

她坚守如一。几十年来，一门心思，专注剪纸，一股韧劲，剪个不停。艺术根基越来越坚固，艺术水平不断提高，艺术品位不断升华。剪起作品来，心想手到，随心所欲。

七岁时，第一天上学，打开小学美术课本，就被里面的窗花图案所吸引，随手撕出了花纹。后来找个小折剪，揣在兜里，有时间就用旧作业本剪纸。

从那时开始，每天舞动着小剪刀，把眼中看到的，心中希冀的，用剪纸表现出来。寒暑假不休息，课间十分钟也利用上，剪刀用坏一把又一把。父母怕影响她学习，又骂又打，不给钱买纸。她就等家人睡了，半夜爬起来练习。

每天晚上，展开画册，对着图案，练习脱稿技艺。一次剪不好，两次；两次剪不好，三次。反复练，天天练，苦练数年，直至把握各种形态，可以随意剪出如意造型，传统组合吉祥纹样，随手完成自由组图。

大型创作需要辅以刀刻。自己磨刀片，试用刮胡刀片。几次刀片崩断，嵌进肉里，鲜血直流。她没叫疼，没住手，伤没好，裹着布条又开始研习。为了剪出一幅理想作品，常夜以继日地工作。

四十年来，她视剪纸为生命，剪刀是她最忠诚的伴侣，"衣带渐宽终不悔，为伊消得人憔悴"，一直致力于剪纸的传承与创作。儿时，剪了很多传统窗花，创作了大量反映校园生活的作品。少年时，开始研究、琢磨传统纹样蕴含的吉祥元素，尝试语言转换重组，创作了大量吉祥喜庆、极具中国特色的剪纸作品。青年时，出入高校，走访名师，创作了大量反映社会进步、讴歌时代的剪纸作品。进入21世纪，开始挑战剪纸的表现形式，剪出了巨幅山

三、人生

水、人文、书法、人物等，还创作了大量精美的佛教、生肖、吉祥类的剪纸作品。

她勇于创新。追求内容与形式的完美结合，不断探索内容、题材和艺术创新，追寻剪纸新的表现形式和手法。在遵循中国剪纸艺术数千年形成的吉语、借喻、象征、谐音等生成方式上，图案打散重组，形成新的剪纸语言，在内容和形式上，开辟一种全新语境。其作品精美、灵动，艺术形式新颖独特，剪纸语言运用合理，能凝铸传统根魂，体现当下民众意愿，满足当下人们审美需求及情感需求，有益于时代和社会发展，令人耳目一新，成为中国"新民意剪纸"的开拓者。她研究的《中国剪纸的湿托装裱技艺》获国家发明专利，解决了剪纸作品存世问题。

2017年，接到剪制7.5米×8.5米的巨幅生肖作品任务。这是一项从形式、内容到尺度都需要用创新精神来完成的任务。她先用一个星期完成了小稿。以一个家庭组合形式呈现，公鸡金鸡独立的整体造型预示祖国独立富强；借助传统文化元素，设计如意的翅膀寓意大展宏图；红火的鸡冠寓意事业红红火火；灵芝造型的下冠寓意健康，尾部羽毛用汉代凤尾元素，昭示凤翔天下；母鸡表达对公鸡的崇拜之情以示家庭美满；设计元宝守财的翅膀，寓意管好家财，守护教育好孩子；五只小鸡蕴含民间五子登科的典故。图中还有百花迎春，每一种花都有一种吉祥寓意。百合花，百年好合。牡丹花，大富大贵。鸡冠花，官上加官。菊花，居家安宁。水仙花，健健康康。梅花，喜事连连。整幅作品美观大气，语言丰富，既有歌颂祖国独立富强，又有家和万事兴的年节祝福。初稿得到了中国文联党组的认可。开剪后，每天几个朋友过来帮忙铺纸，一天剪半米，用了一个多月时间，完成任务。

带着作品，火速进京，到人民大会堂里，把它装裱在衬布上。时间紧迫，她趴在人民大会堂的地板上一点一点展开作品，铺平粘贴，连续工作了三天三夜，如期完成任务。此时，双腿麻木，不能站立。慢慢扶着椅子坐起身，又撑起身体坐到椅子上，最后扶着椅背站起来，这个过程竟用了两个多小时。之后，才能慢慢挪动双腿走路。当她看到作品挂在人民大会堂宴会厅正中，成为春晚的一个亮点，也成为国家领导人团拜会的讲话背景时，心中无比高兴。

她甘于吃苦。为了艺术事业，不知熬过多少个不眠之夜，挑战过多少次疲劳极限，磨掉过手指上多少层老茧。1999年，第一次进京参加全国大展，展品是巨幅《红楼佳境图》。为剪此作品，三个多月没有下楼，每天工作15个小时以上，困极了，就趴在桌子上打个盹。长时间过度劳累，没有食欲，吃不香，喝不好，手腕肿了，高烧达39度，仍坚持工作。进京时，身体非常虚弱，当护士的姐姐请假随行，提着药瓶，一路输液，照料护送。下车后，直奔展厅，忍着病痛布展，并向观众展示脱稿剪纸技艺。

新中国成立50周年，她正在河南大学上学。为了参加全国美展，借了一间储藏室，买块大木板作为工作台，开始创作。一趴两个多月，吃住都在储藏室。时值盛夏，室内闷热潮湿，蚊虫乱飞，身上被叮咬的疤上撂疤，面色憔悴不堪。吃苦受累，换来了一副展示中国近代史的长卷《祖国万象》。作品以新中国成立50年成就为主线，分为开国、建国、腾飞、升平四部分，用了近百个人物、上万种花卉及景观来表现。

她敢于担当。这些年，中国文联和中国民协把光荣艰巨的任务，一次次交给她，每次都是新的挑战。2010年，为春晚"桃花颂"设计桃花系列剪纸。2017年，为文学艺术界春晚"百花迎春"创作《吉鸡图》。2018年，为春晚创作12幅剪纸作品。同年，为国家领导人创作外事国礼作品。

2019年，创作任务是剪12幅生肖作品。虽属传统剪纸题材，脱稿随手，也能剪出不同的造型。但是，越是喜闻乐见的题材，越难剪出新意。况且，这一次创作的作品，要放在"百花迎春——中国文学艺术界2019春节大联欢"活动上展示，首先要接受来自全国各地文学艺界联合会的精英们检阅，最后还要呈现给全国人民。

时间紧迫。从勾稿设计到制作完成，只有一个月时间。导演组还要先审稿。她用了一周时间，按照要求尺寸比例绘制图稿。首先考虑到舞台的整体效果，设计好生肖原型，既有传统剪纸的韵味，也把中国剪纸的吉祥元素巧妙地融入其中，做到喜庆灵动。一稿报送中国文联审定通过后，立即进行二次创作。她根据生肖动物本身的形象特征、习性，创作出生动形象的生肖原形。再结合民间典故中对生肖历史演绎过程中赋予的神责：或多子，或长寿，或喜庆，或吉祥，或福禄等，借助中国剪纸惯用的借喻、象征、暗喻等表现手法，勾画每幅生肖的动态造型。每幅既是独立个体，又是系列组合，既独立成画，又整体和谐。

为了出色完成任务，她闭门谢客，一个多月，足不出户，夜以继日，累了就睡一会儿，醒了接着干。为了节省时间，饭也不做了，每天叫外卖，儿子也跟着妈妈在工作室吃了一个月的外卖。最后，手指变得麻木，手腕也肿了起来。如期完成的作品，剪出了每幅生肖的神魂，刀法处理干净利索，线条灵动，明暗得体，既有传统的剪纸韵味，又有现代的创新精神，适合当代人们的审美需求。

她乐于奉献。视传承为己任，坚持公益传承。她的工作室，也办成了公益课堂，自费购买桌、椅、剪刀、纸张和工具等，招徒入室，长年免费传授剪纸技艺。自2014年春开班至今，持续在周末免费上课。为了调动学员的学习热情，自掏腰包，举办剪纸沙龙，开展互动，还邀请其他艺术门类的专家参与授艺，以丰富学员的综合艺术修养。她的剪纸工作室被评为"河南省非遗传习示范基地"，个人被评为"河南省优秀文艺志愿者"。

自费开设公益课堂8年，义务带徒16年，培育剪纸爱好者3000多人，培养有创新能力者300人。常组织开展送文化下基层、进社区、进校园活动。以文艺大讲堂、送文化下乡、优秀传统文化公益课等形式，开展各项文艺志愿服务活动。

信阳年节的氛围十分浓郁，进入农历腊月，就开始准备年货。其中的腊味，便是一大特色。杀猪杀鸡，宰羊捞鱼，忙忙碌碌。从城市到乡村，都能够看到树枝上挂着的，架子上晾着的，屋檐下垂着的，腊鸡、腊鸭、腊鹅、腊鱼、腊猪肉、腊羊肉、腊香肠。尤其是吃了腊八饭，城中的超市，打价付款，排着长队；农村的集市，人来人往，摩肩接踵。而许煦却顾不上这些。她也在忙着，忙得不是准备年货，而是国际文化交流的内容。她必须赶制一批剪纸作品，随着文化代表团走出国门。另外，春节期间父母的生活，儿子的照料，也得托付得当，安排妥帖。

她连续4年春节被选派参加"中国非遗展示小组"，执行文化交流任务，共出访了17个国家，展示、交流、传授中国剪纸技艺。此前，多次接受过国侨办、中国文联、省外办的外事艺术交流出访任务。

抱着为伟大的祖国争光、为中华传统文化争气的热情，现场操剪，表演技艺，博得了场内人的称赞。展览的作品，吸引了好多人观赏，不乏爱不释手者。有人意欲私下购买，她一一婉拒。在她心里，团队的荣誉、国家的形象比钱更重要。弘扬传统文化，开展公益事业，培训带徒，送文化下乡，当然都需要资金。但是，君子爱财，取之有道。出门有要求，不能见钱眼开，为一点收入而坏了规矩。团领导充分肯定了她的行为。这也是她高贵品质的体现。

在美国，她面向两万多民众传授中国剪纸技艺。先后在美国华盛顿史密森尼国家艺术博物馆、弗吉尼亚州首府里士满市亨利科高中艺术中心、马里兰州康伯兰德市西城小学、特拉华州首府多佛市特拉华州立大学、美国子午线国际中心、肯尼迪艺术中心进行作品展示和传授剪纸技艺。所到之处，受到了政界、商界、文化、教育界等各界人士的欢迎，增加了美国民众对中国剪纸的了解。每场活动，民众都很多。她从进场到活动结束，身边都围满了人，从早上八点多到下午五点多，一刻也停不下来。面对热情好学的美国民众，她连午餐也顾不上吃，只想多画一幅稿，多教一个人，多授一份艺。

如今，她正当中年。一路走来，走得艰辛，走得精彩，用自己的实际行动演绎了一名剪纸艺人的奉献情怀，将文化传承做到了尽心尽力，谱写了一首属于青春和艺术的颂歌！

三、人生

不负淮水滚滚流

接到西平先生约写《淮水2020》序言的电话，正是鼠年腊月腊八。"吃了腊八饭，便把年来办。"塘里捞鱼，圈里抓鸡，槽头逮猪，垛边牵羊，是豫南大别山区传统民俗。于是，就有了屋檐下挂着的、树枝上吊着的、木架子上撑着的种种腊味，腊鸡、腊鹅、腊鱼、腊猪肉、腊羊肉……

时下备办年货的热情依然，但人们的心情却未与传统习俗形成完美的正比。这个鼠年从年初到年底，忧心的事情频频发生。

《淮水2020》文选的征稿编撰工作，能如期进行也是不易。扳指算来，一年一本，这是第10年的选本了。10年前初议此事，正值荷花盛开的季节。我和胡亚才、王散木、熊西平等人应邀到东莞市桥头镇参加荷花节。期间，聊起与往流镇有关联的喜文之人话题，一一数之，顿觉不凡，遂生"往流作家群"的概念。其后，西平先生挑起了联络的担子，组编了第一本文集。翼年春，在县城举办首发式。其后，每年一本，持续不断，并趁清明节假期，召开作者座谈会，谈体会，送新书。

毛泽东同志曾经说过："一个人做点好事并不难，难的是一辈子做好事。"别小看一本几百页的"淮水"年选，能够出来，实则不易。组稿、编辑、联系出版社、校对清样等，都得有人出力，而且是业余付出。座谈会的筹备、召开，也少不了操劳。还有一个关键的问题，筹集经费。这种没有功利的事情，如果不是责任感、奉献精神和对文学创作的执着追求，是难以坚持这么多年的。

十年磨一剑。每年一书一会，事实上成了展示平台。书里展示笔耕成果，座谈会展示心得体验。通过展示交流，传导经验，评点作品，对撞击灵感、营造氛围、激励写作、提升作品、培养新人、强壮队伍等产生了良好的效果。

落地生根

　　人生在世，不仅需要丰富的物质，而且需要充足的精神食粮。吃好穿好行好是重要，精神生活同样重要。好文章就是精神食粮，其滋养作用是不可低估的。有时是直接的，有时是间接的，有时是潜移默化的。民语说"人活一张脸，树活一张皮。"有理想，有目标，有追求，坚持不懈、坚定不移地往前走的人生，才更有意义。

　　物质生活丰富了，精神生活也不能贫乏。想想历史上的一些人，李白、杜甫、白居易、苏东坡……他们写了那么多好作品，为了什么？

　　当然，一般来说，喜欢敲键盘码文字的人，无法与历史名人相比。不过，有积极向上的精神追求，有健康儒雅的业余爱好，有安宁充实的业余生活，总比泡在麻将桌上、钻进扑克牌堆里为好。

　　可喜的是，热情写作的人在持续增加。西平先生建了一个微信群。入群67人。有远在东北、广东的，有近在本县、本镇的，有在机关和企事业单位工作的，有在家乡从事农业生产的，有干部、记者、小学教师、农民、工人、企业老板，其中年岁最大的80多岁，最小的不到30岁。

　　无论从事什么工作，无论工作多忙，无论身在何地，大家拨冗脱杂，见空插针，耕耘不辍。以文明志，表达真知，发表主见，抒发胸臆，讴歌时代，鞭挞陋弊，评述世事，叙说过往，可谓视野广阔，一往情深。

　　写到此处，我又想起淮河来。我的姥姥就住在淮河岸畔，往流初中学校也在淮河岸边，四爷在我小时候曾几次带我到淮河南岸金河脑一带麦地里挖野菜，淮河是我小时候心中的风景。我特别喜欢近距离观看河面上点点白帆，从西飘往东，从东飘往西。读初中的5年间，在校吃的喝的水都是工友从河里一担担挑上来。挑水要爬几十米高的河坎子，晴天也很费劲，何况雨雪天？

　　20世纪70年代，河里漂起了水泥船，"无木之舟破浪行"风光一时。其后，有了拖驳，"水上火车运输忙"。再后来，有了几百吨几千吨的货轮。船民早先是"散兵游勇跑单邦"，后来成为船民公社一员，现在又漂回到"夫妻船"。不管时光怎么流逝，河上漂的什么船，滔滔淮水，滚滚东流，从未间断。

　　十年，说长不长，说短不短。人生黄金时间能有几个十年？身子会一天天老去，心却可以留住青春；时间分分秒秒消失，美文却能资存千古。但愿与往流结缘的文友们，后浪推前浪，一浪高一浪，如滔滔淮水，向着前方，不停地奔流，奔流！

三、人生

六尺绵绸

　　六尺绵绸刻在我的记忆里已经十多年了,想抹都抹不去。我把这块布料压在柜底,不敢轻易翻出,怕的是睹物生情,惹出眼泪,滴到心中。

　　那是有一年我送给母亲的生日礼物。我专程到布店里花了不到五元钱给她买了一块蓝色裤料,劝她换下打了补丁的粗布裤。她一拖几年舍不得做。后来,想做也没有机会了。

　　在那个东北风带着哨子、"呼呼"叫着的腊月天,她走了,她恋恋不舍地走向了另一个世界。

　　一抔黄土,一把眼泪,看到了吗?活着的时候,衣服补丁摞补丁,买了新的,总是舍不得穿。到如今,没穿过的新衣,永远不需再穿了;没做的布料,永远不需要再做了。

　　多年来,每每想起此事,后悔和愧疚都涌上心头。当时为什么不到裁缝铺做好再拿回呢。其实,做好了她也不一定立马穿。新衣不是没有哇。

　　那年代,农家刚脱去粗布衣,木纺车和木织布机退役了。夏装裤,流行使用凡拉丁和绵绸两种料。质地轻薄,容易抖动,人走跟人晃,风吹跟风颤,穿着舒适、凉快。

　　这时候,我把母亲从农村接来城市跟我们一起居住。母亲生在兵荒马乱的旧时代,成家后赶上了充满希望的新社会。日子一天天好起来,她节俭如故,衣服一直也是自己做。

　　当时没有缝纫机,后来有了缝纫机她也不会用。她的缝纫工具就是一把剪刀,几枚钢针,一个顶囊,几团线穗,盛在一个秫秫藤子做成的小筐里。

　　买了布料,自己剪裁。只知道褂子、裤子各需要几尺布,不知道具体剪

143

裁的尺寸。多数时候，拿着旧衣服来参照，比葫芦画瓢。

她说过她妈妈教过她的话：针线活，不用学，人家咋着俺咋着。大襟褂子，大襟棉袄，深腰单裤，深腰棉裤，纳鞋底，缝鞋帮，都会干，都常干。

后来家里有了缝纫机，再后来闲置了缝纫机，大家都穿成品衣，她除了秋衣秋裤，绒褂绒裤外，还是自己做自穿。

缝缝补补是她的老传统。随我们到城里居住后，没有变。褂子、裤子、衬衣、被单、被里、被面、枕巾，都有补丁。连袜子也不例外。

她补了自己的，又补孩子的。打了补丁的内衣和袜子，孩子们看见装着没看见；打了补丁的外衣，更不愿意穿。孩子说，都啥年代了，谁还穿着补丁衣？孩子不穿的，她穿。

在老家时，破布条、旧衣服片、麻絮都积攒起来，作为鞋底料。鸡毛、鸡内金、破铜、烂铁积攒起来，换针头线脑。鸡蛋舍不得吃，拿去换油换盐。烧锅做饭，最后一把柴火总是省下来，而用火棍挑挑灶膛里的暗火，把水烧开。

进城以后，条件好了，仍然节约。洗脸水和洗脚水攒在桶里，用来冲厕所。淘米水用来洗第一遍菜。拣大院里落下来的枯树枝烧锅，到菜市场拣丢弃的老菜叶子回来剁碎喂鸡⋯⋯

她就是这么个脾性的人。一生忙碌，一生勤劳，一生节俭，一生慈善。有时想想，真是可怜天下父母心啊！

三、人生

可贵的精神
——序李锡忠诗词集

李锡忠同志整理了一摞诗词稿件，打算出本集子，邀我作序。认真翻阅书稿，突出的感受是他的精神。他已退休多年，对诗词的学习、研究和创作热情一直很高。执着地追求，不懈地努力，不倦地工作，实在难能可贵！

认识他，始于五年之前。那时，我被赶鸭子上架，担任了市老年诗词研究会会长，他是副会长兼秘书长，工作上交往较多。从工作中，我看到了他坚守奉献的精神。热情地工作和认真负责的态度得到了会员的认可，去年换届，与黄元尧同志一起，被推选为执行会长。

年龄的增长，事务性工作的增加，并没有影响他的创作。我感觉到他有着坚定高尚的追求。正因为如此，才能在理论研究、稿件编辑、诗词创作、业务培训、组织采风等方面不辞劳苦，不停脚步。一位伟人曾经说过，一个人做点好事并不难，难的是一辈子做好事。持之以恒，不是件容易的事情。

在他的行为中，我看出了坚持余热的理念。发挥余热不是一句空话，要根据自己的特长和身体状况，量力而行。我曾经表白过一个观点：人有少青壮老，年有春夏秋冬。人过六十，犹如季入冬天。春种夏管秋收冬藏，学习创业发展退休。60岁至75岁，是人生第二春天。工作退了，不必再操心；孩子大了，不需再操劳；胃口尚好，吃点能消受；身骨硬朗，户外能活动。尽情享受这段美好时光，理所当然。

事业呢，到此告一段落，画了句号。顺利也好，曲折也罢；辉煌也好，平淡也罢；惬意也好，遗憾也罢，走出的是足迹，留下的是记忆。成功与失意，皆成云烟。可以回顾，不能复制。四季可轮回，走过的路却没法重新开始。

兴趣可以尽情地发挥。一人一样，不尽相同。有人喜欢打牌，有人喜欢搓麻，有人喜欢下棋，有人喜欢垂钓，有人喜欢写字，有人喜欢作画，有人喜欢养花，有人喜欢遛鸟……不管哪样，玩得开心，玩得轻松，玩得随意就好。只要不违法、不违规、不违纪，喜欢什么就做什么，畅快最好。

喜欢思考与写作，是雅好。或许这时候，视野更宽广，观察更细密，思考更深邃，表达更真实，出手的东西更有分量。即便如此，也不要把发挥余热与阔步事业相提并论。毕竟年岁不饶人，体力和精力与青春时期已不能同日而语。

李锡忠同志的雅好，从作品集中可以看得出来。入选的作品，有诗有词，有古体诗、格律诗，还有新诗。这些作品分别纳入"大美信阳""感事抒怀""情系河山""亲情友谊"等八个方面。

我一向认为，写诗需要激情。胸中没有激情，不会成为一个优秀的诗人。好诗不是憋出来的，也不是东拉西扯拼凑出来的，而是心中情感的涌动、迸发和流淌。

诗言志。古往今来，脍炙人口的绝妙诗词，多是作者内心世界的表达。无激情而诗，难免露出矫揉造作、无病呻吟、晦涩拗口的痕迹。李锡忠同志的诗作，贯穿着一条积极向上的主线，弘扬着时代主旋律。从中可以看出他的创作精神、辛苦历程和思想境界。

诗人出书，目的并非全为自赏，更希望能把自己心声传递出去，让更多的人知晓。老年诗词研究会应该为会员的这种传递意思积极做些服务工作，为相互学习、交流、研究和展示提供平台。

借此机会，也祝福李锡忠先生余热不减，晚霞红艳，不断收获新的果实，享受丰收的欢乐。

三、人生

《淮水情长》序言

读初中时，老师曾布置过一篇作文，题目是《我爱淮河》。有位男生在作文中写道："我爱淮河，就像爱美丽的姑娘一样。"在课堂评点作文时，老师抽读此句，引起一阵大笑。

多年之后，每当学友相聚，言及此事时，仍不失笑声。大家心照不宣，虽然谁也没作解读，但心里揣个小九九，把这话当成那位同学的心灵追求，多有取笑之意。

其实，客观地加以分析，当年他说的应该是真心话。说真话是心灵美的一种体现。美丽的姑娘谁不爱？爱的本身并没错。只不过有人心里有爱，嘴里不说。

不能肯定心里有、嘴里不说就是缺乏胆量，可以肯定说出来了至少有股勇气。这位同学，自小就生活在岸边的集镇上，每天喝的是淮河水，吃的是岸畔沃土生长的粮食和蔬菜，河里有点点白帆，有鲜虾活鱼，有长蚬扇蚌，哪一样不温润着他的情感？用他心中的最爱来表达对淮河的感情，十分真实。

真水无香，真话有声。可是，真话有时并不为一些人所认可，有时甚至还会引起他们的反感。古人说，水至清而无鱼，人至察而无徒，讲的是处世之道，劝诫人在世上，最好宽容一点，糊涂一点。但是，宽容和糊涂，都有一定的限度。超过了限度，大事面前也糊涂，那就是假聪明，是真糊涂。毛泽东同志说过："世界上怕就怕认真二字，共产党就最讲认真。"认真了，才有可能把事情办得更好。

岁月流淌，往事悠悠。虽旧景已远，然并非往事如烟。人生短暂，淮水情长。昔日取笑过那位同学的小伙伴们，不知不觉，鬓白发稀。在课堂上评读过那篇作文的课任老师，也垂垂老矣。再回首，一番感慨在心头。

去年春节返乡，旧朋新友相聚在淮河岸畔，看着河水依旧奔流不息，后浪推着前浪，流向远方，激动的心情难以言表。生活在淮河岸畔的人们，年年都有青年踏上社会岗位，年年都有白发添生者走下事业舞台，前行后续，新杰辈出，其中不乏文坛新秀。于是，推波助澜之心油然而生。

人生匆匆，世事嬗变。淮河儿女，有的依然吸吮着淮河的乳汁。有的离乡背井，游走四方。无论新门还是老户，无论苦心坚守还是远走他乡，那份家乡情结大体相似，沉积于心，拂之不去。欢欣相聚，其乐融融；乡音乡情，溢于言表。

多年来，那份眷念的家乡情怀伴随着淮河流水，饱蘸着岸畔的清风流云，阴晴雨雪，牛哞羊咩，鸡鸣狗吠，虫叫鸟唱，蜂飞蝶舞，花开花落，五谷飘香，物是人非，世事更替，涌入文学爱好者的心灵，化成一行行文字，散文、诗歌、故事、小说等，跃然于纸上。

于是，一篇篇飘溢着家乡情愫的文章见诸媒体，一本本抒发乡情的集子摆上了书架。天涯遥遥，情丝绵长；隔山隔水，乡情不忘。不论身在何处，根仍在吸收、消化着淮水的营养。

这就是情，这就是意，这就是爱！情怀弥贵，值得珍惜。文才济济，值得聚力。于是，便生成了结集出版这本集子的愿望。但愿这本集子只是一次情感律动的起跳，能够启迪和激发一个文化群体继往开来，健步前行，义无反顾迈向美好的未来。

是为序。

癸巳年冬月

三、人生

人间最美是真情

光阴似箭，日月如梭。转眼之间，熊传明同志退休已经十个年头了。

有几年，很少见到他。后来知道他在外地，帮助照护第三代。再后来，互加了微信，隔空交流便多了一些。

从微信里，我读了他吟的诗，看到了他写的字。看他的诗不需琢磨，过目就懂。看他的字，不费猜度，一望便识。

诗言志。他的诗，跳动着时代的脉搏，表达出不忘初心的情怀。字表意。他的字，跟随着时代的步伐，铿锵前行。

诗，多为有感而发，字里行间，跳动着真情实意，没有矫揉造作，无病呻吟。字，雄健刚毅，遒劲洒脱，力透纸背，绝无矫揉造作。

就在今年七月一日，我看到了他写的"江山就是人民"的诗："史鉴定兴替，铜镜正衣冠。载舟覆舟水，静水怒水船。江山是人民，人民是江山。走好共产路，社稷万万年。"

同一天，他用毛笔，书写出大字条幅："人民就是江山，江山就是人民。"

微信朋友圈中，常有他的新作。或诗，或文，或照片，或书法。尤其是书法作品，每一斗方，每一条幅，每一楹联，看着都觉得是一种精神享受。

有一天，他发来一条微信，告知已经挑选整理了部分作品，准备出本集子，赠送亲友阅存。并征求我的意见，问能否为之写篇序言。这是件好事，我无理由推辞。

我们相识四十余载。他早先在县委机关工作，1980年，就到公社担任党委书记。后来，我们脱产同班上学，两年攻读完大专中文课程。毕业后，他被派往明港镇，先任镇长，后任镇党委书记。

明港是中原名镇，京广铁路、107国道穿境而过，全镇摊子大，人口多，还有驻军、钢厂等单位，历史情况复杂，现实工作量很大。而镇的行政规格低，责权不相匹配，经济发展、公共设施建设、乡村扶贫等落实起来很不容易。他把这里作为人生事业的新起点，勤政为民，开拓创新，团结奋进，政绩得到了群众的好评，同时得到了上级党组织的确认。

从这里，他被提任商城县副县长，又升任常务副县长，提任信阳市商业局局长，再到浉河区任区长，调任信阳市国土资源局党组书记、局长。他把岗位、职务和职责的变化，当作一个个新的考验和历练，不敢懈怠，始终如一，恪尽职守。

他坚守为政以勤。勤思亲为，一丝不苟。在公社当党委书记时，每天黎明即起，用一年时间，把1722页的《现代汉语词典》中不熟悉和不理解的词语全部抄写到笔记本中，加深理解和记忆，为准确使用打下扎实的基础。在多年从政中，遵循一个原则：当天的事当天完成，当周的事当周完成，当月的事情当月完成。自己这样做，要求部下也如此做。

他坚持为事以实。一是一，二是二，说真话，办实事，踏踏实实，不事张扬，不虚张声势。"一个行动，胜过一打纲领。"大事身先士卒，一抓到底。初到商城县分管农业，群策群力，务实苦干，三年时间基本解决了全县吃饭问题。任常务副县长时，千方百计，多管齐下，规范收费，应收尽收，做大蛋糕，分好蛋糕，三年时间，解决了工资发放问题。回市里主管商业后，抓住"四引进"：北引亚细亚，南引汉正街，西引洛阳水，东引上海一百管理法等，使商业现状很快得到好转。

他秉持为人以诚。他认为，诚实守信是做人的起码标准。如果失去了这条底线，在这个世界上还怎么生存？为此，吟诗自励："诚是国之宝，信乃民中凭。聊聊只二字，足足胜千金。守诚人尊敬，失信人欺人。一旦丢诚信，万事难做成。"

他主张为文以简。他说，文章还是短而精的好，言之要有物。作文，吟诗，纪实，叙事，抒情，明志，平实简洁为好，不愿看那些东拉西扯、花里胡哨的东西。"删繁就简三秋树，领异标新二月花"。当今，大数据，快节奏，又臭又长、假大空的文章，谁看呀！

他崇尚为友以善。诚恳，厚道，谦虚，平和，不搞亲亲疏疏，不拉小圈子。有爱憎分明、真诚严厉的批评，无居高临下、盛气凌人的傲慢。"勿以恶

三、人生

小而为之，勿以善小而不为"。为了振兴教育，培养人才，曾为他的家乡柳林以及肖王、龙井、明港、商城、浉河区，带头捐出一个月的工资，用于办学。2006年，他把多年创作的书法精品近百幅拿出来义卖，筹款38万元，捐助一位白血病患者。

书法是他孜孜不倦的追求。初相识，我就知道他喜爱毛笔字。为此，送他一本当时并不好买的《孙过庭书谱》。他的书法，入门颜柳，博览众家。主要临《圣教序》《兰亭序》《十七帖》《祭侄稿》等，坚持不辍。其中的兰、圣二序，临摹千遍以上，可达乱真程度。通过苦心钻研，长期实践，师古有源，创新有法，逐渐形成了自己的毛笔书法风格。书风老道高古，字体舒展洒脱，满满的传统美感，雅俗共赏，广受喜爱。其作品多次入选全国性书法大展，刊登于《中国美术书法界名人名作博览》《中国书法》《书法导报》《中国书法报》《书法报》等几十种报刊，被国内及美国、英国、法国、日本、澳大利亚、中国香港及中国澳门等国家和地区友人珍藏。在信阳文化中心、河南省博物院、北京荣宝斋举办过个人书展。出版过《熊传明书法作品集》《熊传明书兰亭序百联集》《熊传明书法精品集》《河南省书法家协会行书专业委员会作品集·熊传明卷》等。从他的一首诗中，可以看出攀登书艺高峰的意志："翰墨醉人胜似酒，字不惊人死不休。兰亭圣教写不厌，求索一提也风流。"

世界上最公平的是时光。无论是官是民，专家教授，男人女人，老人小孩，城市乡村，无一例外，平等分配，分秒不欺。日出日落，月圆月缺，岁月流淌，谁也难以逃避。小时候的发奋，年轻时的励志，中年时的拼搏，辉煌过，曲折过，惬意过，愁苦过，喜悦过，忧虑过，到了老年之后，都成了往日时光。走过的脚印，只能回首遥望；可以回忆，却不能复制。

如今，他过着退休生活。这是人生新的阶段。打发退休生活，各有各的招数，可谓五花八门，没有最好，只有最宜。含饴弄孙，访亲问友，游游山，玩玩水，跳跳舞，唱唱歌，唠唠嗑，走走路，钓钓鱼，都属正常，无可非议。若有一两样雅好，比如：写字、作画、吟诗、作文，那就更美。传明同志不忘写诗、练字、作文，退休生活被他安排得有规律、有条理、有忙碌、有闲适，平淡之中，蕴含着幸福。

我与传明一起喝过酒。他的酒量不算大，酒风挺好，有股子憨劲，不要

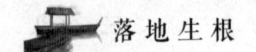

滑，不卖乖。轮到他敬酒，起身离座，挨个表达，从容不迫。无论男女，不偏不倚。凡能喝者，自己满上，与之同干。不能喝者，也不隔过。一圈下来，时间长，没少喝。

他喜欢调菜。我不知道他会不会做菜，在家里是不是下厨。在酒店，他常把吃剩一半的三两种菜肴，倒进同一个火锅，搅拌调和。可别说，经过一些加减鼓捣，真的有变，感觉更有味道。

朋友偶尔相聚，举杯乃小事。然而，调菜显智慧，喝酒藏人品。为人处事，往往从不经意的举手投足、一言一行中显现出来。没有领导的架子，没有居高临下，没有颐指气使，没有盛气凌人。我对他的谦恭随和、真诚豁达、与人为善，印象颇为深刻。

集子选载的书法作品，体现了一个共产党员的初心。共产党没有一己私利，党的宗旨就是全心全意为人民服务。身处领导岗位，手握决策大权，只有为民愁，解民忧，讲真话，办实事，替人民谋利益，才能得到人民的认可。金杯银杯，不如老百姓口碑。人心有杆秤，几斤几两，一称就明。有道是：政声人去后，民意闲谈时。在位时，由于种种因素，有人嘴里也许夸赞你，但并不等于心里诚服你；表面可能奉承你，但并不等于内心敬佩你；有人当面吹捧你，也许背后又在谩骂你。人在做，天在看。人民就是天，孰好孰劣，心里明白。心中塞不得稻草，眼里搁不下沙子。埋在老百姓心里的话，总有一天会如实吐出来。

古往今来，有大成者，都难免吃苦受累，曲曲折折。一帆风顺，万事遂心，那只是良好的祝福或者愿望。事实上，前行的路有宽有窄，有曲有直，有起有伏。是非曲直，坑洼平坦，及至到了码头，才算告一段落。上了岸，仍要走下去。有人含饴弄孙，有人万念俱灰，有人吃饱了等饿，有人没事找事。人生百态，不足为怪。而他，仍有新的选择，新的追求，新的坚守，新的生活方式，新的生活形态。我欣赏这种安度晚年的方式。

祝愿他初心不改，继续前行，夕阳更红，晚霞更美！

是为序。

2021 年 8 月 9 日

三、人生

父亲节随感

1

小的时候，似乎很傻，或者说很憨，小学学校离家仅一公里远，却没去过，不认得路。七岁那年，头一次到校，父亲把我抱到肩上，驮着我走完一公里路程。

父亲是地道的农民，小时候家穷，没进过校门。但是，脑子好使，记忆力相当好。靠自学可以读懂报纸。爱好文艺，会说大鼓书，会唱嗨子戏。夜里到邻村演出，带我同行。散场后回家，常把我驮在肩上，直到家门口。

我上学后，读到了"以父为马"的几个故事。其中之一，说的是林则徐赴童子试时，因个头矮小，人群拥挤，父亲把他驮在肩上走进考场。主考官戏问："尔何以父作马？"答曰："他想望子成龙。"此答既解除了父亲的尴尬，又道明了父亲的心情，顿受赞赏。

2

二十岁时，我被抽到地委搞新闻报道工作。那时，我的学历只能算作高中肄业，仅在一所"戴帽中学"读了一学期，因学校"高中帽子"被摘，无学可上而回村里劳动，当了一年生产队会计。在人才济济的社会里，能够跨过乡、县两级，一步进入地委机关工作，令好多人羡慕。

一年后，又回到家乡，从基层干起，先后在两个乡工作了近四年，又到县委机关工作了一个半月。二十五岁那年，再次被调到地委机关工作。一个人在外，常常想家。虽然相隔不到二百公里路程，但是为了事业，极少回家。偶尔回去，也住不了几天。有时电话催促，不得不立马启程。

一个夏日，我回家小住。父亲当时为大集体种瓜看瓜，白天黑夜，都守候在瓜庵子里。我临行前，到瓜庵子里与他叙话告辞，他到瓜地里挑了几个熟透的香瓜让我品尝，还把剩下的几个兜好，让我带着。午后太阳正毒，为了赶车，我不能够多停留。父亲执意要送一程。我俩走在田间小路上，边走边聊。我多次劝他返回，他都不肯，直到走完三公里路，到达县乡公路候车点，才恋恋不舍地离去。

3

父亲喜欢抽烟喝酒。我赞成他喝酒，反对他抽烟。多次劝他戒酒戒烟，他都听不进去。对于戒酒，他不反对。但是，一到酒场，热闹起来，就戒不住了。有时喝醉，也不抱怨。对于戒烟，从不允口。偶尔断了香烟，就烦躁发火。

观点归观点，行动归行动。每次回老家，我都要带点烟酒。逢年过节，还买点好些的，陪他好好喝一次。而每一次，陪他喝了酒，还劝他以后少喝酒，别让年轻人给整醉了，伤了身体。我知道劝也不起什么作用。

突然得知他烟不抽酒不喝了，我心里一震，顿生忐忑。立马接他来市里，到医院检查身体。结果一出，脑袋"轰"的一下，成了空白。但很快又调整过来，强装笑脸。隐瞒住病情，却隐瞒不了恶化。三个月后，他离我们而去。多年来，我唯一的遗憾是没有陪着他醉上一回。

4

可怜天下父母心。父母对子女，全心全意，无可挑剔。子女对父母能有一半心思与孝敬，就算不错了。我自觉够孝顺的，但是，与其对待子女的细心程度、照顾的力度相比，还是有较大的距离。

父母的伟大，在于心甘情愿，不辞劳苦，乐于为子女付出，却不思回报。

三、人生

　　父母的晚年，家庭生活条件好转了，我们想尽量让他们吃好点，穿好点，轻松点。但是，他们仍然舍不得吃，舍不得穿。他们为子女着想，替子女节约。身子能动，就坚持劳动。
　　今生今世，已经"子欲养而亲不待"了。人生还有来世吗？若有来世，该怎么报答为好呢？
　　我对子女说，我们老了，尽量不给你们添麻烦，你们也别给我们增加精神负担，我们就满足了。这就是为人父母的一种心态啊。

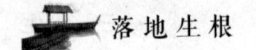

甜美的事业

信阳市西南十五公里的地方，有一片蓝莓园。几十亩坡地，有山林拥抱，湖水环绕。湖面，碧波荡漾；林中，虫鸣鸟唱，风光十分秀丽。

这里原是荒坡野岭，杂草丛生，野草没膝。十年前，来了位中年人，垦荒种植了蓝莓。

当时，我刚刚认识这种果子，信阳市没有，大城市有卖。在超市里，一小盒二三十元钱，二百来元一斤。

为什么这么俏？这么贵？有资料介绍，它的浆果中营养成分很高，具有预防脑神经老化、强心、抗癌、软化血管、增强人机体免疫功能等效用。尤其是富含花青素，可以活化视网膜，强化视力，防止眼球疲劳。

这么好的植物，别说种植，以前见都没见过。但是认准了就想法子干起来。先是垦荒，把荒坡变成熟地。再从外省买回树苗，请来技术员，指导栽培。连肥料也是从外地购进专用有机肥。

蓝莓好吃树难栽。特别是幼苗的栽培，费工费神。等到挂果，所有果园都得用网遮盖起来，不然，成熟的果子大都会被鸟群享用。

经过十多年的苦心经营，这片园子已经生机蓬勃，初入盛果期。期间，有人从他这里获取信息，受到启发，取了经，回去建了自己的蓝莓园子。

这个园子的主人名叫张全忠，有人称他张老板，我习惯叫他全忠老弟。

他入过伍，带过兵，转业后回家乡有了一份稳定的工作。但不久，他辞去了职务，开始了新的创业。

我与他哥是同学，与他又同在一级政协任过委员，但在很长一段时间里，并不熟悉他。

三、人生

为什么不联系呢？后来才知道，他只想静静地做点力所能及的事，不愿意给别人添麻烦。

"蓝莓昨天开采，有空过来看看吧？"他打过电话后，通过微信发来一条定位信息。

现在出行真是方便。使用导航，按照定位信息的导引，轻轻松松就到了浉河区十三里桥乡学堂岗村蓝莓生产研发基地。

苍松麻栎树，拥抱着一个青砖灰瓦的四合院。大门朝南，门外竖挂着"十三里桥学堂村蓝莓生产合作社"的匾牌。大门洞开，门房清风习习。正中，摆放一张四方小桌，桌面放着茶叶盒、水杯、新摘的蓝莓果，桌下有一个保温瓶，周围几个小凳。想吃蓝莓，想喝毛尖茶，自己动手，随意。

园主张全忠从十三里桥镇上购买食材匆匆回来，热情地与我们打了招呼，顺势脸朝里坐在门槛上，陪着我们叙话。"昨天凌晨四点起，夜里十二点睡，没觉累，就是腰疼。"他微笑着对我们说。

"昨天开园，采了五百斤。今天再抢采一天，明后天有雨，天一晴，再采第二轮。"话语看似轻松，实际上并不轻松，微笑掩盖不住脸上的倦容。

他的身体是较棒的。他喜欢游泳，在浩渺的南湾湖里击浪，曾经从浉河港游到南湾大坝，历时六个多小时。也是冬泳爱好者。尽管如此，随着年龄的增长，长时间待在蓝莓园里，搞体力劳动，并不感觉轻松。苦累不会因为好心情而化为乌有。一天十多个小时忙下来，腿酸腰疼，他都默默地忍了。

开园了，特别操劳。"人误地一时，地误人一年。"季节不等人，市场不留情。既要适时采摘，又要及时销售。采得好，销得快，才出效益。当家人更知柴米贵，他能不辛劳么？

"能采多长时间？"我们问。

"一个月，"他说，"去冬雪大特寒，冻死蓝莓树两百多棵，今秋还得补种。今年蓝莓果减产，等到摘够三千斤后，就轻松了。"

土里刨食，最耗体力。培育蓝莓，每年的中耕、除草、施肥、采摘等，样样都需人力。好多事，他都是亲力亲为。采摘时节，请一些人帮忙，要为大家准备吃的。加上应酬朋友，招呼游客，时间特别紧张。

落地生根

　　这期间，他的老伴也放下城里的事情，赶过来帮忙，跟着从天亮忙到天黑。

　　忙，累，压力，有精神支撑，才能挺得住。看着一颗颗蓝色的小精灵，听着一句句赞美声，笑意泛于脸上，甜美润于心头。

　　是的，他干的这个事业，虽然盈利不多，却是个甜美的事业。

三、人生

积累智能

"三八"节前夕，市工会的同志打来电话，约我为即将出版的新书《墨香之韵》写点文字。答应，写啥为好？推辞，又盛情难却。迟疑片刻，回答"好的"。

此前，刚看罢一则微信，说的是宋朝改革派王安石仕途起步时期一段"巧遇"的故事。二十岁那年，他赴京赶考，途经一个庄园，恰逢元宵佳节，庄主出联招婿，"走马灯灯走马灯熄马停步"，无人能对，他也对不上来，便牢记在心。京城应考时，考官出联"飞虎旗旗飞虎旗卷虎藏身"，他便以"走马灯灯走马灯熄马停步"来对，结果中了状元。回家途中，经过庄主那里，又以"飞虎旗旗飞虎旗卷虎藏身"作对，从而入婿。

一副对联，成就了人生两件美事，岂不妙哉？但真实性如何？令人生疑。然而，无需费心考证；也不必理论何人编撰，当成传说品鉴就可以了。乍看故事脉络，似乎巧合；静心琢磨，也并非"瞎猫碰个死老鼠"。常言道，无巧不成书。一个"巧"字，蕴藏着诸多玄机：巧合、巧遇、凑巧、巧匠、巧妙、巧计、心灵手巧……

一个"巧"字，并非空穴来风。风水轮流转，成事在人为。依赖祖上荫佑，坐等天掉馅饼，与积累智能，"厚积薄发"，是两种截然不同的人生理念。人的智能，不是生来俱有的，而是不断地学习、思考、实践，逐步积累起来的。没有积累，哪来的渊博与厚重？一国丞相难道是好当的？没有金刚钻，揽不了瓷器活。

自信、自立和自强，是积累智能，奠定人生政治、经济和事业地位的基石，也是幸福的源流。有志才能有为，有为才能有位，男女皆无例外。女性自信自立，尤显重要。中国历史上的女中豪杰层出不穷，有作为者不胜枚举。女娲补天，杨门女将，文姬归汉，昭君出塞，花木兰从军等，有传说有史实，代代传颂。刘胡兰、赵一曼、红色娘子军等，几乎家喻户晓。

当今，众多女性活跃在各条战线，发挥着重要作用，男人能做的，女人同样能做，而且做得很好。有不少岗位，女性担当骨干，处于无可替代的地位。祖国大地，巾帼不让须眉的典例比比皆是。"时代不同了，男女都一样"，不再是喊在嘴上的一句口号，而变成社会和生活中活生生的现实。事实昭示着我们，女性真的很伟大，作用真的不可小瞧，能量真的不可低估，成长绝对不可忽视。当今时代，做好中国梦，需要更多优秀的女性脱颖而出，迸发出耀眼的智慧火花。

然而，任何岗位的人才从成长到成熟，都不是一蹴而就的，都有一个履历过程。常言道，十年树人，百年树木。对女性人才的培养，应该有耐心、有计划、有胆略、有力度。市工会连续四年组织"书香三八"活动，从读书、劳动、创业等角度，宣传新时代健康女性、阳光女性、成功女性。前三年，围绕幸福这个主题，就感悟幸福、品味幸福、采撷幸福，分别征编出版了三本集子。今年，又有了《墨香之韵》。这些，都是实实在在地营造氛围、培养志趣、促进智能积累的活动，对女性人才健康快速成长是个路径清晰、目标明确的导航，值得点赞。

人生短暂，生命有限，但是施展智能的空间却可以因人而扩展。要想驰骋于天地之间，实现广阔的人生畅想，就要有一股子锲而不舍的韧劲。就读书学习而言，由学校门入社会门，是一次重大的转变。走过了学生时代，以后不可能再有校园那样的环境条件。要干事创业，要赡老抚幼，要待亲会友，要处理方方面面的矛盾和问题，"繁杂""疑难""匆匆"常常为伴。解开疙疙瘩瘩，跳过坑坑洼洼，仅凭借在校期间读过的有限书籍，学到的纸上知识，往往捉襟见肘。此时方悟"书到用时方恨少"的哲言。走出困惑，贵在继续学习。向书本学习，向实践学习，在干中学，在学中干。尤其在这个"信息爆炸"、科技发展日新月异、世界局势瞬息万变的情况下，忽视了智能的补充，就会感到"江郎才尽"。

不管世事如何纷杂，只要初心不变，不落伍，不拉后，做个创业者，当个弄潮者，争个佼佼者，有生之年就可望五彩缤纷。只要坚持不停地汲取知识，增长见识，积累智慧，提升水平，活到老，学到老，用到老，未来就能老而无憾。

坚持勤学苦练，说起来容易做起来难。毛泽东同志曾经说过："一个人做点好事并不难，难的是一辈子做好事。"凡人都有点惰性。读书学习，思考写作，拼搏奋斗，哪有打牌、搓麻、下棋那么轻松？也难比去茶馆、泡舞厅、甩钓竿那么惬意。但是，一个有追求、有目标、有志趣、有定力的人，不会玩物丧志，而是以事业为重。事业发展了，精进了，便觉得是一大乐事，而且是高层次的乐事。我想，市工会连续多年的作为，对有志者不忘初衷，踏踏实实圆梦，会起到潜移默化的引领激励作用。

是为序。

（此文是 2017 年 2 月 28 日为《墨香之韵》所写的书序）

મ四、抒怀

四、抒怀

夜宵

引子

对夜宵，我从无知、需求、期盼，到畏惧、婉拒与无奈，折射出半个世纪社会发展和人民生活变化的一个光点。从中可以瞧见人生易老天难老，时光流逝情难逝。夜宵不等同夜宴。夜宵，是民众生活中的常态。享受夜宵，少不了，多不得。

1

那年我九岁。

隆冬是最难熬的日子。生产小队的食堂已经断粮两月，仅靠稀菜汤维持生计的社员，不少人患上了浮肿病。野麻籽、细米糠、山野菜、榆树皮、红薯叶都弄来作为充饥的食物。

终于，来了救济粮，开始每人每天三大两，继而增加到五大两、七大两。加拿大大麦，磨出麦糁，连麦皮一起煮粥，稀得可以照出人影，但感觉出奇的香。

一天两顿稀汤，晚上不烧锅。饥肠辘辘，特别想吃东西。母亲说："人像一盘磨，睡了就不饿。"天不黑就钻进了被窝，却久久不能入睡，连做梦都想着吃东西。

其实，母亲比我们饿得更加难受。有一夜，她怎么也睡不着，半夜起来煮了点菜汤，吃过后才觉得平和些。

又一个夜晚，我和弟弟已经睡着。父亲从外面回来很晚，带回一点黄豆，母亲炒了两把,把我们喊醒。一听说有了吃的,顿时睡意全无。

我和弟弟各分得一小把,钻在被窝里,舍不得一下子吃完。一个黄豆咬开分两次吃,比着谁吃的时间长,手里还有豆豆。

夜,漆黑而寂静。东北风一阵阵刮来,打得窗户纸哗啦哗啦作响。两扇木门,时不时咣当几声,像有人推动一样。偶尔从串眼和门缝挤进来的寒风,直钻毛孔,令人寒战。

我们继续细嚼慢咽,仿佛在品鉴一顿美妙的夜餐。咬开黄豆嘎嘣的响声,刹那间溢出的香气,慢慢嚼着的美味,终生难忘。带着那难以名状的甜美,进入梦乡。

2

1968年秋后,我上了桥沟戴帽高中。

本该在1966年夏天初中毕业,因为"文化大革命"的缘故,未能如期离校,推迟到1968年夏季。这样,初中等于上了5年。

桥沟中学离我家20里。每到周末下午,步行回家。周日下午,带着一小袋粮食一小罐咸菜,步行去学校。

学校没有统一课本,没有正规课程。语文课讲的多是毛泽东诗词,数理化讲的什么,现在连印象都没有了。学习时间不紧,不需做课外作业。课外活动自由宽松。

我们自己组织起一个文艺宣传队,排练节目。对口词、表演唱、数来宝、快板书、相声、双簧都有。还演小型豫剧。有位同学,板胡拉得顺溜。我喜欢敲锣鼓,大镲小镲小锣都会,尤其喜欢敲鼓和打大锣。

同班20多位男生共住一个大寝室。两排铺板,分抵前后屋墙,中间留着走道。入冬后,为了保暖,将稻草作为铺草,在铺板上铺了厚厚一层。

有几个男生,年岁稍大,又是当地人,比较活跃,换句话说,调皮。他们放学回家的途中,偷生产队的萝卜,被看青人逮个正着。

一天,夜深了,他们琢磨起夜宵来,寻得一根竹竿,梢子绑根粗铁条,从学校食堂木格窗子伸进去,挑开筐箩上的盖布,一个又一个扎住蒸馍,从窗户里拉出来，兜里装满了，溜回宿舍，抽掉铺板上稻草，点燃烤馍。我也沾了光，分到一个。虽然馍心还是凉的，但吃起来十分美味。吃着吃着，想起了鲁迅作品《社戏》里孩子们半夜偷吃邻家蚕豆的心境，颇有点相似。

3

参加工作10年了，还是"一头沉"干部。

妻子在农村老家务农，我在地委宣传部上班，两地相距200多公里路，每年回不了几次家，每次回去也就是三五天。数春节住得稍长一点，也就是一周时间。

工资每月36.5元，要吃要穿要养家糊口，精打细算，也节约不了几个钱。

地委机关食堂伙食还算便宜。饭票一角六分钱一斤，一个馍二两饭票，另补两分钱。

粮食定量供应，成人每月29斤。单身汉每天补够一斤二两，一月补足36斤。

主食很有规律，几乎多年不变。一天三顿，早餐稀饭馒头，午餐米饭，晚餐稀饭馒头。偶有蒸面、捞面、汤面之类。

我早饭一个馒头一碗稀饭，5分钱熟菜或者3分钱咸菜。午饭四两米饭，一角钱荤菜，5分钱汤。晚饭与早饭大体相同。

按现在许多养生家的观点，那时候顿顿七分饱，符合科学饮食的要求。可就是总有饥饿感，老想吃东西。

想吃不能放开肚皮吃。紧打慢算，扣来扣去，每月生活费需要18元，一间住室每月房费一元，买点肥皂牙膏之类生活用品，一元多。算下来，每月剩下不足15元，一年总数不到200元，如果买买鞋、毛巾、衣服等，余下的就不多了。

好在到市外出差，一天可补助8角钱。如果在机关夜里加班到12点，可以到食堂免费吃夜宵。

加夜班吃夜宵，需在下午下班前通知食堂。食堂安排一位师傅值班。夜宵的内容是老三样，轮流做，今晚鸡蛋炒米饭，明晚肉丝面或鸡蛋面，后晚鸡蛋汤加炸馍片。说不上好，但不限量，可以放开肚皮随便吃。

有时加班到十点半任务就完成了，这时不回去休息，坐在办公室里等着，到了 12 点，拿着碗筷去食堂。

4

在地委宣传部做新闻工作，一干十年。

工作的主要职能是为上下服务。负责联络沟通省级以上新闻单位，了解一个时段的新闻报道计划，及时传递给本地区县、市委通讯组。接待上级新闻单位来访的编辑记者。组织本地通讯员向省以上新闻单位供稿。

那几年陪过的记者，最多的是人民日报、新华社、中央人民广播电台、经济日报、光明日报、农民日报、河南日报、河南人民广播电台、河南农民报及一些杂志社的同行，包括一些新闻单位的主要负责同志与部、处、室的领导。

急稿或责任感特强的记者，采访与写稿，加班加点到深夜是常有的事情。有时候深夜一两点还不睡觉。

爬格子是件辛苦的事，白纸黑字，丝毫马虎不得。为了慰劳他们，我也常常张罗夜宵。偶尔，也弄点白酒，与善饮者痛饮几杯。

位于淮河之滨的淮滨县，有个船民公社。公社除了管理人员，便是常年漂在淮河和长江上的船民。早些年，行船靠帆和纤。船使八面风，扯满风帆，从东漂到西，从西漂到东。点点白帆，是淮河一道十分出镜的风景线，如诗如画。

遇上顺水顺风，木船劈波斩浪，日行百里，好不风光！遇上逆水逆风，则是另一番光景，沿河拉纤。背负纤绳，踏泥泞，涉水坑，步履维艰。遇到阴雨天，分不清雨水和汗水。俗话说，世上人三件苦：打鱼、拉纤、磨豆腐。打鱼受苦，拉纤受累，磨豆腐受罪。低沉的号子，带给船民的，是期待，也是艰辛。

20 世纪 70 年代中期，变了，木船换成了水泥船，装上了柴油发动机、螺旋桨，"无木之舟破浪行"。

70 年代末期，又变了。小拖轮带起一溜水泥船，"水上火车展新容"。

接下来，还在变。淮河滩建起了小船厂，小船厂造出了大轮船。吨位超千了。

四、抒怀

此时，应邀陪同省报社、电视台、人民广播电台的记者前往采访，加班到深夜。初稿即成，夜宵也好了。

船民公社食堂有个屈师傅，中等个，胖乎乎，满脸慈善，一手好厨艺。炖鸡、炕鱼烙油馍是他的拿手戏。夜宵做的就是他的拿手菜。

淮滨过去叫乌龙集，曾传说乌龙大战小白龙，最后乌龙胜。县里建个酒厂，用的是乌龙集的水，产的白酒就叫乌龙酒，有大曲与特曲。酒味清醇，香气扑鼻，入口软，回味甜。

夜宵吃的是老师傅的拿手菜，喝的是乌龙酒。好菜没品出好滋味，好酒没闻出好香气。兴头之上，吆五喝六，你敬我回，互不相让，很快把一壶十斤装的乌龙酒喝掉一半。

5

20 世纪 80 年代初期，一个盛夏时节，来到淮滨。

淮滨淮滨，淮河之滨。多年来，淮河为淮滨人民带来了福祉，也带来了灾难。一年两次大汛，防着防着还容易出问题。

这次去正是防洪抗灾。50 年一遇的洪水，肆虐着两岸的土地，冲垮了堤坝，淹没了大片大片的庄稼。灾民转移，陆地行舟。

雨还在下，水位还在上涨，保住没溃的堤坝，任务十分艰巨。军民组成强大的抢险救灾队伍，日夜奋战在抗洪第一线。

我与时任地委书记刘玉斋同住一屋。一间套房，里面放张大床，他睡。外面一张小床，我睡。

电话机放在我的床头，电话不断。12 点后，仍不时有电话打来，刚睡着，又被吵醒了。

熬到第三夜。实在困倦，头脑晕乎乎的，想睡却睡不踏实。

到了凌晨，书记还在忙乎，我当然也得陪着。不过，那会儿忙的不是堤坝险情，而是第二天省委书记、省长要坐直升机前来视察抗洪抢险工作，研究直升机降落的地点、安全情况、拟看的地方、汇报内容等。

忙到凌晨三点钟，一切准备停当。厨房准备了夜宵。番茄鸡蛋面，西瓜。

落地生根

一点食欲都没有，机械般进食，勉强吃了半碗。西瓜是解渴的好东西，此时也只能吃下两块。

饭后，睡意一时间又溜掉了。书记把当天的简报简单翻了一下，我向他推荐编写简报的两个人：一位是县委宣传部副部长，另一位是县教育局工作人员，建议把他们分别调到地委政策研究室、地委宣传部。

第二天，刘书记就对时任县委书记说："你们有两个人才埋没在草莽中了。地委准备调用。"接着，安排地委组织部和宣传部的领导，立即派人考察。

6

20年前，一位朋友告诉我，他妹妹到深圳闯市场，开了个大排档，赚了钱，对父母支持不小。

"大排档？"我头脑里没概念。经追问，方明白，就是站街头，摆小摊，卖吃的。

没两年，大排档像旋风一样，也刮到了我们这个小城市。西关桥头、八一路与新华西路交汇处、民权路与东方红大通交叉路口、浉河大市场广场等市里多个地方，形成了规模庞大的夜宵集聚地。

众多摊点，日落后开市，日出前收摊。炸肉串、炸臭豆腐卷、烤羊肉、烤鸡翅、小炒等。生意兴隆，凌晨三四点还有食客。夜宵生活，成了夜市一个景观。

那一年地改市。信阳地区改为信阳市。所辖的县级信阳市改为信阳市浉河区。

说起来有点拗口。后来有人直呼大信阳市小信阳市。

不管区划怎么动，名称怎么叫，改革开放的大潮风起云涌，从南方涌来，挡都挡不住，传播到大街小巷，激荡着相对封闭的革命老区。

走出去，换脑子，学本事，成为风气。外出务工之人成群结队，全市多达几十万。请进来，招商引资，成为当政者的渴望与力求。

办公室不敢懈怠，夜里常常加班。作为主任，我也不例外。与以前不同的是，加班之后，尽量早点回家。夜宵，一般不敢再吃了。

四、抒怀

　　一日，夜晚十点，收拾一下桌面，正准备回家，电话铃响了。

　　朋友打来电话说南方来了几位朋友，其中有我的熟人，请我去街头大排档里吃夜宵。

　　我首先表示感谢，接着强调在这盛夏之夜喝酒的不适，再强调近年来不敢吃夜宵的原因，吃了消化不了。

　　"别说了，车子就到了，您现在下楼吧。"真诚实在得令我不容再推辞。

　　虽不情愿，还是去了。在东方红大道与民权路交叉口的一处大排档里，他们已经并起两张小方桌。七八个人围坐一圈。

　　摆着四瓶剑南春酒。排档的菜一般，但是，大家并不计较。酒逢知己千杯少，朋友带他的朋友来，我们不敢怠慢，他们兴致也高，一杯又一杯，眼看四瓶即将喝完，又回家拿来两瓶。直喝得朋友的朋友脱下了T恤衫，光着膀子。

7

　　随着年龄的增长，越来越不敢吃夜宵了。

　　小南门的夜宵是出了名的，特色是牛羊肉。尤其是羊肉汤，喝者特多。

　　有一天，一位同事告诉我，昨晚加班到凌晨四点，到小南门喝羊肉汤，"你猜见到谁了？""谁？"他笑道："单位领导。他们已经在那吃了多时了。"

　　我笑着摇摇头。这样的生活，对我来说，久违了。朋友都知道，我宁肯凌晨四点起，也不愿熬过午夜睡。过了零点，这一夜再也难以睡好。

　　也有偶然。

　　一个夏夜，我与妻子儿女去浉河北岸沿河大道散步，一路向西，走过彩虹桥，折回来，到达西关桥。桥头的大排档一派红火。

　　那几年，夜宵时兴吃烤鱼。一个烤点，地上都放几个大盆。盆里养着鲜活的乌鱼。食客指哪条，厨师就抓哪条，现杀现烤。

　　烤鱼麻辣，啤酒清爽。吃烤鱼者，多喜欢喝啤酒。一扎扎瓶装啤酒，露天摆在那里。除了常温的，还有冰镇的。价格一样，任你挑选。

　　在众多摊点中，最有名气的数"新华烤王"。平时不出来，既然出来了，就去烤王一趟吧。我们拐往八一路，来到与新华西路交叉口的排档区，找到了这家店。

鱼喜群游，人爱扎堆。名气既大，座无虚席。众多食客之中，还有几个熟人。他们热情招呼我入桌，我一一婉拒。服务生迎来，留住我们，借用邻家一张小方桌，摆上几个小木凳。

名气等于财气，多家烤鱼店，唯此满座。这时，方悟货卖扎堆。人越扎堆，越有人想往里挤。

我们要了一条烤鱼，又点了两个素菜，学着人家，也来两瓶啤酒。

烤鱼上桌了。主要原料是乌鱼与千张豆腐。鱼先烤好，放入加汤的火锅里，再覆盖上千张丝与芫荽、葱段、姜丝、红辣椒、大茴、花椒等调料。

炭火火锅，火力威猛，很快，便咕噜咕噜地冒起泡来。估计已经入味，便动筷子开吃。的确，鱼味新鲜，麻辣香嫩，特别刺激味蕾。没想到的是，两瓶啤酒竟然没够，又添了一瓶，才把烤鱼吃完。

吃得饶有兴致。回家躺在床上，却觉胃里发胀。夜宵摄入超出了承载能力，用"撑得慌"以示抗议。我以左右手掌，分别顺时针逆时针划圈，抚慰了半天，才稍稍平和了它的情绪。

8

十一刚过，便开始下雨。

淅淅沥沥连下几天，空气潮湿，人的心情似乎也被浸湿了。

连绵阴雨，给人们出行带来了不便。好不容易盼到小长假，窝在屋里，怪憋屈的。

黄昏时分，手机铃声响了。朋友约请到郊外，没加思索，答应下来。

挂了电话，马上后悔了。患鼻窦炎已经多日，服用中成药，禁烟酒、辛辣和鱼腥食物。而出去不喝几杯总觉得不够意思。

何况同行之人，酒量不错，酒风利索，年轻，不扯皮。人常说："感情深，一口闷；感情浅，舔一舔"嘛。

答应的事，不便反悔。换件外套，喷几掀鼻喷剂，冒雨出发。半小时后，

四、抒怀

到达目的地。

这时，得知客人还在路上，大约九点钟才到。我们喝茶聊天，两个多小时过去了，肚子早被茶水胀得鼓鼓的了。

九点多，先到一拨。还有两人，因修车耽误了时间，十点半才能到达。我们边吃边等，马拉松式的，直到夜深，本来是晚餐，成了名副其实的夜宵。

农家散养的土鸡，土鸡蛋，塘里自然生长的鳙鱼，淮南黑毛猪肉，农家小菜园里的青菜，用石磨土黄豆制作的豆腐，样样都是好食材。虽好，却不敢多吃，忍了又忍。只是白酒，一杯没少。喝一小杯白酒，喝一口温开水，坚持到席罢。

回到家，已过午夜。家属院静悄悄的，路灯昏黄，雨丝如线。那只"黑豹"，低着嗓门"汪汪"两声，摇着尾巴，向我跑来，用头轻轻碰了两下，又卧回门廊上睡它的去了。

躺到床上，始觉胃中发胀，一时难以入睡。唉，夜宵，吃着兴奋，吃罢又后悔了。

9

没有想到，竟在俄罗斯圣彼得堡吃了次夜宵。

那天下午，乘船在涅瓦河上游览。天空乌云密布，河里水流湍急。游轮先是顺流而下，转回时逆流而上。

船舱里六人一台，摆有水果、点心、鱼子酱面包、小香槟、纯净水、伏特加酒。

喝着香槟，吃着点心，看着舞蹈表演，听着俄罗斯传统歌曲，参与互动，买了花花绿绿的披肩，颇为热闹。

唯有一瓶伏特加没人喝。游览结束，我把它塞给了一位同行。他喜欢喝几杯。

吃晚饭时，天已黑透，一拨拨食客，几乎全是同胞们。吃着的，等着的，走着的，来着的，真是热闹，忙坏了服务生们。

我吃过先出来透透气。同行的两个老弟出来时，提着几个打包盒，后来

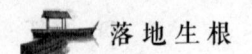

才知道是买的熟菜。

回到住处，烧壶热茶，已近10点。正准备洗漱休息时，响起敲门声。开门一看，是老弟请到他房间吃夜宵。

我婉言谢绝，却不起作用，只好硬着头皮参与。几个小菜已经摊开，以床为凳，六人围了一圈。

除了下午没喝的那瓶伏特加，又买了两瓶。伏特加封瓶的是软木塞，没有开瓶工具，很难拔出。用一次性筷子夹，用牙咬，用手拔，足足花了数分钟，才打开。

菜品不敢恭维，酒品更谈不上美妙，香淡味薄，很不适应我们的习惯。但兴趣来了，这些都不是问题。大杯碰，大口喝。

酒劲一起，话也多起来。几天游览观感成了主题。

我们终于聊到"莫斯科郊外的晚上"，听听"喀秋莎"，看看"红梅花儿开"了。

亲临其境，更能看明白戈尔巴乔夫"新思维"的幼稚与影响。

在"新圣女墓"那里，我们看到了为戈尔巴乔夫预留的墓地，也看到了当过总统的叶利钦的归宿。

现在的人不管说什么，他也听不到了，只好由世人任意评说。他被埋在墓区道路边，波浪式墓形，占了三分之一路宽。导游说，含有前行绊脚石之意，行人可以踢上一脚。

"他办的一件好事，是选普京当总统。普京感恩，不顾莫斯科市民的游行抗议，强行把他安葬进新圣女墓。"

事怕比较。亲身感受，对比之下，更感到祖国这些年变化之大，对美好的祖国更加热爱，对未来信心更足，对当前生活更加珍惜。

你一言我一语，说着喝着，两瓶伏特加很快没了。欲开第三瓶时，我溜了。

四、抒怀

月光下

居于闹市之外，入夜颇为宁静。恰有一方露台，可以品茗抚琴赏月。

冬日月光，几分清冷。夏日月光，几分燥热。春秋月光，温和柔润，最宜观赏。

学琴三载，积有几分心得。对月独坐，与月共享。一曲《关山月》，曲尽意未尽。一曲《秋风词》，风未动心已动。一曲《平沙落雁》，一曲《醉渔唱晚》，一曲《归去来辞》，明月未醉我先醉。

弹起《酒狂》，想起阮籍。听着《广陵散》，想起嵇康。竹林七贤，忧谗畏讥。借醉佯狂，期避祸秧。生不逢时，仕途不畅。

弹罢《阳关三叠》，想起杜甫《兵车行》。品及《潇湘水云》，忧国忧民。《梅花三弄》，铮铮铁骨。《仙翁操》，月光下，正好去寻觅《绿野仙踪》。

古时文人弹琴，表现的是雅士风貌。琴棋书画，士者宠之。弹给自己听，弹给友人听，弹给知音听。知音没了，弹者把琴也摔了，可惜了俞伯牙这位古琴先辈、抚琴高手的那份真情厚义。

今人弹琴，多不同矣！教的，滥竽充数者多；学的，心性浮躁者众。许多地方，教与学，既是师生关系，又有利益关系。弹与听，既为大众献艺，又有获利目的。斫琴者，也多不在乎艺技的升华，而青睐于暴利营销。金钱，成了搅动古琴氛围池水的大棒。这种风动浪起，喜乎？悲乎？喜悲掺杂乎？自是仁者见仁，智者见智。

琴中蕴藏智慧，琴中蕴含哲理。琴弦松了不行，紧了也不行。只有松紧得当，才能刚柔相济。拨弦当快则快，当慢则慢；下指宜重则重，宜轻则轻，轻重快慢讲究的都是适度。适度则和谐动听。首尾呼应，句间衔接自然，段

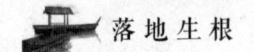

落起承无隙，全曲方能优美动听。

　　声出于腔，腔振于弦，弦发于指，指源于心，正所谓琴为心声。心静则声清，心乱则音浊。胸有成竹，正襟危坐，目不斜视，心无二念，手指方能够在弦上轻跳曼舞。

　　日出为阳，月出为阴。天与地，水与火，昼与夜，上与下，左与右，前与后，黑与白，红与绿，男与女，大与小，柔与刚，软与硬，无不相克相生，相互依存。阴阳协调，谓之平衡。阴阳失调，麻烦顿生。

　　曲尽指住，双手抚弦，举目而望，远山如黛，近水似银。朦朦胧胧，竟生遐想。

　　天有阴晴，是云在作怪。月有圆缺，是光的感应。天一直是蓝的，只要穿过云层。月是圆的，只要躲过阴影。

　　无知幻生神秘，一个月亮，引出多少想象，生发多少故事。"月姥姥，黄巴巴。小毛孩，要找妈。狼来了，我打它！"这是母亲哼过的摇篮曲。"寂寞嫦娥舒广袖，万里长空且为忠魂舞"，是伟人发过的感慨。"张果老，砍树丫，这边砍，那边发"，是乡间口传的演绎。"吴刚、嫦娥、玉兔、桂花酒"，皆是世间的幻象。

　　静谧的月光下，最能丰富人的联想。美好，丑陋，无畏，恐惧，真实，虚幻，尽在脑海之中。风动莲塘，荷花飘香，真有荷花仙子在微笑？

　　月朦胧鸟朦胧，雾里看花，水中望月，雨里观山，镜中照人，乍一看都美上几分。其实是大美掩饰了小瑕疵，整体模糊了细梢末节。

　　日月有出有落，天气有阴有晴，世事有喜有悲，情绪有高有低，距离有远有近，境遇有顺有逆，气候有热有冷，事物有美有丑，胸怀有大有小，身体有胖有瘦，性格有刚有柔，心情有好有坏，事道有曲有直，皆为客观存在，互动互生也。

　　月光下，有伏有出。日出而作，日落而息，人也。日出而伏，日落而出，兽也。狗卧了，猫眯起眼睛，鹧鸪息声，夜莺唱了，知了困了，虫儿鸣了，鱼沉底了，蛇出洞了，鸡独立了，鼠活跃了。世间万象，有静有动，静是相对的，动是绝对的，大千世界，永无宁静。

　　月光下，动着的世界杀机四伏。何止狮子、虎、豹子、野狼等习惯捕

四、抒怀

食？原野里到处有生死角斗的战场。狐狸、黄鼠狼、老鼠、野猪、狗獾、水獭不也是在夜间行动吗？生存竞争是残酷激烈的，优胜劣汰，自然规律。多数寻猎者，一方面在寻猎自己的食物，同时，又在精心防范被天敌寻猎。

月光下，咚鸡子在稻秧田里叫叫歇歇，彻夜不停。它在呼唤什么？展示歌喉？太单调了。召唤同伴？一直没见回应。寻呼情侣？为爱通宵寻觅，也太累了。好在月光一消，它也停了。似乎月光专为它洒下的一样。

月光下，陷阱到处都有。人在池塘边下了钩，在河边布了网。猫头鹰躲在树冠上装睡。猫躺在地上扯着呼噜。狗卧在院子里耷拉着耳朵。其实，它们都在期望与等待，一有动静或者机会，就会迅速出击。

夜蚊子有点讨嫌明亮的月光。不过，它还是抖擞精神四处游荡。遇到对象，便不顾一切，击鼓冲锋。在过去没有蚊帐的年代，我深受其害。身上伤痕累累，痒痛难耐。更糟的是，秋后多次患了疟疾。

看着月光，想着天上。那是很多人的向往。银河星辉，牛郎织女，北斗七星，玉皇大帝，王母娘娘，七仙女，八金刚，四大天王，讲不完的故事，道不尽的喜悲，叹不够的情怀，到不了手的幻象。

古人喜欢夜观天象，推测祸福。望着彩云追月，享受着心灵的愉悦。看到月亮戴帽，推测着来日的阴晴。日晕雨，月晕风。"月戴帽，大风到。"先辈们长期观察思考与实践，积下一颗颗宝贵的结晶。

月光下最易相思。"床前明月光，疑是地上霜。举头望明月，低头思故乡。"这是思乡之情。"明月几时有，把酒问青天"，"但愿人长久，千里共婵娟"，这是思亲之情。还有思友之情，思故人之情，等等。遇到迎月远去的鸿雁，甚至想捎一份心灵的真情之书。

月光如水，月光如银，月色朦胧，月色昏沉。还记得萧河月下追韩信吗？还记得伯益千里驾名驹吗？还记得"月上柳梢头，人约黄昏后"吗？还记得"举杯邀明月，对影成三人"吗？

月圆星稀，月缺星辉，赏月观星，佳期不可同日而得。世事亦是，凡事有利有弊，利弊共生。甘蔗难有两头甜。人有悲欢离合，月有阴晴圆缺，此事古难全。

有月当赏，有友当聚，有酒当饮，有练当舞。对月当歌，人生几何？山河依旧，人生易老，唯当珍惜，切莫虚度。少当发愤，壮应奋进，老益尽心。莫辜负，一轮明月，万顷银辉！

  静中思定，又抚一曲《良宵引》。良宵之美，美在心也。但愿借此心境，助我进入梦乡。

四、抒怀

如厕问题

　　好久没上鸡公山了，日前与友来到山上，在去报晓峰的途中去了趟路边的公厕。令我惊喜的是，在这个旅游景区，厕所干净程度与昔日相比，可谓天壤之别。下山回到市内，又和友人逛了趟和美商场，去了次商场里的厕所，再一次令我眼前一亮：现在的厕所，如此卫生！明亮，清洁，无异味，无蚊虫，坐便器、蹲便器、小便器和洗手盆，都很干净，与大城市的"香格里拉""希尔顿"等五星级宾馆的厕所相比毫不逊色。在熙熙攘攘，人来人往的商贸之地，能有这样的如厕环境，搁早些年想都想不到。

　　滴水虽小，可以折射出太阳的光辉。小小的厕所，使我联想到景区、商场领导者的眼光、理念、思路和管理水平。我曾多次听过议论，厕所本来就是藏污纳垢的地方，再干净能够干净到哪里去？差不多过得去就行了，功夫用多了那是花冤枉钱。

　　早些年，信阳市的旅游景区厕所较少，卫生条件较差。城里头大街上的公厕也寥寥无几。大大小小的商店，难以找到对顾客开放的公厕。逛商店溜大街如果内急，那是干着急没法子，最好的抉择是赶紧往单位里跑。

　　单位里的公厕，多为旱厕，条件简陋。一般的蹲位之间，没什么隔挡。做了隔挡墙的，算是好的。一排蹲坑，冬天从坑底往上吹冷气，夏天翻起的气味熏鼻子辣眼睛。一年之中，多半时间蚊蝇乱飞，蛆虫漫爬。管得好些的，撒些六六六粉，或者喷喷敌敌畏之类的杀虫药。

　　农村厕所更为简陋。我小时候，所住的村庄，有几家把旧缸埋入地下，四周扎上麻秆围栏，或垒一圈土坯墙，缮个草顶，就成了茅厕。如大便，需要小心翼翼，防备茅缸里的粪水溅到屁股上。有的家庭一度没有茅厕，屋墙后头便是方便的地方。方便前得左右张望，确认没有人过来。晴天，污染空气。雨天，污物随水流进宅沟，污染水源。

较差的卫生条件，导致疾病多发。常见的如寄生虫病。特别是小孩，三年两头服打虫药。蛔虫是常见的肠道寄生虫，发作时，肚子绞疼。如果钻进了胆道，疼得在床上打滚。一次治疗，多者能打出十几条虫来，看了令人身上起鸡皮疙瘩。我几次吃过宝塔糖、驱蛔灵之类的药物。钩虫病、血丝虫病在乡村也时有发生，倒霉的人还感染过猪绦虫，治起来相当麻烦。

即使在地委机关，厕所的卫生条件也不值得称道。70年代初期，我调到地委工作。办公楼和宿舍楼在同一个大院，寝办混合型。大院里有两个独立的公厕，分别位于办公区和生活区。工作人员集中在两幢两层楼内办公。楼内没有厕所，如厕得去楼外公厕。我住的筒子楼，也没厕所，夜里小便，用痰盂将就，早晨起来首先要办的是去公厕倒痰盂。半夜三更，若想大便，即使风雨霜雪，也得走出宿舍楼，再走几十米，到公厕里去。

80年代末，我家搬进新居。那是平房隔成的三卧一厅的套房，另有一间续建的窝棚式厨房。前后两排四栋，每栋隔成五套。面积不错，但也没厕所。如厕要去家属区共用的旱厕，距离约百米。夜里远行不便，就在客厅里放个便桶。早晨起来，头一个活动就是提着便桶去公厕。

如厕如此不便，当时却没什么怨言。麻烦的是逛商店。20世纪70年代前后，市区没有什么大型商场。逛些小商店，如果内急，商店里找不到厕所，哪里解难？街道上公厕又少，哪里能救急？明智的，立即往回赶。

到了80年代初，市里盖起了一座最牛的百货大楼，上中下三层，面积当时最大，商品较全。这得益于时任地委书记刘玉斋。刘书记是老资格，来信阳任职之前担任省商业厅厅长。来信阳任职后，回省城争取到80万元专项资金，为信阳办成这件大好事创造了基本条件。不过，这座楼也没解决顾客如厕的问题。

十年之后，信阳市的商场多了起来。上海商场、亚兴商场、友谊商场、北京商场等，相继建成投入使用，市里零售商业红红火火。从规模上比较，有几个都超过了百货大楼，然而，顾客如厕难还是个难题。

在单位里，如厕当然不是问题，但多不舒雅。旱厕的特点，就是粪水集

四、抒怀

中到粪坑里，多天才能清理一次。每次清理，都难以清理干净，还留着底子。所以，臊臭气味，一年四季都无法消除。特别是热天，蚊蝇蛆虫无法灭光。连下几天大雨，泥水混流，灌满粪坑，污水外溢，也是常有的事。

那时候，市区集中在泖河北岸，南岸菜农居多。举目而望，满眼菜地。粉墙黛瓦的平房，也有两层旧式小楼，散布于其间。种菜卖菜，是他们的主要营生。住户的园边、屋边，挖有粪池。进城拉粪，是日常工作。每天都有人挑着粪桶，或者拉着粪车，到市区拉粪，一路散发着难闻的气息，时不时还掉落几滴粪水。一早一晚，尤其集中。泖河桥少，两座便桥，没有栏杆，桥面较窄，运粪的人与行人迎面相遇，行人往往侧身而过。有的以手掩鼻，或者憋住呼吸。

菜农们似乎不大在意。是他们闻惯了那种气味？不是，或者不完全是。多产蔬菜多卖钱，需要多施肥料。沤制农家肥，是一项基本劳动内容。日复一日，就那样地拉着挑着。将粪水先倒进池子里发酵，施肥时再用粪勺舀出来。他们无论在家门口休息，还是在田间劳作，顺风的时候，免不了闻那不愿闻的气味。

进城掏粪也不是随随便便。单位的公厕，都有固定的主儿，各有门道，总体上有条不紊。别小觑了这事，当时的城市怎能少得了他们辛勤的工作？！

俱往矣。现在谁还去城里运粪水？种菜也是另有肥料来源。再说，城里厕所早改水，也没有粪便可拉了。政府花大笔资金，用于处理生活垃圾，净化污水。

现在，街上的厕所多了，卫生质量总体水平也提高了。街头巷尾，出现了"星级厕所"。城市里淘汰了旱厕，改成了冲水式。居家住户，也用上了冲水式厕所。

近年来，政府主导，积极推进"厕所革命"。从城市到乡村，将其作为振兴战略的一项具体工作来抓，解决影响群众生活品质的短板，为社会文明进步注入强劲动力。"厕所革命"同时也是一场技术革命，经济环保、便捷人性的厕具越来越多，在解难的同时，也增添了舒适度、幸福感。

小厕所，大民生。厕所是衡量文明的重要标志之一，改善厕所卫生状况

落地生根

关系到人民的健康和环境的优美。厕所问题不是小事情,是城乡文明建设的重要方面,不但景区、城市要抓,农村也要抓,要把它作为乡村振兴战略的一项具体工作来推进,努力补齐这块影响群众生活品质的短板。近年来各级政府加大投入,有针对性地解决各地、各场合厕所建设和管理的难题。

治理多年,成效显著。放眼未来,任重道远。坚持抓下去,如厕问题,将越来越不成问题了。

四、抒怀

山友

早些年,称"友"的频率较高的有亲友、朋友、学友等。现今,"友"的范围增宽,频率增高。什么"驴友""网友""车友""舞友""牌友""麻友""文友""武友""球友""渔友""酒友""茶友"等,令人眼花缭乱。

前几天,头脑里又多了个"山友"概念。何谓"山友"? 常在一起爬山的朋友也!

有一天出门时,门卫对我说:"老杨走了。"

"哪个老杨?"

"就是天天爬山的那个杨老头啊。"

"他怎么就走了呢? 身体不是好着么? 岁数也不算大。"

"听说爬了山回家,感觉不舒服,到医院一看,医生没让回。不到两天,就不中了。"

"人啊,说强也强,说弱也弱;人生啊,说长也长,说短也短。"

认识老杨,始于爬山,已经三年了。

在爬山队伍中,他是坚持较好的一个。除了大雨大雪,天天不断。

多个早晨,我爬山都会与他相遇。不是我上山,他下山;就是他上山,我下山。相遇时,总能够见到三五人与他结伴而行,边走边叙,热热闹闹。

有一次同行,我问他:"坚持几年了? 看你身体挺好啊!"

"四五年了。有些毛病,血压高,血糖也高。过去吃药效果不好,爬山后,降下来了。"

前段时间,我发现他与以往稍有不同,随行的人少了,语言也没以往多,声调也没那么高。

有两次,碰见他一个人上下山,问他"队伍呢?"他回答的话,已经记不

183

准确,好像与起来晚了相关。我心里隐隐约约感到他有什么不大顺心的征兆。

他的家住在高中院墙外,与高中的围墙隔一条马路。屋门朝南,对面开着一间门面,摆着日用小杂货,销售对象,主要是居住在周围的陪读者和学生。我到市里去,他的门口是必经之地。

这次驾车路过,老远就看见小卖部前搭了个临时棚子。棚外面摆放着花圈。经过时瞥了一眼,只见有个花圈的落款"山友"二字。

老杨走了,那个小圈子中少了一个热闹的人。剩下的几个人,还经常一起山行吗?

十几年前,我偶尔爬贤山,上下山全过程,几乎见不到一个人。走到大山深处,有点阴森孤寂的感觉。

这几年,爬山的人多起来了。常爬的,有男有女,有大有小,身体有好有差,有在职的、有退休的,而且年年有变化,旧面孔走了,新面孔来了。

一位八十多岁的老人是常客,几乎风雨无阻。我赞他精神可嘉,老当益壮,他说:"也累呀。累,也得爬。五年前心脏有毛病,住院三个多月。后来跟着大家爬山,不用吃药了。"

有位牛高马大的汉子,上山总是带着一把刀,人送外号"一刀"。路边新长的妨碍行走的树枝或灌木,会被他挥刀斩断。

有位女性,住在四公里外的地方,骑自行车来,把车子停在山下。她说有高血压,一天不爬山,头就痛。

有位县城来的陪读母亲,已经爬了四年了。她说,开始来陪读,身体不好,常睡不好觉,爬了几年,好多了。

有位住在同院内的陪读母亲,每天爬十三个山头,一般人来回需要两三个小时,她一个多小时就够了。

如今,在这条上山的路线上,已经一年多不见他们的踪影了。还有一些过去常见的面孔,现在也不见了。据说有的搬远了,有的回老家了,有的身体出了毛病……

有位年过八十的老者,雪天爬山,摔了一觉,腿摔坏了。经过几个月的修养后,又继续坚持爬山。一根拐杖,一个小音响,每天随他山行。

山行,山友;去了,来了;青山依旧,山友多变;山路弯弯,心净则气顺啊!

闲侃流云

白云

　　最有诗情画意的是蓝天白云。我在西藏和新疆,领略过那里的美景。天蓝得没有一丝灰尘,云白得没有一点杂质。一朵朵,一片片,或快或慢移动着,多姿多彩。在湖上,在山巅,在草甸,在头顶。

　　蓝天和白云,是最佳搭配,天生的一对。没有白云的蓝天是单调的,没有蓝天的白云是无韵的。有蓝天又有白云,便有了美丽的诗歌,便有了美好的图画,便有了美妙的遐想,便有了美梦的期盼。

　　要白云,不要尘暴!要蓝天,不要雾霾!要清新,不要陈腐!要净洁,不要污浊!

乌云

　　乌云最有气势。它的飞来,是暴雨的象征。燕子低飞,蜻蜓聚堆,鱼藏水底,鸣蝉戛然而止。这种境况,炎炎盛夏最为常见。三天不雨一小旱,十天不雨一大旱。旱了,庄稼干渴,需要雨露滋润。在田地里劳作的人们,骄阳炙烤,汗流浃背,也渴盼来场暴雨凉爽一下。这个时刻终于到来了。

　　黑压压的云层先在天边翻腾。有时候落下几条黑柱,农家说是掉龙。身在田间,闷热难耐。后有微风,对着乌云刮去。一道道闪光划破天际,随后传来阵阵沉闷的雷声。谚曰:顶风雨,顺风船。顶风雨往往下得大,下的时间长。乌云在雷的震动下,在闪电的激励下,迅速推进。最后,随云而来的

落地生根

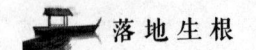

狂风吞噬了迎面刮过去的微风,携沙裹尘,摧枯拉朽,势不可当,疯狂地扑来,一股新雨的气味也随之而至。

彩云

彩云是上天的杰作,是仙女的霓裳,是人间的向往。红,是其主打色调。或火红,或紫红,或橘红,或绯红,浓重时,红彤彤的,五颜六色。那是理想中的美好,天庭中的绚丽。

晨起和傍晚,是彩云最喜欢抛头露面的时刻。一抹朝霞,能令早行者一喜。满天落霞,常使晚归者精神一振。提起彩云飞,耳边响起丝竹之乐。看到彩云飞,心里回荡霓裳羽衣曲。"晚上火烧云,白天晒死人。"那是实践的结晶,先人的智慧。

彩云无论是安静的,还是躁动的,都像美丽的天使,怀揣着凡间民众心中美好的希冀。

浮云

江河后浪推前浪,天上浮云撵浮云。浮云色白如絮,偶尔淡灰。云层轻薄,时如蝉翼。秋高气爽之季,最是不速之客。在蓝天之下,头顶之上,轻盈地飘飞。

浮云不是雨云,浮云只是浮云。浮云可以逗你一望,可以为你遮挡一抹阳光,可以撩你心神飞翔,却永远不能给你带来雨露。所以,别指望浮云落下喜雨。

灰云

连阴天的时候,天空中布满了灰云。仰望太空,看不到蓝天,看不到太阳,看不到星星月亮。满眼只有灰暗。好像一个灰色的大锅盖,盖在头顶上,掀不开,跳不出。

雨，是万物的渴望。雨点从灰云中落下，或疏或密，或大或小，或如牛毛花针，或如瓢泼倾盆，或淅淅沥沥，或滴滴答答，都是常态。偶尔也有过头的时候。彤云密布，大雨连绵，忽大忽小，数日不停，沟塘漫溢，江河横流，毁桥断路，溃堤倒坝，房倒屋塌，庄稼被淹，洪水成灾。

很多事恰到好处最好。过了头，好事也容易变成坏事。水是人的必需，水利水利，有水才有利也！过了头，造成洪涝，就变成了水害。

云根

云无根，水无形。云在高空飘来飘去，游移不定。从哪里来，到哪里止？似乎没人关注，没人晓得。

云有根，根在大地。云源于水，升于气，行于风，止于水，归于地。大地便是它最终的归宿。

水有形，形而多变。可方可圆，可长可短，可凸可凹，可鼓可扁，可止可行，可急可缓，形随神变。但万变不离其宗，刚柔既济。柔似淑女，烈如野马。正所谓：柔情如水，洪水猛兽也！

传承与创新

近年来，罗山县灵山寺修葺规模、管理水平、佛事施行都盛况空前。方丈释学悟又提议修编全县佛教志，这是一项创新性的工作，是传承与创新的一种体现。

万事开头难，修编此书也不例外。难在何处？首先难在史料的收集和考证。时间跨度长，悠悠千余载；史料太零散，查询很费劲。其次难在隔行如隔山。虽然不必精通佛法，但基本知识需要了解个一二三。

有志者事竟成。困难难不住有心人，知难而进，迎难而上，克难攻坚，一本厚厚的文字终于问世。这本佛教志书，开创了本市佛教历史记载的先河。

修志不同于文学创作，不能展开想象的翅膀在海阔天空中任意翱翔，史志贵在翔实，疏而不漏，有凭有据。这就需要认真查阅史料，辨识真伪，考究论证。

此书编撰，脉络清晰，架构合宜，基本涵盖了县域佛教传承与发展的历史。编写者在去虚存实上下了一番功夫，为后人研究豫南佛教历史提供了宝贵的资料。

盛世修志。这本佛教志书的付梓，得益于党的宗教政策的落实，得益于社会的安定与发展，得益于众人的关心与支持。

四、抒怀

节奏与脚步

　　静静的秋夜，我坐在窗前，望着窗外出神。微风阵阵，吹透窗纱，轻轻拂过面颊，带来几丝凉意。半月悬空，银光普洒，山色树影，朦朦胧胧。虫声不绝，此起彼伏，不慢不紧，唧唧吱吱，浅吟低唱。池水如镜，月坠镜底，偶有水鸟贴水而飞，弄得月亮摇曳失形。

　　这里没有大街上的人头攒动，没有大商场里的熙熙攘攘，没有马路上的车水马龙，没有夜幕里流动的灯光，没有门店上霓虹灯五彩缤纷的闪烁，没有摇滚劲舞音乐的震耳欲聋，没有冒着青烟充斥着烤肉、油烟、孜然、白酒等诸味杂陈的夜市大排档。总之，城市的繁华和喧嚣，似乎远离了这个世界。

　　处在郊外这个地方，不算城市，也不算乡村。不远的一边是闹市，邻近的另一边是农村。城市，永远像一座上满发条的座钟，钟摆总是匆匆忙忙，不知停歇，日复一日，左右摇摆，昼夜兼程，重复着单调乏味的嘀嗒之声。乡村，则如一根极富弹性的松紧带，松松紧紧，紧紧松松。紧后放松，松后绷紧。农家四季有别，忙闲有度。有时不分昼夜，眼睛熬得睁不开。有时睡觉赶集走亲戚，十天半月不归田。

　　生活在城市的人，常年感叹"时间就是金钱，速度就是生命"。有人说："莫等闲，白了少年头，空悲切。"跑步前进，跨越发展，勇于超越，敢为人先，这些诸多催人奋进的警句，在耳畔不停地响着警钟。大庙小宇，容不得疲疲沓沓，慢慢腾腾，摇头晃脑，迈着八字步之人。忙，是一种充实；闲，是一种失落。

　　年轻人在繁忙之余，休闲方式多多，比如泡网吧，进歌厅，逛公园，自助游。中年人忙里偷闲，搓麻将，斗黑七，喝烧酒，打双升。

人生有太多梦想。金钱，地位，美食，丽衣，华屋，望子成龙，望女成凤，不一而足。

人生有太多烦恼。学不精到，技不如人；路不平直，事不顺遂；世风日变，人心不古；社会不公，职场险恶；诸如此类，不胜枚举。

人生有太多怨气。怨生不逢时，时不我与；怨环境不佳，气场不顺；怨领导关照不够，朋友帮助不力；怨父母无能，子女无成；怨配偶不贤，情人不一。

人生有太多脾气。代沟难越，话不投机；斤斤计较，拌嘴夫妻；在外烦恼，回家撒气；遇事心烦，属下背气。有的人常常像吃了枪药，动不动就想爆发。

理想、目标如果定得过高，超出现实，那么，就容易产生心理问题。虽然日匆匆、月匆匆、年匆匆，却总感到缺一点什么，不够惬意。日常生活，自然也短少些悠闲，乏味了情趣。

春天的景色多美呀。广袤阡陌，碧绿万顷；姹紫嫣红，馨香沁人心脾；暖风阵阵，白云飘飘；燕子飞舞，雀儿欢唱。踏上田间小路上，不急不慢，缓缓而行。边观风景，边侃大山，人生情趣不都在心里吗？

人生辉煌也好，平实也罢，皆是个过程。不可无追求，也不必苛求。应该努力攀高，也不必目标过高。

生活的真正目的，不是匆匆脚步，而是自身风景。人生快乐，才是根本。在以数字和速度来衡量指标的时代，在转轨变型之期，各种诱惑颇多。抛不开诱惑，就难免浮躁、急躁、焦躁，急功近利，搞面子工程。好多事，不可能"千里江陵一日还"。匆匆做事，匆匆吃饭，匆匆喝酒，挥霍无度，息无定时，不出"三高"才怪。未老先衰，英年早逝的人有的是。有钱买不来健康，有权换不来长寿，有威赢不了民心，有势得不到快乐。临了后悔，一点用都没有了。

莫辜负，人生的初衷和快乐。慢慢走，四季美色，风景这边独好。请欣赏，一草一木总含情。

冬日阳光

一轮红日从东方冉冉升起，寒冷的势头渐渐弱退，到了正午，气温与子夜相差十度左右。

覆盖在麦田上的一层白霜蒸发得无影无踪，菜园里萎靡耷拉的蔬菜叶子重新支棱起来。

蜷缩在圈里的鸭鹅，一个个跳进水塘，慢腾腾地划着，偶尔扑棱扑棱翅膀，追逐嬉戏。

夏日寻背阴处乘凉似乎成为遥远的记忆。树荫下不再是人们喜欢停留或坐聊的地方。

背风向阳处成了风水宝地。老人乐于在那里边晒太阳，边拉家常，孩子们高兴聚在那里玩耍。

外面冷风嗖嗖，天寒地冻，阳光房里却暖融融的。一张木椅，一杯清茶，一本小书，成为惬意的享受，足够度过半天美好的时光。

位于原野里的阳光大棚，尽管有了增温措施，仍然离不开阳光的照射。反季节蔬菜瓜果，更需要阳光来进行光合作用。

架在屋顶上的太阳能热水器，虽不像夏天那样热量充足，使用不完，却也可在冰天雪地里提供一丝温暖。

挂在室内阴干的衣服，远不如在太阳下晒干的好。头天晚上洗过晾在室外衣架上的，清晨全冻得硬邦邦的。阳光很快把它们晒软，再慢慢晒干，收进屋里，带着一丝淡淡的阳光味。

最浓的阳光味，藏进曝晒了一天的被子。无论是棉被，还是鸭绒被，都比晒前蓬松许多。钻进被窝，一股阳光味便钻进鼻孔，舒坦的心情油然而生。

同时，觉得松软暖和好多。

枕头、枕巾、毛巾、浴巾，也是我冬日里常晒的物件。曾经看过资料，被子、褥子、枕头等，都会附着人眼看不见的螨虫，从而引起皮肤瘙痒、打喷嚏、流鼻涕等敏性症状。在阳光下曝晒以后，能够杀灭大半，有利于身体健康。实践证明，果然如此。

雪后放晴的阳光尤其明媚，北国风光，苍茫世界，闪耀着刺眼的光芒。"山舞银蛇，原驰蜡象，欲与天公试比高""看红装素裹，分外妖娆。"

背阴处，雪眠犹酣，冰冻似铁。向阳处，垂剑滴泉，雪底蠕动。有道是，向阳花木早逢春。阳光，成了唤醒人间万物的灵魂催化剂。

冬日阳光给光伏产业带来了光明。有阳光的地方，太阳能设备就能发电。即使在寒冷异常的大西北，少雨多晴的特殊条件，光伏发电系统也能把冬日阳光利用得淋漓尽致。

有些冷血动物入冬后就开始了冬眠，享受不了冬日的阳光。太阳能电池板却不知冬眠这个概念，只知道有了阳光就精神十足，就不知疲倦，就悄悄地转换着光明。

有首老歌唱得好：万物生长靠太阳。其实，何止万物呢？人不也是如此么！健康地前行需要阳光，不仅身体需要阳光，心理也需要阳光，人的生存和生活离不开阳光。有阳光的日子，是灵性生发的日子，是幸福的日子，是美好的日子。

然而，在不同的环境里，对阳光的需求也有区别。在酷热的夏天，既需要明媚的阳光，又想着法儿躲避阳光的直射；在寒冷的冬日，不仅期盼阳光，而且喜欢直接沐浴在阳光之下。

看来，任何事情，"适度"非常重要。即使好事，做不好，也不受欢迎，不落好评。审时度势，雪里送炭，雨中送伞，瞌睡的时候给个枕头，才是最受欢迎的。

四、抒怀

把好日子过好

1

与一位朋友聊天，他说时间过得真快，一晃，一年过去了。我说，有这个感觉，说明日子过得挺好，若是愁吃、愁穿、愁工作，就会感觉度日如年。

有吃、有穿、有房、有车的日子真好。但在好日子面前又有了新烦恼。没车想车，有车心堵。堵什么呢？一堵油价贵，加满一箱，要花几百元。二赌行路难，某时段某路段，塞车让人干急不出汗。三堵停车难。商场、饭店、医院一位难求，有的小区也难找到车位。有位来城里务工的朋友告诉我，春节回家，赶集不敢开车，路上难行，街头难停。

好日子也有不如意之处，实属正常。世上事，哪能样样遂心？人生不如意者十之八九，过得顺当，也不可能百事百顺。矛盾充斥着社会，生活中无处不有。旧的矛盾解决了，新的矛盾又出现了。矛盾不断出现，又不断解决，符合辩证法。堵车，就是在新的社会形态下出现的新矛盾。汽车发展太快，道路和停车场的修扩跟不上车辆增加的速度，高峰期大家都在路上，怎能不堵？不仅大城市堵，中等城市堵，三四线城市也堵。春节开车回家过年的多，乡间集镇就难以畅通。堵车堵心，可以理解，相信随着时间推移和经济的发展，堵的问题会逐步缓解。

好日子不会停止在一个水平上，随着社会经济的发展，会有一些新的需求。比如，挨饿的时候，追求吃饱；不愁吃的时候，追求吃好；吃好了的时候，又追求吃得健康。行路靠双脚的时候，盼望有辆自行车；有了自行车，盼望换成电动车或者摩托车；有了电动车或摩托车，又盼望能买辆小轿车。

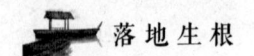

没房子住的时候，希望有套房子；有了小房子，希望换套大房子；有了大房子，又希望能够住别墅。

人常说，知足者常乐。这是一种精神境界。工作跟一流比，生活跟大众比。这也是一种精神境界。高境界是我们提倡的精神，应该努力营造那种氛围。但是，就大众心理，不仅追求事业上的不断成功，生活上也想过得越来越舒坦。正所谓人往高处走，水往低处流，欲穷千里目，更上一层楼。

想过越来越好的日子，天经地义，无可厚非。但是好日子来之不易，源于政治安定、社会稳定、经济发展。这三者互相联系，缺一不可。在动乱的社会环境中，经济怎么发展？老百姓怎么能够衣食无忧？寝食难安的生活状态肯定是艰辛难熬的日子。好日子要靠大家共同努力，好日子大家必须好好珍惜。

<h2 style="text-align:center">2</h2>

好日子与时代紧密相连。

听母亲说，她小时候的日子过得艰难。那是兵荒马乱的年代，不光忍饥挨饿，缺衣少食，连觉也睡不安稳，夏天蚊虫叮咬，冬天寒气侵袭，吃尽了苦头。那时想，能够吃饱饭穿暖衣睡上安稳觉多好啊。

我小时候赶上了社会主义新时代，移风易俗，社会安宁，夜不闭户，路不拾遗。安稳觉睡上了，但生活还不富裕，住的是土坯墙茅草房，衣服新三年，旧三年，缝缝补补又三年。

我的孩子赶上了改革开放的时代，粮食高产了，物质丰富了，工资增加了，吃不愁，穿不愁，告别了筒子房，搬进了单元楼。家里有彩电，出门有自行车。

现在的年轻人，追求又有了新目标。不仅吃得饱，而且吃得好。不仅有房，而且住大房。要把自行车、摩托车、电动车，换成小汽车。

不同的年代，不同的环境，对好日子有不同的解读和追求。欣逢好时代，日子有过头，有盼头，前行是否都有劲头呢？不一定。有人总感觉己不如人，内心空虚，梦想一夜成名，一鸣惊人，一招致富，赚大钱，赚快钱，不愿意脚踏实地、艰苦奋斗。天上会掉馅饼吗？不可能啊。

四、抒怀

如今，经济发展了，日子好过了，有些人反而不那么开心了。媒体曾有报道："端起碗吃肉，放下筷子骂娘。"有肉吃，说明生活水平提高了。吃着肉还骂娘，表明还有不尽如人意之处，或是遇到了难以排解的难题、困惑、矛盾，或是心态失衡。另外，好日子难有一个量化标准，不好用秤称，也不好用尺子量，而是相对而论，比较而言。你有了肉吃，有人却吃起燕窝鲍翅了；你住上了大房子，有人又住上别墅了；你有了摩托车或者电动车，有人又买小轿车了；你有了小轿车，有人又坐豪车了；你兜里有几万元，人家资产又升至百万了……

横向比较总不如人。好了总是还想好，这山望着那山高。尤其别扭的是，过去曾被你领导的人，现在变成了领导你的人；过去不及你并得到你帮助的人，现在成了老板远远超越了你。面对现实，心里有落差，忍不住发牢骚说怪话。怎么办？做梦都在追着跑！

还有一点，值得深思，我们的祖上早就懂得"祸兮福所倚，福兮祸所伏"的辩证道理。祸福往往是孪生兄弟，相互依存转化。居安思危，避祸趋福，好日子才能过得长久。有的人以实现人生价值为由，削尖了脑袋，投机钻营，不顾一切，追逐名利。比如，跑官要官，买官卖官。当了官，滥用权力，滥施淫威，奢侈腐化。又如，跻身商海，使出浑身解数，攫取不义之财。心理一失衡，行为便出轨；道德一缺失，生活就堕落。即使升了官，或者发了财，好日子也难过安宁。

3

人都有老的时候。老了，退休了，干事业的黄金时期过去了，抚育下一代的任务也告一段落，迎来的是人生旅途又一阶段的好日子。好日子会不会过都得过，会过才过得好。珍惜好日子，别操心，别出犟力，别生闲气，别管闲事，宽心过好每一天，才过得轻松快乐。

有人问我，退休后每天都干些什么呢？一时间，我无言以对。人各有所好，我不打黑七，不搓麻将，不下棋，头天不计划第二天的事，每天过得都平平淡淡，虽没闲着，却记不起做了些什么。

落地生根

　　天亮了，起床，洗漱，散步。无风时，与老伴打一阵子羽毛球。就在房前空场上，不拉球网，不计输赢，你来我往，着力把球打到对方身前，方便接住。一般打够六百个回合，多时上千个回合。冬日打得汗津津的，夏日汗流浃背。

　　早餐后烧壶开水，沏杯毛尖茶，坐在桌前，开电脑，浏览新浪首页，看罢全国新闻，再看本省新闻。感兴趣的，点看全文；一般的，扫一眼标题。有本地的，必看。

　　有时点开自己的博客，看来访者足迹，浏览部分所关注的博文。有兴趣又有题目的话，就敲敲键盘，写写文章，打理一下博客。或者看看手机微信，发发信息。

　　午后稍事休息。起来后看看书报杂志。喝杯白开水，闲了弹会儿古琴，或到户外走走。浇浇花，扫扫地。晚饭后散步半小时左右。近来又增加了听书的习惯。一本书听下来，四十到五十分钟。不到一年，已听了六十多本新书。

　　现在的日子就这样，一天又一天，不知不觉过去了，一晃一周，一晃一月，一晃一年。心宽，步慢，重复，单调。无聊吗？没感到。着急吗？不觉得。自我感觉良好，轻松而不清闲，清淡而不乏味。

　　手机可以随时关闭，困了可以马上休息。入睡前不需考虑第二天干什么，半夜不担心有电话叫醒。爬格子敲键盘随心所欲，过了自己的关就行。没有人再审稿或者安排修改，也不用担心推倒重写。

　　只要留心观察，生活并不都是简单地重复，而是每天都有新意。阳光是新的，花香是新的，鸟叫是新的，新闻有新的，文章有新的。

　　四季轮回，朝朝暮暮，阴晴雨雪，风生水起，皆有不同。春有嫩芽，夏有鲜花，秋有硕果，冬有冰雪。晨有露珠，晚有彩霞，晴有蓝天，阴有云雾，风来树动，风住蝉鸣，哪样是简单的重复呢？

　　有人种地，有人做工，有人挑水，有人浇园，有人教书，有人上学，有人上班，有人游玩，有人开车，有人坐车，有人做饭，有人品尝，你忙你的，他忙他的，各做各的事，各过各的日子，这个世界便多姿多彩。各人的日子自然也不觉单调、寂寞了。

四、抒怀

人过日子，贵在知趣。该你上车，就不要等待。该你登峰，就不要怕喘气。该你挑担，就不要畏惧沉重。该你清闲，就不要自找劳累。车到站了，就赶快下车。登到了山顶，就果断下坡。该打点归途，就不要再硬着头皮强行出行。

日子摆在每个人的面前，各有各的过法。我常想，既能创造生活，又会享受生活，以一颗平常的心，过好自己日子的人，是智慧之人。智慧之人心里阳光多，烦虑少。日子过得即使平淡，也会觉得有滋有味儿。

吐痰问题

吐痰是件小事，本来微不足道，何值一提？然而，这件小事可以折射出人的素质。倡导了多年不要随地吐痰，一些人仍然我行我素。看来，培养一种良好习惯，不是件轻而易举的事情。

随地吐痰，过去农村比较普遍。生活在乡下，劳作在田间，嗓眼里有痰，不吐憋得慌。或走或停，头一低，习以为常。痰在茫茫苍苍的原野里，风刮日晒，很快消失，没人在意，情有可原。总不能带着痰盂到田地里干活吧？

回到屋里，还随地吐痰，就不好了。屋里空气流通慢，痰液挥发后，滞留时间长，很容易传染呼吸系统疾病。我到农村时，跟乡亲们饮酒、喝茶、拉家常，常碰随地吐痰的。有时候，随地吐痰者大概也觉得不雅观，就伸出脚来，踩到痰上，使劲搓几个来回，直将痰液搓散。殊不知，这样危害更大。吐在地上的痰迹虽不见了，空中却增加了许多污物。那时，民居多是泥巴地，上面老有浮灰，三搓两搓，痰液就随着灰尘飘扬到空气中，四处游荡，若有致病细菌，被吸入肺部，抵抗力弱的，就容易生病。

生活在城里的人，随地吐痰的现象也比比皆是。步行在大街上，常可遇到随地乱吐的"痰客"。在公共场所，如电影院、剧院、公园等，痰迹斑斑属于常态。甚至在公交车、火车上，也是屡见不鲜。

好多人似乎没有这方面知识，不大在乎。你吐他也吐，见怪不怪，习惯成自然。

陈旧习惯不是一朝一夕就能彻底消除和完全改变的。去除一个不良习惯，需要明确一个观念，形成一种氛围，造就一个环境。

现在，城市干净了，环境改变了，观念习惯也在变化。在那些环境优美，窗明几净的地方，谁好意思吐痰呢？

四、抒怀

心的距离

　　物以类聚，人以群分。生在尘世间，难脱三界外。世事纷纭，众生匆匆。前行之路，岂能独走？同事、同学、同志、同族……前后伴随，左右同行，或擦肩而过，或忽左忽右。身近者有之，身远者也有之。然而，身距不等于心距，差异表现在许多方面。

　　爱情有稳有浮，稳者心近，浮者心远。情有多深，心有多近，情有多浅，心有多远。有人远在天涯，心却没有分开。有人近在咫尺，心却如同隔世，同床异梦者也不乏见。心心相印，心有灵犀，虽隔山隔水而不隔音。同甘苦，共患难，互相关怀，互相体谅，互相支持，夫妻岂有不和睦的道理？

　　友情有真有伪，真者心近，伪情心远。真与假，不在于嘴上怎么说，而在于心里怎么想，实际怎么做。说一套做一套的人，也许能够蒙哄一时，却总会露馅。说得堂皇，做不到位，人家的心就会离你而去，或者敬而远之。以利而友者，利尽则人散。以酒而友者，酒竭而心疏。利益交换建立起来的友情不长远，当一方没有了交换的条件时，友情也就渐去渐远。

　　亲情有强有弱，强者心近，弱者心远。父母对子女的心永远都是近的。慈母手中线，游子身上衣，儿行千里母担忧。家中长者言传身教、潜移默化的作用是不可忽视的。

幸福之水

隆冬时节，我来到固始县城。清晨，拧开宾馆的水龙头，一股清泉喷涌而出。接一杯，迎着灯光瞧瞧，不见杂质，也没闻到漂白粉的气味。朋友说，如今用上了优质自来水，不再担心水质不好、水量不足的问题了。我听了也很高兴，老家固始，困扰全县近三分之一人口的饮水问题终于画上了圆满的句号。

水是生命之源。有水，就有生命；无水，就无生机。一个城市的自来水系统，犹如人体血脉，水厂是心脏；管网是血管；心脏搏动强劲，脉管通达流畅，城市才有丰腴的基础和发展的底气。畅流于管网里的水质，尤其重要。人民群众渴望用上纯净甘甜的自来水，如今愿望实现了，打心底里高兴，称这是"幸福水"。

幸福之水为这个古老县城的居民注入了新的生活品质，为持续发展提供了必要的条件。看看现在，想想过去，怎不令人感慨万千。

固始古称寝丘，因人烟稀少，蓼草丛生，又称蓼。春秋时，楚相孙叔敖出生在城西北30多公里的期思。他的后代曾受封于这一带。因为穷乡僻壤，缺少争夺价值，故得以保有封地较长时日。

我老家在城北方向淮河岸畔，小时候去县城必经一道杂草丛生的东西方向高大的土墙。后来知道这墙比现在的固始县城还早。传说县城最初在这里开建。当筑起一面城墙后，风水先生说，此地凤凰之象南移了15里。于是，筑就的土城墙废弃，县城南迁至如今的地方。

据志书记载，这里西汉初置寝县。东汉光武帝刘秀封大司农李通为固始侯，取"欲善其终，先固其始""坚固必先通始"之意。固始县名，至今已经

四、抒怀

沿用 1900 多年。

孙叔敖当楚国宰相时，修建了蓄水灌溉工程芍陂，成为淮河流域著名灌溉工程。在今固始县泉河、石槽河一带修建陂塘，用类似长藤结瓜的方式分流河水，疏导激流防止水涝，又有陂塘存水灌溉农田。"决期思之水，而灌雩娄之野。"使"山潋之湍波"成为"沃壤之美泽"。

时光千载悠悠过，风流当数新纪元。几十年来，固始县大兴水利工程，筑堤坝疏河道防洪涝，修水库挖水渠灌农田，东有梅山灌区，西有鲇鱼山灌区，大大小小的水利工程遍布全境。

然而，随着县城规模的扩大，城市供水问题却日渐凸显。如今，城域面积已达 50 多平方公里，县城人口接近全县总人口的三分之一。马路纵横交错，高楼鳞次栉比，车辆来来往往，人流熙熙攘攘，商贸热热闹闹，一派繁荣昌盛的景象。

县城规模的扩张，加速了城镇化进程，促动了经济发展。同时，也带来教育、医疗、交通、休闲等居民生活服务设施配套的一系列问题。无法回避，必须面对，解决生活用水问题迫在眉睫。

早些年，县城人口少，吃水靠井。20 世纪 60 年代，城关居民饮用水靠 100 多眼砖井及东关大码头河水。井水含碱量大，称为"苦水"。1972 年，组建自来水公司，打下第一眼深井，开始提供自来水。到 1987 年，共打深井 12 眼，年供水量 330 万吨。接下来，引用史河之水。河水汛期浑浊，杂质多；枯水期，水质更差，水量也不能保证。

有一次，我到县城一位朋友家做客，看到他的一个烧水壶，用了不到半年时间，壶里结了一层厚厚的灰白色水垢，不由一惊。

水，是生机之物。有水，才有活力；有水，才有人脉；有水，才有底气！城市有水，才有发展前景。生活用水的品质，关乎居民身体健康的大事。端起一杯水，迎着阳光，如果看到杂质上下翻腾，闻着有股漂白粉气味，心里是什么感受？喝一口，有点苦，有点涩，有点别味，有何感觉？一杯白开水，喝到最后，杯底留有星星点点的灰白色沉淀物，又有何感想？

而今新建的这个水厂，水质清澈，原水水质属于 1 类水，出厂水质符合《生活饮用水卫生标准》要求。目前，日供水 5 万吨；满负荷运转时，可达 20

万吨。这么大的水量，这么好的水质，从何而来？

"小南海"吗？它位于老县城之南，三面岗丘，一侧堤坝，名曰海，其实不过是几百万立方米的小库，水量不够，水质早不宜作饮用之水。

史河吗？那里曾是县城近年的主要水源。史河发源于安徽省金寨伏牛岭，自南向北，流经固始县城东部。早年的县城，主街道仅有两条，呈丁字形交叉，分为东关、西关、北关。民语说："固始县城无南关，四十五里郭陆滩。"郭陆滩是一个集镇。传说固始县城为凤凰之地，头在郭陆滩，两翼东、西关，尾巴在北关，三关交会处是正身。20世纪五六十年代，城里人生活主要靠井水。井水咸苦，不好喝。有人便用架子车从史河里拉水，到城里头卖。后来作为饮用水源地，现在难以保障稳定供水。

灌河吗？灌河发源于商城县西南大伏山，流经县城西、北。虽说距离不算远，若把它作为城市水源地，水质与水量，都无法保障供给。

淮河吗？淮河发源于南阳市桐柏山，流经县城北30多公里之地。若把它作为水源地，不仅距离偏远，而且地势南高北低，需多级提水，成本高，同时，也有同样的供水不稳定的短板。花了钱，费了劲，仍解决不了根本问题。

梅山水库吗？那是座蓄量22.63亿立方米的大型水库，在安徽省金寨县内，距离固始县城60多公里。一条灌渠，通到固始县内，蜿蜒数十公里，灌溉98万亩田地。饮用水管道，已经通到邻境的安徽省叶集镇，供水能力仅够那里使用。假若从水库直接铺设管道，不仅距离远，成本高，而且很难协调。

它来源于57公里外的商城县境内的鲇鱼山水库，库容量8.31亿立方米，有足够的水量保障使用；水源主要来自连绵起伏的群山，没有工业和生活污染，水质清澈甘甜，水质良好。

在那里取水，距离远，成本高；环评复杂，审批难；沿途经过商城县城和他们的4个乡镇（办事处），协调难度大；地形复杂，施工困难；花费多，县财政难以支付。县委、县政府综合考察分析了各种水源资料后，果断拍板，为人民办实事，迎着困难上！一定要把引鲇入固的事情办好。

作出决策时，所需10多亿元资金还没有着落。恰好机会来了。国家出台了相关政策，县里抢抓机遇，公开招商。2017年3月6日，固始县人民政府与山东水发集团正式签约，"引鲇入固"饮水工程启动。县里成立专门班子，

四、抒怀

具体组织实施。在协调审批的过程中，得到了市发改委、林业、水利等部门和商城县委县政府的积极支持。

跨县施工，也需要做大量的协调工作。从县城地下通过，要避开好多地下管网和楼房根基。过河，穿越桥涵路坝，难度也大。指挥部的同志们尽职尽责，千方百计，努力工作，施工单位风雨兼程，工程按计划推进。

经过两年时间的奋战，工程全部竣工。一艘取水船（浮坞泵式站）固定于鲇鱼山水库东瞰楼附近库区。船上粗大的钢管，一头连接着水泵，伸进水里，另一头仰达岸边的山头。一根口径1.6米的管道，犹如强劲的巨龙，穿城过河，跨路越岗，经过商城、固始两县6个乡镇（办事处），潜行于地下57公里，直达固始县城。

2020年1月18日，随着净水厂最后一处水闸缓缓开启，固始县"引鲇入固"饮水工程顺利通水。

这项饮水工程，从根本上改善了固始县城区50万人口及周边乡镇近10万人口的安全饮水问题，对提升固始县城市供水保障能力、提高饮水安全质量、推进全县脱贫攻坚、改善群众基本生活条件具有重要意义。

固始县饮水问题的解决，不仅是常住居民的福分，也令外出工作的游子们分外感慨。饮水思源，当淘米蒸饭、洗菜炒菜时；当拧开花洒、尽情沐浴时；当开动洗衣机、洗涤衣物时；当提壶冲泡、享受清亮的茶汤时；当提桶拿勺、为盆花浇灌时……想没想过，滴滴清泉从哪里而来？经过多少人的努力？有无珍惜、爱惜、感激之情？

旭日东升，古老的县城，开启了新一天的脉动。晨练的人们，陆陆续续地来到广场、公园、街头绿地，打拳的、跳舞的、跑步的、慢走的，多姿多彩。接下来，小汽车、电动车、摩托车、自行车，来来往往，车水马龙。人们匆匆忙忙行进在上班的路上。在这冷飕飕的冬晨，我看到了一派红红火火、朝气蓬勃的景象。未来的固始会更加美丽。

幸运之娃

固始县的孩子是幸运的。免费的营养午餐,舒适的住宿生活环境,良好的教育设施,在近几年内都得到了实现。

我们冒着霏霏细雨,来到固始县番城办事处东庙社区复兴学校。恰值饭点,先到餐厅看看。餐厅很大,桌凳洁净明亮,摆放整齐。多窗口打饭,排队不长。每人一个不锈钢餐盘,白花花的米饭与香喷喷的荤素菜肴分格盛放,学生们吃得津津有味。

校长说,免费午餐每人4元钱。王治学县长告诉我们,全县一天补助41.64万元,一年就是8328.4万元。为了不挤占国家补贴,让孩子们吃足分量,县政府按照100∶1的比例配备炊事员,工资每人每月1200元,由县财政支付,一年近1500万元。

不由得让我想起我上初中时的情景。我们那代人也算是幸运的,可以上学。学校离家4公里,每周六下午提着空米袋、空菜罐步行回家,周日下午提一袋粮食一小罐咸菜到校。一天一斤粮,早中晚分别3、4、3两。一般不买食堂的热菜,主要吃所带的咸菜。有时饭票用完了,周六不吃午饭。学生中流传着顺口溜:"过了星期三,时间猛一蹿;过了星期五,还受半天苦。"与今天这些孩子相比,仿若天壤之别。

如今的娃娃,幸运的还有教学条件。教室宽敞明亮,桌凳齐整实用。一体化智能黑板,中间是荧屏,可以连接多媒体教学,演示教案,两边磨砂玻璃,不会反光。一块黑板价格一万多元。我上小学时,挂在墙上的是一小块木质油漆黑板。上初中时,是稍大一些的木质黑板。上大学时,才是可以上下拉动的磨砂玻璃黑板。

四、抒怀

寝室舒适，每间四床，高低两层，一头靠墙。两床中间有楼梯式台阶，上下方便，轻松安全。卫生间与洗漱间分设，每层还有一个公用大卫生间。我上初中时，全班男生都睡在一个大寝室里。铺板并排而放，一头靠墙，中间留出通道。冬天，加铺麦草。两人一个被窝，铺床被，盖床被。室内没有卫生间，旱厕在外面。雨雪天，想方便时很不方便。上大学时，六人一间寝室，3对上下铺，睡上铺的上下都不方便，室内没有卫生间。

三年前，这所学校却是另一个样子。2017年冬，王治学县长来这里调研，只见校舍陈旧，设施落后，教学条件很差，仅有170多名学生。其后研究决定进行改扩建，建成9年一贯制半寄宿学校，招收县里适龄留守儿童。新校占地69.63亩，其中一期地24.5亩，二期45.13亩。经过一年多的时间，一期竣工投入使用。校名由东庙学校改为固始县复兴学校。盖有教学楼1栋、宿舍楼2栋、生活服务中心1栋、综合楼1栋等。包含教师办公室及学生科学实验室、音乐室、美术室、图书室、阅览室、心理咨询室等功能教室，以及营养餐厅、大型淋浴房，可满足2200名学生就餐、洗浴需求。学校现有31个教学班，在校学生1670人，其中建档立卡家庭学生170人，小学住宿生521人，专任教师98人。

二期工程已完成征地工作，计划建设标准化环形跑道、规范化足球场和篮球场、大型多功能报告厅及中小学各种功能室等。

接着去第14小学校。校址在根亲文化园边。那是一块寸土寸金的地段。在脱贫攻坚的关键时刻，县领导考虑的不是高价拍卖出去，弥补财政的不足，而是考虑周边居民区人口快速增长，孩子就近入学的问题，毅然决定拿出来建设小学。2019年年初开建并在当年投入使用。途中与校长电话联系，她已在下班回家的路上，折返学校，接待了我们。看了校园环境和教学设施，堪称一流水平。像14小这样的学校，是固始县财政2019年一次性投入12.8亿元建设的，当年共建成了8所。

又去了县一高。学校位于城南新区，东接奥林匹克公园，西临吴其濬植物园，南靠南湖公园，北依印象地中海城市建筑群，建成花了3.61亿元。有教学楼2栋，学生公寓4栋，综合楼1栋，实验楼1栋，食堂1栋。教室展台、电子白板等现代化电子教育技术设备齐全。学生公寓均有独立卫生间，淋浴、洗手台、晾衣台、衣物柜等。教室、办公室、寝室等都安装了中央空调。计划建设的天桥，连通奥林匹克体育馆。学校2019年10月投入使用，现有3个年级87个教学班，在校生4813人，教师241人。

有一所独特的学校更令人感动。这就是固始县国机励志学校。这是一所以全县建档立卡贫困户子女为招生对象的九年一贯制全寄宿扶贫公办学校，有教学班92个，学生4744人，其中建档立卡贫困户子女3780人；专任教师345人，其中中小学高级教师37人，中小学一级教师125人。

这里原是闲置多年的"烂尾"楼。2016年，县里回购过来，投资2.3亿元，在对口帮扶单位国机集团的支持下，续建、改建成学校。县里为来这里上学的建档立卡的贫困户子女提供生活费、校车费。国机集团为贫困学生提供教辅费、保险费、校服费，为学校师生提供教育奖励基金，为培训教师提供资金。

学校实行亲情式服务、全寄宿管理，针对贫困留守儿童的身心特点，专门开设了其他学校没有的爱心教室、心理咨询教室，安装了可视电话，学生可与在外务工的父母进行面对面交流，并配备了心理辅导老师，及时提供心理咨询、心理干预，有效缓解了留守贫困学生因贫困和留守双重压力叠加导致的心理健康问题。建立了全封闭管理模式，政府统购安全规范的餐饮服务，设立了较完备的校医务室，授课老师和生活老师24小时提供保姆式服务，课下学习有人辅导、生活有人照料，全方位促进留守孩子的身心健康。

五年来，县财政共支付校车服务费用2200多万元，支付学生餐饮服务费用2100多万元；共招收贫困留守儿童6136人，解放贫困劳动力11521人。

财政再难，也不能难了孩子，更不能耽误了孩子。县委、县政府是这样认识的，也是这样做的。2016年以来，县城新建扩建中小学校17所，总投资31.5亿元，新增学位3.36万个。

这代娃娃们，赶上了好时代，遇上了好政策，有了好环境，是幸运的孩子！

四、抒怀

陶罐

居住在城里，早就不用陶罐了，可是，对陶罐，依然情有独钟。因为从小时候起，它就与我的生活紧密地联系在一起，记忆，紧紧地锁在了心底。每当提及，都历历在目。

那时候，家里有三个陶罐，小口小底大肚子。一个盛红糖，一个盛食盐，一个盛猪油。我对装糖的那个特别感兴趣。

一年中，大部分时间都没糖。有糖时，总想偷偷捏点吃。有一次，听母亲说，她年轻时，要过大马子（地方武装或土匪）了，年轻人不敢待在家里，摸黑逃到野外，躲在庄稼地里。天亮后大马子走了，才敢回家。

到家一看，乱七八糟，门板也被卸掉当床板睡了。一罐糯米，做了干饭，吃个精光。半罐子红糖，拌了米饭，碗里还黏糊糊、红彤彤的。想着红糖拌糯米饭的美味，馋得我直想流口水。

装油的罐子，在1959年冬季，用热水涮了又涮，最后，一滴油也涮不出来了。一个生产队百多号人，同吃一个大食堂，家家没锅，不能冒烟。生产队断粮两个月了，每天仅有少量的菜汤喝，不少人患了浮肿病。

饿极了，就去挖野菜，剥榆树皮，刨榆树根，撅荸荠。家里没铁锅，就用装油的陶罐。竖起两块土坯，罐子架在上头，每天燎点菜汤作为补充，直到第二年接着新麦。

家里人都说这罐子救了全家人命。有了新粮，罐子却破了。那是长期烟熏火燎，承受不了超负荷运转的结果啊。当时，我掉了泪。

家里还有一个小些的陶罐，是我的菜罐子，陪了我整整五年学校生活。1963年秋，我到往流初中读书。周日下午，提一罐咸菜去学校。周六下午，再提着空罐回家里。里面装过豆瓣酱、萝卜丁、咸腊菜、腌韭菜、咸蒜苔、咸蒜瓣，四季不同，咸菜也不一样。

　　咸菜虽咸，也得省着吃，一周一罐子，若是吃完了，就只能吃白饭。食堂中午有熟菜，我舍不得买。

　　五年下来，吃出了胃病，每天胃灼热吐酸水，西药中药吃了好多种，都不见明显效果，直到十多年后，才调理好。

　　除了这三个，还有些大陶器。缸啊，盆啊，罐啊，等等。盛水、盛米、盛面、晒酱豆、腌咸菜等，各有功用。

　　这些缸缸罐罐，主要来自"老缸窑"。那地方在老家南部百余里，产品不仅销往本县，还销售到邻地安徽省。

　　"老缸窑"周边山多柴足，烧窑条件得天独厚，烧窑历史悠久，有多条龙窑。

　　直到20世纪80年代末，这些龙窑还在生产。不过，经济效益年趋下滑，已到难以为继的程度。

　　危难时刻，县里派去一位中年干部，主管这个地方的国有企业。

　　此人是我同学。上任一段时间，邀我过去看看。去的时候，面貌已经发生了显著变化。

　　他通过调查研究，找到症结所在：替代产品大量出现，社会对传统盆盆罐罐的陶器需求逐渐减少；烧窑需要大量木材，对林业发展也有一定的影响；产品价格高了不好卖，低了没效益。

　　于是，决定关掉传统龙窑，新建隧道窑，并增加了红砖等新品种。

　　其后二十余年，我没再去那里，隧道窑如今怎样？好像听人说过，也停了。市场经济是残酷的，有新生，也有淘汰。

　　辛酉年入冬后，商城县的一位朋友电话邀请去看历史文化遗产。

　　"什么遗产？"我问。

　　"龙窑。"

　　略一停顿，接着说："昨天停火，明天出窑。再不来，年内就看不成了。"

　　说到龙窑，马上勾起了对罐子的回忆。沉睡的记忆被唤醒，激情顿生。

　　"去。"第二天，恰值"大雪"节令。"大雪"无雪，天气尚不算冷。薄云轻飘，雾霾笼罩。

　　汽车进入山区。路不宽，弯弯曲曲。好在是水泥路面，比较平坦。在这种路上开车，得分外小心，防止会车时发生擦刮。

到了。车子停在路边，我们步行过去。路边满眼都是残次品陶器。还有一些成堆的破碎陶器。

这里是大别山区一个既普通又特别的村庄。庄子上有砖瓦钢筋混凝土结构新房，也有土坯墙小灰瓦老屋。

说它普通，在大别山区，像这样的村庄很多。说它特别，有一条百年龙窑躺在村边，还在活着。

正在出窑。场面并不热烈。进货的人不多，有来有去。他们挑着竹篮，装了盆盆罐罐，看来是在附近山区销售。

有些陶器，城里年轻人压根儿就没见过，不知道做什么用。比如煨罐子。我小时候，天天使用。利用烧锅后的死火，煨热水、米粥、肉汤等。由于火力适中，罐体受热均匀，煨汤特别出味。煨粥，软香黏稠，煨肉，肉烂汤香。

用瓦盆和面、盛饭；用砂盆腌咸菜、晒豆豉；用大缸腌咸菜、盛米、盛面；用酒壶燎米酒；用大缸盛水、盛粮，等等。

如今，时代变了，需求也变了。城里头，上述产品基本失去了市场，只有花盆之类，尚有需求。

其实，在新农村也不再是居家必须。用新材料生产的容器，越来越多地成为居家替代产品。

同行朋友看中了烧瘪的盆，烧歪的缸，烧连结的罐。在艺术家眼里，一些残次品，甚至废品，虽不实用，却有摆设的作用。每人挑了几个，令制坯烧窑的老师傅颇感惊奇。

此举忽然使我思维灵动。艺术品，艺术家，艺术陶器，市场需求相对更宽，更有潜力。然而，精于传统器皿的老师傅们，要脱胎换骨，改做工艺品，却不容易。

这些老师傅，仅凭过去生产经验显然不能适应今天的形势。继承传统工艺，既需以老带新，也需增添新人才，放开新思路，谋划新方略，开发新产品。

这就需要有志于传统文化艺术保护、传承、发扬光大的领头者。当然，政府的扶持、推动也不可少。

一代陶罐失去了昔日人民生活中的重要地位，并不奇怪。任何传统物品，使用价值消退后，就再难受到老百姓青睐。用艺术眼光，作为一种纪念性摆设，发现发挥其另种价值，即收藏价值，毕竟还是少数。

落地生根

不变的夜

不管是阴，是晴；不管是春，是冬；不管是长，是短；不管是城，是乡；不管是伸手不见五指，还是放眼尽是银色月光，夜，是不会变的。它与昼是一个整体，两幅面孔。

地球自转一圈为一天。一天是个时间概念，一分为二，合二为一，所谓昼夜。古人以太阳为标志，日出称昼，日落叫夜。

世人谁没见过漆黑的夜和明亮的夜？在漆黑的夜里也会有好心情，在明亮的夜里也会有不眠者。古人生活，多日出而作，日落而息。今人生活，常有通宵达旦者。

有人说过去的夜是真正的夜，黑得深沉，黑得浓烈。现在昼夜边界有些模糊，夜变得浅薄，少了厚度和深意。有人偷走了夜的"黑"。

这只是一种心情的表现。其实，夜还是那样的夜，心情不同罢了。伸手不见五指的夜，只能帮助人们找回一种感觉，并不能给人们带来幸福生活。试想，少了路灯、廊灯、车灯、标示灯，上百万人的城市之夜黑咕隆咚，会是什么样的感受？

夜黑透点好还是明亮点好，看站在哪个角度说。想观察满天星斗，神游奥秘的宇宙，寻找天河里的故事，体验大自然的神奇，梦萦北斗的情结，当然黑些有趣。那就到乡下去，最好去深山老林里。

如果为了方便，夜间行走，或者体验火花银树不夜天的情景，就到大城市里去。至于春江花月夜，月半月圆，银光遍洒，月朗星辉，萤火点点，阵风刮过，荷香扑鼻，稻花芬芳，那是另一种韵味。

人们不乐意看到的，是暴风雨中闪电突然划破夜空，撕裂漆黑，伴随着震耳欲聋的隆隆声或噼啪声。更不愿意看到漆黑的夜晚，投落在城市上空威力强大炸弹爆炸时的闪光，那是令人撕心裂肺的恶魔，是梦魇。

210

四、抒怀

《信阳当代诗词选》序

信阳市老年诗词研究会选编的《信阳当代诗词选》，共选了259位会员的1762首诗词作品。入选的作者，有的生于20世纪初，已经作古；有的年逾古稀，在家颐养天年；年轻的也已五十开外。

阅读书稿，回想起我担任本市老年诗词学会会长期间与同仁们的接触和了解，心中久久难以平静。老诗会中很多会员克服困难，坚持学习，坚持创作的精神，令我深为感动。

人到含饴弄孙的阶段，尚不忘初衷，心中有梦，念念不忘，实在难得。这也是"身老心不老，老有所好，老有所为"的一种体现，折射的是一缕灿烂的晚霞！

深厚的阅历是人生宝贵的财富。退休以后，回望走过的脚印，似乎更清晰，道理更明白，感悟更深刻。是故，吟诗作词，意象更贴切，见识更老道。

关于书中的诗词艺术和表述的思想，我在这里不作具体评述，留给读者去仁者见仁智者见智。我想多说几句的是老年人的精神追求。

老，是人生自然规律，谁也无法逃避。人生易老，青春难驻，不知不觉，花甲之年就到。不同的老人，有不同的活法。怎样才更有意义？

有一偶遇，对我触动很大。有年清明节，我回老家给父母扫墓，路遇一位年过古稀的邻居，扛犁牵牛，去犁春田。我递上一支香烟，在田头与他攀谈，赞佩他身子骨和勤劳，并问"这把年纪了，还犁田耙地"？

他笑了笑，不大经意地说："身子骨还行！乡下人哪有退休的时候？庄稼不收当年穷，活着就得干活。只要有口气，不能坐吃闲饭。"

他的回话真是掷地有声。人贵有精神。老了，精神不老，激情犹在，方有生机。像这位老者，岂止是偶尔发发"少年狂"，"鬓微霜，又何妨"？ 应该是活得老有趣味，老有品位。人生在世，千万不能让"老气横秋"的精神形态过早地附于自己身上。

近日看到一则微信，说是联合国关于人生年龄阶段的最新划分：1至17岁未成年，18至65岁青年，66至75岁中年，76至95岁老年，90岁以上长寿老人。

是否真有此种划分，不去管它。随着科学技术的发展，医疗保健的普及，生活水平的提高，人活七十不再为稀，长寿百岁不再是梦，已渐成事实。老人与无所事事之间，不能再千篇一律画个等号。吃饱了等饿，已不是很多老人的自主选择。

实际上，人有"三种年龄"：实际年龄、身体年龄和心理年龄。有的年龄未老身先老；有的身体未老心先老；有的年龄大了，身心都没有老。精神不老，老当益壮，十分可贵。

比如褚时健的奋斗精神。"红塔山"集团的辉煌，有他不可磨灭的功劳。在事业正旺的时候，跌入人生低谷。从监狱走出来时，已经年过古稀。但他不服老，继续创业，承包山林，种植甜橙，年近八十时，又成气候，所种的"甜橙"号称"褚橙"，闻名全国。

话说回来，老年与青壮年时期的体质毕竟差异较大。有人说得实在，夕阳再好，也比不上朝阳。前者处于上升之期，具有朝气蓬勃之势。后者趋于下落之向，体能年趋衰退。

我既不赞成人到了夕阳西下阶段，就暮气沉沉，坐等天黑；也不赞成强使犟劲，透支体力。夕阳和晚霞是美丽的，值得好好展现和珍惜！但是做做感兴趣的事情，也要因人而异，量力而行。有人说，年轻时应该把事业当成兴趣来做，年老后再把兴趣当成事业做，有一定的道理。

美国有个老人，名叫乔治·道森，90岁之前，一直默默无闻。90岁开始发奋，进了扫盲班，学习文化知识，后来爱上了写作。102岁那年，完成处女作《索古德的一生》，引起轰动，成为美国当时畅销书。此书中文译名《生命如此美好》，写的是自己的生平传记。

不久前在一家电视台电视专访节目中，看到我国一位女士的写作奇迹。

四、抒怀

她 63 岁开始学识字，72 岁出第一本书，如今已经出了两本。这种精神，怎么能不让人感动呢？

　　多说了几个例子，目的是想给老年诗词学会的会员们一种理念，人的精神很重要，也期望大家精神不老，并祝福雅好犹存，"玩心"不退。一起玩出高雅、玩出愉快、玩出健康，力避玩出不快、玩出烦恼、玩出是非。

　　仕途、名利、事业，昂首阔步，风风火火，那是年轻人的目标和做派。老同志们虽然也曾经有过，但那毕竟已成为历史的脚步。而今，健康长寿，才是我们前行的要道！祝福大家在这条道上走得平稳，走得久远！

2016 年 5 月 9 日

咸淡之间

人离不开盐。

其实，吃盐的何只人类？大象就少不了食盐。我到西双版纳旅游时，导游介绍说，景区的人定时在野外投放食盐，以供野象寻食。

我看到过一篇文章，讲述两个在美国西部一位牧场里实习的中国研究生的工作和生活，他们要干的事情，有一项就是往草场为牛投放食盐。

小时候在家，看到母亲喂猪，定期往猪食里加点食盐，她说，这样喂，猪长得快，得病少。

也有不需要加食盐的。我家开始养狗时，有经验的同事告诉说，狗吃咸的会掉毛，还容易感染皮肤病。

人是离不开食盐的。不吃盐，身上就没劲，甚至患病。

人为什么要吃盐？不吃盐行吗？每天食用多少为好？过量食用会带来什么后果？其中的奥妙，就是科学。

小时候，我家居住的那个水宅子，共六户人家，家里都比较穷，时不时有人家断盐。借盐也就成了常有的事。

借盐的时间，往往集中在做午饭或者做晚饭前，女主人一看，没盐了，就端个大碗，到邻居家来借。

酒盅成了量盐的工具，一次借的不多，少则三五盅，多则七八盅，一般不会超过十盅，够吃一两天就行。

借时平盅出，还时鼓盅入，几乎是借盐还盐间的一种默契。借的时候，由被借人来量；还盐的时候，由借盐人量。足见家乡人的诚信厚道。

有些年，紧缺物资限量供应，凭票证购买，买布用布票，买糖用糖票，

四、抒怀

买油用油票，买盐用盐票。

食盐虽然限量，吃盐却不算少。因为菜少油少，就多加食盐下饭。仅就咸菜来说，每年都用去不少食盐。

成罐成盆成坛成缸的咸菜，四季不断。有腊菜、萝卜、箭杆白、雪里蕻、蒜苔、蒜瓣、韭咸酱豆等，大都咸得渍心。

现在，商店里吃的喝的货源充足，品种齐全，想买什么就买什么，只要有钱，不愁买不到东西。食盐更不用说，想买多少有多少。

可是，现在城里好多人不愿吃咸了。我的一些朋友，过去口味较重，菜里盐放少了，总觉淡而无味。现在一改老的习惯，稍咸一些，就不敢吃了。为什么？害怕高血压、心脏病。

低盐低油低糖饮食，成为养生保健的饮食时尚。有人在家里吃饭，时常连油盐都不放，白水煮青菜，捞出来蘸点稀释过的"生抽"吃。

盐，利弊共生，在消费它的芸芸众生中，虽无大的变异，却随着时代的影子，徜徉在咸淡之间。

落地生根

巾帼不让须眉

她租住的楼房,怕电动车的电池丢掉,会把电池提到住室。一次,家里来了客人,其中一位年轻的男客主动表示帮助,拎了两下没拎起来。"我自己来吧。"说罢,提起电瓶来,"蹬蹬蹬"一个劲下到楼底。男客惊奇:"没想到你小小的个子,有这么大力气!"

"男人不在家,女人就是男人!"一阵哄笑。听了这件事,我心里有股说不出的滋味,同情和赞佩迅速交织在一起。

"男人不在家,女人就是男人!"虽然不乏调侃之意,却也道出了性格的倔强。俗话说:有山靠山,没山独担。不是所有女人都有独担的意识和能力。愿意独担又能够独担得起的,便是好样的。我一向认为,大凡自己能够解决的,不求人最好。许多事靠别人不如靠自己。靠自己最稳当、最牢靠、最踏实。

有一年,我同一位媒体朋友到大别山里采访,在山沟里,碰见一个犁田耙地的女子。我在地头与她攀谈,得知她的丈夫出外打工去了,孩子还小,承包的农田,就由她来种。她说,谁都能干。言语里没有一丝埋怨,透溢的是责任感和自强的精神。

我的母亲,就独担过一段时间的家庭责任。那是我小的时候,父亲有一年多时间不在家里,家庭生活非常艰难。我们姊妹三个,年纪尚小,弟妹不知操心,我着急也无济于事。里里外外,全靠母亲一人。一个小脚女人,干罢集体大田的活,还要干家里的活,挖园、种菜、施肥、浇水,整天忙活。挑着水桶到二里外的砖井去打水,挑着六七十斤重的担子到八里远的镇子上去卖菜,都令我心神不安。养鸡下蛋舍不得吃,拿到集镇上去换煤油、换食

四、抒怀

盐，我能做的，多是在默默为她祝福。

我的妻子，曾经独担过家庭负担十几年。那时候，我属于"一头沉"干部，我在城市，她在乡村，相隔数百里，数月不相见。田里的活，家里的事，都得靠她。不仅要操心，而且需亲手作为。耕种收割，挖园种菜，喂猪喂牛，养鸡养鹅，烧锅做饭，洗衣套被，抚养孩子，等等，哪样不压在她肩上。苦吗？苦。累不？累。但她都挺过来了。又当爸又当妈的生活环境是一言难尽的。现在回想起来，头皮还发麻，心里还发怵。

其实，中国历史上，独担大事的女人大有人在。她们自立自强的故事，千载流传，兴盛不衰。花木兰没有兄弟，就女扮男装，替父从军，驰骋战场，功名显赫。天波杨府的女将们，披盔戴甲，为国征战，临阵杀敌，毫无惧色。佘老太君和穆桂英，还亲自挂过帅，指挥若定，最终赢得胜利。

她们，巾帼不让须眉，以独到的智慧、敏锐的洞察力和坚强的毅力，独担大事，独扛大梁，实在不容易，实在是可歌可泣，可钦可佩！

落地生根

第一场雪

辛酉冬，雪来了。在夜晚，悄悄地，略带几分羞涩。

清晨开窗，满眼碎花，从灰白色的天空中洋洋洒洒，密集悠然地落下。

路还没被覆盖，光秃秃的梨树枝上挂白少许。栀子叶积得厚厚的，把枝儿全部压弯。一墩丛竹，叶茂的老者，弓成弧形，梢子几乎触地。当年的新生，没有旁枝繁叶，则挺胸昂首，凌然向天，似有"初生牛犊不怕虎"之意。

从半晌开始，风大起来，雪也越来越猛。阵阵东北风，带着哨子，裹着雪花，飞奔着斜落。地上，房顶，路边的绿化带，全披上一层银装。

到了初夜，街道马路，已是厚厚的一层。家属院里，积雪厚达尺许，一脚下去，一个深深的印记。

大千世界，似乎干净多了，宁静多了。昨天还弥漫着的霾，如今不知道被雪花挤到哪里去了。站在院里，似乎能够听到落雪的声音。

门口积雪更深，已经不便行走。一排盆景，成了个个雪堆。高大的桂花树，被雪压成了低矮蘑菇形状，沉重得似乎透不过气来。

我拿起竖在院墙边的铁锹，转圈拍打着桂花树枝。积雪落下，枝头立马上扬了许多。

我开始铲雪。从院内到院外，铲出一条一米来宽的通道。准备收工时，先清理出的通道又变成了洁白。

第一场雪是幸运的，几乎年年如此。入冬后，人们盼雪梦雪，总希望看到雪的影子。直到第一场雪落下，才如释重负。"下雪了，下雪了！"大家用各种方式告知心中亲近的人。看见初雪，就像看见久别重逢的亲人、友人、情人一样，特别兴奋。拍照、咏诗、撰文，发微博，晒微信朋友圈，发咏雪语音,还有人举杯相庆。

孩子们欢笑着,不顾大人劝阻,跑到户外,任凭雪花落在头上,钻进脖颈。在雪地上追逐嬉戏,打雪仗,堆雪人,玩得衣衫汗透,头上冒着热气。

农村的朋友来了电话,开口便是谈雪。"下了吗?大不大?""好雪好雪,雪是麦的被,头枕馍馍睡"。

可不是,雪是冬天的韵味,无雪的冬天太遗憾,有雪的冬天才圆满。丰年好大雪,瑞雪兆丰年!

麦苗喜欢雪,油菜喜欢雪,几乎能够越冬的植物都喜欢雪。雪带来了滋润,也给害虫带来致命的一击。俗话说,庄稼不收当年穷。冬有大雪,预示着来年丰收的场景。丰产丰收,是农家人的盼头。

邀几个文人,为纪念落雪而小聚。或挥毫泼墨,或敲击键盘,或拨弄琴弦,或放开歌喉,用各自乐意的形式抒发情感世界。有人朗诵起毛泽东的词《沁园春·雪》来。

我特别喜欢这首咏雪抒志的词,不知朗诵过多少遍,每遍都是激情满怀。伟人就是伟大,一下笔,便是高气势,大气派,"北国风光,千里冰封,万里雪飘。望长城内外,唯余莽莽,大河上下,顿失滔滔。山舞银蛇,原驰蜡象,欲与天公试比高。须晴日,看红装素裹,分外妖娆……数风流人物,还看今朝。"我禁不住又来了一遍。

然而,连天大雪,人们的心情似乎转变。喜悦不再,焦虑替代。快晴吧,人们心里这么想着。再下,日子怎么过啊?人们这样说道。

漫天大雪,久而成灾。消息不断传来:因雪大路滑,某某人开汽车相撞,某某人骑电动车摔伤,某某人步行摔成了骨折……火车晚点,汽车追尾,航班延迟,蔬菜涨价……尽管有人铲雪清道,撒盐融雪,但是只能缓解局部的行路难,大量的通行道路仍需等待阳光的温度。

世事大体如此,好多事都宜适度,不宜过头。有道是物极必反。做事要审时度势,把握好度,见好就收,适可而止。火候不够,常常收益不丰;过了火候,往往又适得其反。

落地生根

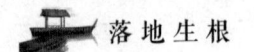

纸的记忆

题记：当代人与它几乎如影随形。生活在城市里的大人、小孩、男人、女人，几乎无一例外。越是经济发达地区，越是关联密切。家里备着，出门带着，车里放着，兜里装着，餐桌上摆着，卫生间里搁着……随意而取，随手而扔，漫不经心。很少有人在乎它的来历，只知享受方便，并未顾虑长远。过量使用，无疑会导致木材过量消耗和增加环境污染。近日，头脑里老是浮出一些与此相关的碎片，时间跨度长达六十年，从乡村到城市，从生活到工作，从习俗到理念，折射出社会发展与消费观念的演变。喜乎？忧乎？喜忧参半乎？

1

儿时，火柴紧缺。接不上时，就用火镰打火。火镰由火石与铁器组成，二者通过快速摩擦而产生火星，迸落在叠成长方形的草纸上，燃着后再引燃柴火。之后，小心翼翼地闷灭草纸，留着燃烧未尽的纸芒，存放妥当，以备再用。配套的还有吹火筒，圆竹制成。这就是我最早认识的纸张。

那时候，草纸也作为一些小商品包装使用。我记事时，爷爷奶奶已经过世，四爷跟我们一起生活。他一辈子未娶，嗜好吸烟。我的父亲烟瘾也大。家里一杆水烟袋，常常你吸几口递给他，他吸几口又递回来。沤制的麻秆点火后经久不灭，红红的火种在他们之间传来传去，青烟从鼻孔里冒出，咕咕噜噜的声音在水舱里响着。

家里贫穷，没现钱买烟，两个烟民，又断不得烟，于是，就隔三岔五赶

四、抒怀

集,或挎几个鸡蛋,或挑一担柴火,换了钱买毛烟,一次半斤或者一斤。毛烟是土制烟丝,棕色,细如发丝。买烟时,也常常顺便捎点食盐、碱面之类。逢年过节,还有红糖,都是用草纸包着。

对于那些粗糙灰黄的草纸包包,我大多不感兴趣,除非糖包。每次有了糖包,总能够捏一点尝尝,虽说过不了瘾,也觉得美滋滋的。当大人把糖装进糖罐之后,包装纸便成了我自由支配的宝贝,用舌头舔着粘在纸上的糖粒,简直是一种享受,心里甜滋滋的,直到纸被舔透,仍意犹未尽。

2

草纸的功能,除了包装,还有祭祀。一年中几个节日,都离不开草纸。腊月二十三,祭灶。据说这天夜里灶王爷要出差,做点好吃的,上酒上肉上香,焚烧纸钱,跪地叩首,给他饯行,以求"上天言好事,下界保平安。"年夜饭之前,上供。不仅供祖先,还要供天供地供神仙,摆上饭菜果品,焚烧纸钱,烧香跪拜,以求全家安福。清明节前夕,扫墓祭祖,焚烧纸钱,洒酒跪拜,叩谢养育之恩。

之所以焚纸,是因为把草纸当成了"冥币"。起自何时,我没考究。直至今天,一些习俗依然没变。

有一种草纸,比普通草纸薄,质地细腻柔软,颜色姜黄,称作"黄表纸"。家乡人把它当作"冥币",专供祭祀使用。

3

上小学时,部分作业本由自己装订。一整张白纸,多次对折,用小刀或者剪子,小心翼翼地裁成32开或者16开,四角对齐,在一端锥出四个小洞,捻两根纸捻,分别穿过相邻的小洞,在本子的背面,打个小结,用硬物碾压几下,轻轻抚平。

用于练习大字的本子,多裁成16开,两整张纸订一本大字本。用米尺和铅笔,轻轻画出米字格或者十字格,一笔一画地对照字帖临写。

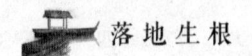

使用过的作业本，舍不得丢弃，反过来再用。用它的背面拟作文稿，演算数学题。运气好的时候，还可以捡到大人扔掉的纸烟盒。那时候见到的纸烟盒都是软包装，小心揭开展平，夹在书里，用于炼字、打草稿和演算数学题。废弃的旧书，字里行间，也被写得密密麻麻。

使用铅笔，不像现在的孩子，成打购买，而是一次一支。削笔时，小心翼翼，生怕削断一小截笔头。偶尔断了一截，后悔不已。用得够短了，仍舍不得丢弃，直到三个指头捏不住时，方换一支新的。

4

那时候的住房是土坯墙茅草顶。双扇木门开在堂屋南墙正中，东、西面是卧房。

卧房的山墙开有串眼，方方正正，半截土坯大小。前墙中间开一扇窗户，安着木格窗子。

串眼虽小，冬日的寒风却能呼呼地钻进来。窗户更不用说。解决的办法，挽个稻草疙瘩，用竹竿挑起，塞进串眼，轻轻捣实。用纸糊住窗户，不留一点缝隙，防止贼般的冷风乱钻。

开始用草纸糊。草纸不大，需用糨糊一张张结起来，才能糊住。草纸厚脆，颜色灰黄，透光性差，不耐用，不实用。我上学后，每年买纸装订作业本时，都要多买两张，当窗户纸使用。

夏天，捅破窗户纸，以便通风。冬夜，每逢刮大风时，窗户纸就"哗啦啦"作响，把我从梦中惊醒。闭着眼睛，侧耳细听，好像有什么力量在敲击窗纸。有时，忽然想到鬼怪故事，马上毛孔发炸，心里发怵，赶紧用被子蒙住头，这样才觉得安全。

5

我20岁之前，都在老家生活。19岁时，当了一年生产队会计。接触的纸类，主要是工分本、流水账、分类账，也买少量的整张白纸，用于每月

四、抒怀

上墙公布队里收支情况和每位劳动力所挣得的工分，以及一年两度的分红情况。

那些年，农民如厕无纸可用，办法是就地取材，野草、庄稼叶、树叶、玉米皮、稻草、麦草等都是使用的对象。

参加工作后，在10余年的时间里，也舍不得购买专用手纸。我20岁在公社，25岁调到县委机关，同年又调到地委机关工作，去厕所时，都是事先准备旧报纸或旧书页，揉皱了使用。

有一次到县里采访，住在县政府招待所。当时住宿条件简陋，一间客房多者摆放四张床，也有摆放三张与两张的，最少的摆一张床，都没有卫生间，也不配手纸。

我住的房间安排两个人，另一位房客带着卷筒卫生纸。当时我的月工资36.5元，要吃要穿要用、要养家糊口，对专用卫生纸，用不起，舍不得。

6

1995年底，去泰国考察。在曼谷活动之后，朋友领着去芭堤雅游览。途经一个小镇，只见路两边商铺林立，摊点一个挨一个。我们把车停在路边，随人流前行。在一个老年女性的摊位前，停住了脚步，每人要了一个冰镇椰子。

女摊主麻利地扒开冰块，从冰堆里取出椰子，一手托着，另一手挥动月牙刀，用刀尖砍了一圈，砍出一个圆形口子，插根吸管，递了过来。随后又递过一张餐纸。

正渴的时候，喝着冰镇新鲜椰子汁，感到特别惬意，清凉甘甜，祛暑解渴。之后，又抠起几块椰子肉。吃过后，用餐纸擦擦手，舍不得扔掉，顺手装进了裤兜，以备再用。

离开小镇，继续前行。朋友拿出携带的山竹。第一次吃这种热带水果，不晓得如何下口。观察朋友行动，再仿照他的吃法。吃了纯白的果肉，手指却染上了果壳的紫红。朋友拿出车上的抽纸盒，娴熟地抽着，分别递给我们。这里我第一次使用抽纸，心里嘀咕：多奢侈啊！

7

如今，人们再不乐意穿尼龙裤了，纯棉衣料成为新的追求。同时，餐巾纸、抽纸的使用也越来越普遍。

"怎么没抽纸了？"孩子嚷着。

"上次不是买了一打回来吗？"

是买了一打，但很快用完了。

现在的孩子们和年轻人，用起抽纸来，不假思索，随性一抽，就是几张，令人心疼。多次提醒要节约，这话没人反对，可就是下次使用依然如是。

叙起我们那代人小时候的艰辛，第二代人会说："耳朵快磨出茧子了。"早先听了激动，后来不为所动。到了第三代人，反应是："现在啥年代了，还说那个？"

是的。"忙时吃干，闲时吃稀"，入冬后一天两顿饭，吃糠咽菜的日子已经成为历史。

除了吃，还有穿。那时代，衣裳"新三年，旧三年，缝缝补补又三年"。连伟人毛泽东、周恩来都穿过补丁衣裳。现在谁还穿补丁衣裳呢！

是的，不能用那时候的做派套现实的生活。如厕时，有几个人还去准备旧报纸、废书页呢？

话说回来，能节约的还是节约着好。节俭是一种美德。穷不奢富不淫，不能停留在口号上。

8

开车在路口等绿灯的时候，多次遇到发小广告、推销商品房的人。接过那彩印相当精美的纸质广告，看都不看，随手撂到座位上，下车时扔进了垃圾桶。我见到的，几乎都这样。

我参加过几次旅游推介和商品交易会，几乎每个展位都有人递送资料，不管你需要不需要，有单张，有册页，还有书本，制作精美，资费不菲。走了一圈，收获了一提袋，好几斤重。回来后，没有几份认真看的，连同废报纸杂志一起，等着卖废品。

现在的人，似乎特别重视纸质材料，动不动就打印出来。

有的单位，打印纸、复印纸成打成箱地购买。文件、材料、论文、报告稿，动不动就复印，一印几十页甚至几百页。

一次性消费用纸花样也多了起来。比如，卷筒纸在一些场合似乎显得土气，而用抽纸、纸巾、湿巾等。

报纸杂志多得满天飞，一天好几版，多的几十版，管他几个人看。街头巷尾，小广告满天飞。还有人专门在十字路口，免费发放彩页，推销房屋或其他商品。

中国幅员广阔，人口众多，这么个使用法，令人担忧啊！

9

竹制卷筒纸、抽纸、一次性湿巾，还有一次性小毛巾。每一条，都蕴含着农民兄弟的汗水和工人的辛劳。虽说卫生，却有些浪费。

现在一次性用品太多了。一次性筷子、一次性小勺、一次性饭盒、一次性塑料袋、一次性包装袋……人们为了方便，任性挥霍浪费着有限的资源。如此还污染了环境，到处都可找到白色污染，即使在大山沟和风景区里，也可看到随手丢弃的白色垃圾。

太浪费了。

10

当下一些酒店、餐馆洗手间的洗手池旁，都备有免费使用的净手抽纸，当从洗手间出来时，抽一张、两张，还是三张？

一些餐馆的包间里，小吃店的餐台上，都备有抽纸，有的收费，有的免费。

过去的报纸，一般四个版面，大报也不过八个版面。现在许多小报，版面一扩再扩，有的多达几十个。不知有人调查过没有，有几个人认真

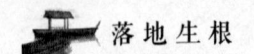

去看？

办公用纸，浪费也大。工作习惯于发文件，不仅反映出作风问题，也在浪费资源。动不动就复印，几十份上百份的文字材料，用的都是好纸啊。

这些纸张，消耗的原料多为木材、竹子等有限资源，而且生产过程中不可避免产生污染，这样浪费，能不令人心痛吗？

11

初到地委宣传部工作，所用的拟稿纸都是横行，每一宽行之下并行一窄行，宽行用实线，窄行用虚线，前者用于拟文，后者用于修改。

这种稿纸用于写领导讲话稿、汇报材料、总结报告都没什么问题，写新闻稿有点不大方便。那时候写新闻稿需要计算字数，新闻单位用的是方格稿纸，每页三百字，或者二百字。

我们自己设计印制了三种格式的方格稿纸：十六开的每页 300 字或 200 字的稿纸；八开的每页 300 字稿纸。横竖线都是用浅绿色。后一种稿纸，多在撰写重要稿件中使用。此种稿纸留空面积大，便于增删修改。

12

现在人们每日都会与纸打交道。如厕的卷筒纸，净手的抽纸，饭桌上的餐巾纸，购买物品的包装纸，书报的新闻纸，封面用的铜版纸，包装箱包装盒的硬板纸……

当我们用力拉断一截卷筒纸，漫不经心地扯出几张抽纸，轻松撕开一打面巾纸，随手扔掉几张废报纸，不看一眼就扔掉的彩色广告纸，划根火柴点燃一摞废旧纸，开机用着复印纸，兴高采烈地燃放烟花爆竹炸烂草纸的时候，想没想过"节约"二字？想没想过纸的使用与木材、竹子消耗与环境污染相关？想没想过中国一年因此而消耗掉多少有限的资源？想没想过给子孙后代多留点福祉？

四、抒怀

13

上初中时，没怎么练毛笔字，家里缺纸，兜里缺钱。

当时我敬佩的语文老师，写一手好字。钢笔字、毛笔字都独具风格，颇受人喜爱。每逢春节，拿着红纸，到他家里求写春联的人很多，一连数日，得不到很好的休息。也有不少人请他写中堂，用的都是一般白纸，未见他使用过宣纸。

我有位朋友是书法大家。他的基础条件与我相似，但是他有志向，有毅力，能坚持。他早先在武汉打工，经济收入除了生活费所剩无几，没钱买纸。常到公园露天影院里捡观众垫屁股用过的旧报纸，还到街头巷尾，撕下墙上张贴的标语口号和广告，用于练字。

俱往矣。前不久，我去看望一位书法家朋友。他的工作室里，隔出一间约十平方米的小屋，四周从地板到天花板，全部装成了大格子，每个格子里放的都是宣纸。多种规格，多种颜色，多种质量，其实就是一间宣纸储存室。

今非昔比，盛世兴文，用纸也以一扫过去的寒酸态势。用于书法和国画的生宣、熟宣、年代久远的老宣，都可以在市场上买到。

琴音

　　轻触琴弦，窃窃私语，对谁言？情愫绕指，弹不尽，是眷念。爱到深处，孤寂难掩。耳畔呢喃，似花落，为谁吟叹？掬一捧山泉，携几屡清风，然无尺笺。

　　一曲秋风词，怎释心中烦？月如水，照无眠。指间舞黄叶，愁绪绕梁间。掮皓月，捧繁星，穿云烟。曲了情未了，暗泪洒心田。叹光阴，吁流年，人生太短暂。蓦回首，昔日意，今茫然。

　　赴酒宴，强举杯，不觉欢。晃灯影，摇荧屏，幻境奇缘。梦非梦，醒非醒，恍惚间。寒夜阑珊，依窗前，思无边。朔风紧，雪花飘，弄七弦。光阴易逝，痴心弥坚。也曾几度徘徊，终难抛，曾经的诺言。

　　莫等闲，风光好，望苍山。人生若只如初见，何来悲愁不团圆？经风雨，见世面，偶气闷，终不怨。比翼连理非奢想，暗香浮动已足愿。狠誓未必真决绝，如藕断，丝还连。

五、风物

五、风物

两只斑鸠

屋后有株桂花树，正对餐厅的窗子。树高超过一层楼，枝繁叶茂。它的北面，紧邻一株香樟树。此树高大挺拔，冠高达二层楼。

去冬以来，两只斑鸠常常来桂花树上。它们或各占一枝，把头埋进翅膀里睡觉。或在枝间飞上飞下，追逐嬉戏。有时头尾同向，共栖于一枝；有时二尾相对，互不理会；有时飞落地上，在草丛里觅食；有时用喙梳理羽毛，或相互梳理；有时一只轻快地飞走，又飞来，似乎在殷勤，表达情意。

偶尔飞来一只同类，气氛立马紧张起来。先是咕咕大叫，似乎在争吵，继而激烈打斗，从这枝打到那枝，从树冠打到地上，直到那只鸟飞走，树上才重归于平静。

下雨了，它们仍旧栖息于树上。树叶无法遮风挡雨，只能任凭风吹雨淋。它们的羽毛沥水性一般，不像鹭鸶、大雁、天鹅等水鸟，不怕雨淋；也不像家鸡，经不起大雨，一淋便成了"落汤鸡"。

不知道它们在哪里做窝，也不知道它们在哪里储藏食物。我知道松鼠之类，在秋天就开始往洞里藏食，以备冬日之需。田鼠也会挖洞藏食。

它们睡觉的时候，闭眼低头，或者把头歪向一边，藏进翅膀。大风刮来，树枝摇晃，安然无恙，不会从树上掉下来。可见其爪子的功夫，抓牢树枝，决不含糊。

斑鸠分为山斑鸠、火斑鸠、珠颈斑鸠等。不同斑鸠，主要栖息地也不尽相同。这两只，好像是珠颈斑鸠。这类斑鸠主要活动于华中、西南、华南及华东各地开阔的低地及村庄，雌雄同色，叫声轻柔，节奏感强，"咕—咕咕—咕咕"，最后一音加重，不厌重复。

落地生根

据说斑鸠味美。"天上飞禽数斑鸠，地上走兽数狗肉。"但我不吃狗肉，无论是红烧狗肉、炖狗肉、腊狗肉，还是东江狗肉、狗肉火锅等，我都不沾。至于斑鸠，曾经想吃，但没吃过。

斑鸠在雪天是难熬的。寒冷的东北风"呜呜"地刮着，摇晃着枝丫。雨雪中，仍得寻食，不然就饿肚子。在冷的季节，它们难免饥肠辘辘。

它们警惕性很高，稍有响动，就立马拉好起飞的架势。我几次试图用手机拍摄它们，尽管轻手轻脚，没等我完全推开玻璃窗，它们就飞走了。

它们是自由的，可以在地上行走，也可以在空中飞翔；可以随时飞起，也可以随时落下；想来就来，想走就去；想动就动，想静就静；说停就停，说睡就睡；欲爱则爱，欲恨则恨。但是，它们活得并不自在。

它们没有忙季闲季，每天都得为填饱肚子而奔波；没有安全感，缺乏安宁的日子。绝不敢在地面上打瞌睡。地上的天敌太多。在空中飞翔，也有提心吊胆的时候，防着鹰鹞掠食。在树上栖息，也不是绝对安全，鼬蛇猫都可能构成威胁。

还得防止同类"鸠占鹊巢"。如果不想白白送掉费劲垒好的小窝，就得拼劲战斗。

鸟择良木而栖。这株桂花树好在哪里？安全。前后都有楼房，高楼一侧挨着高大的香樟树，天上地面的威胁很小。树冠常年碧绿，像巨大的保护伞，掩蔽着树枝间的目标，空中盘旋的老鹰不易发现，即使发现了，也不敢落下来捕捉。地上没什么野猫，也不适宜黄鼠狼生存，受到天敌攻击的可能性极低。

安静。这株树离路较远，树下及周围野草丛生，一年四季，行人不会过来，也没小孩子过来玩耍。栖息在这里，不会受到人的干扰。偶尔有狗狗过来，向着树冠汪汪几声，也只是叫叫而已。

安宁。南北都有楼房。暑天，遮阳；隆冬，挡风。树下草坪，有虫子，有草籽，可供不时之需。

有一天，我们忽然意识到，那两只斑鸠多日没来了。它们去哪里了呢？是迁居到其他地方了？或者遇到了什么不测？

疑问了一下，并未太在意。时间一晃，秋天到了。谚云：上午立秋凉飕飕，下午立秋热死牛。今年，是下午立秋。

可是第二天，就下起了雨。连日来，下下停停，停停下下，没个完。酷热，被雨消解不少。

俗话说，一场秋雨一场凉。这雨下得空调不用开了，电扇不用转了，背心不用穿了，空气湿湿的，凉凉的，爽爽的。

因为雨，也因为新冠疫情，宅在家里，闭门不出。坐于卧室窗前，打开笔记本电脑，码一点文字。

累了，站起身，扭扭腰，伸伸胳膊，转动几下脖子。此时，窗外"扑棱"一声，一只斑鸠从杏树上飞走了。

瞥一眼窗外的杏枝，发现还有一只斑鸠，卧于其间，一动不动。仔细看看，原来有个窝。它在下蛋，还是在孵化后代？

我轻轻坐下，害怕惊动了它。后来看它久卧不动，判断是在孵化。

雨停了，秋老虎来了。无风无云，又闷又热，让人喘不过气来，坐在屋里，不离空调。

而抱窝的鸟依然一动不动，卧在窝里，不知道它怎么受得了那份酷热。

它在窝里，有时候头朝东，有时候头朝西。我想不明白，怎么不飞出去舒展一下翅膀，喝点水，寻点吃的呢？

附近就有池塘和树林，水和虫子都不缺。老是这样子，即便热不坏，又渴又饿，能够挺得住吗？

偶尔有只斑鸠，飞来落在窝边，停会而又飞走。我猜想，那可能是只雄性，时不时地过来，衔些食物或水，来为配偶补充能量。不然，抱窝的斑鸠，是无论如何坚持不下来的。

后来，才知道它们不像鸡鸭鹅，都是雌性抱窝。它们是在轮流抱窝。

斑鸠孵化18天左右，小斑鸠出壳，这比家禽孵化时间短。"鸡，鸡，二十一；鸭，鸭，二十八。"鹅，则需要30天。

小斑鸠经过15至20天的哺育，就能学会飞行。亲鸟会提前一两天离巢，小斑鸠自行飞走后也不会再回来。

酷热的煎熬，大雨的侵袭，对它们是一种考验。如果说青青的树叶，能够带来一片荫凉的话，却怎么也遮不住雨水。

斑鸠不像大雁，不像鹭鸶，不像鸭子，不像鸳鸯和鹅，有利水的羽毛，

落地生根

无论大雨小雨，都不足畏。它的羽毛可能会湿。

但是不管怎样，它都不离开所筑的那个爱巢。整个身子，把窝护得严严实实，不让雨水流入。坚守着，日日夜夜，用体温和心情传宗接代。

这天上午，我又早早地来到卧室窗前，准备打开电脑，继续修改文章。习惯性地瞄了一眼鸟窝，只见两只小鸟卧在窝里，头朝着我的窗户，一改前几天蔫巴巴的样子，一会儿伸伸脖子，一会儿转动黑乎乎的眼珠，显得炯炯有神。我掏出手机，拍了几张照片。

快到正午，我正在全神贯注敲键盘，窗外"扑棱"一声。抬头看去，只见两只小鸟同时离窝，展翅飞起，落到邻近的桂花树上。

我拍手示贺，它们似乎受到了鼓励，或者是受到了惊吓，又"扑棱"一声，朝贤山的方向飞去。

就这样飞走了？怎没见到老鸟过来接引呢？回过神来，再看看窝里，鸟去巢空，只剩下一团碎草。午饭后，到外面转了转，有两对斑鸠，各自结伴，在不远处飞起落下。是那两对老少吗？

下午，我反复看了那窝，真盼望看到那对老的或小的，再回窝里住住。但是，它们再没回来。第二天，第三天，第四天，我仍然坐在窗台敲击键盘，时不时地瞄一眼那个鸟窝，它们仍然一次也没出现。

有人提醒：等到晚上再看看，说不定回窝。"羁鸟恋旧林，池鱼思故渊"！待到华灯初上，瞧瞧那窝，仍然空空如也。

也许，它们做窝，只是为了生儿育女。一旦完成任务，就弃之而去，绝不留恋。等待它们的，是新生活的开始。

不飞的雁

去年中秋节，有位朋友送来两只人工饲养的大雁。

我们决定养着。会飞走吗？大雁可是飞行健将！每年秋去春来，都要迁徙飞行，几千千米，从不懈怠。我小时候特别喜欢观看雁阵。一会儿排成"人"字，一会儿排成"一"字，前呼后应，"嘎嘎"之声，响彻长空，动人心弦。

大雁团队意思很强。雁群由经验丰富的壮雁飞在前面领队。头雁体力消耗大，轮流领飞。幼鸟和体弱的，一直飞在队伍中间。

我们居住的水宅子，沟外是麦地，常落雁群。它们啄食麦苗后卧下歇息，吃饱睡足，才振翅重飞。在物资匮乏的那个年代，农家三月难尝肉味。几个玩伴，曾试图抓只大雁解馋。但试了多次，都没成功。大雁警惕性很高，在觅食和休息时，都有站岗放哨的，稍有动静，便大叫报警，感受到危险，立即起飞。

朋友说，不用担心这两只雁飞走。我解开口袋，掏出大雁，解开腿上的绳索，关进笼子，投食放水。它们惊魂未定，两天了，仍然蔫巴巴的，不吃不喝不叫。第三天，改用长绳拴住腿放进水塘。它们不停地挣扎游动，两条绳子老是缠在一起。我担心勒坏了腿，干脆解开了。

获得自由的瞬间，它们特别兴奋，"扑棱"着翅膀，"嘎嘎"叫着，冲往池塘中央。接下来几天，特别怕人。有人接近，就立马掉头往池塘中央游去。

我们每天往塘边投些菜叶、青草、馍片。它们多次试探，没发现危险，胆子渐渐大了起来。后来，见我们来到塘边，就快速游来，啄食投放的食物。再后来，饿了，就撵着我们要吃的。

落地生根

它们很勇敢，遇见人或动物走近时，就高叫示警；如果不听警示，继续靠近，就立马拉起攻击的架势，冲过去。即使比它们强大，也无所畏惧。

它们又很胆小，警惕性特别高。有一天，在它们经常路过的地方放了一个新塑料桶，它们就绕道而行，不再从原路上经过。又有一天，路边放了几个新花盆，它们竟几天不从旁边经过。大雁需要睡觉。每日上下午，都会选择塘边，面向池塘卧下，把头埋在翅膀里睡眠。熟睡时，仍保持着高度警惕性，周围若有响动，立即"嘎嘎"大叫，同时摆出逃逸架势，准备随时飞进水塘。

它们偶尔也想展示一下祖传的本领，在塘边一片空地上助跑起飞。飞是飞起来了，只是飞得不高不远，高不过一人，远不足五十米。

秋去冬来，母雁开始下蛋。公雁颇有绅士风度，每当母雁卧在窝里时，它就在旁边站岗放哨。一旦人或动物接近，就大叫，甚至伸直脖子，摆出战斗架势。主人送去饲料，公雁看看，忍着不吃，静静地等待，直到母雁下蛋后离窝，才一起啄食。

我们在树下用水杉树叶做了一个厚实松软的窝。母雁把它作为繁殖后代的场所。下蛋前，把窝扒拉成圆形小坑，下蛋后焐一会儿才起来，然后用嘴一点点啄起周围的树叶，盖在蛋上，直到严严实实，方才离去。

春天来了，天气暖了，天空中现了一拨又一拨回归的雁群。它们从东南方向飞来，飞越贤山之巅，飞过我的房顶，"嘎嘎"叫着，向着西北方向飞去。仰观雁阵，俯视家雁，忽生怜悯，盼它们也能够展翅高飞。然而，对于过往的雁群，它们似乎没什么反应。

雁是食草动物，不吃荤，虽常在水中凫游，却不挨小鱼、小虾、田螺之类。只要岸上草叶青青，就饿不着它们。之所以迁徙，主要也是为了生存。北方的冬季冰天雪地，叶落草枯，没青苗可吃。想活下去，就得奋力飞翔，去寻找理想的栖息之地。日复一日，年复一年，长期飞行，进化出适宜持续高飞远行的强大基因。

仅具备这个遗传的潜能还不行，必须有后天的辛苦练习。家养大雁，从小就被网在一个小圈子里，没有助跑场地，没有学飞的经历，没有跟飞的体验。更重要的是不愁食物，不需要迁徙就能舒适生存。长期的优裕生存条件，使飞行基因退化了。

我们把麸皮、玉米糁掺合在一起，每天早晚各喂一次。还喂些老的菜叶、水果皮之类。它们终日饱食，体态肥硕，尽管有很好的助跑场地，偶尔也起跑振翅一番，却飞不高飞不远，飞不出塘边一片平坦的地方。

不练飞行，不想飞行，没能力飞行，这是家养之雁飞不起来，不能高飞远行的原因。喜乎？悲乎？喜悲参半乎？

有一次，母雁下蛋后，卧在窝里不走。后来，即使窝里空空，它照样卧着。撵走了，停会儿又过来卧下。它要抱窝了。据说抱窝时，身上发热，如果卧几天，就麻了膀子，很难撑起来。

传宗接代，是动物的本能，这个遗传密码非常强大。放上几个雁蛋，让它抱吧，了却它们的心愿。至于它们的后代飞与不飞，能不能远走高飞，那就顺其自然了。

黑豹与黑虎

家养一只狼狗，名叫黑豹。当初起此名字，缘于它浑身黑毛，四蹄踏雪，身子细长，尖头竖耳，奔跑起来，如离弦之箭，活像豹子。

黑豹是只母狗，大了，常和邻居一只公狗玩耍。那公狗名叫赛虎，是只土狗，肥头肥脑，两耳耷拉，尾巴上卷，一身灰毛，跑起来一撅一撅的，也有威风。它们跑啊，追啊，咬着亲热啊，玩得十分投机。

养了狗，才知道母狗也有例假。不过，不是一月一次，而是半年左右一次，每次持续十天左右。这就是它的发情期。平时守候在院子里，一般不外出，此时却老想往外面跑。特别想和赛虎亲热。

还在冬季，如果交配，生小狗的时间会在农历正月。天冷不说，又赶上正月十五的节日，多有不便。为此，每当放狗时，就特别小心，不让它们接触。然而，看着看着，它们还是跑到一起了，进行了交配。

邻居说，狗怀胎儿四个月生，但是，日夜算作两天。那就是说，满两个月准生狗仔。果然，一个多月后，黑豹的肚子大得很突出了。

赛虎好像一点都不知情，每次放它们时，仍然顽皮如初。与黑豹咬逗，从黑豹身上越来跳去。而此时的黑豹，却一反常态，或者大叫着咬它，或者跑回主人的院内，一点玩性都没有。我们逐渐观察意识到，它是怕伤了腹中的胎儿。

一天早起，推开大门，黑豹没像往常那样摇尾迎接。往狗笼一看，正卧在那里，几个狗仔唧唧叫着。黑豹下仔了！我们兴奋地来到狗笼旁，只见几只黑油油的狗仔闭着眼睛，正在黑豹肚皮旁拱着叫着。第二天，狗仔全部下完，数了几遍，四对。

我们替黑豹担心，八个狗仔，怎么喂啊。此时的黑豹，早已舔净生狗仔

五、风物

的所有污物，脖子、四蹄、肚子都派上了用场，为小狗保暖。最有意思的是，把尾巴卷成圆圈，圈住一只小狗。

两天了，黑豹不出狗窝。把狗食盆端到狗窝门边，它都不出来。我怕它饿坏了，就把狗食端进窝内，它才"吧唧吧唧"地大口吃起来。以后的几天里，我们又是煮鲫鱼，又是炖牛奶。而它的胃口似乎特别好，总感饥饿的样子。

十天后，狗仔们才一个个睁开了眼睛，在妈妈周围爬来爬去，争相取暖保暖，吸吮奶头。到了一月时间，天天缠着妈妈吃奶。开始喂食时，狗妈妈不让子女吃。我们还以为是不懂亲情，贪食霸道呢。后来才发现，它大概是怕子女吃了食物，影响健壮呢！

后来得到了验证。当小狗们一个个都有了进食的能力，每次喂食，它就站在一旁守着，等子女吃得差不多了，才去吃。其后，七个小狗都被人要走了，我们留了一个，起名黑虎。

黑虎浑身黑毛，蹄如棕熊。这一点极像狗妈。肥头大耳，两耳耷拉，走起来左右摇晃，跑起来一撅一撅，仿如狗爹。每次喂食，狗妈妈黑豹仍让狗仔黑虎先吃。等待黑虎吃得差不多了，自己才开始进食。

现在，狗仔个头快有狗妈妈大了，狗妈妈还天天护着狗仔。狗仔调皮，今天衔鞋，明天咬扫帚，后天啃纸箱，大后天啃其他杂物。遭到主人的鞭打和训斥时，赛虎就躲在妈妈身旁，有时钻进妈妈的肚底下。狗妈妈便冲着主人汪汪大叫，以示不满。有时身姿匍匐于地，两腿做跪拜状，替黑虎求情。

狗子妈妈今年又怀了二胎。看那肚子，不比第一次小。我们都替它担心，怎么度过这个伏天啊。但是，看它，只是慢悠悠的，并不在意。只是对赛虎的玩耍，不再热情，而是怒吼着回击。看来，它又要生产了。

后来邻居的赛虎丢了。几天没有回来，主人忧伤，也无办法。我们就把留养的那只狗仔——黑虎送给邻居，名义是替狗爹值班，站岗放哨。谁知近在咫尺，它就是不愿意过去。拴住脖子，硬拉过去，它就躺在地上，不吃不喝，大有绝食的样子。我第一次过去摸摸它的头，它竟然落了一行眼泪。再去时，急得它尿了一泡尿。夜晚回来，再也忍不住，就把它放了。它激动地在身边跑来跑去，又吃又喝。

这一夜，它老老实实卧在门口，没再出去。

落地生根

蜂之散记

引子

清晨登山，看到林深幽僻之处，松软的腐叶间，长出一簇伞状蘑菇，非常好看，便移步向前。行进间，耳边忽然响起"嗡"的一声。情不自禁，扭颈来看，一只马蜂从身后飞去。没等我回过神来，又是"嗡"的一声。转过脸来，又见从我前面飞过。如此循环，围我飞了数圈。

我放慢脚步，四下张望，顿时，又有几只马蜂加入了绕行的行列。当意识到它们不怀好意时，心中不免一惊。山里的马蜂惹不得，惹着了可不是好玩的。我停住脚步，背依一株麻栎大树，一动不动。少顷，几只马蜂弃我而去。

化险为夷，只是一场虚惊。虽然相安无事了，心里却觉着纳闷，这几只马蜂为什么会对我产生敌意？顺着它们飞去的方向探望，一个意外的发现，解开了这个疑团。

不远的树丛，挂着一个比足球还大的蜂窝，上面蠕动着密密麻麻的黑点，不时有蜂飞往飞出。噢，原来它们的老巢在此。我猜想，它们肯定对我的接近产生了误会，生出危机感，从而对我采取警示行动。

幸好我没有刻意而望，又知趣而止，才得以消除误会。要是走到蜂窝跟前，或者碰到蜂窝，会发生什么情况，就不好预料了。

我庆幸发现得早，避免了一场误会。蘑菇不看了，转身走开。下山的路上，没再碰到类似情况，只有花斑蚊子的振翅声时不时地在耳畔响起，或者从眼前掠过。但是，思绪全被这样的小家伙占据了。过去的，现实的，蜜蜂，野蜂……

五、风物

1

我刚刚记事的时候，宅子上发生了一件与蜂相关的怪事。

那是炎热的正午，一窝黑压压的蜂子飞临这个不大的水宅子，在空中盘旋几圈后，落到我家屋东一棵枣树上。

蜂群惊动了蹲在沟边大树下吃晌饭的男人们，他们眼神随着蜂群走，话题跟着群蜂动。

有的说，蜂群出走，可能是没了王，乱了套；有的说，可能是强蜂入侵，吃了败仗；有的说，可能是没花可采，无蜜可吃，饿急了……

不管是哪种原因，它们算是逃离了原来的环境，正在寻找适宜安居的地方，开始新的生活。也许它们飞得累了，或者渴了，或者饿了，落到这里歇一歇，也许它们看中了这个陌生之地。

众说纷纭，却没有争论。说到如何处置时，有人说，这是老天爷送来的厚礼，不能让它们跑了，赶快想法子收了，好好养着，养成强群，就有蜜吃有钱赚了。

父亲揽起了这个责任，小跑回家，找顶草帽，从糖罐子里抓把红糖，又从水缸里舀出小半瓢凉水，搅和成红糖水，洒在草帽里层。然后用一根秧耙杆顶着草帽，举到枣树下。

可能是蜜蜂们闻到了糖味，"嗡嗡"作响，很快从树枝上飞到草帽下，争相吸吮粘在帽子上的糖水。父亲缓缓移动脚步，来到墙外窗户前，将草帽与一窝蜜蜂全部收进一只笆斗里，再用棉布扎住口子。

接着，找来锤子和铁锹，在泥巴砌成的屋前墙琢出一个比笆斗略大的圆窟窿，再把装着蜜蜂的笆斗底朝里口朝外塞进窟窿里，稀泥填缝。用秫藤锅盖加泥巴封好口，再剜几个可供蜜蜂出入的小孔。

说到这里，需要交代一下笆斗。它是个盛运粮食的容器，由杞柳编成，圆筒状，高约二尺，粗若盆口。一只笆斗，能装五十斤稻谷，或者六十斤小麦，或者七十斤大米。路途近，用肩扛，一次扛一只；路途远，用肩挑，一担挑两个。

一根扁担，两个笆斗，百斤重担，在肩上一步一忽闪，两步两吱扭，节奏均匀地行走在乡间小路上，像一首歌，似一幅画。

那时候，笸斗家家户户都有，用笸斗装粮运粮，司空见惯；用它作巢养蜂，村子里似乎头一回。我之前没见过，以后也没有再遇到。

几个男人一直看着我父亲做完这一切，才端着空饭碗，各自回家去。临走时，还夸他运气好，白收了一窝蜂，羡慕的心情溢于言表。

2

上学时，读杨朔的《荔枝蜜》，胸中一阵涌动。

之前也读过苏轼的诗："日啖荔枝三百颗，不辞长作岭南人。"

没吃过荔枝，没喝过荔枝蜜，心里好想啊！

那年头，我们那一带农民比较穷。孩子们一年吃不了几回糖，连包糖的纸都舔过，哪有蜜吃呢。

通过《荔枝蜜》，对蜜蜂也多了一层敬意。

多么可爱的小生命！为了创造美好，不辞辛劳，终日酿造，奉献精神何其高尚！

杨朔的这篇文章被选入中学课本，颇受时人推崇。我还读过他的《雪浪花》。

后来，年龄长了，看的多了，听的多了，想的自然也多一点。

能采蜜者，并非蜜蜂独家。比如蝴蝶，也是采花高手。昆虫们采花的目的是汲取养分，补充能量，生存下去。

蜜蜂技高一筹，是当之无愧的佼佼者，不仅勤于采集，更工于酿造；同时，注意储存，宽备窄用。不至于在没有蜜源的季节挨饿。

但是，它们的辛勤劳动，主观上并不是为了人类，也谈不上主动奉献，而是出于本能，为了生存，为了保命，为了族群的兴旺和延续。

它们绝不允许外来者抢占自家的地盘，掠食自家的劳动果实。为此，有专门卫队负责守卫，一旦发现侵犯者，群起而攻之。

人更高一筹的是，精于利用。虽不会酿蜜，却会利用酿蜜者的智慧和灵巧。人们为蜜蜂制造巢础，减轻它们造屋的劳动量，为它们越冬储备足够的食物等，都是欲取先予，以便能够分享它们更多的劳动果实。

3

初入工作岗位，属于"一头沉"干部，家在农村，我一人在外，月薪不足40元，生活艰辛程度可想而知。

穷则思变。一次与朋友聊天，说起养蜂，便想实践一下，增加收入，贴补家用。

恰有另一朋友养蜂多年，慷慨相赠蜜蜂两箱，并口头介绍了基本养蜂方法和实践经验。

为了系统掌握基本知识，我又买来一本怎样养蜂的书，挑灯夜读，钻研技术。

那时候，所养蜜蜂主要品种有中国蜂和意大利蜂。中蜂体壮，抗病力强，蜜质好，产量低。意蜂繁殖力强，抗病力差，蜜质次之，产量高。

无论中蜂还是意蜂，都有一个共同点：以箱为群，以群而生，按群衍展。每群有一蜂王、若干雄蜂和大量工蜂。

它们之间分工明确，各司其职，有条不紊，忙而不乱。蜂王负责繁衍后代，雄蜂负责与蜂王交配，工蜂负责劳动。

蜂王主食王浆。王浆是工蜂专门为蜂王打造的特殊食物。食用王浆的蜂王寿命在七年左右。

雄蜂除了交配外，无所事事，不劳而食，养蜂人会想法控制其数量。雄蜂的食物是蜂蜜，寿命一般不超过百天。

工蜂是最勤恳的劳动者，不仅负责采集原料，制作王浆、蜂蜜、花粉，还要营造蜂巢，清理卫生，保卫家园。其分工十分明晰。食物与雄蜂同为蜂蜜，寿命一般45天左右。

一群蜜蜂，如果没了蜂王，就意味着蜂群即将消亡，会引起群蜂惊恐，乱作一团，正所谓"乱成一窝蜂"。如不及时采取措施，还会集群外逃，寻觅新王。

4

数年前，看了影片《杀人蜂》。其颇为恐怖的情节给我留下了深刻的印象。

影片中描写一位少年，因枪击了一个马蜂窝，激怒了马蜂。于是，蜂拥而至，把他的居所围得水泄不通。

一家人千方百计，奋力反击，仍无济于事。眼看祸及全家，无法挽回，主人冒险冲出重围，寻求救援。费尽九牛二虎之力，人蜂之战始方告结束。要不是来人救援，一家几口难逃蜂毒之难。

这种马蜂不仅存在于外邦，我国也有。我就看过多次报道，有山民无意间招惹了马蜂，遭到迅速而至的群蜂攻击，经医院抢救无效而死亡。

我还看过耕牛在野外遭遇群蜂攻击致死的报道。马蜂可不是牛虻，只叮透皮肉吸食血液，它们的攻击是报复性的，刺入尾针，释放蜂毒。

马蜂一般不会主动攻击人类，群起而攻之的现象不是常态。或许感到生命受到威胁，或许误感威胁来临，于是发起自卫行动，甚至发生群起攻击的事件。

动物大都有自卫的本能。俗话说，狗急跳墙，兔子急了也咬人。再如蛇类，多数情况下，见人就逃。自忖逃逸不脱，便摆出战斗架势，咄咄逼人。

5

有一年，我到平顶山市鲁山县看望朋友，顺道看了塑在山顶上的大佛。临别，朋友赠送一小桶野蜂蜜，大约五六斤重。

朋友介绍说，那是山民当天从山里采回的，货真价实的纯野蜂蜜，营养价值比普通蜂蜜高得多。

回家打开桶盖一看，果然是山野产品，蜂蜜还在蜂巢里，未经加工，成块状，"野"性十足。

加工起来并不费劲，倒进锅里文火熬开，除去蜂巢、蜂蜡等杂质，即获得清亮黏稠、香浓色重的纯蜜。尝一小勺，甜得溃心。

五、风物

我猜想那是百花之蜜。因为大宗植物花期早过，原野里不是油菜花、紫云英花、洋槐树花、枣树花盛开的时节，万紫千红，蜂儿不用远行，就有丰硕的收获。而此时此地的深秋山里，蜜源不多，采集那些零星碎花非常费劲。

缘此，即使"挖到篮子里都是菜"，也缓慢艰辛。它们做梦都不会想到，连日的不辞辛劳，点点滴滴积累得盆满钵满，却连老巢也被端了。那种苦痛只有失去巢穴和库存食品的小家伙们最清楚。

哀鸣救不了危机，要生存下去，出路只有一条：从头开始，重新打造家园；集中力量，背水一战；采花，酿蜜，营巢，把蜂房装得满满当当。

6

动物世界，不乏头儿。马有马王，猴有猴王，狮有狮王，蚁有蚁王……蜂不例外，家蜂野蜂，都有蜂王。

蜂王是群蜂的杰作，群蜂又靠蜂王来延续。养蜂人都懂得一个道理：只有培育强群，才能获得高产。

蜜蜂有自然分群的本能。一窝蜂，只能有一个蜂王。当老蜂王体衰，生育能力明显下降时，工蜂们感受到族群延续出现了危机，就会造起一个王台，并且源源不断地往里面注入王浆。

蜂王浆是蜜蜂特殊制作的食品，味道辣酸微甜，口感很差，与蜂蜜不能相比。但是，营养极其丰富。其中的重要物质王浆酸，至今人工无法合成。

蜂王每天都会在领地上巡视，爬遍属于自己那个蜂箱里的每间屋子，有选择地产卵。王台就是一个最大的头等产房，自然会接纳一个蜂卵。

同样的蜂卵，因为吃的食物不同，发育也就出现了本质的差异。吃蜂蜜的卵发育成雄蜂或工蜂，吃王浆的则发育成蜂王。

蜂王出世后，很快要进行交配。交配的环境险象环生。蜂王的交配过程是在天空飞行中完成的。她往往选择清风丽日的天气，飞出蜂箱。一群雄蜂尾随飞出，目的并非保驾护航，而是争取交配权力。

此时的蜂王根本不去理会它们，只顾一个劲地向高空飞翔。随着飞行高

245

度的不断增加，雄蜂队伍便越来越少。最后，百分之九十九的全败下阵来，只剩一只还在尾随。于是，这一只如愿以偿，与新王结体交欢。

交配完毕后的蜂王，立即飞向蜂箱。在回飞的途中，很可能遇到在天空中寻食的鸟儿。好多捕食昆虫的鸟儿，都喜欢那样肥硕的美食。若遇到临近的食鸟，很可能在劫难逃。

所以，养蜂人在这个节骨眼上分外留心，精心观察和掌握蜂王交配的规律，适时守候，以防不测。

7

养蜂人在实践中发现一个奥秘：蜂王发育成长和长寿，都与所吃食物有关。

同样的蜂卵，吃了蜂王浆的，便发育成蜂王。蜂王以蜂王浆为食，寿命高出工蜂几十倍。

精于思考的人从中认定，蜂王浆是个稀有珍贵的好东西。人吃了，健身强体，益寿延年。

今人分析，蜂王浆里所含有益成分很多，能够调节人体内分泌，增强免疫功能。适量服食，还有辅助治病的作用，对代谢系统、循环系统、神经系统的疾病，都有明显的疗效。

东西好价钱自然也贵。一斤蜂王浆，是十多斤蜂蜜的价格。价格像一个魔方，能够转动人的心智。自然王浆，产量少得可怜。养蜂人发明了人工筑台获取王浆的方法。

所谓人工筑台，就是在同一箱体中，人造多个王台。蜜蜂憨厚，不辨真伪，见到王台，就往里面吐出王浆。这样，王浆产量也就多了起来。

未经过加工的蜂王浆，在自然环境下营养成分耗损很快，在高温的天气里，超过半月，营养保健作用也就微乎其微了。放在冰箱冷冻室里，一两年都没问题。过去，养蜂人在野外扎营放蜂，采了王浆，在地上挖坑暂存，以延长保鲜时间。

现在市场上的蜂王浆，虽然货源充足，买着却不大放心。有人昧着良心挣黑心钱，往蜂王浆里掺杂兑假，手段五花八门，足以以假乱真，凭肉眼很难识别出来。

8

世界上没有无缘无故的爱，也没有无缘无故的恨。这句话说得透彻，爱有缘，恨有因，爱恨分明皆关情。

我爱过蜜蜂，现在还在爱着，因为吃过它的劳动成果，现在仍在吃着。我恨过马蜂，现在仍在恨着，因为被它蜇过。

人类所食蜂蜜，主要是通过养蜂而得。所养之蜂，称之为家蜂，其他的呼之为野蜂。

家蜂靠养，一个"养"字，道出了劳动交换的公道。人类获取蜂蜜，不是白拿，而是包含了含辛茹苦。

养蜂的人要帮助蜜蜂起盖房舍，为强群创造条件，提供较好的蜜源，储足淡季所需保命饲料，为蜂群防病治病，帮助消灭进犯的天敌，在无蜜源的季节里，还要精心饲喂。

我曾想，人们养蜂，是利用了这种小精灵的本能，从而获取所需的利益。这是人类精明之处，善于利用。有时又对蜂儿滋生怜悯之心。它们忙忙碌碌，到头来，多是在为他人作嫁衣裳。

然而，对马蜂，另当别论。马蜂主要野居，性野，有时也在人的居所偷占一隅。它们不分青红皂白，只要可吃，就蜂拥而上，拉开抢食的战场。疑心较重，常怀疑受到威胁，抢先动手瞬间即把毒针刺进攻击对象的皮肤里。所以人们大都害怕马蜂，并把"蝎子尾巴马蜂针"一并进行诅咒。

今年夏天，我业余劳动，修剪小区内的绿化带，无意中惹着了马蜂。它们以迅雷不及掩耳之势，先后蜇过我三次。一次在头顶，一次在胳膊，一次在手背。无论哪个位置，第一感觉都是钻心的疼。在意识到痛的时候，它已经飞走。

好在离家很近，我立即跑回，请家人帮助用劲挤出蜂针及毒液，再用肥皂水清洗，最后涂上红花油。经过及时处理，伤口虽然仍有些红肿，但很快就不痛了，不像有的人，被蜇后浑身过敏，服药输液，急诊抢救。

被蜇之后，我反复寻找附近的马蜂窝，终于发现。于是，采取果断措施，将它捣毁。

9

今年入夏以来，我与马蜂拉开了一场持久战。战因是它们不停地掠食我的劳动果实。

我们栽培了七年的果树，今年大见成效，梨、柿、枣、石榴，花繁叶茂，硕果累累，都压弯了枝儿。

丰产并没丰收。从果子八九成熟开始，就有成群的马蜂，聚集啃食。马蜂之多，嗡嗡嘤嘤，不绝于耳。贪食程度，前仆后继，见缝插针，令人防不胜防。

靠近山脚的地方，马蜂较多。院内院外，曾经垒过多个蜂窝，小如篮球，大若木桶，藏在灌木丛中的，悬在大树梢上的，明暗都得提防着。

有一个大蜂窝，就挂在院墙边的大树头上，风摇雨刷，牢不可破。白天，群蜂进进出出，我们每天从树下经过，总难免提心吊胆，害怕受到攻击。

最先遭窃的是梨树。早熟的梨果，寥寥几个，藏在青枝绿叶间，我们还没注意到，就被它们饱餐一半。等到发现时，有的空洞斑斑，有的缺了小半，有的大半无存。

那些贪食的黄蜂，在我接近树下的时候，依然置若罔闻。一气之下，回屋找出电蚊拍，对准正在争食的蜂子，挥拍上去。只听"啪啪"炸响，大头长尾细腰黄肚子的家伙们，随着响声而毙命。

令人苦恼的是，打死一拨，又来一群，不知为什么那么多，也不知来自哪里。果子六七成熟时，摘下来也无法吃。到了八九成熟，又被它们吃掉了。整个白天，它们会陆陆续续不停地进食。我又不能全天候在树下守护。结果，两株梨树上约有一两百个梨果，十分之九被它们糟蹋了。

在击打树上的马蜂时，也没忘记搜索它们的老窝，釜底抽薪。结果，还真有发现，就在窗外雨搭子下面，垒着几个。我决定入夜动手，消灭它们。

家里人怕我被蜇,劝告别惹麻烦。对付这样的阵势,我有经验。

黄昏时,蜂已归巢,我戴上帽子,拿着手电筒和喷雾灭蚊器,搬来梯子。接下来,把喷雾器对准蜂窝,压下喷嘴,一团灰雾立即把蜂窝紧紧包住,十多秒后,窝里的马蜂像雨点般掉落下来。一分钟后,地上密密麻麻一片。这时,用棍子捅窝,空窝掉到地上。用鞋底踩了几下,软乎乎、黏糊糊的,里面藏足了蜂蜜。

在与马蜂的对垒中,我深知那是一种了不得的昆虫。嗅觉灵敏,很远便能够捕捉到成熟果子的味道,聚拢而采食;受到惊吓,便群飞于危机源头,伺机进攻。它们飞行速度快,急转弯和上冲下突十分灵活;采食执着,发现目标,绝不轻易放弃。

10

我用同样的方法,灭掉了另三个蜂群,捣了它们的老窝。此后几天,在梨树间活动的马蜂变得寥寥无几。但是,平和的局面没能持续多久,随着石榴的红润,马蜂又多了起来。哪个石榴大,红得好看,马蜂就先抢占哪个。

在此之前,我不知道马蜂的嘴那么厉害,多厚的石榴皮,竟被它们咬得窟窟窿窿。马蜂们围着窟窿,把嘴伸进去,争相吸吮。随着窟窿的扩大,有的干脆钻进去吃个痛快。

有天早晨,我打罢羽毛球回来,发现那么多马蜂在石榴树间飞来飞去,气愤之下,就用球拍击打它们。被球拍击中的,大多折翅摔落,在地上挣扎着,再也飞不起来。对于趴在石榴上,用劲吸食果汁的,拍子一击,立即毙命。慢飞于枝叶间的,两个球拍一夹,也十拿九稳被活捉。连日来,石榴树下被我用这种方法打死的马蜂少说也有数百只。

一树石榴,被马蜂吃去十分之九。可惜可气又可恼,却无可奈何。马蜂太多了,打着来着,不知它们的老巢在哪里。一天早晨,家人惊恐,说差点踩上一个大蜂窝。多日与马蜂开战,增强了信心与胆量,不听劝阻,执意立即把它们消灭。她们帮我找到马蜂窝,我就一手举着球拍,一手紧攥喷雾灭蚊器,对准目标,连喷分把钟,数百只马蜂气数殆尽。

落 地 生 根

人蜂之战直到树上果子所剩寥寥无几，才趋于平静。没了果子，马蜂队伍也变得稀稀拉拉。总结战果，各有得失：马蜂队伍中约有千只以上遭劫，我的果子十之八九则成了它们的腹中之物。

马蜂在抢食中丢命的，丢得糊里糊涂；侥幸活着的，活得也不明白；如果再碰上那么有诱惑力的食源，还会拼着抢食。而果实的主人心里却明镜一般：贪恋美味，而不论其归属；争相抢食，却不顾及后果，教训深刻！主人护卫果实的行动，虽然成效甚微，却已尽了职责，出了怒气，也算心安理得了吧。

花斑蚊子

夏天来了，小区内早晚都有散步、纳凉的人。令人头疼的问题，是花蚊子的侵袭。裸露在外的部位，需时刻警惕，稍微松懈，就遭叮咬。尤其是推着小车，带着婴儿，扇子不能离手，不停地哄赶。就这样仍难免顾头顾不了脚，稚嫩的皮肤起几个红包。

家人对花蚊子叮咬特别敏感，打扫院子，为花盆浇水，出外散步，与我打羽毛球，都常被困扰。蚊子对她好像特别钟情，她往哪里一站，不出一分钟，蚊子就围过去了。而且跟着叮，撵着咬。有时随人撵到屋子里。

小时候农村里大白天可没有蚊子叮。那时候穷，夏天来了，没有蚊帐，夜里睡觉，任凭蚊子叮。痒醒了，挥几下芭蕉扇，使劲抓挠几下，又睡着了。每夜反复多次，身上抓挠的痕迹斑斑。

被蚊虫反复叮咬，不仅当时痒得难耐，更糟的是疟疾频发。无论一日疟、间日疟、三日疟，都有大热大冷的过程。冷得浑身打战，三伏天盖两床被子还冷透心窝。接着便是高烧，浑身发热，大汗淋漓，一丝不挂也身如火烤。

孩儿的时候不知究竟，成人后方明白这是疟原虫分裂红细胞产生的强烈反应。这种虫子，在蚊子吸血时进入人体，随着血液流动，逍遥于人的血管，破坏红细胞。当地人俗称"打老瘴"。即使身强力壮的人，也经不住几场"老瘴"。稍弱的人，更是脸蜡黄，腿酸软，全身倦怠，头脑昏沉。

到了20世纪六七十年代，有了克疟特效药，政府又全民动员，携手合力，进行防治，才使这种高发病得到有效控制。

再后来，人们生活水平提高了，乡下老百姓也有了蚊帐，被蚊子所困扰

落 地 生 根

的情况大有好转。如今，患这种疾病的人越来越少了。

然而，有一个新的蚊种，迅速从城市扩展到农村。那就是花斑蚊子。

有了这种蚊子，在炎炎夏日，户外纳凉不再时宜。树下不好坐了，林间不好坐了，水边也是一样，到处都有花斑蚊子攻击，而且不论白天黑夜，全天候式，防不胜防。这家伙是否传播疾病，没去研究，但是进攻快，毒性大，一叮一个红疙瘩，痒得钻心，几天消除不了……不知道古时有无这种吸血虫？据我所知道，五十年前，乡下没有，只有夜蚊子。

坊间传言，这种蚊子是"洋蚊子"，随着进口木材等商品带入境内。此说是否属实，无心考证。但这些年"洋生物"入侵，已是屡见不鲜。有几次到南方去，日夜都听到"哞哞"的沉闷叫声，令人心烦。有人说是美国的牛蛙，引进后跑到野外了，一旦失控，再难除尽。

中国的蛙叫多好听啊，春天来临，池塘里"咕哇咕哇"之声此起彼伏，似欢快的唱歌。哪像牛蛙，鬼哭一般。

有哪位高人，能出个妙招，灭掉那些花斑蚊子，还人们白日里户外活动一个轻松。或者像古人那样，可以聚在大树下，躺在林间里，坐在池塘边，纳凉消夏，放心享用大自然给予的惬意。

节日的鱼

过年得有鱼，年年"有余"也。腊月二十八，上街买了六条鲫鱼，个重半斤左右，全是活的，装进塑料袋里乱蹦，回家放到屋外盆池，欢快地窜游。

今年春节，气候有点反常。节前，个把月没有下雨，空气干燥，气温较高。初一到初五，全是晴朗天气，气温最高22度，简直像暮春一样。为了增氧，池中放满水后，再将龙头拧到最小，让水滴有节奏地滴答着。

鱼喜温暖。进食最旺在炎炎盛夏，那时也是鱼儿生长最快的季节。进入深秋，活动趋缓。到了冬天，处于半休眠状态，不再生长，转向消耗体内储存的能量。好多品种的鱼，潜伏于深水，不再四处游荡。

来年春天，开始撒欢。饿一冬了，急着寻觅食物，补充体能。春节的气温如春，对池塘里的鱼是好事，对盆池中的鱼是坏事，水量少，氧气稀薄，鱼儿处于缺氧状态，越欢跃，越会危及生命。

正午时候温度最高，六个黑乎乎的头都集中在滴水的地方，朝着一个方向，仰着嘴，争着呼吸水滴带来的氧气。只在有人靠近时，才四处逃窜。很显然，缺氧的环境令它们几乎窒息。

清晨起来，到池边一看，只剩了五条。那一条哪里去了呢？四下瞅瞅，发现正在地上拍打尾巴，灰尘糊满了鱼鳞，干干巴巴，嘴还在慢张慢合着，显得少气无力。

我弯腰抓起，放回池里。还好，它迟钝一下，开始摇头摆尾，身子飘上沉下。一会儿，似乎恢复了体力，矫正了姿势，挤到同伴里去了。冒险受挫获得重生的兴奋与恐惧，对同伴们似乎没什么触动。

第二个早晨，发现又少了一条。池边四下瞅瞅，没见踪影。于是，拿起扫帚，打扫院子。扫到大门旁，发现一条鲫鱼尾巴，地上还有血迹。看看门旁站着的黑豹，忽然明白了：跳出盆池的鱼，先在地上蹦跶，后来成了狗的美食。

隆冬的面目终出现了。夜间，迎着昏黄的路灯，只见满目雪花，飞扬飘洒，悄无声息地落到树上，地上，房顶上。开始时，落了即化。渐渐地，路变白了，房顶变白了，树丫上也有斑斓的雪白。

清早一看，盆池除了滴水的那片没被冻住，一圈结冰，冰上顶着积雪。鱼儿尾巴隐在雪底，头朝着滴水之处，静静地待着，仿佛吞了镇静剂。头两天可不是这样，个个不停地游着，有的还显示出烦躁的样子，几乎试图跳离这个狭小的世界。

俗话说，下雪不冷化雪冷。化雪的那天夜里，盆池上面全结了冰，水管也冻住了，不再滴水。水温变凉反而使鱼儿静下来了。清早起来，只见它们全伏在池底，一动不动。也许是它们自我保护的本能，在缺氧的环境里，只能选择以静求生的策略，也许体力屡弱，已无法欢快地游动。

天晴了，温度回升，池面上的冰一个上午就化完了。池水还是那么满，那么清，然而，有两条鲫鱼不再像以前那样游来游去，白色肚子缓缓上翻，停会儿又使劲地摆动几下尾巴，调整体位，小嘴吃力地张合着，人走近了，也不再惊恐，眼睛呆滞，动也懒动。看来，它们正在进行着最后的挣扎。

这天下午，池子里还剩下三条。看来，剩下的是生命力最强的。最强的鱼持续到正月十五，看得出体力明显不支，不过，还在时不时地游动。如果将它们放生，在池塘里或者江河活下去看来不成什么问题。然而，没人放生，它们没能看到元宵节夜晚月亮的银辉，早在夕阳西下鞭炮炸响之前，就从池子里消失了。

大别山幽兰

兰花品种很多，有剑兰、惠兰、吊兰、蝴蝶兰、君子兰，等等。我最爱大别山幽兰。

大别山幽兰，生长在大别山里，薪火相传，生生不息，静静地延续着一个山野庞大的族群。

路，通到了大山里；人，流向了城市里。城里人好花，山里人需财。有需求就有供给，每年，都有大批兰草被挖根断苗，出山进城，转换着户籍。

幽兰离开了幽居，寄寓于庭堂，便消退了那份茂盛的生机。尽管养者对她恩爱有加，施肥、浇水、遮阳、松土、喷药治虫，她似乎并不怎么领情，仍难打起在山里头那种精神。

瘦弱，疲惫，多病，抵抗力下降，无精打采。弄不好就罢花，让主人空等一年。

大别山幽兰的特色在幽。她远离尘嚣，幽居山野，与日月星辰相望，和松林灌丛为邻，风餐露宿，捧霜覆雪，不显山不露水，默默无闻，与世无争，尽享一方清静，坚守千载贞洁。在我的心里，她不是一般的野花乱草，而是草圣花仙。

她天生喜欢山野。苍松下，溪流旁，石隙间，悬崖上，都有她的靓影。

移入庭院，她变得矫情。干不得，湿不得，夏天晒不得，冬天冻不得。稍不如意，便萎靡不振。

长在大山里，却是耐得住摔打。二手阳光，并不在乎；旱了，能够抵挡；涝了，能够忍耐；风吹雨打，冰冻雪压，无所畏惧。历经磨难，兴盛不衰。

与野草为邻，却不与之为伍，草枯她不枯，草荣她淡然，四季如常，青葱本色，很像松树的性格。

她的叶子翠绿窄长，对称而生，向上划出一道优美的弧线，像舞女伸展出的玉臂，像微风吹飘的绸带，柔和飘逸，姿态十分优美。

她的花多姿多彩，其中的荷瓣、梅瓣非常珍贵。即使不看，想想荷花的丰润、梅花的绰约，心里也就醉了几分。

她的香气，更是非同寻常。闻过的，终生难忘，永远留恋。我喜欢稻花香，油菜花香；喜欢洋槐花香，白兰花香；喜欢茉莉花香，米兰花香；喜欢桂花香，栀子花香；香气是花的灵魂，不看花，只闻一下香气，就如同见到这些花的影子，绝不会认错。但最令我销魂的，还是幽兰。

幽兰的花魂，贵在"幽"字。我找不到合适的词语来描述那种典雅。说她清幽淡远、清新怡人、清雅沁心，等等，都没错，又都有些牵强附会，有失贴切。那香气真的是无法口中言传，只有用心品鉴，才能体验出本真。

但是，并不是说大山里每株幽兰都是一个德行。她们之中，身姿、花形、香气均有所不同。仅就香魂而言，就有浓、淡、雅、俗的差异。还有姿态虽美而花却无香的，山里人称之为"臭兰"。

这不足为怪。人类同居于地球，不仅有黄白黑等肤色分别，而且有聪明愚蠢、勤劳懒惰的不同，更有善恶忠奸的人性之别，何况草乎？

五、风物

杨柳风

谚曰：七九八九，沿河看柳。眼下正是看柳时节，浉河两岸的垂柳，新芽满枝，被和风吹拂，扭动细腰，跳起了婀娜多姿的摇摆舞。

天气真好。我沿着亲水平台漫步。瓦蓝蓝的天空，有几只雄鹰盘旋。一个动态花式圆圈，在空中移动。动着动着，动到贤山那边去了。

阳光金灿灿的，照耀着苍翠的山峰，起伏的轮廓，隐现出一条逶迤的金边。风从山坡吹来，一阵阵挑逗着柳枝，目所能及的垂柳，先后都动了起来。

附近树上，传来了"布谷布谷"的鸟叫。远处，跟起"布谷布谷"的和声。是传递春风的信息，还是春心萌动的呼唤？河面有水鸟追逐嬉戏，不时带起一道道银波。几只白鹭被垂钓者抛竿动作惊飞，贴着水面，落到彩虹桥那边去了。

风不断变换着方向，忽而后，忽而侧，呼而迎面。我少得可怜的头发，不时被缭乱，在眼前晃动，不得不以五指或十指为梳，沿前额往脑后划拉几下。轻松娴熟的动作，是近年来形成的习惯反应。

早些年，可不是这样。我也曾满头乌发，每去理发店，都叮嘱理发师多打掉一些。平时洗头后，总是拿起吹风机，对镜自塑发型。一个大分式，沿袭几十年。发蜡、摩丝、啫喱水，先后都用过。只有这样，才能拢住那窝粗壮随性的墨丝，不至于被野风戏弄。自从乌发渐白，密发日稀，便逐渐丢失了打理兴趣。近几年，几近秃顶，没啥打理内容，干脆任其自然了。

风从河面刮来，带着水气，绵绵的，柔柔的，甜甜的，有丝丝凉意，但不觉冷。从岸上刮来时，有股浓浓的梅花香。那是红梅的味道，不是蜡梅。我家栽有红梅和蜡梅，每年蜡梅黄颜未尽，红梅已经艳红。闻多了二梅的香

257

气，便能够清晰分辨出二者的区别。

年复一年，梅香没变，变的是河中的水汽。曾经的浉河，在枯水时节，水气带腥味，有时还有臭味，在河边散步，闻着刺鼻，很不舒服。

那年代，河上有几座又窄又旧的小桥，只能通行行人与自行车、架子车、三轮车。郊区菜农从城里挑着粪桶，或者拉着粪车，满载而归，必经此桥。我见过多次，与之迎面相遇的行人，侧身掩鼻，一呼而过。菜农一家一户粪池的气味，也常常被风吹到河边，足以压倒春天的任何花香，抢占了河岸散步者的嗅觉。

而今，昔日的菜地没了，用以发酵沤肥的粪池没了，取而代之的，是高楼大厦，宽阔的街道，平坦的马路，一条条绿化带，一个个街头小游园。河床清淤，雨污分流，多数腥臭排污沟被切断源头。河岸护坡，河上架桥，岸边修路，路旁栽树种花，沿河带状公园基本形成，为穿城而过、蜿蜒东去的浉河系上了色彩斑斓的腰带。

河边游人很多，我独自安静地走着。此时，想起南宋诗僧志南的一首诗："古木阴中系短篷，杖藜扶我过桥东。沾衣欲湿杏花雨，吹面不寒杨柳风。"把小船系在古树荫下，挂着藜木手杖，从桥西走到桥东。丝丝杨柳风，点点杏花雨，沾了衣裳，吹到脸上，没感到丝毫的寒意。如画的僧诗流传了千年，在我的心中也多次泛起。而如今，却感觉那画面不免有几分孤独凄凉。眼下，我所看到的，是大众畅游，浉河岸畔一派热热闹闹、生机勃勃的场景。

春风拂面，寒意全无，心里暖洋洋的，又使人想起"黄河远上白云间，一片孤城万仞山。羌笛何须怨杨柳，春风不度玉门关"的诗句。不寒的春风，在江淮之间，大别山北麓吹得正欢。而坚守在青藏高原边防线上的将士，此时仍然生活与坚守在冰天雪地之中。呼呼的风，裹着零下20多度的气温，刮在脸上，是否如刀割一般？

不知不觉，走到了浉河公园。这是信阳市第一个公园，建于30多年前。前身是乱石嶙峋、垃圾成堆的乱河滩。岸边合抱粗的垂柳，是20年前栽的。当时提出了治理浉河，建设沿河带状公园的概念。15年前，开始大规模改造沿河道路，路旁绿化美化，沿河建成了新八景。近几年，修建亲水平台，河边栽了绿植。去年，几座新桥建成，方便了两岸通行。如今，城中有河，河中有水，河岸有路，路旁有树，树边有花。开车环行南北两岸几十公里，景景相望，美不胜收。

前人栽树，后人乘凉。吃水不能忘了挖井人。治理浉河，提升城市形象，丰富市民生活，一张蓝图，一个方向，有继承，有创新，有发展。一届接着一届干，越干越会干，越干越有品位。

一阵和风，从对岸送来一阵歌声。侧耳细听，是《走进新时代》。歌声在天伦广场方向。那里每天都有人们聚集在林旁，奏乐放歌。他们自愿组合，自带乐器，自携音响设备，自娱自乐。孩子们，则在大人的带领下，蹦蹦跳跳，尽情地玩耍。还有打陀螺的，放飞风筝的，拉家常的。杨柳风吹着一个个人的面，暖着一颗颗愉悦的心。

曾几何时，人们还在为新冠病毒疫情而揪心，为扶贫攻坚取得全面胜利而担忧。如今，那些愁绪好像被杨柳风吹得烟消云散。

杨柳风不像熏风，裹着火暴与燥热；不像秋风，夹着凄凉与悲情；不像朔风，带着哨子与冰冷。她是带着温暖含着多情的风，是报春的风，生机的风，擂响战鼓的风，青春萌动的风，唤醒沉睡的风，万象更新的风。一个充满蓬勃生机的世界，由她的到来而开始。沉睡的树，枯萎的草，冬眠的动物，一动惊醒，抽新芽，长新叶，红梅开了，樱花开了，杏花开了，菜花开了，野花开了，布谷鸟叫了，鲤鱼跳了，蛙声起了，蝌蚪游了。等闲识得东风面，万紫千红总是春。失意的，琢磨东山再起；得意的，筹谋马蹄更疾。人们把期盼的目光紧盯在新一年起点上，不输开门红！

春风杨柳万千条，六亿神州尽舜尧。晴空万里，有阳光的喜悦；细雨绵绵，有庄稼的期盼。无论雨晴，在杨柳风中，温暖才是主题。有了温暖，便有了乐在眉梢，喜在笑颜，甜在心头，美在人间。

将军菜

在中国名菜谱中，似乎找不到它的芳名，然而，在大别山老区新县，却几十年长盛不衰。大凡来这里的客人，都会吃吃这道菜。我每次去，即使吃一顿饭，也少不了它。如果住上几天，那就要吃上好几次。今年冬天，又一次来到那里，总共吃了三顿饭，其中两顿都有它。

它是一种普通山野菜，学名杜鹃梅，长在大别山里，没人培植，没人管理，任其自然生长。在悬崖峭壁上，在山泉溪流旁，在蜿蜒小路边，在山林茶园间，都可见到它的影子。它为落叶灌木、蔷薇科，三四月间开花，花瓣洁白，形同茉莉花，较之稍小。盛开后，仿佛一串串白色珍珠，山民称之为珍珠花。在花蕾似开未开时，带点嫩叶，采摘下来，可鲜食，也可制成干菜存放。清炒、凉拌、打汤、混炒都行。若是青亮鲜嫩上桌，那定是赶上了鲜菜上市季节；若是老绿偏暗，则是过了采摘季节，水发后的干菜。清炒味纯，凉拌爽口，加了肉末炒制，混香怡人，慢慢咀嚼，尤其出味。

菜虽普通，名却非凡："将军菜"！新县号称"将军县"。在这块红色的土地上，发生过艰苦卓绝、可歌可泣、可敬可佩的革命斗争。一大批将军在这里工作和战斗过。现在，展示在县鄂豫皖苏区首府革命博物馆里的就有349位。他们是大别山区人民的脊梁。尤其是那些开国将领，是战场上走出来的佼佼者。革命不怕死，怕死不革命。出生入死成长起来的将军们，不愧是响当当的勇士，是大别山精神的践行者。

他们在那个年代，无私无畏，浴血奋战在大别山里，经常憩密林，睡山洞，饮流泉，吃野菜。珍珠花，就是常吃的救命菜。走进新时代，远居他乡的老将军旧事难忘，初心未改，仍喜欢吃家乡的山野菜。家乡人去看望他们，点名让带点过去。回到家乡，又点名要吃这道菜。老百姓因此称之为"将军菜"。

将军们那么喜欢家乡的野菜，难道只是留恋往日味觉和对故土的怀念？不！更多的是对革命斗争历史的满怀激情，对历史节点的深刻记忆。

新时期的将军，在那个时候多数还是普通一员。他们亲眼见到与之并肩战斗过的同志，牺牲在了敌人的白色恐怖之中。现在新县烈士陵园英名墙上，镌刻着鄂豫皖三省26县上万名革命先烈的英名，就是一个铁证。多么震撼的数字！他们为了革命，为了人民群众翻身过上幸福生活，把自己的生死置之度外，前仆后继，坚持革命斗争，却没能看到革命胜利这一天，没有享受到革命胜利的成果。他们的功勋不朽，浩气长存，永远活在人民心中。人民永远不会忘记他们。

今天的幸福生活，与烈士们抛头颅洒热血的斗争密不可分。坚守革命信念，勇往直前，坚持斗争，体现了大别山精神。吃水不忘挖井人，我们的子孙后代，应该永远记住他们。我们应该不忘昨天，珍惜今天，奋斗明天。

大别山区的革命队伍，起步早，发展快，由小到大，由弱到强，坚持革命斗争，从未停止。从星星之火，到风起云涌，斗争，胜利，失败；再斗争，再胜利，又失败；再斗争，起伏跌宕，惊心动魄，直至最后胜利。无论形势多么复杂，时局多么艰难，斗争多么险阻，红旗飘飘，28年一直不倒。这种大别山精神是宝贵的精神财富。在斗争中，一批批优秀的共产主义战士牺牲了，一批批栋梁之材成长起来了。

近些年，每天都有很多人来到新县，接受红色传统教育，感受大别山精神。接受教育之余，也顺带品尝一下将军菜。每当有人问及此菜的来历时，主人都会如数家珍，娓娓道来。

情感系之，作歌一首，名曰《将军菜》：
将军菜，红军菜，当年鏖战大别山，风餐露宿吃野菜。
将军菜，百姓菜，珍珠花开山野里，灵气滋润好丰采。
将军菜，营养菜，冬去春来花烂漫，唱着山歌把它摘。
将军菜，人人爱，进山采得好光景，留住美妙春常在。
高高山上云雾连，连来连去几千年，山泉常流缘云雾，将军菜香山泉甜。

茶之香

开门七件事，柴米油盐酱醋茶。人生脚步匆匆，不可一日无茶。茶有色香味形，色、形皆属视觉，一忽而过。香味却能沁肺润心，回念无穷。喝茶品香，觅趣自乐，不失为一大快事。

我国产茶历史悠久，品类较多。有绿茶、红茶、黄茶、黑茶、白茶、乌龙茶、普洱茶等。制法有炒青、烘青、晒青、蒸青、半发酵、全发酵等。

凡茶皆有香味。不同的茶，香型不同，浓淡有别。我长期生活在豫南大别山茶区，对著名绿茶"信阳毛尖"情有独钟，一喝上瘾，几十年未停。

喝茶不仅是生理需要，也是精神享受。一撮茶叶，投杯冲水，茶芽随水流上下翻腾，尔后徐徐沉落杯底，缓缓舒张开来，茶香便跟着那氤氲水汽，升腾起来，溢出杯外。水未沾唇，香已入鼻。捧杯细闻，百闻不厌，常闻常乐。

茶香独特，不同于自然界其他香气。我找不出恰当的词语来形象地描述其特点，也找不出恰当香型进行类比。

自然界的香气太丰富了，花草树木、水果五谷皆有香。无论何香，闻过方知底里。没有感同身受，仅看语言描述，总觉苍白。

比如花香。幽兰、白兰、米兰、栀子、茉莉、洋槐、玫瑰、月季。

比如叶香。鱼腥草、大茴、小茴、荆芥、芫荽、香椿、稻秧。

比如木香。香椿、香樟、侧柏、马尾松、沉香、毛竹、檀树。

这些植物的香气，没一样与茶香雷同。有人说某茶豆香，某茶果香，某茶栗香，某茶花香等，我从没体验明白。也许开泡的瞬间有那么点影子，反复细品，主要还是茶叶本体香味。

茶香凝重内敛，不事张扬。不像幽兰、白兰、栀子、茉莉，几朵在瓶，满屋芬芳。

茶香纯净柔绵，不杂不乱。不像香椿、荆芥、薄荷、大茴、小茴的叶子，香气冲鼻，任性燥烈。

茶香浴火嬗变，始得大成。由最初的草香，在摊凉、杀青、揉捻、甩条、烘焙等制作过程中，发生渐变，去杂存真，固化为本体的香味。

茶香清纯柔甜，挥发较快，怡人却易失。茶叶吸味性强，不小心会被鸠占鹊巢，丢失本真。

制茶作坊必须干净，无异味。每道工序，须认真制作，掌控窍门。功夫不到，茶香就打折扣。比如：烘焙时，如果茶的碎叶掉进火盆，冒出几缕青烟，制成的茶叶就有烟煳味。再如：有人为了多赚票子，少道复烘工序，茶叶水分含量超标，香气没提起来，喝着就觉寡淡。在者，也不利于存放。

留住茶叶的香味，保管是一个重要环节。优质信阳毛尖茶光圆细直，白毫纷披，香高回甘。过去土法保管，程序繁杂，持久性欠佳。现在有了冰箱冰柜，方便多了，小盒包装，密封冷藏，随喝随取，三两年都不会变质。

有人利用茶叶吸味的特性，进行熏花加工，制成花茶。我不排斥花茶。尤其是低档茶叶，熏花后能改善香味，提升卖点。萝卜白菜，各有所爱，没什么不好。我也曾喝过花茶，有茉莉花茶、桂花茶等。那是开始喝茶的时候，辨不清优次，品不出好歹，也不善保管，喝的多是黄汤，几乎闻不出本体茶香，味道也模糊不清，犹如雾里看花。

有一年，一个在部队服役的同学从福建回乡探亲，送我一个用旧炮弹壳装的茉莉花茶，我倍感新奇，平常舍不得喝，好友来了才拿出来招待。

随着喝茶阅历渐长，感觉花茶虽然花香较浓，却没了茶叶本真香味，丢失了个性与灵魂。相比之下，还是原汁原味为妙。每泡一壶，喝上一杯，都觉得是一次精神享受。

喝茶品香贵在用心、用情、静心、专注，方能品出特色，品出差别，品出美妙，品出情趣，品出美好的真谛。

每一泡，每一杯，都莫忽略，莫马虎，莫放弃。怀着对美好的敬畏、珍惜去体验和感受，就会心生感谢、感激、感恩的善念。种茶人、采茶人、制茶人、荐茶人、茶话、茶商、茶市、茶馆、茶艺、茶叶节、茶文化，会时而跑出来凑凑热闹。有一天你会发现，茶香与中华民族源远流长博大精深的传统文化融合的正是一体。

文化的感染力不容低估。无论用泡功夫茶还是泡大杯茶的方法，来泡信阳毛尖茶，一种文化符号都会呼之而出。从注入沸水那一刻，经意或不经意间，一股茶香扑鼻而来，润进心田，甜美油然而生。

日复一日，喝着喝着，喝出了茶香的道道。茶树不同，香气浓淡不一样。信阳本土小种茶，产量低，香味高。而移植来的有些品种，香味就差些。

同样的茶种，栽在高山浅山与平原也有所不同。山高水长，云雾缭绕，茶香浓；浅山次之，平畈又次。

同在一山，栽培方式有别，香味有优有劣。施用化肥、喷洒农药与施用农家肥、有机肥、生物治虫，制成的茶叶也有浓郁与寡淡之别。

同样方法栽培出来的茶叶，炒制工艺是否得体，功夫是否到家，也有明显的差别。各道工序，恰到好处十分重要。

茶香根源于茶树，得益于高山云雾，吸收了天地之灵气，提升于茶农精湛工艺加工。喝茶品香，最宜秉持爱茶之心，用情体验，一丝不苟。从初时的浓郁，如一石激水，泛起浪花，荡起涟漪，到汤色渐淡，香味渐远，最后藕断丝连，回味在喉，都莫放过。

喝茶品香，是生活中一种追求和体验，也是心灵的一种净化和洗练。心猿意马，嗅觉会偷懒；三心二意，味觉易疲倦。只有静下心来，修身养性，磨炼精神，提升美好感念，用慧眼辨识美好，用诚心珍惜美好，美好才会回馈以温暖的拥抱，生活也因此乐趣多多，人生自然就少了一些遗憾。

五、风物

老宅沟的绿植

我小的时候，住的是个不大的水宅子。宅子上总共四五户人家，全是土坯墙，茅草房，坐北朝南。一条水沟把宅子围了一圈，有一条路坝通到宅外。

宅沟里的绿植，给孩子们带来了许多期盼与快乐，铭记于心，至今历历在目。

1. 鸡头子

1961年，我11岁。夏天，步行三十公里到县城。在大街上，见一位老者挎着竹筐，叫卖鸡头籽。

有人打招呼，就在街边停下来。一毛钱一茶盅。我很惊奇：怎么贵呀！鸡蛋才三分钱一个。

就在他收钱找钱时，两个小孩偷了一把。老头发现，顺手一掌，同时骂了句"鬼孩子"。

孩子拔腿就跑。老头挎起竹筐，继续叫卖，边走边喊："鸡——头——子！"两个孩子远远地尾随着，一起接话："吃了死！"

老头转身撵他们，他们就跑。老头停，他们也停。老头往前走，他们又跟了上来。气得老头干瞪眼。

鸡头子能卖钱，我是第一次见。在我们那里，吃鸡头子不花钱，花点工夫就行。宅沟里、野塘里都有，随采随吃，没人过问。

那都是野生的，没人种它，没人管它，任其自生自灭。它成熟时，正值农忙，大人忙于农活，没空采摘。孩子们既有兴趣又有时间。它一露头，我

265

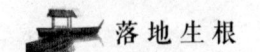

们就盯着。有个八九成熟，就拿上镰刀，开始下手。

鸡头子学名叫芡实。叶大而圆，密布尖刺。茎软，不能如荷茎将叶子高高举起，只是漂浮于水面。宋朝人姜特立诗曰："芡实遍芳塘，明珠截锦囊。风流熏麝气，包裹借荷香。"

果包状如鸡头，尖刺更长，犹如鸡头上生满了鸡毛。顶端如喙，开花。每个包里有几十颗圆子儿，大于豌豆，外面裹着一层半透明的膜。膜坚韧而有弹性。果壳坚硬，果肉乳白。

果包或隐藏于肥厚的叶子底下，把叶子顶得鼓鼓的。或从叶子间隙中钻出来，露出水面。嫩时绿里泛红，成熟后色泽转暗。

成熟的时候，天气正热，小伙伴们脱光衣服，手持镰刀，下水去割。天气转凉的时候，把镰刀绑在长竹竿一头，站在岸上割取。

割回果包，用擀杖一个个挤压出籽儿，搓掉包膜，淘洗干净，上锅煮熟，趁热吃。也可以晒干，留到冬天慢慢吃。

无论站在岸上，还是下到水里，收割时都得小心翼翼。一不留神，就会被扎。我的手、脚，都被扎过。伤不大，疼不轻。其刺的颜色与肉色相近，用缝衣针挑出，并不容易。

有资料说，鸡头子具有益肾固精、补脾止泻、除湿止带的功效。

2. 茭瓜

我家屋后那片宅沟，曾经是茭瓜的地盘。茭瓜是父亲栽的。栽上的当年，就吃到了果实。两年后，发展成一大片，同庄邻居都尝了新鲜。

茭瓜的生命力很强。栽植后，基本不需管理。春天，新叶钻出水面，青翠欲滴；夏天，植株长到一人多高，茭瓜就在中心冒了出来；到了半尺来长，就可掰下来做菜。秋后，叶子枯萎，其根存活在淤泥里，仿佛睡着了，只等来年春天苏醒过来。

春夏之交，新叶出水时，鱼儿特别喜欢在其间停留。那是垂钓的时候。有人把钓位选在茭瓜秧外尺许远的地方，打下诱窝，钓大板鲫鱼。

夏天，闷热的时候，老鳖也喜欢在附近卧泥。我多次见到捉鳖人拿着鱼叉，在那里叉来叉去，把茭瓜秧周围叉了个遍。而且常有收获。

入冬后，还来过摸鱼的人，穿着橡胶衣，直接在枯萎了的茭瓜秧里摸来摸去。收获的多是鲫鱼。

茭瓜又叫茭白，也称作水黄瓜，学名"菰"，禾本科菰属，是一种多年水生高秆禾草类植物，与水稻一样能结穗，并有细长黑褐色籽实"菰米"，也叫"雕胡米"。

早在3000多年前的西周时期，国人就采菰米为食，还把它列为王室食用的"六谷"：稻、黍、稷、粱、麦、菰。

汉代以后，人们开始种菰。辞赋家枚乘，把菰米饭列为九种"至味"之一。到了唐代，仍把它作为重要粮食。李白有"跪进雕胡饭，月光明素盘"的诗句。杜甫也有"滑忆雕胡饭，香闻锦带羹"的诗句。宋朝许景迂诗曰："翠叶森森剑有棱，柔条松甚比轻冰。江湖若借秋风便，好与莼鲈伴季鹰。"

菰米易从植株上掉落，成熟期也不一致，既不易收获又不易育种，亩产量很低。所以宋代之后，逐渐淡出人们的视野，甚至被归入饥荒时期的救荒植物。北宋苏颂的《本草图经》称，"至秋结实，乃雕胡米也。古人以为美馔，今饥岁，人犹采以当粮"。

现在人们吃的那白嫩、脆滑的茭瓜，其实是菰的一种病态产物。菰的茎根被黑穗菌感染后，不能再开花结实，而长成瓜状，被人们当作蔬菜食用。

茭瓜的根茎浓密交错，人们由此称之为"茭"。不同地区称呼有别，如：茭白、茭笋等。

3. 香蒲

20世纪80年代初，我刚过三十岁。古人说三十而立，我已在地委工作了八年，职务：干事。

八年一晃而过，妻子儿女都在老家农村。家里分了田地，虽有亲友帮忙耕种，但主要还是靠妻子。

地要人种，孩子到了上学的年纪，而我却在几百里外，心有余而力不足。也许是工作和家庭生活的压力，导致严重失眠。

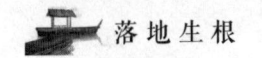

有一次回老家,去看姑姑。饭后在那里午休一会儿,竟然酣然入睡。

醒后精神清爽。仔细看看枕过的枕头,原来枕芯特别柔软。姑姑告诉我,里面装的是蒲绒。

蒲绒,很普通啊,我家宅沟里就有。那是妻子栽的,在沟东北角,好大一片香蒲呢。

香蒲是一年生植物。春发夏旺秋后枯萎。长出的蒲棒像20世纪我们那一带农村常用的老式蜡烛。

眼下,蒲棒还嫩,色泽碧绿。深秋时,会变成棕色。届时采折,晒干后,可剥下蒲绒。

农民用香蒲草编织草衫、草帘、蒲团、蒲扇等,蒲棒则弃之不用。也有人用它熏蚊子。夏夜,直接点燃蒲棒。有点作用,但不大。

我安排家里人,成熟后采集一些。初冬时节,我到县里出差,顺道回家看看,将采得的蒲绒缝制了一个枕芯,带回市里。

蒲绒枕芯,比荞麦壳枕芯柔软多了,稻糠枕芯更无法与之相比,而且翻身挪动头部时,没有沙沙的响声。

但是,对治疗睡眠障碍、改善睡眠状态、提高睡眠质量,似乎起不到什么作用。

我忽然明白:睡不好觉,不能光怨枕头。枕头解决不了根本问题。神舒无多梦,心净自安然。

曾经,老感到睡不过瘾。割麦子累了困了,搂一抱麦朴子,顺势放在田埂之上,枕上去立马呼呼大睡,睡得好香好香!

4. 苇子

卧室的一面墙上,挂有一幅国画,画的是"羌河之晨"。浅水平沙,驼影芦芽,鸥鸟翩翩,清风徐拂。"风光如画,征程万里朝霞。"

每天午休晚寝,我都会看上几眼。这种春气盎然、蓬蓬勃勃、竞相生发的气息,令我常看常悦。

欣赏此画,每每头脑里浮现出老家老宅沟里那片芦苇。

春天，新芽出水，青翠欲滴，不时传出蛙唱鸟鸣之声。夏天，苇秆蹿出水面一人多高，与修长的叶子组成一堵绿墙。秋天，苇叶灰黄，苇花雪白，一阵风来一层浪。一年三季，都是宅沟里一大风景。

那是妻子栽的。头一年稀稀拉拉，第二年密密麻麻，几年后，发展到一大片。春天，我在那里钓过鱼。夏天，我在那里打过苇叶包粽子。秋天，我在那里剪过苇花。

那个年代，苇子对农家有很多用途。盖屋用它。生产队里几十户人家，住的全是土坯墙茅草房。用它织的苇簿覆盖屋顶，或者直接平铺于屋顶上，然后糊上泥巴，最后缮上茅草。

储存粮食用它。家庭粮食收得少时，用土囤子、大缸储存。多了，使用芡子。生产队的粮食，一般都用芡子芡。一芡自能芡几千斤甚至上万斤。

制作芡子比较简单。剥去苇壳苇叶，用石磙碾压出苇匹，然后编织。一掐芡子，一般三丈来长。一个粮食芡子，一条接一条，能用几十条。

农民夏天睡觉少不了苇席。那时农民较穷，一般家庭买不起竹席。苇席便宜，也凉快，夏天就用它铺床，或者直接铺在地上。编苇席与编芡子相像，只是苇篾做得精致一些。

如今，宅沟依旧，芦苇依旧，苇子却无人问津了。农家住上了砖瓦水泥结构的房子，有了电扇或空调，也不在家里大量储存粮食了，没人再用苇簿、苇席、芡子了。

5. 浮萍

有几年，宅沟里漂着好多浮萍。

老家人也叫它浮漂草。常见于沟塘和水田。庄稼人担心与稻秧争肥，没人主动养它。它在自生自灭的状态下存在。

浮萍，水生植物，草本，单株很小，叶子扁平，夏日碧绿，秋后泛红，冬天无影无踪。其根须状而短，花色白，不起眼，整株浮于水面，随风浪而动。民间又称"青萍草""紫萍草"等。

野性基因，有着强大的生存能力。春天开始出现，夏天疯狂繁殖，没人

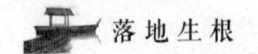

干预，会很快铺展开来。

我捞过它，掺上麸皮或稻糠，搅拌后喂猪。不知营养价值如何，只管给猪填饱肚子。在人缺口粮猪缺糠的年代，填饱肚子那是第一要务。

别看它的一生并无多少光耀，不受人青睐，甚至由它的漂流不定而生出萍水相逢、萍踪飘零、萍飘蓬转、萍踪浪迹、断梗浮萍、泛萍浮梗等负面气息占比较重的词语。一些女性姓名中使用率不低。出于何种考量，不便胡乱猜测。

古往今来，"萍"字入诗进词，并不少见。"萍聚只因今日浪，荻斜都为夜来风。"

"萍"字最早见于《说文解字》中的小篆，从水、从艹、平声，即由"水""艹"和"平"三部分组成。楷书演化为"萍"，沿用至今。

风起浪涌，水动萍移，一方微观世界，犹如万马奔腾。风退浪息，水平萍静。但其下，隐藏着鱼虾水虫，活跃着另一种躁动的世界！

写到此处，忽冒两句文字：平生漂浮因根短，随波逐浪自风流。

6. 菱角

小时候对母亲特别依恋。记得大约三岁的时候，母亲回娘家住了三天。每到傍晚，我都不能控制思念的情感，放声大哭。四爷扯着我，来到一公里远的石碑堰边，翘首西望，等她回来，直到黄昏，才既失望又无奈地返回。

而这几个晚上，回家之后，饭都不想吃。四爷煮了菱角，这是我平时喜欢吃的。他把菱角放进嘴里，一咬两半，再挤出白浓浓的菱角仁，塞到我嘴里。我却觉得一点没味儿。忍了再忍，眼泪还是滚出了眼角。

那时候，菱角几乎占据了宅沟的半壁江山。连续多年，都很旺盛。沟坝两边的沟头里，都被占满。那是野菱角，茎长、叶小、开白花，结实多，个不大，色青，皮厚，肉少，大部分两个角，也有少量四个角。无人种植它们，任凭自生自灭。

菱是一种水生茎蔓草本植物，原产于欧洲和亚洲的温暖地带，有野菱、家菱之分，两角、三角、四角之别。那时候，在我们老家，以两角的居多，极少见到三角。角尖生有尖细倒刺。老熟后自然脱落，在水底淤泥里，等待着来年春暖花开。新芽出壳，生根长蔓。茎蔓出水后，展叶开花。叶众如莲座。叶色青青，花白或淡红，受粉后转入水里，藏于叶下，结出果实。

菱角果肉营养丰富，味道甜美，就是采摘费劲，吃起来也较麻烦。中秋是摘菱角的大好时节，也是秋收大忙的日子。大人们起早摸黑，忙着收割庄稼，只是偶尔下水采摘。孩子们有的是自由支配的时间，可以随时去做自己喜欢做的事情。庄子上几个男孩子常在午饭后来到沟边，脱了衣裳，光着身子下水，进行采摘。

历史上，采菱与采莲一样，被文人描述得甚为美好。想想那坐着小船口唱小曲手摘菱角的场景，的确舒坦。南朝梁江淹在《采菱曲》曲中道："秋日心容与，涉水望碧莲。紫菱亦可采，试以缓愁年。"唐朝张九龄说："兰棹无劳速，菱歌不厌长。"刘禹锡写道："白马湖平秋日光，紫菱如锦彩鸾翔。荡舟游女满中央，采菱不顾马上郎。"而我当年采菱，却没一点浪漫喜气，只觉得辛苦。

沟水淹到脖颈，使人呼吸不畅，有种憋气的感觉，时间长了，就会恶心。逐个翻开菱角秧，采下成熟的菱角，再把菱角秧翻正放回水里，好让它继续结果。在菱角秧间边采边前行，常被菱角的茎蔓缠住腿，还有不知名的虫子叮咬皮肤，弄得身上发痒。水中还有水蛭，也叫蚂蟥，俗称蚂鳖，闻水声悄悄游来，张开吸盘，吸在人身上，先注入防凝麻醉素，然后吸血，使人不觉得疼痒。上岸后发现了，忍不住一惊，立即用巴掌使劲拍打。往往把皮肤打红了，它才松开吸盘掉下来，此时的伤口流血难止，令人心生恐怖。

到了晚秋，沟水变凉，在水里待一会，就觉得发冷，稍长一会，嘴唇发青，浑身哆嗦。我们想法自制一个勾菱"神器"。把一节尺把长的竹竿，半截砖头，一根长绳，拴在一起，像撒网一样，把它甩进菱角秧间，然后轻轻回拉。菱角秧互相缠绕，一拉一坨。拉到岸上，再一个个采摘。摘过之后，把菱角秧扔回沟里。方法虽然简单，却挺实用。

这样在水里拉来拉去，十成熟的菱角就会从秧子上脱落，沉到水底。熟透的菱角，都采不上来。大人有办法把这些菱角弄上岸来。到了隆冬农闲时，他们自制一种法器。用一米多长的木棍或者竹竿，把麻绳一头拴在中间，两头各绑一块断砖头，中间均匀地拴满麻匹，做成一个麻匹帘子。把它放进沟

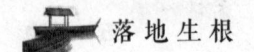

的一头，慢慢拉动。所过之处，贴着沟泥的菱角的利刺就会挂到麻匹上。在沟的另一头把麻帘提上岸，用手一个个摘下来。费力不大，就是冻手。双手冻得紫红，又痛又痒。

7. 荷

宅沟里原来没有荷，有年春天，四爷弄来了两节带着嫩芽的藕，栽到屋东面宅沟里。于是，便多了一道绿景，宅子上的人也多了一份期盼。

荷为多年生宿根大型水生草本植物，有茎、叶、花、子、根几个部分。藕莲、子莲、花莲。藕莲以食莲藕为主。子莲以食莲子为主。花莲以观赏花为主。藕又分七孔与九孔。七孔藕称作红莲藕，外皮为褐黄色，体形短粗，生吃味道苦涩。九孔藕称作白莲藕，外皮光滑，呈银白色，体形细长，生吃脆嫩香甜。

眼看着荷叶漂上了水面，眼看着藕秆举起一把把绿伞，眼看着荷包露出尖尖角儿，眼看着羊脂玉般的白花张开了笑脸。

从沟边路过，常闻到一股荷香。清晨，荷叶上捧着水珠，犹如珍珠，闪着光芒。风来了，一层碧浪从对岸翻卷而来。雨来了，稠密的荷叶哗哗作响。点点珠玑，不停地滚落到水面。

这些诗画般的荷景，并没有吸引来宅子大人的欣赏目光。他们关注的是莲蓬何时子儿饱满，嫩藕啥时候才能长大。不像孩子们，从荷杆高高举起荷叶开始，就兴趣盎然。在沟里洗澡，折断荷秆，举着荷叶当伞，走回家里，是我们常干的事情。

俗语：红花莲蓬白花藕。宅沟里栽的，属于九孔白莲藕。谚曰：七月莲蓬八月藕。摘莲蓬容易踹藕难。水深水凉，没过孩子们头顶。只有会水的孩子，扎猛子潜到水底，才能接触到荷根。要用手或脚，顺着藕行条插进淤泥里，一点点踹挖藕来，真不易。即使大人下水，也不轻松。

有一年秋季，连续大旱，宅外的稻田干得发裂。沟边多次架起脚踏水车和手摇水车，车水灌田救秧。最后，沟底子一点水也被晒干了，黑色泥巴咧开了大嘴，仰天长叹。

没水了，挖藕却方便了。大人挖，小孩挖，你挖过，他又挖一遍，有藕的地方，都被翻过。连藕行条也被扒拉出来。

这年，好多田块秧苗枯萎，点火就着，颗粒无收。一日，有人捎来口信，四爷在安徽省阜南县亲戚那里病重，不能行走。我父亲立即请两位乡邻前去，把他抬了回来。

好像得的是浮肿病。腿部浮肿，眼窝凹陷，闭眼不语，时而昏迷，时而清醒。家里为他在地上搭个草铺。他弥留之际，喃喃自语，要喝水。喂水之后，又想吃藕。而此时，上哪里去找藕呢？即使有，他也无力咀嚼了。

第二年，沟里有了水，但是，没见到藕芽冒出。盼呀盼，春天过去了，夏天过去了，仍然没见到。看来，是被挖绝了。

尾声

时光荏苒，一晃五十多年过去了。如今，老宅子的地方还在，不过，已不是宅子。上头的住户早已全部迁出，那地方变成了一大块庄稼地。

围沟还是老围沟，不过，也不能再称作宅沟了。沟里常年有水，过去的绿植，只有苇子、香蒲草还是年复一年，生生灭灭，保持着可观的规模。

老宅子已成过去时光，抹不去的是童年记忆，丢不掉的是昔日乡愁。其中包括许多陈年旧事。

写到这里，耳边传来喃喃的童声："读书养才气，勤奋养运气，宽厚养大气，淡泊养志气！"那是在读小学的一个孙子辈孩子在翻看一本杂志时读出的声音。

273

乌桕谷

"这里，应该叫作乌桕谷。"从谷里出来，有人提议，一行人异口同声地赞成。

这是大别山区一条普通的山谷，位于商城县伏山乡里罗城。谷里野生着一种人见人爱的精灵。

摄影家来了，流连忘返；画家来了，驻足不前；歌唱家来了，当空放歌；旅行家来了，赞不绝口……很多游者，发出了相见恨晚的感慨。

从深秋到初冬，城里人三三两两，接踵而至。从周一到周五，人来人往，周六到周日，车水马龙。她的形神、灵韵、俊俏、丰姿，令人陶醉。省城有人来了，就在村子里住下，一连数日，欣赏与拍摄。

一场小雨刚过，我也到了这里。天空，蓝如宝石；阳光，温暖如春。空气清新得如过滤了一般。溪水静静地流淌，鸟儿婉转歌唱。一整天，我们都在山沟里转悠，从空谷到村庄，从稻茬田到小溪旁，循着风光走，越看越兴奋，始终处于陶醉中。用手机又拍又录，直拍至电源即将耗尽，发出低电量报警。

这条山沟，过去交通闭塞，经济落后，村里人很少出去，城里人也很少过来，天生丽质，犹如一块未加雕琢的美玉，埋没在草莽之中。

改革开放使其革面升华，扶贫攻坚助其洗心换装。美玉被识，被挖掘，被雕琢，被捧出。

生活美了，自然景观也随之为人称道，引人入胜。你看，北有巍巍高峰，南有潺潺小溪，两厢梯田起伏，一侧公路蜿蜒，左右小山连绵，中间月牙状梯田散布。农舍散建在高处，粉墙黛瓦，绿树掩映。

五、风物

稻子割了，稻茬是黄的。旱作物收了，小麦油菜是绿的。杂灌木错落相间，绿黄杂陈。东几棵，西几株，生长在田埂上、小路边、水岸旁、村头上的一种树，特别夺目，主干粗壮，枝丫虬曲，满冠艳红，她叫乌桕。

乌桕树也叫蜡树，当地人称作木梓，属于落叶乔木。虽不算稀有树种，但是，干粗枝茂，苍劲挺拔，尤其是叶子，极富特色。春日，她从沉睡中苏醒，满冠光秃秃的枝丫生出无数嫩芽，透出蓬勃生机。接着，一树出落成一柄青翠欲滴的大伞。夏天，叶片增厚，色泽加深，老成厚重。到了深秋，绿叶渐次泛黄，继而变红。立冬一到，绿寡黄瘦，唯有深红占据上风。

诗曰"霜叶红于二月花"，她比二月花火；诗曰"映日荷花别样红"，她比荷花艳；诗曰"八月桂花遍地开"，她比桂花香。无奈我辞穷，无法用恰如其分的语言描述她的风韵。那是大自然馈赠给世人的瑰宝。她们在这原野里的生存，看似漫不经意，却引人注意，形不娇贵而实则主贵，不争风头竟出尽了风头。

红叶满冠，非花胜花，每株都宛如大花树。明媚的阳光斜射过来，逆光而视，红得通透。同长在这个山沟里，叶子并非同步变色，有的快，有的慢，有的早，有的迟。先后不一，使得绿黄浅红深红并存，相得益彰。更兼有落尽叶子的，满冠一爪爪如脂如玉如珍珠的乌桕籽。放眼四望，五彩斑斓，比红枫、黄栌更胜一筹。

乌桕籽呈球形，个头不大，与豌豆相似。肉可以提炼油蜡，制作蜡烛、蜡纸、肥皂等。果仁可提取类可可脂，用以生产巧克力。叶、根、皮、果可入药，具有利水、消积作用。我小时候与四爷一起采集过乌桕籽，那一年，他收获了两笆斗，挑到县城卖了，买回一担圆竹，盖起了一间厨屋。

现在，这里的人们很少采集它。蜡烛市场小了，再说有矿蜡替代，生产方便又便宜。如提炼可可替代物，还需要精加工，也不那么容易，故人们不再看中它的实用性。

此情也属正常，使用价值的演化，何只乌桕树？一些历史上人们曾经离不了的东西，随着工业文明的发展，也逐渐失宠。相反，有些过去人们不当回事的东西，现在却成了宝贝。

然而，乌桕谷里的乌桕树，也不尽然。春花秋月，夏阳冬雪，它们历经

落地生根

无数风雨，阅尽人间沧桑，练就了铮铮身骨和傲霜的性格，甘居山野，不落俗套，自得一份风流，自示一份天赋。不与人争，喜与人乐，深得人爱。

乌桕树的适应性很强，不择土壤，耐旱耐涝，生长很快，病虫害少，现已成为城市绿化、园林种植者的选择。

真是天生我材必有用！乌桕谷里的乌桕树，过去助人以生活，现在悦人以精神。我要说：这真是天生的精灵！

狗尾巴草

院墙外，原是一个单位的属地。后来搬迁，卖给了学校。校方拆除了上头的建筑物，推成了几大块梯级平地。

远看，平平坦坦；近瞧，坑坑洼洼。土疙瘩、烂砖头、碎瓦片掺杂在一起，颇为野道。

约有百亩，说不上松软，更谈不上肥沃。然而，一场春雨，魔幻般地钻出了多种草芽。几阵熏风，一片碧绿。最显眼的要数狗尾巴草，成片成片的，没膝齐腰。

不知它们从何而来，也不知怎么来的。鸟儿带的？大风刮的？流水冲的？都有可能。

狗尾巴草又叫狼尾巴草、毛狗草、狗汪汪等。长在沃土上，穗大弯曲；长在瘠薄土地上，穗小直挺。卷曲也好，直挺也罢，皆无"汪汪"吠音。大风刮过，只是"沙沙"低吟。

它耐旱耐涝，很少病虫害。不择土壤，只要有水，就能生根发芽。不像四季青草，不像天鹅绒草，也不像红花草，渍不得，旱不得，显得几分娇弱，几分矫情，几分娇惯，稍不如意，便大失美色，甚至枯死。

它几乎无处不在。庄稼地，沟坎子，菜园里，墙角边，路旁，石缝，都有其踪影。狂风、暴雨、酷热，都无损于它的尊严。酷寒，也难冻坏它那细小带壳的种子。

它在一些野草丛里，可谓鹤立鸡群。成片生长，抢占地盘。低矮的野草，只好等它熟透枯萎之后，才得以出头。

有资料介绍，狗尾巴草有药用价值。其味甘，性凉，归心、肝经，有祛

落地生根

风明目、解毒杀虫等功效。可治风热感冒、黄疸、小儿疳积、痢疾、小便涩痛、目赤涩痛、痈肿、寻常疣、疮癣等。但现时并未见到有人采集使用。

相反，农民十分讨厌它在庄稼地里偷生，必当除之而后安。它根系发达，吸收土壤水分和养分能力强，与庄稼争水争肥；植株高，与农作物争光，干扰其生长。所以庄稼人见田地里有它就拔，就锄，就割。它的生命力太旺盛了，除之不绝。正是："野火烧不尽，春风吹又生。"

它生在红薯地里，特别显眼。红薯秧匍匐于地面，它直立向上，反差明显，除草人一望便知。

它生在谷子地里，良莠难分。幼苗像谷苗，易混淆。锄草时，稍不留神，不是漏了草苗，就是伤了谷苗。

也许很久以前，它与谷子是本家。谷子经过岁月的打磨和人工的培植，长期进化优化，进入庄稼系列。而一直处于自生自灭状态的狗尾巴草，依然是草。

野性的本能，更能适应"物竞天择，适者生存"的自然法则。长期的环境陶冶，造就了顽强的生存能力。它们绝对不会放过一线生机。埋在土中细小的种子，静静地等着生根发芽的机遇。

春风吹了，春雨来了，它立马苏醒过来。细微的叶子拱出地表。那时，一点也不显眼。

夏天，炽烈的阳光照来，暴躁的熏风刮来，滚滚的热浪袭来，它全不在乎。逆境，正是它疯长的时节。

秋天，穗子上碧绿柔顺的茸毛变黄，包裹着的籽儿变饱，一穗有成百上千粒种子。种子可以借助风力四处游走，落在哪里，哪里就成了新家园。

它们藏于草丛里，或被泥土覆盖。抗御着冬天的冰雪严寒，只待来年条件成熟，破土而出。如果条件不具备，能够藏于土中十来年。

鸡鸭鹅喜欢啄食成熟的穗子。遗憾的是，好多地方它们到达不了。唯有飞鸟，可以尽情品尝享受。

其实，农民十分宽容。除了田地里的狗尾草，他们并不过问，也不伤害。有人说，大地少不了庄稼，那是人类赖以生存的条件。"民以食为天"。大地也少不了小草，草长莺飞也是人类生存需要的环境。只是草别生错了地方。生在荒野，那是风景；生在耕地，那是灾难。

　　院墙里边，有片狭长的隙地。刚搬来居住时，乱石嶙峋，野草丛生，其中也有狗尾巴草。人们开荒，用镢头刨，铁锹挖，菜耙捋，把建筑垃圾、石块和烂砖碎瓦清理干净。弄来山沟里的腐殖土，整出菜地，施上沤好的肥料。种了黄瓜、豆角、荆芥、蒜苗、香葱、菠菜、和卷心菜等，长势喜人。狗尾巴草也常在菜地里出现。一露头，就被拔掉。

　　几年后，小区安排统一在墙边栽树，菜园遂废。树下无人管理，很快长满了杂草，其中也包括狗尾巴草。

　　草丛成了虫儿的天堂，夜里"叽叽"叫个不停，白天花斑蚊子撵着人叮咬。偶有蛇出没，吓得路人又跳又叫。我多次挥刀，或操起铁锹，割呀铲呀，弄得浑身大汗。今年，有人喷洒除草剂。药到之处，杂草一扫而光。

　　看着灰黑如火烧过一样，我又觉得不如绿色好。人类需要大树，也离不开小草。夏天，本该是碧绿的世界。野草的碧绿，也是一种生机。毕竟，不是庄稼地，不是菜园子，有芳草萋萋，总比枯萎荒凉要好。

落地生根

飞起求生

家属院里有片绿地，前些年长出好多蒲公英。每到春季，黄色的花、白色的种子，都是小小的风景。

这种匍匐地面不起眼的野草，展示的是春天清新的生命，显示出大自然的神奇力量。它味苦性寒，可以清热去火，帮助更多的上火人感受到甜。

这两年，网传它能够防治好几种疾病，于是，便成了信者的盘中餐、杯中物，露头就挖。今年，已成大院内的稀缺之物。

蒲公英别名黄花地丁、婆婆丁、华花郎等，老家方言叫作鹅儿食，农家喜欢挖它喂小鹅。鹅不吃荤，以青草菜叶谷物为食，长大了很少生病，但小时候比较难养，人称"娇鹅"。喂了这种野草，可以提高防病抗病能力。

蒲公英属于多年生草本植物，随着春天的脚步破土而出，有人誉为报春使者。它开始放花的时候，正是春江水暖、百鸟争鸣、桃红柳绿、菜花金黄、蜂飞蝶舞、生机蓬勃的时节。

它虽无桃李艳丽夺目，也不像玫瑰月季芬芳扑鼻，但它有着强大的生命力，在高坡、低洼、肥沃、贫瘠、林间、草丛中生长，荒野、山谷、塘埂、路旁、河坡等地，都有它的影子。

其叶形如雁羽，颜如碧玉，边类锯齿，基部渐狭为叶柄，花茎细直中空，色似翡翠，花瓣黄亮，层次分明，井然有序，围绕花蕊，圈状排列，一朵花就是一个精美的袖珍花碟。一棵植株可以次第开出多朵花来。

绿茎擎起那黄色的精灵，在阳光下，绿茵上，格外引人注目，联想起蔚蓝天上的朝阳，浩瀚星空中的满月，娴熟杂技艺人手中舞动的瓷碟，更觉值得品味。

五、风物

一朵花孕育出好多粒种子。成熟的种子身披冠毛，结成绒球，如鹅绒般白，比鹅绒还轻，玲珑剔透，浑圆丰盈。大自然的神手，实在令人叹为观止。有谁知道它是怎么魔幻般转化的？

面对这般神奇美好，禁不住弯腰掐起一根，举于额前，运口气，对准吹去，随着"扑"的一声，洁白的茸毛瞬间四散，乘风而去。

风，是它的伯乐，是助它起飞的动力。有风，它们就能翩翩起舞，舞向高空，飞往遥远。

飞的过程并不起眼，以至于没人关注。飞向哪里？在哪里落脚？外界毫不在意，自己也弄不准确。一切，要看风的行迹。

飞是它的本能，也是履行使命。生存的渴望是不移的淡定。为了性命的生发，后代的繁衍，家族的旺盛，即使前头山高水长、深渊万丈、江流滚滚、湖堰滔滔，也在所不惜，无所畏惧。

它们非常珍惜有限的机会。为了飞起来，每个小生命都会充分利用母体的乳液，争分夺秒地静修飞的技能。

那轻柔的茸毛，就是它飞的翅膀。它耐心地等待着，一旦风神经过，便毫不迟疑，争先恐后，借力出行。晴空万里也好，白云飘飞也罢，或者皓月当空，星光灿烂，小风低飞，大风高飞，不嫌弃近，更钟情于远。

故土的美好，母爱的温馨，团聚的欢乐，都难淡化对未来的憧憬，动摇不了远走高飞的信念。机不可失，时不再来，怀揣着梦想，目盯着前方，审时度势，随机应变，风止则停。

脚下也许是荒坡薄岭，也许是塘埂河岸，也许是田间地头，也许是溪流湖泊。九死一生，四海为家，落地生根。辟出一个新的领地，活出一个新的世界。

在一个陌生地方落脚生根是一种福分。不是所有的种子都这么幸运。落在了没有生存环境的地方，小小的生命最终会被扼杀在摇篮之中。

天涯何处无芳草。故土难离，离了。新域难移，移了。生根之地，又成故乡。等待来年，它有了子孙，还会延续祖上传统，飞向新的世界，不枉今生。

桂花雨

　　清晨起来，推门出去，一股清香扑鼻而来。香自那株八月桂，花开满冠，落了一地。

　　今夏高温持久，雨水偏多，此树长得特旺，新枝茂密，叶子厚润，加上闰月，所以不到中秋，花便开了。

　　桂花品种很多，有八月桂、四季桂、金桂、银桂等。这株是银桂，农历八月开花。花开两茬，持续时间较长。

　　移栽于此，十年有余。始栽时，主干一拃多粗，树高刚过头顶。现在，干粗已经三拃，高度超过一层楼了。

　　树冠凸圆，像撑开的一柄巨伞。肥润的绿叶间，满是成骨碌白中泛绿的花朵。每一根细枝，都是满满堂堂的。

　　淡雅的清香，充盈着院子，打开窗户，即闻到清香。香气犹如花魂。不甘心随形待守，不时游离母体，自由自在，梦游于趣味世界。

　　远观树冠，像个偌大的花伞。走到树下，看清了一个个微观世界。小精灵们身贴身挤在一起，有蕾有花，笑着，落着，秩序井然。

　　没风时，星星点点，轻盈沉稳。阵风刮过，一阵急下，落地有声。感受花雨，是种神奇的享受。

　　我拿起扫帚，开始清扫树下，竟然聚了半个灰斗。比此前几天多出不少。

　　清扫完毕，正准备离开，一阵风来，又沙沙落了一阵子，把刚刚扫净的地弄得麻麻点点，我头上也落了不少。

　　别看花小，香气却浓，而且放香长久。用手指轻碾，黏糊糊的，糖分水分真不算少。一脚踩过，鞋底也是黏糊糊的，沾了许多花瓣，甩也甩不掉。

捋下发际上的落花，手指也有黏黏的感觉。

不知为什么，蜜蜂对它似乎兴趣不大。尤其是周围的马蜂，宁愿抢食相邻的柿子、石榴，也没见来采集花蜜。细细思量，猜想一下，可能嫌花小费劲吧。

一些我叫不上名字的小昆虫，对它却颇感兴趣，"嗡嗡"于花丛之中，赶都赶不走它们。

休假归乡的孩子，看着落花如雨，甚觉可惜，便动手采集一些，细心拣出其中的杂质，放在捞箕里，打开水笼头，反复冲洗几遍，沥水后，装入几个玻璃瓶内，倒入蜂蜜，拧紧瓶盖，密封起来。返回时，带走一半，留下一半。

一周后，打开瓶盖，花香加蜜香，立马钻入鼻孔。吃起来，果真美味，甜在舌尖，美入心底。与曾经制作的干晒桂花、糖渍桂花相比，强上数倍。

我无心折枝摘花，而是任其熟落。这几天，每天都要清扫树下几次，扫的花全倒在树根周围。

人常说，叶落归根。让花落也归根吧。想起林黛玉《葬花辞》中"质本洁来还洁去"的词句，就让它化作花泥护花去吧。

叶生叶枯轮回事，花开花落又一年。年年新叶催新花，花叶相似魂不是。来年，花雨还会这般落吗？花魂还有今年的影子么？

桂花开，总是想起民歌"八月桂花遍地开"。"八月桂花遍地开，鲜红的旗帜竖起来，张灯又结彩呀，张灯又结彩呀，光辉灿烂闪出新世界。亲爱的工友们呀啊，亲爱的民友们呀啊，唱一曲国际歌，庆祝苏维埃……"

这首在中国广为流传的革命歌曲，是为庆祝大别山区第一个县级苏维埃政权建立而创作的。歌曲采用大别山区民歌《八段锦》的曲调。《八段锦》原来的歌词是："小小鲤鱼压红鳃，上游游到下呀嘛下江来。头摇尾巴摆呀哈，头摇尾巴摆呀哈，打一把小金钩钓呀嘛钓上来。小呀郎来呀啊，小呀郎来呀啊，不为冤家不到此处来。"

这首歌系由大别山民歌改编而成。但仅大别山革命老区就有河南商城说、河南新县说、湖北红安说、安徽金寨说、安徽六安说等。

田间那片紫云

清明节扫墓,行走在乡间小路上,满眼草长花开,生机盎然。桃花未尽,油菜花金黄,荠菜白花点点,蒲公英高举金盘,家乡的春天,五彩缤纷,美不胜收。

有种景色更引人注目。一块块稻茬田,一条条田埂,绿茵之上,秀着一层艳紫,远远望去,仿佛彩云落到了碧野间。

那是紫云英的风采。紫云英是二年生草本植物,多分枝,叶卵形,一茎一花,如撑开的伞。花冠多为紫红,间或白色。春深开花,结实成荚。

在江浙一带,也称其为荷花紫草,大概因其花形似荷而得名吧。也叫过茗菜、茗翘、茗子、茗子菜、马茗子等。有人考证,"紫云英"的称谓,最早出现在《芥子园画谱》中。

据资料记载,云英的名字与云母有关。《名医别录》中按颜色将云母分为云华、云英、云珠、云液、云砂、磷石六种。葛洪《抱朴子》:"五色并具而多青者,名云英,春宜服之。"

我无意考证种种叫法和出处。但我感觉,这是一个富有诗意的名字。前二字大概是对花势的描述,后面的"英"字,则是言犹未尽的补白。

老家原本没有这种植物。20世纪60年代,才开始引种。起初,人们并不看重它。种惯了粮食,让在田里种草,不少人心存疑虑。不情愿地种了,却疏于管理,收益一般。多年后,尝到了甜头,摸出了经验,才进行大面积种植。

当时主要为了肥田。稻谷即将黄尖时,将种子撒入稻田。收罢稻谷,不犁板茬。入冬前长出小苗,第二年春天,开始猛长,到了暮春,叶繁花茂。

五、风物

此时,翻入田中,灌水沤制十数日,再犁耙平整,插上稻秧。

紫云英能增加土壤微生物数量及多样性,促进土壤有机碳的积累,减少二氧化碳的排放,疏松改良土壤,肥效突出,肥力持久。有了它的滋养,稻秧生长明显茁壮。

紫云英浑身是宝。种子可以入药,有补气固精、益肝明目、清热利尿的功效。农家用嫩苗喂牲畜,猪、牛、驴、羊都爱吃。掐其嫩头,焯水清炒,端上餐桌,人们也吃得津津有味。老熟后收割,打下种子,叶秆仍可用于回田壮地。

没有人特意去培育它的花,但不影响争相怒放。没有人特意赞扬它的草,但也不妨碍迎着春风尽情向上。那一根根碧茎举着犹如火一般的花朵,向世间展示着春天瑰丽、大自然的美妙。

蜜蜂特别喜欢紫云英的花。放蜂人自然也就喜欢连片种植的紫云英,每逢花季,就在附近支起帐篷,摆放蜂箱。于是,紫色间,便有了小精灵们嗡嗡嘤嘤,起起落落,往返穿梭的场景。

单株的她,看不出超群的韵味。花形小,花瓣也不出众。聚集起来,却大不相同。那气势,激动人心,撞击灵魂。摄影家、画家,看中的多是这种恢弘气势。绿叶紫花,如锦绸之上飘落的彩云。一块田就是一片云。一个垮畈,就是一处云海。

但它的价值不在于观赏。它的生存环境不在城市,而是乡村。原野是它的宜居之地。它的功能就是增强土地的生命活力。

土地看似无生命的,犁它,耙它,挖它,它都无声无息。但是,细心观察琢磨体验,好像又有生命。它的生命是另一种方式的存在。它的生命需要滋养,养得好,活力满满,知恩厚报。只种不养,就会越来越贫瘠。农家早懂得这个朴素的道理,年年积攒农家肥。种植紫云英,便是一种显效的养地措施。

化肥的发明与使用,提高了农业产量。但对地力又有不良影响。过量施用,就会导致使土壤板结,酸性物质增多,地力下降。合理施用,至关重要。另外,不可忽略有机肥料的生产与使用。

它开花时,恰值小麦拔节,油菜花开。碧绿、金黄、紫红,交相辉映。

落地生根

城里来的人到乡下来，可不愿错过这个景色，蹲在紫云英地里，观察它的花瓣；趴在田里，双手托腮，若有所思；躺在花间，仰面看天。我也融入过它的阵营，摆姿势拍照留影。其时，也不乏画家写生、摄影家拍照的热烈场面。

近年来，有些地方种植它的热度似乎有所下降。它在田角和田埂上处于自生自灭的状态，成了野生。大凡野生植物，都是野性十足，生命力旺盛，"野火烧不尽，春风吹又生"。相反，人工长期培育出来的植物，生命力却相对孱弱，再生能力较差，适应环境变化的本领低下。

所以，由家养到野生的紫云英，也许不是什么坏事。未来的它，可能更具备勃发向上的生存能力。

白兰

搬新家时，亲友送一盆白兰。虽然干粗不及手指，高度不足一米，但是，我很高兴。

我一向喜欢白兰。其干粗壮，主枝遒劲，叶片肥厚，色泽浓翠，花如玉坠，香气优雅，清新怡人。

喜欢归喜欢，过去却一直没有养它。主要原因是白兰怕冻，在大别山北麓淮河岸畔的地方，越冬困难。

我家里多年没有暖气，曾用煤炉、木炭生火取暖，后来使用空调，也是间歇性的。冬天，屋里大部分时间冰冷冰冷，把它搬进来，越冬效果不理想。

单位倒养过几盆，长势茂盛。雇请的花工技术好，施肥浇水保暖都比较得当，入冬后就进了暖房。

有年冬天，我到广州去，见到马路边那么多高大的白兰树，花儿正开，香气扑鼻，十分激动。把白兰作为行道树来栽，我第一次得见。

那次碰到不少小贩，用细线把似开未开的白兰穿成串儿，沿街兜售。同行者上前买了几串，分给我们每人一串。

我没像戴项链一样，把它套上脖子，而是装进上衣口袋。虽不见其形，却能够感受到它的香气一路相随。

这次广州之行，那么多高大的白兰树，一方面开了我的眼界，另一方面也弱化了我对白兰树的神秘之感。

在我们老家，它可不像在广州那样始终列队马路旁边，而被人们当作宝贝呵护。养它的人习惯了它的娇惯，恩爱有加，不离不弃。浇水施肥，从不怠慢。天寒以后，采取种种保暖措施，防止冻伤。

其实，白兰生性并不柔弱，只是遗传基因不耐严寒。祖庭之地，冬天也是温暖如春，不需要另加保护措施。人们对它也就没有特别照看，像对待普通花树一样来对待。

迁到北方，怎受得了冰天雪地？若不加呵护，就会叶落枝枯，前功尽弃。

这盆白兰成了我家盆养花卉中的宝贝，每年搬进搬出，防止冻伤。几年之后，长高了，长大了，高过我的头顶，主干近一拃粗。初夏开花，陆陆续续，有二三百朵。秋季再开一茬，也有百多朵。

前年冬天，一日下班回家，发现这株茁壮的白兰只剩光秃秃的主干了。

询问起来，得知原委。当家的看到放在客厅一角的白兰叶子发黄，不断地掉落，以为营养不能支撑这么多枝丫，就拿起剪刀，把枝枝丫丫都剪去了。

我心里一阵恼火。养花怎能想当然呢？得尊重科学呀。我生气地说："要是把人的胳膊腿都弄掉，还能活得好吗？"

事后有点后悔，不该动那么大肝火。想想人家也是好意。好心办了错事，缘于不知，也怪自己事先没有交代。看来，凭经验想当然往往误事。

一次折腾，影响了好几年。第二年一朵白兰都没开。白兰重新开始伸展枝叶，足足恢复了两年，才接近当年的体型。

今年是第四年，新的枝丫基本长成，所开的花朵，也接近当年的水平。一家人看着心情都很愉快。

邻居散步，常从白兰旁边经过。他们对清雅的香气赞不绝口。有人还摘几朵装进口袋。

我和家人，也多次摘些半开的花朵，送给过往朋友，与大家分享。或者带到外面去，送给朋友。

与别人分享快乐，自己的心情更快乐。听到别人分享后的感谢声和赞扬声，真是心旷神怡。

有时候我想，无私、友谊与和谐，似乎比自我享受更愉悦，更有意义。这种愉悦，是深层次的，久久不会忘记的。

缸荷

> 荷本塘中物，
> 为啥缸里栽？
> 只为悦人目，
> 才得上岸来。

文人喜欢荷的丽影、花香和品性，农家则看重莲藕莲籽的实用价值。

出发点不同，侧重点不同，是常见的现象，不能以喜好来论层次的高低。

如果吃不饱肚子，当然首先想解决的是温饱。如果衣食无忧，则更适于闲庭信步。

诗人、画家、有人欣赏"小荷才露尖尖角"，有人欣赏"接天荷叶无穷碧"，有人倾情出水芙蓉，有人喜残荷。

不缺淤泥，不缺肥料、缺苿。

人有时怪气，儿时的记忆，总爱勾起；上了年纪，更加喜欢回忆。

我每每想起淮河南岸大别山北麓那个伴我度过童年的水宅子，沟坎子，水蹬子，路坝子，草房子都历历在目。

宅沟里，有水就有鱼。有水就有菱、有荷、有茭白、有芡实。虽然零星不成规模，对孩子们却很有吸引力。

没人刻意栽培那些水生植物，也不属于集体或个人，任其自枯自荣。果实谁采谁得，没人管理。

谚云：七月莲蓬八月藕。暑假期间，采菱角，割芡实，踹藕，摘莲蓬，我们这些半头橛子干得最起劲。

荷塘风景真美。清晨，水面可见游鱼，午间，荷下藏有鸟影；傍晚，蜻蜓在荷花上飞舞，初夜，蛙声从四面八方响起。雨打荷叶，滴滴答答，风过荷塘，沙沙沙沙。

然而，我们并不在意那些风情，喜欢做的是举荷叶遮阳，折荷花闻香，采莲籽尝鲜，踹莲藕果腹。

今年清明节期间，回老家扫墓，与儿时朋友小聚，说起荷塘，忽然产生一个念头，想要两口水缸，在屋前栽荷。

现在，别说在城市，就是农村，想寻一口水缸也不那么容易。农民用水缸盛水早已成为历史。

再者，过去用树枝劈柴烧制水缸和盆盆罐的"老缸窑"早已消失。塑料制品走进了家家户户。

乡村的砖井多被机井和压水井所替代，就像城里自来水替代了木捅扁担挑井水一样。

水缸失去了昔日家家户户日常生活必备的使用价值，谁也不把它当作老古董保存，放在屋里反而占地方，碍事，其结局就可想而知了。

就像驴子不再推磨，骡子不再拉车一样。当代人养驴，更看中阿胶与驴三样。

就像城里的孩子读了"黔驴技穷"却没见过活生生的驴子一样。

幸运的是，我竟毫不费力地得到了两口水缸。那绝对是二十年前的产物。一位友人在城市里帮助弄到了两口。

水缸的主人用它由盛水转为腌制咸菜。现在又转行了，它便成了多余之物。

正愁它占着家里的空间，想法处理呢，朋友去了，说明来意，他分文未取，高兴卸了包袱。

正是"踏破铁鞋无觅处，得来全不费功夫。"

水缸虽然粗糙丑陋，却是农家不可缺少的宝贝。花缸虽然精致，却只能是少数人家的摆设。种荷，都不如池塘。池塘，才是它的天堂。

从老家带来了藕荷。藕荷以产藕为主。一家一池，面积不大，布局零星。这种白莲藕节白嫩，脆甜多汁，生吃口感极佳。荷花少，多为白色。栽种于缸里，水面上只长叶，几乎不开花。实用大于观赏。

从郝堂带来了莲藕。那里打造的是美丽乡村的典型，有几百亩连片荷塘。花开时节，游客人山人海。同时，还可以收获莲籽。花多，且为红色。栽种在缸里，一茬接一茬。开着谢着，谢着开着。观赏大于实用。

不管哪种，每年都要更新，挖出淤泥，再栽进适量藕种。如果耍滑偷懒，贪图省事，原缸不动，那么，开春后，盘根错节的老藕争相出芽，新芽过密，茎细叶小，瘦弱不旺，弱不禁风。

缸中之荷，满足了我的精神需求。门口有荷，推窗可见，坐在阳台上能赏，观蜂儿采花，闻荷香，听雨打荷叶。但是，莲籽少，莲藕细，味道还好，产品个头却大打折扣。我揣摩，除了营养不足外，水缸空间的局限影响了它们的正常伸展。

世上事常常这么怪：有所失往往又有所得，有所得往往又有所失。正所谓甘蔗难得两头甜。

农民讲究实惠，种荷为了吃藕和卖藕赚钱。开花多少并不在乎。城里人喜欢花花草草，郊区种荷为了满足游览者的欣赏需求。各有侧重。

朋友又送来两缸老淤泥。莲虽出污泥而不染，但没有污泥，它却不旺。

种子，一是从几百里地的老家捎来，花少色白。二是郊外一个养荷大户那里获得，花多色红。

谚曰：红花莲蓬白花藕。要么以收获莲藕为主，要么主要是收获莲籽，二者难以兼得。

两个品种，恰好有两个水缸，分别种之。入夏，两缸不同的风景展现出来。一缸绿伞婀娜多姿，一缸鲜花亭亭玉立。

与水乡池塘"接天荷叶无穷碧"相比，它缺少浩瀚气势。对公园莲湖千姿百态而言，它不够妩媚。然而，它占据了"城市稀缺"和"方便观赏"这个优势，过往行人，总是驻足，发出赞赏的语言。

无蛙声，无鱼影，无蜻蜓，无鸟鸣。离了这些，孤独吗？

不能任性伸根展须，遇缸则止，无奈卷屈将就，而无伸展空间。

就像空气，世人一刻也离不开，因为不稀缺，所以不珍惜。

荷怕蚜虫。香烟泡水刷涂。

怕大风刮。荷叶越大,举得越高,越易刮折。

有人借它喻爱情,情深藕断丝尚连。

有人借它说廉政,出淤泥泥而不染。

有人借它言佛事,观音菩萨莲花座。

有人借它讲哲理,即便是残荷也可观。

水有冷热,火有文武。煎炸焖炖,掌握火候,是其奥妙。

天有阴晴,地有起伏,河有曲直,山有起伏。

一叶一世界。漂浮于水面的,叶片薄而小,茎细柔,没有光彩,不显山不露水。看似平淡,其实它是宝物施放出来的使者,底部直接连着藕节,一叶一藕。手扯叶茎,脚顺茎而下,就可采到嫩藕。

高举于空中的,是与大自然交换能量的神器。光合作用,将能量转换吸收输入根部,供藕之需。叶翠绿,细腻光滑,形状如伞,叶脉从中心点向四周辐射,直达边缘,映日而观,如蛛网般细密,色绿微暗。叶子高举时,中心凹,边沿凸,犹如浅浅的碧盘。夜积雾气,聚而成滴,如晶莹剔透的珍珠,在朝阳映射下,五颜六色,熠熠生辉。微雨中,水珠来回滚动,越滚越大,大到坠压叶片失衡,突然倾斜,滚出落下。阵风刮过,"哗哗"之声随风而来,群叶摆动,叶上数珠瞬间滚落。暴雨时,雨滴打在叶子上,迸成碎瓣,四处飞溅。

出水芙蓉,娇羞可爱。含苞待放,娇丽动人。盛开之际,娇艳醉心。一茎一花,绝不枝蔓。花苞如心的整体,花瓣如心的伴影,花蕊如心的仙子,花香如心的灵魂。一花一世界,一花一菩提。怪不得观音菩萨选择莲花为宝座。

荷花的一生,说她是一首诗、一幅画、一则感人的故事,绝不为过。小荷才露尖尖角,是何等的娇贵;待到含苞待放时,是何等的丰满;展瓣笑开时,是何等的艳丽。及至瓣落蕊枯,又奉献莲籽,又是何等的实惠。从出到没,饱人眼福,饱人口福,给人以愉悦。这样的一生,还不值得骄傲吗?

至于荷叶,虽同根而形有不同,功能各异。一种高举空中,为根当伞;吸收阳光,转换能量,为根输送营养,报答养育之恩。另一种匍匐水面,不显山不露水,为根遮阳挡雨,传递着水面外部环境的讯息。弟兄俩不与花争宠，奉献一片翠碧，甘为荷花配色，又是何等的精神境界？

人生能如荷吗？珍惜分工，各司其职，该发力时不惜力，该辉煌时不彷徨，该奉献时不吝啬，该配角时不争位，发挥整体效应，赢得整体荣誉，打造整体强势吗？

"接天荷叶无穷碧，映日荷花别样红。""红白莲花开共塘，两般颜色一般香。恰似汉殿三千女，半是浓妆半淡妆。""小荷才露尖尖角，早有蜻蜓在上头。"

缸中之荷不缺肥，不缺水，不缺阳光，缺的是恣意生长的空间。荷根只能绕着一个小缸转圈。憋屈的环境，影响了它的生发，使本该丰满的形象有些逊色。

落地生根

种蒜

我喜欢吃蒜。从蒜苗到蒜薹到蒜瓣，生着吃，熟着吃，腌着吃，切片吃，拍成蒜泥吃，常年不间断。

吃大蒜好处多。生着吃可以杀菌，可以畅通血脉，可以防止肠炎，可以刺激胃口。我并未考虑这些功能，只是出于食欲。

当然，生吃大蒜也有它的弊端。吃多了，眼角总感觉黏黏的，眼睛有点发雾。有些蒜头刺激性太大，胃有毛病的人吃了也受罪。

特别是紫皮独瓣蒜，生吃多吃了，对口腔和胃的刺激难以承受。俗话说："葱辣嘴，蒜辣心，韭菜专辣舌头根"，实践过的人，多知道此言不虚。

我小时候吃过"糖蒜"。这种蒜并不是加糖腌制的，而是成熟的蒜瓣，在自然存放过程中，糖化变质，由硬变软，由白变成红糖一般，完全没有了大蒜味，辣味也完全消失了。

吃过好多腌制的蒜头。每年都是自家人动手做。选用八九成熟的蒜头，剥去外壳，留下内层嫩皮，加适量食盐和红糖轻拌，然后放置半天，再装坛封口，一月后开坛食用，蒜香扑鼻，口感微甜，特别开胃。

生活在农村时，吃的大蒜都是自家栽的。到城里居住后，吃的大蒜是从菜市场上买的。这几年，一半靠买，另一半是自己动手栽培。

栽大蒜第一要务是不能错过节令。农谚说："五月初五不在地，八月十五不在家。"前者要收回来，后者要栽出去。末伏是种蒜的好季节。

第二要务是整好地。深挖细耙，疏松土壤；开沟排水，培垄分畦；沤好底肥，讲究有机；施法多样，适量均匀。

第三要务，选好种子。现在的蒜种，别到超市里去买。为了蒜瓣保鲜，

五、风物

有人使用激光或者放射线照射，蒜瓣保存时间延长了，出苗率成了问题。到种子市场去买，质量相对保险一些。

上述条件具备时，接下来的种植很简单，只需开沟、摆蒜、封土就行。墒情好的时候种上，一周内，嫩苗就钻出地面了。

今年的大蒜，前几天就已经种上。

老天作美，种上的第二天，就下了小雨。不到一周，蒜苗就破土而出了。

竹园

一次朋友小聚，有位说他想在房边栽一株香樟树，熟人答应帮助弄一棵。不过，不大，主干不足一把粗。言下之意，嫌树小了。

我家新屋后有株香樟树，五年前栽的，粗约四拃，高达二层楼，满冠葱茏，像一柄撑开的巨伞，颇为威武。"你要是喜欢，就给你吧。"我对他说。他十分高兴，第二天，就请了几个人帮忙移栽过去。

有人不解，小声对我说，屋后有棵大树多好啊，背靠大树好乘凉嘛，送人多可惜呀。其实，我有自己的想法，想栽一片丛竹。

丛竹的好处是抱团生长，密密麻麻，节长枝高，形影婆娑，有品有味，比较养眼。另外，发笋相对集中，控制外延扩张也比较容易。

更深层的原因，是我喜欢竹子，对竹子的情感，自小开始，积攒几十年了。

小时候，竹子是家乡农家日常生活的必需品。竹筐、竹篓、竹笠、竹筛、竹席、竹簸、竹笆、竹帘、竹筒、竹扫帚、竹椅、竹床等，如影随形。特别是草屋屋顶，离不了竹子。

盖屋是农家一生中的大事。不仅自己要住，孩子大了，成家立业，娶妻生子，都离不开房屋。而盖房子的担子，都压在了上一代人身上。

那时候农村较穷，农民盖房，多用土坯砌墙，茅草缮顶。支撑屋顶的，除了大梁檩条，还有竹子。把竹子横竖捆绑成方格状，再于其上铺一层硬秆植物，一般是高粱秆、芦苇、荻子等，接着敷上掺了麦糠的泥巴，做成屋笆。最后覆盖层茅草，对关键部位进行固定。

那年代，竹子不好买，一来需要竹木证，二来缺资金，谁盖房屋谁着急。

有时候，干急也没用。有年麦收时，邻里失火，殃及无辜，我家与他接屋连山，两间茅屋烧得只剩土墙和灰烬。一家五口人蜗居在一间厨房里生活半年，直到秋后。

　　收了秋庄稼，生产队指定一块稻田作为土坯场。亲朋好友帮助，帮忙打了土坯。分到的草埂草山，收获了茅草。砍了宅子上数棵杂树，用作屋檩。唯一没弄到竹子。无奈，只好用葵花秆替代竹子了。

　　一般家庭，是不用葵花秆做屋顶原料的。因为葵花秆质地疏松，不结实，支撑力弱，容易折断，变朽速度快，不耐用，隔不几年，就得翻修更换。

　　几年后，我参加了工作。当家理事了，就想建一片竹园。一次到朋友家，见到他们那里有竹园，就拜托他们帮助。

　　正月的一个上午，我到宅后去，看见一个中年男子，挑着几株元竹，艰辛缓慢地向我居住的庄子上走来。定睛再看，身影较熟。及至庄头，看清了，正是那位朋友。我赶忙迎了上去。

　　这一日虽说是晴天，却刮着大风，冷飕飕的，乡下人还穿着棉裤棉袄保暖御寒，他却穿着夹衣，头上滴汗。他家离我家二十多里，重担送竹过来，实在辛苦。我赶忙接过挑子，放在屋山旁，请他进屋，递上毛巾，倒水拿烟。

　　擦把汗，洗过脸，点着烟，喝口水，聊起竹子事来。他说，这竹子长在一个水圩子里，为了防止有人偷砍竹子，队里把路坝子挖了，他是光着身子，蹚水过去挖的。

　　我听了更加感激。水冷刺骨，挖着不易；远路无轻担，何况有遇上迎风？母亲赶快准备几个小菜，一碗腊肉。妻子帮忙燎壶烧酒，我陪着痛痛快快喝着。一盅又一盅，你来我去，直喝得面红耳热，飘飘欲仙。

　　朋友走后，我立马准备园地。屋前百米，有片小菜园。临近宅沟路坝，斜对堂屋大门，栽到那里，便于管理，同时，倚门而望，就是竹园景色。

　　确定了地方，开始准备粪肥。竹子喜欢松软的土壤。为此，弄来堆在稻场上的麦糠，挖起粪堆里的熟肥，掺杂混合，翻拌均匀，用作底肥。

　　几年后，一片竹园成了宅子上的一景。竹影婆娑，春笋勃发，群鸟和鸣。竹林里最多的是麻雀。早晚最多，叽叽喳喳，分外热闹。

　　春天，我走进竹园，似乎能够体察到竹子的蠕动和拔节声。也正是此时，我似乎悟出了一个道理：新栽的竹子明里未发新竹，暗地却在延展根系，储势待发。不发则已，一发惊人。

但是，竹园也不是完全是清净之地。每当走进，总要左顾右盼，担心有蛇。竹林里容易藏蛇。家乡的毒蛇主要有蝮蛇（俗称土布袋）、金环蛇（俗称花亮杆）等，而竹叶青蛇最喜欢活动在竹林里，若被咬着，那可不是好玩的。

有时候，观竹赏竹，头脑里情不自禁地泛起一些关于竹子的趣事。历史上，喜竹、爱竹、吟竹、画竹的人很多，郑板桥和苏东坡、解缙便是典型的代表。他们对竹子都情有独钟。苏轼在《于潜僧绿筠轩诗集》里有"宁可食无肉，不可居无竹。无肉使人瘦，无竹使人俗"的诗句。

郑板桥对竹子情有独钟。他得吟竹诗世代流传："衙斋卧听萧萧竹，疑是民间疾苦声。些小吾曹州县吏，一枝一叶总关情。"他画竹，先入微地观察，把"眼中之竹"转化为"胸中之竹"，借助于笔墨，挥洒成"手中之竹"即"画中之竹"。其作品存世多，流传广，自清代以来，被世人行家所叹服。

解缙的竹联传得也很普遍。说是有年春节，他在后门上贴了一副春联："门对千竿竹，家藏万卷书。"对门的员外看了很不高兴，心想只有像我这样的人家，才配贴这副对联，就命仆人把竹子砍了。不一会，家人来报，解缙的春联改成了"门对千竿竹短，家藏万卷书长。"员外听吧，非常恼火，令人把竹子连根挖出，不料解家的春联又改成为："门对千竿竹短无，家藏万卷书长有。"

古往今来，对竹子的赞赏佳句不胜枚举。茂林修竹，细雨清风，描述的是其诗情画意。入土有节，凌云虚心，昭示的是其高贵品格。竹雨松风琴韵，茶烟明月书声，是一方清静的世界。莫嫌雪压低头，红日归时，即冲霄汉；莫道土埋节短，青尖露后，立刺苍穹，赞其顽强的生命特征。

在竹园尚未形成气候的那年，生产队决定撤小庄并大庄。庄子上的居民整体搬迁。这时，我拜托一位朋友在南山里买了几捆竹子，从百里之外运回。我家的房顶，第一次用上了这么好的竹子。

不舍得丢弃竹园，决定在新居附近营造一个新的。新园选在屋前西南角。移植成功后，成为新宅子一景。不过，多年以后，那片竹子始终没有超过老竹园里的长势。

在我们那里，周遭数里之内，没有竹园。我家的竹园堪为一景。但是，园里的竹子，却一直没有发挥大的作用。乡亲们不会利用竹子编筐打篓，更谈不上制作竹编工艺品，生产生活中的竹制品，都靠外地进来。就连盖屋，也得从主产地购买。

新竹园旺起来时，我早离开了家乡。其后多年，每次回去，都要到竹园边走走，有时钻进竹林里看看。父母走了，老屋易主，竹园也随之消失了。

现在，老宅子自上的竹园成了梦中的记忆。偶尔，也翻出老照片看看。虽然，那时拍的不是彩照，只是黑白照片，却特别勾情。不只因岁月沧桑，人老怀旧，更有家乡情深，难舍故土的缘由。

前年，我决定在新居附近种片竹子，找回老家竹园的味道。一位朋友知道了我的想法，从外地帮助弄了一丛，约有十五六竿，截去三分之一竹梢，留下三分之二主干，栽在屋后东北角上，就是起走了香樟树的那个位置。

第一年，成活了，但是几乎没发新笋。第二年，发了稀稀拉拉几株，又瘦又小，弱不禁风的样子。第三年，一场春雨，一下子从地下钻出来多株。现在，那势头简直令人惊叹。

蔷薇

几株蔷薇墙外栽,
暖风一阵笑颜来;
香伴粉红满枝头,
蜂飞蝶舞把蜜采。
好花知时惜春光,
人生切莫误季节;
该发奋时则发奋,
扬帆远航抒情怀。

我家院墙外,种了几枝蔷薇,经过三年的生长,枝繁叶茂。一周来,花开旺盛,香气飘飘,看花闻香,都很怡人。

蔷薇又名刺玫、白残花等,老家人叫它刺么苔。可能源于花茎带刺的特征。

有家刺么苔,也有野刺么苔。野刺么苔自生自灭在原野里,耐旱耐涝、耐热耐寒,田埂、路边、山坡都有生长。

家刺么苔则栽在房前屋后,院墙内外,篱笆附近,园埂旁边,也有盆栽。

野刺么苔花瓣瘦小,重瓣不多,但也是满枝艳丽,清香飘飘,为春日碧绿的原野增添了花色。

家刺么苔叶片肥厚,花多重瓣,花朵密集,香气浓郁,盛开时候,花团锦簇,如痴如醉,艳丽无比。

蔷薇自古是名花,人们多有栽培。花香怡人,从花瓣中提取的芳香油,贵于黄金。

蔷薇有好多品种。不同品种，花形、花色和香气也有差别，可谓各有千秋。花色有乳白、鹅黄、金黄、粉红、大红、紫黑多种，花朵有大有小，有重瓣、单瓣等。

粉团蔷薇红色，单瓣，数花或多花簇生，为扁平伞房序；七姊妹，叶大重瓣，常六七朵合成扁伞花序；荷花蔷薇，重瓣，淡桃红色，状似荷花；黄蔷薇，颜色鲜艳，花期特早。

也有人称蔷薇有香水蔷薇、红枝蔷薇及光叶蔷薇的。蔷薇的种类、变种、品种多，各地名称也不一致。

野蔷薇的果实艳红欲滴，逗人喜爱。人工栽培的蔷薇只开花，不结果，繁殖采用剪枝扦插方式进行。成活率很高，生长也很快。

六、随想

学琴笔记

题记：学琴两年半，漫弹十几首；《醉渔唱晚》后，《流水》在前头。

与古琴结缘，两年有余。师承中州派琴家宋大年，再拜泛川派名家丁承运。丁妻付丽娜、女儿丁霓裳也临堂授课。还有古琴大家傅雪斋、管平湖、吴景略、张子谦、李祥霆、龚一、成功亮、戴晓莲、赵家珍、如山法师等人的演奏，从互联网上下载，买光碟播放，开启 ipad 浏览，在微信里收藏。老师无处不在，同学也是其中一员。启蒙《上学歌》，接弹《仙翁操》，再学《秋风词》，继而《良宵引》。春习《阳关三叠》，夏练《醉渔唱晚》，秋抚《平沙落雁》，冬鼓《鸥鹭忘机》。热修《普庵咒》，冷温《酒狂》，静时《四大景》，忙后《归去来辞》。常常自弹自听，偶尔也示友人。平日自寻忙碌，多为自娱自乐，琴至高潮，心如白云飘飘，意飞九霄云外！人老心未老，浪起新风生，闲来动七弦，三音勤耕耘。《高山》难攀，《流水》难越，有志者事竟成，梦中现彩虹。

1. 缘起

题记：姜子牙72岁出山，辅助文王，夺取天下，是神话。当代一位女性，63岁开始学认字，72岁开始练写作，已出书两本，非虚构。有几分付出，就有几分收获。有目标、有追求、有毅力、有韧劲，旷日持久，必有成效，不敢说"超越"，却可以说"能行"！

深秋的一个夜晚，一张古老的乐器摆放在我的面前。七弦，十三徽，头颈腰尾俱全。试着拨动几下，深沉悠远的声音共振了我的心灵。这是我走近古琴的第一个脚步。

落地生根

我自小喜好音乐。欣赏名曲，常如痴如醉。年轻时曾经摸过二胡、板胡、京胡和笛子，中年时又试着吹过口琴、敲过电子琴，但都是浅尝辄止，未入皮毛。古琴十大名曲，听过不知多少遍，却不认识古琴，没摸过古琴，更没想过学古琴。

与古琴结缘，始于偶然。两年前，有位朋友从省城回来，相聚时，得知他学弹古琴已经逾年。我问学得如何，他播放了用手机录下的《平沙落雁》。我的思绪随着旋律一下子进入了诗画般的境界，冲动随之而来，渴望古琴美妙的乐音也能从自己的指缝中流淌出来。

恰巧，有朋友正酝酿筹办古琴学习班。听到消息，正合我意，决定参与。此时，我已经63岁，按照传统观念，是含饴弄孙、颐养天年的人生阶段。新学一门学技艺，学得好不？有必要没？要知道，古琴在民族乐器中，是较难学的一种啊。

犹豫的时候，我想起了两个老人。一个是我知其名却不认识的人，他叫褚时健，曾领导"红塔山"集团创造了事业的辉煌，人生如日中天时突然跌入低谷，重获自由时已经年过古稀。但他没有服老，还想继续展现人生的价值，承包山林，种植甜橙。到了年近八十时，又成气候，种的"褚橙"市场旺销，收获颇丰，资产近亿。

另一个是我称呼"五叔"却不是本家的人。有年清明节，我回老家给父母扫墓，路遇一个年过古稀的老家邻居，姓张，弟兄里排行老五，小辈们喊他五叔。他牵牛扛犁，去犁春田。我递上一支香烟，与他攀谈几句，随口问道："这把年纪了，还去犁田耙地？"

他笑了笑，说："身子骨还行！乡下人没有退休一说。庄稼不收当年穷，活着就得干活。只要有口气，不能坐在家里吃闲饭。"

掷地有声的话，深深印在我心里。多年来，每每想起，都大为感慨。多好的精神啊！人在世上，贵有精神。精神不老，生机不灭。有生机，人活得才有滋有味。不说"老夫聊发少年狂""鬓微霜，又何妨"吧，力所能及，坚持修为，总比吃饱等饿强吧。

我一向认同人有三种年龄的观点。不同的人，有不同的实际年龄、身体年龄和心理年龄。有人年龄未老身先老；有人身体未老心已老；有人年龄老了，身心都没老。老当益壮，多动动脑子，说不定可以预防老年痴呆呢！

有些知识，我也是年过半百后才学习的。比如，53岁学开汽车，56岁学用电脑，57岁开了博客、邮箱、QQ、微博、微信等，也学会了使用。学会这些，对日常生活来说，方便多了。对古琴，我自信，树恒心，认真学，坚持练，能行！

2. 聘师

题记：虽然不都是近朱则赤，近墨者黑，但是，环境与氛围的影响不可低估。并非科班出身的他，早年在厂里当工人，自小受古琴世家的熏陶，如今成了我们的古琴老师。

学古琴，需要一位老师。

三年前，在洌河岸畔这个秀美的城市里，有众多音乐培训班，教钢琴、小提琴、手风琴、电子琴、吉他、古筝、二胡、笛子的都有，就是没听到有人教古琴。

市文联主席也想学古琴，只好背着古琴去郑州参加培训班。她的老师是有名的古琴师。请老师的任务就由她来承办。

请来的老师名叫宋大年，四十岁露头，中等身材，国字脸，大眼睛，胖乎乎，光油头，生于古琴世家，说一口流利的普通话。其母丁纪园，大学教授，专教古琴。姨娘教古琴，舅父教古琴，舅母也教古琴，表妹修的也是古琴。

古琴世家的氛围影响了他，熏陶了他，自小跟随母亲学古琴。当工人后，也没间断，虽没进过音乐学院，却弹得出神入化。随着古琴爱好者日益增多，在郑州办班当老师，忙得不可开交，带出了不少弟子。如今，中州琴家们号称"中州派"，他应该是其中的重量级。

第一次见面，在碧海名居住宅小区文化中心二楼一个展厅里，他肩背布包，怀抱古琴，微笑着与我们打招呼。教室就选定在这个展厅里，虽简陋却宽敞。

几十年古琴弹奏阅历，可以带研究生的老师，今天，要教的学生都是"幼儿园"级，多数人不通音乐语言，不懂韵律节奏，不识简谱和五线谱。一句话，零基础。

从启蒙开始。第一堂课，普及基本知识，提出学习要求，商定授课方法和授课时间，议定购买古琴、琴桌、教材等事宜。

此后，每周二夜晚七点半到八点半上课。这样安排时间，为的是方便老师和琴友们都能够按时参加。宋老师每周二下午从郑州坐高铁来，第二天上午坐高铁回。往返两个多小时。

每堂课分为三时段。第一段回琴。按座位顺序，从前排到后排，从左到右，逐人弹一遍上堂课所学的内容。老师一一进行点评。

回琴是一种检验。弹得好坏虽然对工作和生活没什么影响，但是，入了门就有责任感。俗话说，人活一张脸，树活一张皮，面子无光，会觉得窝囊。

于是就有了心理压力。压力可以转变成动力。不想心慌和脸红，就去多练习。勤能补拙，熟能生巧，铁杵磨成针，功到自然成。

每次回琴，我都体验到琴友们平日的用心。工作忙，家务累，没放弃练习。安静的练琴环境，要靠满腔热情加上一股子韧劲，坚持住就是好样的。

所教的第一首琴曲是《上学歌》。这是幼儿园小朋友初入校门时学唱的歌。"太阳当空照，花儿对我笑，小鸟说，早早早。你为什么背上小书包？我去上学校，天天不迟到，爱学习爱劳动，长大要为人民立功劳。"

通俗易懂、简洁欢快的旋律和歌词，曾伴随一代又一代人走过幸福的童年。昔日唱过这首歌的人们，陆续踏入人生旅途，成为各行各业的生力军。许多人也许淡忘了曾经唱过的不少歌曲，但这首一般不会从记忆中抹去，因为那是童年深刻的记忆。

把这首歌移植成古琴曲的，是宋老师的母亲丁纪园女士。移植的曲谱收集到娘俩合著的教材《琴学初蒙》之中。几乎一个月，我们都让一颗童心在琴弦间游走，直到熟练，才另开新曲。

3. 置琴

题记：古人打仗，用的是冷兵器。同是刀枪剑戟，在不同将士手里，威力也不一样。与敌对阵，生死存亡，全在自身功夫。弹琴也是一个道理，一张古琴，在不同功力的人手里，弹出的韵味也不相同。即使面对一张好琴，末流的琴人也难弹出像样的高山流水。

逛遍本市琴店，找不到古琴。大家商量，委托老师帮助。

老师入籍古琴界多年，琴家、琴厂、琴店、琴行情，了如指掌。几位琴友随他千里迢迢，到江苏选琴。

所去之处古琴琳琅满目，令人眼花缭乱。一张古琴，价位从数千元到数万元不等。还有更贵的。朋友打电话征求意见，我决定买张价位偏低的。

几个月后，发现这张琴韵短，打板，六七弦有噼啦音。请教老师，答应帮助调换琴弦。下课后，又改变了主意，决定带回郑州换张新的。我听了，颇为感动，下次来，得陪他多喝几杯。

一位朋友听说我在学琴，便托古琴界朋友李家安先生帮助弄张古琴。李先生能琴，会埙，据说是当代第一个做埙的人，十几年前，跟朋友来过这里，想在南湾湖畔建一个古琴馆，后来不知何因，搁置了，没再联系。

这张琴样子还行，音色比较纯正，就是音量偏小，余韵不长，音乐表现不够丰满。一个人待在书房里，自弹自听，还觉凑合。环境稍大一点，就听不清了。弹了不到半年，又掉了几处漆。据以上几点判断，属于一张质量一般的产品。

弹着弹着，辨音能力随之提高，对古琴音质也产生了新的追求。朋友委托当代著名古琴家吴钊先生帮助挑选了一张，花费不大，音效不错，物美价廉，是我目前用着比较满意的一张琴。

当前，市场上名琴多得是。不过，我没抱一丝拥有的期望，因为太贵了，有些甚至贵得吓人。像王鹏与马维衡亲斫的琴，起价分别是40万与20万元，以他们名义监制的厂琴，价格不菲。

弹好古琴，有张好琴固然重要，更重要的是弹奏水平。技不如人，即使拥有一张好琴，也未必能弹出动人心弦的天籁之音来。

4．识琴

题记：一幢房屋，一目了然，看到的只是外表。是砖混结构还是框架结构，设计是否合理，每套多大面积，空间布局怎样，使用面积多大，使用的材料环保与否？得作进一步考察和研究。把一张古琴看透，潦草马虎不行，需要用心研究一番，上手多弹几遍。

古琴貌似简洁，其实并不简单。仔细看，耐心读，弄懂了，基础才好。

辨形。古琴的主体由两块木板构成。上半部分用的是杉木或桐木，木质松软，便于透音；下半部分用的是梓木，质地坚硬，可以阻止音频下行。形体有仲尼式、伏羲式、列子式、连珠式、灵机式、落霞式、伶官式、蕉叶式、神农式、响泉式、凤势式、师旷式、落瀑式、鹤鸣秋月式等。

明制。不管什么样式，制式规则基本如一。长约三尺六寸五，象征一年三百六十五天；宽约六寸；厚约二寸；下部扁平，上部呈弧形凸起。整体依次分为头、颈、肩、腰、尾、足。

识名。头的上部称作"额"，下端镶有用以架弦的硬木，名"岳山"。底部前后大小两个音槽，分别称为"龙池""凤沼"。岳山边靠额一侧镶有一根硬木条，称为"承露"，上有七个"弦眼"，用以穿系琴弦。其下有七个用以调弦的"琴轸"。琴头的侧端，又有"凤眼"和"护轸"。自腰以下，称为"琴尾"。琴尾镶着刻有浅槽的硬木"龙龈"，用以架弦。龙龈两侧的边饰称为"冠角"，又称"焦尾"。

认弦。早期五弦，内含"金、木、水、火、土"五行；外合"宫、商、角、徵、羽"五音。后来又加文武两弦，传说为文王和武王所加。现在使用的一般都是七弦琴。琴弦过去是丝质，三十年前增加了钢质。现在，琴家广为使用的是钢弦。

解音。琴上标有取音的十三个徽位，象征一年十二个月和一个闰月。琴腹内，头部有两个暗槽，名"舌穴""音池"，尾部也有一个暗槽，称作"韵沼"。与龙池、凤沼相对应处，各有一个"纳音"。龙池纳音靠头一侧有"天柱"，靠尾一侧有"地柱"。发声时，"声欲出而隘，徘徊不去，乃有余韵"。

古琴音域宽广，音色深沉，余音悠远，穿透力强，表现力丰富圆润。它有三种音色：泛音、散音和按音。泛音如天，透明如珠，丰富多彩。散音如地，嘹亮、浑厚，宏如铜钟。按音如人，其低音区浑厚有力，中音区宏实宽润，高音区尖脆纤细。

三音交融，聚于一体，变化无穷，可状人之情怀，达天地之理，凡高山流水、万壑松风、水光云影、虫鸣鸟语、人情世理，皆能蕴含表达。

5. 读史

题记：古人讲，读万卷书，行万里路。博学能多识，经多见才广。好书家，讲求字外功夫。好画家，追求画外寓意。好琴家，也应该关注弦外之音。熟读琴史，增加功力，提升便蕴含在潜移默化中。

熟悉琴史，对古琴爱好者来说，也是基本功夫之一。

古琴已有三千余年历史。在出土二千四百年前的古墓中，曾见证过古琴。

古琴原名琴，也叫瑶琴、玉琴、丝桐、七弦琴。20世纪初期，有人加了个"古"字，以区别钢琴、扬琴、马头琴、手风琴等其他琴类乐器。

传说伏羲、神农、唐尧、黄帝和虞舜都会造琴。汉代以后，琴的应用日趋宽泛。唐宋以来，留下了不少传世名琴，大圣遗音、九霄环佩便是其例。古琴经过漫漫长路，长盛不衰，在世界乐器史中，实属凤毛麟角，极为罕见。

最早的专业琴人是西周时的钟仪。春秋时诸侯宫廷中都有琴家，且大多以"师"为氏，如师旷、师文、师襄、师涓等。先秦时期把琴用于伴奏和演唱，称为"弦歌"。战国时期琴乐得到发展并普及。

汉时，《胡笳十八拍》《广陵散》已经流传。"建安七子""竹林七贤"等，不仅会弹奏，而且能够创作琴曲。嵇康、阮籍都有作品传世。

古代名曲，多跟名人有一定关联。如：孔子弹《文王操》而知周文王，司马相如弹《凤求凰》而得卓文君，俞伯牙弹《高山流水》而遇钟子期……

南北朝时期，南朝隐士丘明有文字谱《碣石调·幽兰》。隋唐时期琴曲有《风雷引》《昭君怨》《离骚》《阳关三叠》等。

唐朝时期斫琴有大的发展，四川雷氏家族所斫的"九霄环佩"现在犹存。减字谱在唐代也逐渐成熟，成为记录琴乐的主要谱式。

两宋期间操琴人特多，很多人以能琴为荣。到了宋元，开始出现流派传承。著名琴人有范仲淹、欧阳修、苏轼等。

明清时期，流派纷呈，大量刊印琴谱，现存第一部减字谱《神奇秘谱》保

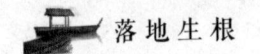

存了众多古琴曲。

清朝后期，琴艺相对衰落。清末至新中国成立初期，全国能琴者百余人。

20世纪20年代在苏州、上海一带成立的今虞琴社以及编印的《今虞》琴刊是当时琴界的唯一盛事。50年代，查阜西带领调查小组在中国琴人聚集的地区进行普查，造访多位琴人，收集文字及录音资料，整理出版了《存见古琴曲谱辑览》《琴曲集成》等书，为古琴艺术的复兴奠定了基础。

其后，古琴逐渐纳入音乐专业教育体系，管平湖、查阜西、吴景略、顾梅羹、张子谦、卫仲乐等在北京、上海等地研究、传授琴艺。琴家们除了恢复古曲之外，也尝试过创作新曲。

古琴不仅是一种民族乐器，也是一种文化象征。她的历史，蕴藉着数千年中华文明的元素。俞伯牙摔琴谢知音，诸葛亮抚琴退曹兵，嵇康终弹广陵散等，脍炙人口。士大夫们曾把"琴棋书画"作为必备的文化素养，琴居首位。

6. 认谱

题记：五线谱和简谱，是音乐人必须掌握的工具。舞不动这两根拐杖，就走不了好声音这个金光大道。但是，即使娴熟五线谱和简谱的人，不经专业学习和训练，也读不懂古琴谱。古琴谱，对局外人来说，简直就是天书。

头一次翻阅古琴谱，就像看天书。密密麻麻的方块字，令人眼花缭乱，一个也看不懂。

古琴谱在乐谱中是独一无二的。早先无谱，学习时，要与老师面向而坐，一点一滴地模仿老师动作，领会技法、韵律和节奏。后来用文字表述的方法，表述一个音节，要用多行文字。再后来发明了减字谱，把不同的汉字拆分组合成谱字，每个谱字都代表一定的手法。实际上是技法谱，没标明音律节奏，依然难以掌握。

古琴谱存世百余部。大型曲集有《神奇秘谱》，《太古遗音》《蕉庵琴谱》《琴学丛书》《梅庵琴谱》《今虞琴刊》《琴曲集成》《古琴曲汇编》《古琴曲集》等。

现在广泛使用的古琴谱,是经过古琴家打谱以后,用简谱或者五线谱标出音高和节奏,排列于减字谱上方,以便上下对照,既明了指法,又指出音高和节奏,使新学者有了一条相对便捷的路径。

古琴打谱,是熟悉琴曲一般规律和演奏技法的琴家,对琴谱进行再创造的过程。因过去的琴谱不直接记录乐音,只是记明弦位和指法,其节奏又有较大的伸缩余地,所以打谱者必须耐心细致地揣摩曲情,反复推演,力求再现原曲的本意。这不是一般人能够做好的,也不是一朝一夕就完成的,琴界用"大曲三年,小曲三月"来形容这个过程。

每个谱字通常分为上下两部分,上半部表示左手指法及徽位,下半部表示右手指法及弦次。经老师指点,加上自钻琴书,半年时间才看懂常用部分。一年后才熟练了一些方法。两年后,基本达道无师也可学弹新的小曲了。

7. 练技

题记:宋老师说,古人练琴,曾用一升豆子来考量自己。一支琴曲,弹一遍,取出一粒豆子。一升豆子取尽,算是成就了一曲的功夫。丁老师说,弹好古琴,没有捷径,每曲三千遍!弹够了,自然好听了。

乍一听,三千遍,算个啥。细算算,乖乖呦,不简单。一天弹一遍,得十年;一天弹三遍,也是三年。

有位老兄,在首都工作。听说我在弹古琴,让我放一曲他听听。听后颇感兴趣,也想学弹。

几月之后,我又去北京时,恰好手头有张琴,依他之意,带着琴和琴谱去相聚。他看了谱,又看了我现场弹奏,并试着拨会儿弦,主意随后改变了。

他说:"我以为简单呢,看来比想象的难。"难吗?说难也难,说不难也不难。关键是下不下决心。能琴者,需勤也。欲得其道,需潜心修炼。

急性子吃不了热稀饭。功夫未到,难够味道。铁杆磨成针,功到自然成。难者不会,会者不难。弹,坚持弹!困难像弹簧,你强他就弱,你弱它就强。精品需磨炼,弹它几千遍!

今年夏天以来,我每天早晨天亮起床,洗漱完毕,先事弹琴。一个小时后,出去散步、打羽毛球。然后回屋吃早饭。

掌握指法和技巧,是弹好古琴的必备条件。头几堂课,安排的是指法练习。基本要领是右手弹弦、左手取音。虽然听起来并不复杂,右手"八法"抹、挑、勾、剔、打、摘、擘、托,左手按、放、绰、注、吟、猱,但是,要做到位却非常费劲。达到运用自如,轻重得体,快慢适度,很难。

琴书记载的指法有几百种,如今常用的也有几十种。右手另有轮、拨、刺、撮、锁、滚、拂、如一、双弹等。左手常用的还有罨、跪、撞、进复、退复、掐起、带起、抓起等。有趣的是,两个小手指一直坐冷板凳,不执行任何任务。

左手按弦之指和按弦部位的不同,右手弹弦强弱的变化,均可造成音色差异。同一种弹弦技法,力度不同,也可产生轻柔飘忽或沉重刚烈之音。速度的变化,发音也跟着变化。随心应变,奥妙无穷。

练习技能是件苦事,正如好多事情,貌似轻松愉悦,一旦向着专业水准努力,苦练成为一种必须时,就有苦涩渗透出来。比如,钓鱼为了谋生时,打球为了比赛时,跳舞为了生存时……技法表现在手上,神韵源起于心中。心手协调,心神合一,曲意才能自然表达。

8. 知德

题记:古人云,"琴之为器也,德在其中"。琴德淳和淡雅,清亮绵远,意趣高雅,乐而不淫,哀而不伤,怨而不怒,温柔敦厚,形式中正平和,无过无不及。

晋朝时期的竹林七贤,常聚常饮,弹琴吟唱。其一嵇康,《琴赋》:"愔愔琴德,不可测也。"唐代薛易简在《琴诀》中讲:"琴为之乐,可以观风教,可以摄心魄,可以辨喜怒,可以悦情思,可以静神虑,可以壮胆勇,可以绝尘俗,可以格鬼神,此琴之善者也。"

《宋史·乐志十七》:"众器之中,琴德最优。"《白虎通》曰:"琴者行,禁止于邪,以正人心也。"清钱谦益诗句:"阶前警鹤谙琴德,竹里迁莺和友声。"清梁章钜《归田琐记·曼云先兄家传》:"自以生性卞急,欲托琴德,以自养其天。"古琴的韵味是虚静高雅的，要达到这样的意境，则要求弹琴者必须将外在环境与平和闲适的内在心境合二为一，从而达到琴曲中追求的心物相合、人琴合一的艺术境界。

古人对演奏"圣人之器"的琴，有其独特严格的规范。《红楼梦》第八十六回，贾宝玉要林妹妹为自己演奏一曲时，林黛玉说："若要抚琴，必择静室高斋，或在层楼的上头，在林石的里面，或是山巅上，或是水涯上。再遇着那天地清和的时候，风清月朗，焚香静坐，心不外想。"又说："若必要抚琴，先须衣冠整齐，或鹤氅，或深衣，要如古人的像表，那才能称圣人之器，然后盥了手，焚上香。"这是深谙琴道之语。

道家最理想的音是"大音希声""至乐无乐"的境界。庄子将音乐分成"天籁""地籁""人籁"三类，认为只有"天籁"才是音乐的最高层面。

传说陶渊明的琴桌上常年摆着一张无弦无徽的琴。每当酒酣耳热兴致盎然时，就在琴上虚按一番。后来李白有诗写道："大音自成曲，但奏无弦琴。"抚琴和听琴需要安静的环境和安静的心境。心焦气躁，环境嘈杂，弹不好琴，也听不好琴。净手、静心、焚香、端坐、屏息，是琴家追求的境界。对心而弹，心境的表达，弹给知音者听，是一种高雅。

著名琴曲《广陵散》是最难弹的一首古琴曲。它带来的不仅是音乐形象，而且有深沉永恒的历史悲怆。据说作者就是嵇康。嵇康字叔夜，三国时魏人，宫中散大夫，能文善曲，因不满司马懿父子谋夺曹魏政权，而被司马昭借吕安的案子杀了他。临刑前，他索琴弹奏了《广陵散》，表现出临危不惧、视死如归的气度。

《广陵散》表现的是战国时期义侠聂政的故事，从而抒发了梦想与追求，或仰慕，或赞美，或鞭挞，或挚爱，或愤恨，自古以来，以催人泪下的力量，感动了许多文人雅士。谢灵运《道路忆山中》："凄凄明月吹，恻恻广陵散。"庾信《夜听捣衣》："声烦广陵散，杵急渔阳掺。"李白《白漂水道哭王炎》："一罢广陵散，鸣琴更不开。"

如今，有些琴者并不在乎琴德，自身功夫不厚，还故弄玄虚，彰显高古，装模作样，招摇过市；或敷衍于办班、讲座之列，或串行于演出名利之场，有损于传统文化的光辉。

落地生根

9. 随派

题记：文学艺术界有许多派别，就艺术风格方面而言，指的是不同特色。字有字派，画有画派，学有学派。同一首诗，不同的书法家写出来风格不同；同一个景，不同画家画出来的韵味不同，同一道题，不同作家写出来的感受不同；同一首琴曲，不同派别弹出来韵味也不完全一样。

老师让我们购买一套《琴学备要》，本市的琴行、书店买不到。一位同学通过网购，解决了问题。

全书上下两册，是顾梅羹先生所作。顾先生是古琴教育家、演奏家，自幼习琴，深得川派琴家张孔山真传，先后在沈阳音乐学院、上海音乐学院任教。书中内容包含琴学历史、理论、指法、琴曲等。

我原以为他是川派，老师说是泛川派。历史上古琴派别很多，影响较大的有广陵派、诸城派、燕山派、蜀山派、岭南派、梅庵派等。

泛川派的形成，是山东诸城王溥长、王作祯、王露祖孙三代以虞山派为基础，另有王冷泉和他的学生王宾鲁以金陵派为基础，二者汇流，结合当地民间音乐风格，而形成的具有山东地方风格的流派。

各派艺术观点和演奏风格都有各自的特色。像梅庵派，弹奏特点缠绵，吟猱幅度较大，代表人物王燕卿等，代表琴曲《平沙落雁》《秋江夜泊》《捣衣》等。

寻同，是基础。就像盖楼，一砖一瓦，实实在在，不能偷工减料。至于高度掌握、空间布控、雕刻装饰，各师父各传授，也就各领风骚了。

书法、绘画、摄影，只是入帖，称不上家。有了自己的风格，才能与家沾上边。弹奏古琴，也不例外。同样一首曲子，弹得与老师一个模样，不算出类拔萃。虚心学习不同流派的风格，博采众家之长，弹出自己的特色，才更有出息。

我们接受了泛川派和中州派著名琴师的直接指教。又利用互联网和光碟，反复观看、聆听了各派著名琴家的演奏，自己属于什么派，也弄不清楚了。

有一点不容置疑，众多琴派的风格，影响是潜移默化的。琴友们有时也是我的老师。与他们交流，常常从一个指法一个音节中，感觉到自己的改进之处。真是"三人行，必有我师焉"。虚心学习，不知满足，才能深谙琴艺，提高水平，弹出动听的琴曲来。

学琴也包含着传承与创新的辩证统一哲学概念。不注重传承，就缺少根基。忽略了创新，就缺少个性。筑实根基，才能够长出好苗。可以师承多门，却不可不钻透一家。见异思迁，蜻蜓点水，结果很可能是一塘浮萍。

10. 提问

题记：学琴一段时间，老师熟了，同学熟了，师生和琴友之间，渐无疏离之感，大家相亲相处，和谐自然。年余思考的问题，如鲠于喉，不吐不快。一次即将下课时，感觉时机成熟，便向老师提了出来。

第一个问题，古琴是中华民族瑰宝，被列入世界非物质文化遗产，在历史上地位很高。据说在20世纪60年代评选的中国十大名曲中，古琴曲占了七首！后来，又评出古琴十大名曲，有《广陵散》《高山流水》《平沙落雁》《渔樵问答》《阳春白雪》《潇湘水云》《阳关三叠》《梅花三弄》《胡笳十八拍》《醉渔唱晚》。既然如此，为什么弹的人很少？老师答得够利索："因为三难。谱难记，琴难弹，弹得不好时音难听。"

第二个问题，古琴价格差异太大，从几百元、几千元到几万元一张的都有，还有几十万元甚至上百万元的。好琴太贵，一般人买不起。便宜的又差，弹起来不中听。为什么没人研究并利用高科技手段，斫出一流质量大众化价格的古琴？工厂标准化批量生产就出不了好琴吗？老师回答的同样简洁："古琴姓古，好琴只宜手工斫制。"

第三个问题，历史上古琴曲上千首，名曲至今不衰。现今的古琴名家，一头钻进的是古人的名曲库，而没人为名曲库增添新名曲。而其他乐器多有新的名曲，如：钢琴《黄河颂》，二胡《赛马》，笛子《扬鞭催马送粮忙》，古筝《战台风》等。这些曲子洋溢着时代气息，广受欢迎。为什么当今古琴名家没能创作出新的名曲？老师回答的仍是简单明了："古琴就是古琴，就像唐诗宋词一样。"

老师的解答，我回味了许久，也没完全消化。疑问仍是疑问。我窃以为，缺乏创新是古琴无法普及的重要原因。古琴教学、古琴研究、古琴制作，都没冲出浮躁、功利和因循守旧的樊笼。要使古琴更好地融合时代的发展，更

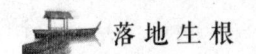

多的人乐于拨动古老的琴弦，现场聆听曼妙的琴音，同样需要创新意识，需要有志之士静下心来，做些普及提高的实事。谁如果能够让古琴被大众所拥抱，谁就是乐界一大功臣。

11. 又问

题记：对古琴，同是弹奏，为什么叫法不一？弹琴、抚琴、摸琴、鼓琴是一回事么？若不是，有何区别？想不明白，只有请老师解惑。

课堂的三段式：回琴、开讲、练习。

"好，开始回琴，回上堂课所学的段落。"老师说罢，从前排左一开始，逐人进行，一人一遍。后来，有所变更，不再要求每个人都回，愿意回的就回，不想回的就听。

接下来讲解当堂课要学的内容，重点讲解新的指法和难点，并示范弹奏一遍，愿意录像的，靠近录取。每当这时，学员们一拥而上，把老师围在中间，个个手机从不同角度对着古琴。

录过之后，各回各位。老师说"大家摸摸琴吧。"于是，各自为战，对照琴谱，逐字练弹。屋里顿时充溢着此起彼伏杂乱无序的琴声。老师则离位游走于琴桌之间，或停下指点几句，或答复学员提出的问题，或坐上学员的位置，单个示范一下。

一日，即将下课时，我提出心里的疑点，求老师赐教。"同是弹琴，为何又称抚弹摸鼓？"

老师从右手弹弦位置的角度，来回答这个问题。大意是：在一徽左边下指，为抚；在一徽右边下指，为摸；在一徽位置下指，为弹。

虽然知道了称谓与下手位置的不同，却没能从本质上悟透发声的区别。不久，又遇到一个问题。朋友小聚时，聊及古琴，有人问："古琴可以用击打的方法吗？"我说"不可。都是拨弦"。"那么，为什么有的称作鼓琴呢？鼓，不就意味着用工具敲击吗？就像扬琴一样，敲击琴弦而得音。"

虽然心里不赞成，但是一时解释不明白。把几个疑问连在一起想想，是否与弹奏环境有关联呢？比如：摸琴，环境氛围比较随意，边学边弹，随便

六、随想

练习练习，摸摸琴。在幽静的环境里，焚香一支，轻轻松松，抚上一曲，自娱自乐；或三五琴友小聚，借琴助兴，抚几曲，相互交流。在剧院、音乐厅里，面向那么多听众，可要有板有眼地弹上几曲了。或许，不过是用不同语言，来表述同一个事情罢了。

12. 琴友

题记：上课是同学，下课是同志，相会是朋友。相学一喜，相见一笑，相聚一乐，琴友宛若亲友。

琴友不多，坚持下来十位，有人半开玩笑说："十全十美！"

人虽不多，年岁相差不小，大的已经退休，小的还是八九点钟的太阳。职业几乎一人一样，有金融家、艺术家、教育家、企业家、公安干警、基层干部。性别嘛，女多于男。音乐基础呢，有会古筝、会吉他、会五线谱、会简谱的，有零基础的。

为了古琴，走到一起，求知欲望一致，认真执着一致，对人热情一致。大家和谐相处，相互学习鼓励，常联系，常相聚。每聚必交流琴艺，互帮互学，其乐融融。谁有了对曲目独到的理解，对弹好某段曲子的心得体会，都会拿出来晒晒，共同分享。

班长、秘书长是民主推荐的，有人一声提议，大家一笑认可。他们不负众望，主动为大家服务，拟定课程，接送老师，组织观摩等，想得周到，做得到位，无私奉献。

古琴声音不大，在稍大一点的场合，弹奏视听不佳。如果周围有点噪音，效果就更差。为了提升音效，一位年青琴友主动联系专业音响销售人员，选定吉他专用扩音设备和音响效果器，运用科技产品解决传统方式不易解决的难题。

13. 易师

题记：贪多嚼不烂，大家决定休学半年，把学过的内容好好消化消化，起码有几首能够弹得顺溜，弹出韵味，弹得动听，自己满意，可拿出去见人。

在一年半的时间里，宋老师每周从郑州来回一次，几乎风雨无阻，偶尔有事，提前告知，我们颇受感动。在教学上，有一种无私传授的精神，教了十首琴曲，这在古琴教学方面并不多见。

　　大家求知欲较高，听课认真，求新心切，总想多学一些曲目，弹好几首名曲。由于各有岗位工作，平时总是忙忙碌碌，练琴时间得不到保障，难免出现学新忘旧的情况。弹不精到，是普遍的问题。

　　大家商定，休学半年。期间，有人认识了武汉音乐学院教授丁承运先生。丁老师是宋老师的舅舅，曾在古都开封工作多年，任河大教授，还担任过省人大和市政协常委，后来调去武汉工作，现在已经退休。

　　人退休了，事业并没休止，依然日不得闲，讲课、演出、带学生，奔走忙碌于大江南北。郑州有他的学生，每月要往返一次教琴。考虑到路过本市比较方便，我们选择他作为复课后的新一任老师。

　　第一次来，他带着夫人。他的夫人也是大学教授，与丈夫同校，教音乐。她瘦高个，匀称身材，瓜子脸，大眼睛，言语温和绵柔，不仅弹一手古琴，而且通晓箫、瑟和埙，二人常登台合奏。

　　第二次来，女儿付霓裳随行。他们这个掌上明珠，还在上海音乐学院读研，跟随古琴名家戴晓莲研习古琴。课间抚了一曲，娴熟的手指在弦上龙飞凤舞，指法风格与父母有明显差异。

　　《归去来辞》是他教的第一首琴曲。这首琴曲是古人根据陶渊明的诗意而谱写的曲子。其诗是陶渊明四十一岁时辞去彭泽令，回家不久所写的，诗中叙述了弃官归田路上的心情，归家后的生活情趣和感受。曲中雍容平淡、急而不乖、安闲自如的意象，再现了陶公不愿违心混迹官场，热爱田园隐逸生活的情操。

　　一家三口，轮流上阵，弹了全曲，再从每个音节，每个段落，进行讲解示范，让学员自练，再与大家合弹，反反复复，不紧不慢，缓缓前行。

　　一次闲暇，我和丁霓裳聊天，问她为什么舍近求远。父母都是著名音乐教授，跟老爸老妈学琴不是很好吗？她笑笑，没直接回答。事后揣摩，也许是出于学了泛川派，再学广陵派，博采众长，更有利于崭露头角，培养独特风格的考虑吧。

当年，古琴大家管平湖，一曲流水，轰动了古琴界。这支历史名曲，古往今来，多少人弹啊。各有各的理解，各派有各派的风格，如果都是亦步亦趋，不越雷池半步，那么，后来人弹得再好，也只是个复制品，难脱前人窠臼。管平湖先生正是既拜浙派大师，又拜川派名家，吸收众师之长，勤学苦练，才创弹出七十二滚拂的精彩曲段，把《流水》推向高潮。

14. 解意

题记：利用手机和互联网，为学习古琴服务，是个好办法。我们用手机录下了老师的示范弹奏，还在网上下载了佛家、道家、儒家、前辈及现今名人的弹奏视频，观摩其弹奏手法，揣摩琴曲意境。这比古人学古琴可要快捷多了。

弹好一首曲子，必须了解曲子的意境。《良宵引》是一首很好听的琴曲，描写天高气爽、月朗星辉、清风习习、良宵雅兴的曲子。乐曲短小洗练，曲风细腻委婉，清新恬静。细心体会，才能疾徐合拍，起承转合，浓淡适度，心手相应，井井有条。

《仙翁操》是一首传统入门开指小曲，可弹可唱，边弹边唱。曲调变化不大，指法简单，可用于定弦。只是所配的唱词，从头到尾，只有"仙翁仙翁，得道仙翁"一句，实在寡味。歌词大概是歌颂道教老祖的。

《酒狂》是一首经典名曲，相传为魏晋时期"竹林七贤"之一的阮籍所作。阮籍是我们河南老乡，因厌于时政，选择退隐，常常"借酒伴狂"。

曲意表现的是魏晋文人面对压抑的政治环境，而放任天性，"醉于酒，隐于狂"的心境。曲中可以体察到抱着酒坛入席开喝时的喜悦心情和斯文举止；喝到兴致时频频互敬、不醉不休的言行；半醉时呼喊着"拿酒来、拿酒来"的形态；最后步履蹒跚，"仙人吐酒"。读懂了乐曲含义，弹出的味儿自然浓了。

老师有几杯酒量，喝酒也比较实在。一来一往，友情渐增，琴友们心照不宣，轮流做东，请他吃饭。能喝酒的，陪上几杯，不沾酒的，也表示一下敬意，偶尔，把老师喝高。"醉了，弹《酒狂》是否更好？"对琴友的提问，老师不假思索地回答："不行不行，我试过，弹不成！"

《醉渔唱晚》也与酒有关。一板三眼、淋漓酣畅的琴音，把渔人酒后在暮霭烟波中,摇桨归浦,且行且歌,此呼彼应,醉眼蒙眬的情景表现得惟妙惟肖。

《阳关三叠》也涉及酒。"劝君更饮一杯酒,西出阳关无故人。"歌词原是唐代诗人王维为送友人元二出使安西所做的渭城曲。渭城又称阳关。后来琴人加以演绎引申,谱成伴奏曲。弹奏此曲好像在重温历史:牵衣惜别,反复叮咛,依依不舍,一往情深,婉恋低徊,凄清欲绝。

《平沙落雁》流传很广,有一百多种传本。初作是谁?有说是唐初陈子昂,有说明初朱权,又有说在北宋时期已经流行了。曲子从秋高气爽,鸿雁来宾,列阵横空,若来若往,时隐时现,写到回环瞻顾,空际盘旋,欲落未落,或鸣或飞等,全曲抑扬顿挫,起伏照应,天机自然,活泼生动,把雁群聚散起落、嘎嘎飞鸣描摹得栩栩如生。

《关山月》原为汉武帝时鼓角横吹曲中的一首,是当时守边兵士在马上唱奏的军乐。唐代诗人李白曾用这首曲名写了一首诗:"明月出天山,苍茫云海间;长风几万里,吹度玉门关……"

后有琴家创作琴曲以此为名。曲中表现的是关山远戍,边塞苍凉,思归苦颜,对月伤感的景象。曲情幽静深沉,指法纯正简易,音韵优雅舒和,节奏整齐严谨。曲谱收集在顾梅羹的《琴学备要》中。

如此之类,每曲都藏着一段历史故事,都有特定的寓意。先解意,后弹奏,学弹起来,便于句段相谐,首尾呼应,一气呵成。

六、随想

我的枕头

枕头是夜梦的伴侣，情感的 U 盘，心跳的音盒，冥想的开关。

一明一暗，一天；一暑一寒，一年；一梦一醒，一生。人生三分之一的时间留给了睡眠；枕头，忠实地陪伴着这个三分之一的时间。

一路前行，我的记忆也在枕头中延伸、沉淀。它闻过我的体味，听过我的私语，窥过我的幽梦；看着我额起皱纹，头生白发；陪着我长大，伴着我成长，跟着我变老。

它的故事，与我有关；我的故事，与它相连。故事里头，蕴含着人生的轨迹，时代的变迁。

1

12岁之前枕过什么，已经模糊不清。只记得冬天，把棉裤或棉袄卷成团，放在头下，当过枕头。秋天，在稻场里睡觉，挽一把稻草，塞到被单底下当过枕头。割麦时，扎一把麦秆，搁到田埂上，也当过枕头。夜晚在门口乘凉时，睡在苇席或大板凳上，用自己的胳膊当过枕头。有时候，一觉醒来，发现自己不是横在床上，就是翻到床的另一头，即使有个小枕头，也早就不知不觉地跟它拜拜了。

拥有第一个专用枕头，是1963年。我13岁，高小毕业，考上了初中。当时，还没有普及初中教育，不是所有小学毕业生都能够上得了初中。我是家里祖孙三代第一个走进中学念书的人。

我爷兄弟五个，没进过校门。新中国成立前，从安徽省阜南县来到河南

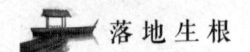

省固始县淮河岸畔租地耕种。到了我父母这一代，也没有上学的机缘。第三代人，我是老大，考上初中，父母很高兴。

学校在往流集上，离家八里路。每周住校六天，周六放假，下午回家，周日下午返校。秋收一开始，家里就为我准备上学用品，其中有一床被子和一个枕头。

大集体年代，生产队按工分和人头分粮，每人每天一斤以上的，是好队；达到一斤的，中等；不足一斤的，穷队。我们队中等偏下，常常寅吃卯粮。新粮出来后，先预借或预分，最后结算。分多少，什么时候分，生产队不能擅自做主，需报大队同意。大队干部指定专人管理大印，收的粮食晒干扬净，苫起来，盖上大印。分粮时候，先检验印痕是否完好。

没等到生产队统一分粮，我家就预借了稻谷。父亲把一笆斗稻谷送到碾坊，干集体农活去了。我帮助母亲碾米。没有驴，推磨打碾子全靠人力。碾碌比磨盘重得多，推起来很费劲，走了几十圈，气短腿软头发晕。

碾过头遍，用簸箕簸去粗糠，再碾。碾过三遍，才完全分离出粗糠、细糠与大米。那次碾出的粗糠，便装了我第一个枕头。母亲夜里加班纺线，用线穗换回白粗布，缝个枕套。秋后，我带着这个枕头，怀揣梦想，走进了往流初中。

枕着稻糠枕头，心地十分单纯，想的只是学习，前程、婚姻等都不在思考之列。夏天没有蚊帐，蚊子咬了仍在梦中。冬天铺着麦草，保暖不好，冻醒了又睡着了。有一夜，熄灯了，男寝室仍旧一片喧哗。不知何时，女班主任溜了进来，一声呵斥，顿时鸦雀无声。她前脚走，寝室里马上有了鼾声。就这样，这个稻糠枕头伴我度过了五年的初中生活。

走上工作岗位后，一次叙起此事，有位领导突然发问："waibulishikang 是什么？"我没学过英语，顿时尴尬。他却哈哈大笑道："外布里是糠，枕头嘛！"接着一阵坏笑。

2

我拥有第二个专用枕头时，已经成年。

六、随想

　　同队有个女孩,小我一岁,读小学低我一个年级。我们村庄毗邻,隔沟相望。她聪颖好学,成绩优秀。但是到了三年级时,父亲要她退学,放牛挣工分。她读书心切,把牛拴在树上,偷偷跑到学校听课。为此挨吵,自此辍学。她理解家里的难处,在靠工分吃饭的年代,工分挣得少就得挨饿。家里姊妹多,自己是老大,应为大人分忧,便偷偷擦干眼泪,专心干起了农活。

　　16岁那年,媒人出面,把她介绍给我。之前我们常在一起玩耍,提亲后,再不好意思见面。偶尔路遇,也只是低头打声招呼,赶快走开。直到结婚,没在一起聊过天,没有牵过一次手。封建、腼腆、憨厚、老实的状况令今人难以理解。订婚也没按当时的习俗合八字、写允帖、下书子、送彩礼等,基本上是一言为定。

　　我初中还没毕业。冬去春来,一晃三年。期间,家里发生了一件不幸之事。1967年麦收时节,多日无雨,严重干旱,一些沟塘无水,底子朝天。一连多日干热风,吹得秧田发裂,土路扬尘,春作物耷拉着叶子,没熟透的小麦秸秆焦黄,麦穗发灰。

　　一日傍晚,我正随大人在地里割小麦,突然翻来一片乌云,下起大雨。大家慌忙收镰,四散避雨。我跑到她的庄子上一个男玩伴家里,兴致勃勃地拉起了二胡。

　　"失火了,失火了,南庄子失火了!"一阵急促的呼喊,令我大吃一惊,撂下二胡,跑出大门,一看,心里凉了半截,滚滚浓烟,正从我家房顶蹿上天空。

　　我使出全身力气向家里飞奔。到了堂屋门口,只见烟火从屋里外窜,屋里的东西已被烈焰吞噬。我一个箭步冲向屋门口,想冲进屋里抢出燃着的家具,被一个站在门口的大人一把拽住。现在回忆起来,还有点后怕。

　　时刮西风。火灾是西边的邻居引起。那时候,三户人家屋接屋,中间是家五保户,老两口烧晚饭时失了火。

　　风助火势,火借风力,等人们赶到,大火已经封门,眼巴巴地看着火苗乱蹿。

　　救火的人越来越多,水桶、脸盆是取水灭火的主要工具。水源只有沟头一个小水坑。从水坑到火场,约有六七十米距离,人们自发排成一线,接力传递着水桶和脸盆。一盆盆、一桶桶含着泥浆的水泼向着火的地方。

明火终于被扑灭了，但屋上屋下的可燃物几乎烧尽。草屋虽旧，却是二十来年遮风避雨的温馨小窝。可惜此时只剩兀立的土坯墙，墙里的灰烬还有数处冒着青烟。

好在一间厨屋，不与堂屋相连，得以幸存。一家五口人，就挤在这里将就了半年。到了秋天，打土坯，割荒草，放杂树，砍葵花秆，挑高粱秸，以这些为主要材料，盖起了两间草屋。

本来就穷，失火后犹如雪上加霜。她没有嫌弃，还资助过我的生活。1968年夏天，我们这届学生终于毕业。秋天，我就读高中。半年后，无奈肄业，回队务农。

1969年初，我本想到学校教书，大队却安排担任生产队会计。当年的生产队"生产靠贷款，吃粮靠统销，花钱靠救济"。社员生活比较艰辛，衣服"新三年，旧三年，缝缝补补又三年"。冬天过了，拆了棉裤，缝作夹裤，拆了棉被，当作被单。到了伏天，下地干活光脊梁，打赤脚，穿草鞋，颇为常见。这一年，父母做主，筹划我们秋天结婚。

床仍旧是"土坯炕"。横在外沿的床撑是用一根烧煳了的屋檩做的。床上有三层铺垫物，底层高粱秆床笆，中层稻草衫，上层芦苇席。家里为我准备一床新被。

父亲会弹棉花。木弓，皮弦，木槌。弓用绳子吊在富有弹性的木架上，弓弦涂上蜜蜡，弹的时候，用弓弦粘上棉花，再以弓槌击打弓弦，产生震动，从而崩散棉花。

随着一声声弦响、一片片花飞，把一堆棉花打成一条整齐的被褥，两面用红绿棉线布成网状，后用木盘抚压平贴。

我自己准备枕芯。使用最好的原料荞麦壳。荞麦壳呈三棱形，轻盈而富有弹性，做枕芯软硬适中，通风透气，冬暖夏凉，可洗，好晒，比稻壳高级。

生产队有片耕地在石碑堰边，低洼易涝，三年两头受灾。汛期，遇连日暴雨时，两边的滚岗水奔涌而下，堰中一条小溪排水不及。水大时，淮河水反而倒灌，整个大堰一片汪洋，望无边际，眼看绿油油的庄稼被洪水吞没。洪水退去，庄稼已被淹死。为了减少损失，就补种荞麦和绿豆。产量虽低，收一把总比不收强。

六、随想

收罢荞麦，我预借了一点，碾出麦仁，簸出麦壳。晒干荞麦壳，做了两个枕芯。女方买了两个枕套，洁白的棉布上绣着红色图案"老三篇"，向四周闪着金光。

岳父托人从县城南部山区买回一个白茬木箱，漆成大红色。妻子一针一线，缝制了嫁衣，其中有一件深绿底小红花灯芯绒夹袄。婚礼简朴而热闹。

时光流逝，枕芯早已不在，枕套两个，一个送给小女，陪她读了四年大学。另一个珍藏于箱底。日前忆及此事，勾动旧情，随吟小诗一首："真心何需定情物？表达唯有两枕芯。一枕十年夫妻梦，同舟共济到如今。"

明年秋天，我们结婚五十周年。妻子说："纪念金婚时，重枕那枕头不？"我连连点头，两个人的心，一直是相通的。

3

1980年秋天，我拥有了第三个专用枕头——蒲绒枕。

这事还得从头说起。1975年夏天，我25岁，正式调到信阳地委宣传部，负责新闻宣传工作。

信阳地委辖九县一市。县、市委都有新闻通讯组，少则2人，多则5人，主要任务是为省以上新闻媒体写稿。地委宣传部由我一人负责此项工作，主要任务是了解省以上新闻单位报道意图，传达给县、市委新闻通讯组，帮助拟定重点报道计划，组织重点稿件；协调接待前来采访的编辑、记者；有空时，自己也采写新闻稿件。

那时新闻媒体少，主要是正面宣传，刊登批评性稿件很有限。负面内容，多以内参形式，分送领导人参阅。有两年，地区领导班子主要成员调整频繁，萌生了文学创作的念头，开始写散文和电影文学剧本。

一次，到淮滨县采访，心血来潮，一周内采写了9篇短新闻稿件，还创作了一部电影文学剧本《岸柳又绿的时候》。每天爬格子到深夜一两点钟，早晨四五点钟起来接着干。把剧本寄去峨眉电影制片厂，很快接到编辑的回信，提出了10多条修改意见。

创作欲望如开启的闸门，奔涌向前，一发而不可遏制。回到市里，又花了十几天创作了电影文学剧本《没有熄灭的火星》。从初稿、修改到复写，全是自己干。寄往珠江电影制片厂，很快也收到了编辑的回信，提出了修改意见。

这期间，我还到郑州参加了电影文学剧本创作培训班，聆听了著名作家李准、著名电影导演谢晋等名家的讲座，同时写了多篇散文，投往文艺期刊，有的也收到了修改的回信。越写精神越亢奋，每天只睡三四个小时，也不觉得困倦。

那时工资低，每月36.5元，粮食定量29斤，单身每天补够1斤2两。一天三顿饭都在地委机关食堂吃。早晚餐大致相同，1个馍（2两粮票），1碗稀饭（1两粮票），5分钱菜。有时候只吃3分钱咸菜。午饭一般是大米饭4两，1角钱荤菜，5分钱汤。每天伙食费控制在5角钱和1斤粮票，每月可以省下20元钱和6斤粮票。

过度劳累和营养不良，导致身体透支，免疫力下降，一场疾病暗中袭来，我全然不知。1979年春天，我正和两位同事在新县采访，上午到千金公社时突发咯血。见此景，心里一惊，没敢声张。下午赶回县城，直奔医院。X光胸透，显示右上肺阴影，边缘模糊，结论：浸润型肺结核。

第二天，赶回市里，开始治疗，吃药打针。没等我缓过劲来，第二次打针后，突发大量咯血。殷红的鲜血大口大口吐出来，医生吓得够呛，我自己也很紧张。当天夜里，住进了部队医院传染科重症监护室。在接下来的10天时间里，中、西止血药联合使用，都没能完全止住。医生商定使用垂体后叶素，本院没有，从外面调。药调到了，病情也好转了。

半月之后出院。在联系外出疗养的过程中，我开始修改电影文学剧本。夜里，一位领导来住室看我，见我披着棉大衣，在冰冷的环境里笔耕，深切地对我说："你是要名还是要命？"这句话警醒了我，决定暂时停笔，两个剧本和几篇散文都丢下不改了。

住进疗养院，每日吃药打针，第一个疗程下来，历时130多天。疾病的刺激，药物的副作用，两地分居，家庭生活的压力，逐渐导致了睡眠障碍，入睡慢，睡眠浅，睡的时间短。白天感觉疲倦，躺到床上，却无睡意。每天夜晚害怕睡不着。越怕越睡不好，越睡不好越害怕，形成恶性循环。严重时，曾经三天三夜睡不着。血压急剧上升，舒张压120，收缩压160。睡眠不好影响血压，血压升高反过来又影响睡眠，也是恶性循环。服下降压药，副作用是鼻塞。好不容易入睡，忽来一阵大风，一阵落叶，都能把我吵醒。中、西安眠药，服用过不少，都没能从根本上改变。疗养一年，肺结核痊愈了，睡眠仍是问题。

说来很怪，每次回老家，睡眠就会改善一阵子。可惜回老家次数不多。虽然是"一头沉"干部，妻子孩子都在老家，相隔也只有二百公里，但坐班车到县城，再转车到公社，最后步行8里到家，却需要一天时间。没多少假期，一年回家也就三五次，一次三五天。春节期间住的时间稍长些，也不过十来天。一次回去，顺路看望姑姑。午饭后，小睡一会，竟然睡得挺香。他家里的枕头，枕芯用的是蒲绒，松软富有弹性，翻身时没有摩擦噪音。我便决定也换用这样的枕芯。

我与妻子商定，秋天割下蒲棒，存放起来，等我回来制作枕芯。这年深秋，我用蒲绒装了两个枕芯，带走一个，枕了两年多时间。后来弃之不用。原因是枕头过程中的反复挤压，蒲绒变碎，不断从布缝里钻出来，吸进鼻孔后，导致过敏，鼻痒鼻塞，打喷嚏，流清涕。权衡利弊，舍弃为上策。

4

中年以后，我试用过几种药枕。

这时候，一个医用名词走进了我的知识圈：更年期。

妻子睡眠，向来很好。刚结婚那阵子，夜里睡着了，半天也难喊醒。有一次夜晚，我从生产队部开会回家，喊了多遍，没醒；敲门几次，还是没醒；又去敲窗，折腾好久，才把她喊醒，起床开门。

有了孩子后，她的睡眠依然很好。夜里孩子哭闹，她照睡不误。

然而，到了年近半百的时候，睡眠遇到了障碍，越来越重，睡不着，心里发急发躁，直想捶床。

到医院请医生诊疗，才知道这是更年期综合征。男女都可能发生，有轻有重。睡眠障碍，仅是其中一个症状。

落地生根

　　医生开了药，她没服用，害怕激素带来副作用，坚持自我心理调整。

　　一次我带她到医院检查，遇见五六个熟悉的中年女性，聚在一起，准备抽血，提起睡眠，个个都有苦恼。

　　也许是事业担子重了，也许是生活压力大了，也许是工作力度强了，也许是身体透支多了，也许是闲暇时间长了，城里有睡眠障碍的人也多了起来。

　　人的欲望永无止境。吃不饱的时候，追求吃饱；吃饱了，追求吃好；吃好了，追求吃得健康。改革开放促进了商品经济发展，丰富了人们的生活。一些号称能够辅助睡眠的药枕也相继问世，蚕沙枕、菊花枕、决明子枕、艾叶枕、黄荆籽枕等。

　　我们先后试枕了几种。先是蚕沙枕，商城县出的。那里曾是蚕丝之乡，大面积植桑，大规模养蚕，县里建有缫丝厂，生产经营红红火火。

　　厂里有一产品，是蚕屎，据说有清热凉血的功效，做成枕头，名曰"蚕沙枕"。小小枕头，有此作用，买了一对。

　　与荞麦壳枕头相比，沉重而缺乏弹性，枕起来舒适感稍差，用了一段，没见明显功效，又时时想起，头底下枕着虫子的排泄物，心理感觉不那么受用，便让其闲置了。

　　看手机多了，在电脑前坐久了，视力大不如前，听说黄荆籽可以明目，而家居旁边的山上，就生长着许多，不用花钱，只需费点功夫就行。成熟后的种子圆形，黑色，比绿豆小，比芝麻大。我趁爬山锻炼的机会，顺带采了几次，做成枕头。枕了几次，因为有股怪味，也就不用了。

　　郊外的田埂上，山脚下，生长着许多野菊花。深秋时节，花开了。形似圆盘，小如指甲，一株株，一簇簇，金黄成片，散发着浓浓的香气。采下似开非开的骨朵，晒干，装入枕套。据说清心祛火，醒目益神。但是，枕着容易兴奋，不利于安眠，也只好收起。

　　有一次到广东省中山市大涌镇，参观那里的红木家具。在一个红木家具市场，了解到他们的副产品：金丝楠木刨花枕。厂家说，金丝楠木是名贵木材，价格很贵，生产家具的刨花，过去都当成废料丢弃，实在可惜。如今，开发成抱枕，对人健康有益。经他们一番宣传，我买了两个，用了几次。头部挪动时，老有响声，反而影响睡眠，也不用了。

5

我最惬意的一个枕头是远红外功能枕。

20世纪90年代初，我到地委办公室工作，一干十多年。每天要与公文打交道，阅读、斟酌、修改，时常还要动笔拟稿。长期的脑力劳动，影响了睡眠质量，时常苦恼，特别羡慕有人能够一觉睡到大天亮。

到外地出差时，睡眠更成问题。宾馆的枕头太软，枕一个嫌低，枕两个嫌高，把一个窝起来枕，也不舒适。清晨起来，同行见面问"睡得怎样？"我勉强笑笑，"还行"。其实不好。心里觉得可笑，却笑不出声来。睡不着怪枕头？不完全是，也并非不是。枕头高了，难受；低了，不舒服。太硬，不适；太软，也憋屈。

一次偶然的机会，发现了最适宜于我使用的枕头。那是十年前，与一位朋友到郑州办事，事毕，逛逛商场。

我平时对逛商场不感兴趣。偶尔去了，也只喜欢看看音响产品和照相器材。喜欢好音响，曾几何时，羡慕音响发烧友，能够自己改装音响，花钱不多，可以达到专业的音效。如今，改装再无必要。数码音响技术的应用，使高保真音响产品不断推陈出新。

喜欢摄影，乐意看看有什么新品。从早些年的海鸥、华夏到索尼、尼康、佳能等，从胶卷到数码，从标准镜头到广角镜头、变焦镜头、鱼眼镜头，等等，都是我饱眼福的内容。至于自己所用，一直是普通的相机。缘由很简单，舍不得花钱。照相器材贵，冲扩费贵，靠工资难以承受得起。

这一次，转罢了这两个柜台后，路过床上用品柜组。营业员抓住时机，向我们推销一款枕头。停下脚步，听了几句，正中下怀。这款枕头说是功能枕。枕芯软硬适中，呈波浪形，可以较好地托着颈部，介绍说还能产生远红外线，不仅有助于睡眠，而且可以防治颈椎病。当场试试，比较中意，虽然价格不菲，一对1600元，为了改善睡眠质量，买。

这对枕头，陪我们度过了十多个年头。十年后，我为此还作过一首打油诗："有梦被梦缠，无梦心里烦。寻梦三五载，心净自然甜。买来功能枕，一枕十余年。逝者如斯夫，时光难复还。"

6

时代催生了乳胶枕，它已经陪伴了我两年。

两年前，那对功能枕累了，退了。

一次，到北京出差，在京工作的小女儿陪着逛了一次王府井商场。我提议，找找有无同类型的枕头。

转了几个地方，不遇。心里纳闷，这种大商场，怎么会没有？

在一个专柜，售货员热情向我们介绍说，枕头更新换代很快，你们看看这些乳胶枕头，比传统的好，是当下最流行的保健枕。

看看说明，再点开手机，百度一下，确如推介。新品枕头花样繁多，形状、规格、产地不一，国产、进口都有，价格差异不小，从几百元到上千元。

标注为泰国的产品，说是弹性好，有记忆功能，能够有效保护颈椎，促进睡眠。只是价格较贵。

拨通家里的电话，与妻商量，又在现场观察比较，躺在床上试枕。没错，柔软，富有弹性。于是，选中一款波浪形的，每个价格千元。两个枕头，两千多。这个价格，五十年前，相当于家庭两年的收入；四十前，可盖两间草屋；三十年前，相当于我们夫妻俩两年的工资。

"现在不算贵"，售货员解释道，"不就是一条好香烟、一瓶好白酒的价吗？可以枕好多年呢。"说的也是。没容我迟疑，女儿已经付了款，填写了邮寄单。

如今，这对乳胶枕头我们已枕了两年多。总体感觉不错，也有弊端。人呼出的浊气会进入枕头，靠人体皮屑为食的螨虫，也会成千上万地积聚在枕头内，危害人体健康。所以，枕头与被褥一样，需要经常在阳光下暴晒，以消毒杀虫。而乳胶枕头却怕强光曝晒，二者是个矛盾。另外，到了冬天，遇冷则变硬，弹性大打折扣。

世上事，难有十全十美，有一利，往往附着一弊。再好的枕头，也不可能完全解决睡眠问题。想睡得深熟，最终靠自己心理调整。最近我听了一本《睡眠革命》的书，很受启发。作者是英国人，经过30年的睡眠科学研究，发现睡眠具有周期性，一个周期90分钟。掌控睡眠，让睡眠更高效，不必担忧

六、随想

一天睡不够 8 个小时，睡四五个周期就行，特殊情况下，三个也可以。试了一段时间，果然靠谱。

我们现在所处的时代，很多人面临着信息干扰和生活压力。如果对睡眠不以为然，或者已经面临睡眠障碍，什么样的枕头都无济于事，不可能帮助你睡得十分香甜。

话虽这么说，正瞌睡的时候，有个舒适的枕头，无疑还是一种享受。枕头的高低，枕芯的软硬，枕套的色调，哪样为好？适合你的，便是好的。

杏花雨

窗外的杏花开了，开得令人心花怒放。见景生情，情动手痒，遂坐于琴案之前，拨弦调音，弹起古琴曲《杏花天》来。

这首琴曲，是跟古琴大家丁承运教授学的，原名《四大景》，最早见于清代《张鞠田琴谱》。顾名思义，四大景指的是春夏秋冬景色。但曲谱仅"春景"一段，缺了三季。不知是作者歌罢春景，没有续作，还是后人失传。

既然表现的只是春季，就有人称之为《杏花天》。《琴镜》刊载，王仲皋传出，后经陈天乐、管平湖整理改订。

我是依照顾梅羹先生编著的《琴学备要》里刊载的谱本。曲情奔放明快，一气呵成，大有春风拂面、柳翠花明、万木竞秀、欣欣向荣之象。

说起杏花天，想到最有诗意的"杨柳风"与"杏花雨"。南宋诗僧志南有首短诗："古木阴中系短篷，杖藜扶我过桥东。沾衣欲湿杏花雨，吹面不寒杨柳风。"好个杨柳风与杏花雨。流传千古，至今不衰。

杨柳风暖，杏花雨润。早春二月，万物生发的季节。今人面对于斯，有何感怀？是把灵魂留住，摔打于滚滚红尘，还是超凡脱俗，飘然世外？

从琴曲意境里出来，又回到现实。今年的杨柳风刮得及时，杏花雨下得特别。

杏花盛开时，没雨。那些天，晴空万里，阳光灿烂，气温猛升，高到摄氏25度。院里的杏树，开得早，开得快，一夜之间，满冠皆花，犹如一柄巨大的花伞。仔细观察，粉白的瓣，深红的蒂，金黄的蕊，捧着水珠，晶莹剔透。

初春的天，小孩的脸，说变就变。冷空气突然袭来，气温骤降十多度。

六、随想

冷风裹雨，一阵大，一阵小，下下停停，到了后半夜，变成了纷纷扬扬的雪。天亮了，大地斑白。雪停了，雨还在下。阵风刮过，落英缤纷。剩下少数，坚守在枝头。

雨是好雨。俗话说，春雨贵如油。万物复苏，亟待雨露滋润，尤其当晴朗日久的时候，大地处于饥渴状态，雨来了。来得及时，正是："好雨知时节，当春乃发生。随风潜入夜，润物细无声。"

冒着蒙蒙细雨，来到浉河桥上。这座桥是去年建成通行的多拱步行桥，南接浉河南路，北入浉河公园。有了它，南北两岸往来方便多了。住在经典花园周围的居民，到浉河公园，不再绕道关桥或者申桥，距离缩短了两倍。此桥一通，附近的房价也涨了不少。近两年，在浉河城区段新建了多座步行桥和汽车桥。

来到彩虹桥头，乘坐公交车去羊山新区。进候车棚合起雨伞，坐在长凳上等车。这是近两年修成的候车亭。过去只能淋雨等公交车，现在好多了。全市前年一次性投资上亿元买了几百辆电动公交车，公交车路线也大为增加。

尽管坐在车上的人都戴着口罩，看起来大家心情都不错，有说有笑。而去年这个时候，可是特别沉闷。我也被封闭在小区内月余，无法外出。每日的新闻，令人忧心忡忡。幸而后来的结果令人欣慰，信阳人齐心抗疫，两个月后，全面获胜，由忧转喜。

杏花年年开，分大年小年，大年多，小年少；花期有长有短，低温长，高温短。开得比梨花、桃花早，是早春的象征。看到了杏花，就迎来了期盼。春雨年年下，有大有小，有早有晚。长期不下，庄稼饥渴，人心也容易焦躁。连阴起来，野草疯长，人心也会潮湿。晴久盼雨，久雨盼晴。雨雨晴晴，恰如其分最好。盛世当歌，祝福应有，但愿风调雨顺，国泰民安。

杏花雨中，响起一声春雷，"惊蛰"到了。一元复始，万物苏醒，一个生机蓬勃的景象开始呈现。人们扬鞭跃马，开始新一轮耕耘，希冀收获一个五彩缤纷的明天。

秋雨

谚云：上午立秋凉飕飕，下午立秋热死牛。今年，是下午立秋。

可是第二天，就下起了雨。连日来，下下停停，停停下下，没个完。热，被雨消解了。

秋雨不像春雨，像牛毛，像花针，随风潜入夜，润物细无声。也不像夏天的暴雨，如瓢泼，如倾盆，来得急，走得快。秋雨更像一个中老年人，不紧不慢，在乡间小路上徐徐前行，绵绵不断。

俗话说，一场秋雨一场凉。这雨下得空调不用开了，电扇不用转了，背心不用穿了，空气潮潮的，地坪湿湿的，出外凉凉的。

因为雨，也因为新冠疫情，待在家里，足不出户。好在WiFi信号不错，坐在窗前，打开笔记本电脑，可以上网浏览国内外新闻，也可以码一点自己的文字。

眼睛涩了，雾了，就摘下花镜，看看窗外。近窗的杏树枝上，有个鸟窝。卧在窝里的，是只布谷鸟。它卧在窝里已经有些时日了，一动不动。看样子是在孵化后代。

我不知道它为啥选择窗户附近处垒窝。也许它认为这里安全吧。也不知道它什么时候做的窝，发现时已经十多天了。那时正值中伏，一年中最热的时节。万里无云，燥热得让人透不过气来。屋里不开空调，坐在那里不动仍不停地出汗。

而抱窝的鸟一动也不动，整日卧在窝里，虽有树叶遮阴，也免不了酷热难耐。不知道它怎么受得了那份痛苦。

每在窗户前，都能看见它。它有时候头朝东，有时候头朝西。我想不明

六、随想

白，怎么不出去舒展一下翅膀，喝点水，寻点吃的，再来抱窝呢？

附近就有池塘和树林，水和虫子都不缺。老是这样子，即便热不坏，又渴又饿，能够扛得过去吗？

另有一只布谷鸟，时不时地飞来窝边，停会儿又飞走。它的警惕性特别高，我站起来，或者动一下纱窗，它会立马展翅，扑棱一声飞走。好像大敌当前，仓皇逃命。

我猜想，也许它是雄性，它们刚好一对。时不时地过来，照看一下。不然，抱窝的鸟儿，是无论如何坚持不下来的。

或许，它们不像鸡鸭鹅，都是雌性抱窝。它们会短暂地轮换，只是我缺乏长时间细致观察，没有发现而已。

我不知道像布谷鸟这类鸟儿，孵化期多长。应该比家禽短吧。"鸡，鸡，二十一；鸭，鸭，二十八。"鹅呢，则需要 30 天。

酷热的日子煎熬过来了，连日的雨，对它是另一种考验。青青的树叶，能够带来一片荫凉，却遮不住雨水。

布谷鸟不像大雁，不像鹭鸶，不像鸭子，不像鸳鸯和鹅，有利水的羽毛，无论大雨小雨，都不足畏。它的羽毛可能会湿。

但是不管怎样，它都不离开所筑的那个爱巢。整个身子，把窝护得严严实实，不让雨水侵入。坚守着，日日夜夜，用体温和期盼，催促着小宝宝出壳。

杏树南边，是一株柿子树。虽然矮些，享受阳光雨露，却一点也不受影响。每年都是硕果累累，压弯枝头。秋后，碧绿的柿子渐转为黄红，如诗如画，满冠风景。

今年，又是如此。前一段，在酷热天，干旱时，落下了一些青果，但并不影响丰收在望的景象。如今，连日雨水，怎么还在掉呢？这几天，每天清晨起来，都可看到落在地上的青柿子，鸡蛋般大小。可惜！我思来想去，没弄明原因。

杏树西边，有株橘树，栽了五六年了。同时栽在另一个地方的橘树，早已枝繁叶茂。而这一株，却像个小老头，蔫不拉叽，萎靡不振。平时也没忘记浇水施肥呀，而且吃的还是小灶。

对连日的秋雨，它似乎没什么兴奋的反应，依然提不起精神。我曾经分析原因，然而百思不得其解。后来在一个视频里看到类似情况，原因是移栽时，没把缠着的草绳剪断，须根放开，导致须根多年无法向四周延展，从而成了小老树。难道这株也是？但愿今年的秋雨，能够为它根须铆足劲儿，冲破樊笼，明年来个新气象。

西南角，有株石榴树，树龄少说也二三十年了。前些年，枝叶茂盛。去年至今，不知怎的，显得老气了。枝不旺，叶子也少，还有数根枯枝。是衰老了吗？不至于呀，应该还是壮年。

是虫害吗？主干是有两个小洞，有蚂蚁进进出出。为此，请过林业技术人员，帮助诊治。不过，还好。今年的果子结了不少。秋雨洗刷着已经发红的石榴果，一个个水汪汪的，好可爱。树叶似乎也水灵了一些。

几棵树的中间，有一小块空地。一周前，用铁锹挖了一遍。板结的泥土，硬得像石头，很难耙碎。经过近十天的曝晒，已经干透。几天的秋雨，把它浸透。它们便自行松解，只待雨住，墒情适宜，用菜耙子一捋，就可整平耙碎。

连日秋雨，院外野草竞相疯长。几乎有土的地方，就有野草的家族。路边，打了两次除草剂，秋雨也没能够使它们恢复生命，或者发出新芽。而池塘边，就不一样了，那些爬藤类、带刺类、灌木类等，间杂而生，互相挤兑，拼命扩张，几乎覆盖了全部泥土，若不动刀砍伐，那就无法下脚。

看近期天气预报，秋雨不会马上停止。连阴久了，也不好。当然，眼下还无大碍。一般来说，连绵秋雨，很少导致洪涝灾害。

不过，也不能麻痹。祖上有训，未雨绸缪。秋汛还是要防的。常言道，有备无患，宁可信其有，也别图侥幸。

六、随想

雨泡灰与百草霜

冬日，一个晴朗的上午，大人坐在东屋山头晒暖，我在那里玩。家里一只黑狗，卧在旁边晒太阳。孩子的顽皮天性，忽然勾起我去逗狗的欲望，摇它的尾巴，摸它的耳朵，它依然睡着不动。掰开它的嘴，把小手伸进去，没想到嘴一合，咬伤了我的手背。抽回手，鲜血直流，又疼又惊吓，大哭起来。母亲拿起棍子，照狗屁股就是两棍。那狗夹着尾巴跳了。母亲转过身来，训斥说："谁让你把手伸到狗嘴里？活该！"看着手上的鲜血，我加大了哭声。母亲把我拉到厨房，用锅铲子从锅底刮出一点黑灰，按到伤口上。很快，血不流了。那一年，我大约四五岁。

又一年，夏日来临，天气炎热。一个闷热的中午，母亲生火做饭，厨房烟雾弥漫。母亲让我把厨房后墙用泥土封起来的墙洞捣开。那个墙洞，其实就是个小窗户，入冬后，用高粱秆加泥巴封堵严实，防风保暖，夏天再捅开透气。我拿起斧头，去砸那堵住的地方，几斧头下去，洞还没完全砸开，一不小心，斧头从手中掉了下来，不偏不斜，正好砍上了脚面，砍出一道又深又长的口子，顿时鲜血涌流。母亲知道了，从屋里跑出来，边训斥边从墙上掐几个雨泡灰，碾碎按压在伤口上，直到止血后，才回到屋里，撕块旧布，将伤口包上。真是有幸，瘸了十几天后，没有大碍。几个月后，连疤痕也不那么明显了，不注意，看不出来。

那是个从千孔百疮的旧社会里走出不久、百废待兴的年代，农村还贫穷落后，缺医少药。我们那个村子，家家住的都是土坯墙茅草房。平时干活，免不了受外伤。逢伤就用土办法调理。其中常见的，是"三土"。

"雨泡灰"是其中之一。它来自于老墙头。泥巴墙久经风雨，外墙被反

339

复冲刷后凸出许多小泡,大如黄豆,掐下来用手一碾,细碎如面,称之为"雨泡灰"。

这东西干净吗?不知道。如果按照现代医学的观点,不会干净。不是说,人的每个指甲缝里就藏着成千上万个细菌么,何况从墙上掐下来的泥土呢?

但民间认为它有用。连小孩子的屁股被尿布渍得发红发炎了,也碾些雨泡灰撒上去。身体受了小伤,流血了,也碾一点按上去。那时候家里没有酒精棉球,没有碘酒与创可贴,更没有云南白药粉之类,受了点小伤,用它止血,防止发炎,还真起作用。

另一种是"草纸灰"。用植物秸秆土法制作的草纸,质地差的叫火纸,厚而粗糙,颜色灰黄;质地细腻的,薄而柔软,颜色姜黄,又称黄表纸,主要用途是焚烧作为冥币,祭神祭鬼祭祖宗使用。手划伤了,脚踢破了,流血不止,焚烧几张,用其灰烬敷在伤口上。只是平时家里不存放这种纸,只在重大节日或特殊的日子里才去购买。

还有一种就是"锅底灰"。那时候烧的是柴灶,用的是尖底铁锅。烧的柴火,有麦草、稻草、芝麻秆、玉米秆、高粱秆、棉柴、蒿草、树枝等。久而久之,锅底外部便附着了厚厚一层烟灰,色黑如墨,质细如粉。老百姓直白地叫作锅底灰,中医称为"百草霜"。遇到小伤,刮下一些,敷于伤口,用于止血消炎效果也不错。

土方单方与验方,是先人长期积累下来的宝贵财富,是智慧的结晶,不仅能治小病,对有些疑难杂症,也有显效。不可轻言放弃。"三灰"如今基本没人用了,取而代之的,是外用西药,一般家庭,都会常备的。当然更科学,效果更理想。

六、随想

迟到的雪

今年入冬天气有点怪。小雪，无雪；大雪，无雪；冬至，仍无雪。雪去哪了？躲了起来，藏了猫猫？故意吊吊念想者的胃口？你想见面，它偏不来。

岁尾年头时，总算来了。头天上午，还是蓝蓝的天空，灿灿的阳光。过了一夜，便灰云密布，北风凛冽。接着，雪花飞舞，漫天飘落。

"下雪了，下雪了！"人们一阵惊喜，有人高喊着，相互传递。微信朋友圈里，很快便有了雪景图片。抖音视频里，也出现了下雪的场景。远在他乡的亲友，随之点赞、评论或询问。在这个四季分明的江淮之间，大别山区，冬日无雪，好像是一大遗憾。雪花飞舞，才标示着季节的圆满。

事实上，"大雪年年有，不在三九在四九。"雪总是要来的，只是时间早晚不同。早的，入冬即下，晚的，三月还下"桃花雪"。既然年年下雪，那雪还有什么稀奇的？雪不稀奇，而人有稀奇感。尤其是当年第一场大雪，是人们的期盼。盼啊盼啊，来得晚了，人们会说，老天爷这是怎么回事，干冬吗？总觉得不够冬味儿。

雪果真来了，却会给人们增添一些麻烦，比如，交通不畅，出行不便；又如，汽车行驶容易打滑，造成事故多发；再如，气温骤降，给养殖业、种植业带来不利影响，等等。雪过大，可成灾。尽管如是，人们却不诅咒雪、不排斥雪，而是希望看到一片洁白无瑕。

小时候，听大人说，开天辟地时，天上下的不是雪，而是面。人们不劳而获，不愁吃的，不知道珍惜，有人竟用白面摊饼给孩子捂屁股。上天知道了此事，非常恼火，从此不再下面，改作下雪。人类受到惩罚，不劳而获的日子一去不复返了。

341

明白了只是故事时，已长成了大孩子。下雪是一种自然现象，是世间一道靓丽的风景。洁白晶莹，如花似絮的雪，从茫茫苍苍的天空飘落，一夜之间，把大地裹上银装。放眼世界，焕然一新。情感闸门一开，美好的画卷顿上心头！

历史上，借雪陶情者大有人在，世代相续。仁者见仁，智者见智，从浩瀚的作品中可以窥见一斑。我熟记于心的，当数毛泽东的《沁园春·雪》。面对大雪，又忍不住昂首向天，放声朗诵起来。

此时此刻，也许不只我在"聊发少年狂"，见景生情、观雪抒怀的会大有人在。我出身农民，知道农民喜雪。谚曰："雪是麦的被，头枕馍馍睡。"他们盼雪，是盼着好收成。俗话说，庄稼不收当年穷。好年景才有好日子。我从孩童走来，知道孩子们喜雪，堆雪人，打雪仗，在雪地里"杀羊羔"、翻筋斗。我喜欢偶尔写点短文，知道文人喜雪，红泥小火炉，烹雪煮佳茗，弄弦奏古曲，吟诗作歌赋；我有几个丹青好友，知道画家喜雪，挥毫泼墨。"大雪压青松，青松挺且直，要知松高洁，待到雪化时。"挺立的松柏，傲雪的蜡梅，摇曳的翠竹，都是他们笔下的光彩。

我走在马路上，纷纷扬扬的雪，落到头上，钻进脖领，凉飕飕的。拉好帽子，紧了紧围巾，继续前行。这时候，往事随着雪花的飘落泛上脑海。小时候，穿过苇窝子（苇花编织的御寒鞋）打雪仗，穿过泥屐子（绑在鞋上走泥路的木制器具）踏雪串门子，沿着雪地上的爪印寻野鸡，在稻草垛边支起筛子捉麻雀，抓雪搓手，揉雪团解渴，在雪地上翻跟头，摔衣除尘，脸冻红了，手冻僵了，脚冻疼了，全不在乎。人性不乏这个样子，兴趣所至，苦也觉甜，反之，甜也说苦。有人这山巴望那山高，身在福中不知福。在雪地乱跑，不小心掉进雪窝，弄一脚泥水，也无怨无悔。

成年后，仍不失对雪的兴致。然而盼来了大雪，有时甜，有时苦，有时酸，有时辣。十九岁那年，我在生产队担任主管会计。一个阴天，与队里二十多位男劳力到十几里外的地方买牛草，回来的路上，先下小雨，接着变成雪花。挑着百多斤重的稻草，顶风冒雪，跋涉在田间小道上，内衣汗透，外衣淋湿，鞋里灌了泥浆，一步一"卟叽"，肩膀被扁担拧得疼痛难忍。任务完成后回到家，已经过午。换了身干爽衣裳，吃起热腾腾的面条，顿感无比幸福。

六、随想

从农村走出来多年后，第一次到北京，是1977年的冬天，那是到山西大寨参观后，三个人自掏腰包，顺带拐了个弯。逛北海公园时，正值下雪。到了饭点，只见一家小店。店面虽小，店名却起得有趣：御膳堂。御膳，那不是过去皇帝吃的吗？好奇心驱动，我们也想尝尝。于是点了几个小菜，每人要了碗米饭。见到货架上摆有"青梅酒"，顿时联想到"青梅煮酒论英雄"来。好，买一瓶。恰好我们也是三人。酒来了，没有文人雅士的温良恭俭让，而是大口饮酒，大口吃菜，大口吃饭，不一会儿，就结束了饭局。两个好友看我脸红，担心醉了，害怕雪滑摔倒，一再劝我歇会儿再走。我哪里肯听？披上草绿色大衣，大步出了店门。他们大有随时搀扶的准备，紧随而行。我心里有数，大家再喝一瓶，也绝无事。

父母在世时，每年都要携家带口，回乡下老家陪他们过年。俗话说，年下年下。过年期间，十之八九有雪。那时候，家里住的是土坯墙，茅草房，门窗封闭不严，透风钻雪。开了门，堂屋像风洞一样。白天，寻来夏天挖的树根，点燃取暖。暖是暖一些了，只是满屋子青烟乱串，熏得眼睛流泪。夜里，没有电，靠点燃煤油灯照明。老家房子窄，床铺少，大人小孩，几个人挤睡一张床。夜里醒来，耳畔寒风带着哨子，呼呼地叫。清晨醒来，只见"贼"雪从门缝钻到门里，在门边集了一道白线。

雪还在下，飘飘悠悠，洋洋洒洒。树冠白了，道路白了，房顶白了，草地白了，来来往往的车辆，也染上了斑白。

雪还是雪，但是今日并非往日。城里人，走在雪地里不再像过去那般臃肿，进了屋，脱了外衣，显得精神。靠蜂窝煤、木炭、柴火取暖的法子早已弃之不用，取而代之的，是空调、电暖器、水暖。

风大起来，雪也越来越猛。阵阵东北风，裹着雪花，飞奔着斜落。到了初夜，街道马路，已是厚厚的一层。家属院里，一脚下去，一个深深的印记。

大千世界，似乎干净多了，宁静多了。昨天还弥漫着的霾，如今不知道被雪花挤到哪里去了。站在院里，似乎能够听到落雪的声音。

门口一排盆景，成了一个个雪堆。高大的桂花树，被雪压成了低矮蘑菇形状，沉重得似乎透不过气来。我拿起竖在院墙边的齐头铁锹，转圈拍打着桂花树枝。积雪落下，枝头立马上扬了许多。

落地生根

　　这场雪能下多久？夜里会停吗？有人在电话里询问。我哪里说得准确？看预报，明天是阳光灿烂的天气。不管下多久，下了就好。反正北国风光，少不了雪。有道是：瑞雪兆丰年！雪，不仅意味着冬日已深，也预示着春天不远。有雪的冬天不单调，无雪的冬天太遗憾！

　　我不忍心早早入睡，踏着银，踩着玉，迎着风，冒着雪，在大院里的小道上，一步步向前，向前。

六、随想

野味

　　我的耳朵里，早灌入过野味香的观念。我见过有的人，常以能够品尝野味而自豪。

　　然而，我却不以为然。头脑里有个固有观念很难改变，野味未必比家味好。

　　先辈们很聪明，在长期的实践中，不仅发现了较好的食材，而且懂得如何养殖种植加工。稻、麦、豆、菜、鸡、鱼、牛、羊，莫不如此。

　　而不为关注的，或者淘汰的，多是相比不宜的品种，所以至今仍然野生。如果品质比家养的好，人们早就开始着手家养了。

　　当然，常吃家养家种的东西，偶尔调剂一下胃口，新鲜新鲜，别有韵味，未尝不可。

　　周末，与几个朋友一起到山沟里走走，欣赏了许多野性十足的大自然景色后，就品尝了一顿野味。

　　做野味的地方是在一座小水库岸畔。老远就看见一个农家小院。近前一看，外墙上挂着经营地锅饭的招牌，就拐了进去。

　　院子里有个小方桌，可围坐四人，我们一行恰好四个。大家各拉一把小靠椅，就势落座。

　　点了几个菜，都有点"野"性。荤菜是女主人推荐的，清炖鲶鱼和鲫鱼。我们自己点了几个素菜，不需询问食材的来源，便可以肯定都是野性十足。

　　一盘清炒紫云英。紫云英是草本植物，头年秋天种进稻田里，来年春天开花，主要就地翻犁，沤制绿肥。在经济比较困难的岁月里，农民兄弟也有炒熟当菜吃的，一些农家割回去，用于喂猪。我曾经吃过，没什么特别的好感。在城里，到现在为止，还没见过市场有卖，没见谁吃。

倒是早些年，有人试种水生植物"西洋菜"，样子跟紫云英差不多。有关人士为此鼓吹了好一阵子，后来，食家甚少，也就没人去种了。有人说清炒紫云英有点酸，这次吃，没感觉到酸味，也没有尝出什么特殊的味道。印象最深的是不易嚼烂。

一盘野小蒜炒油渣。野小蒜像葱像蒜又都不完全像。也有叫野葱的，生着吃有点辣。在田埂、山坡、旱地、麦田里自生自灭，纤维粗，嚼着挺费劲。

小时候常吃油渣。那时候的油渣是用猪板油炼了以后的副产品，散发着一种诱人的焦香。而这里的油渣是用猪的五花肉炼的，味道大打折扣，吃起来怎么也找不出过去的味道。

一盘洋槐花煎鸡蛋饼。洋槐花是新采的，多半似开未开。开了的，散发着清香。鸡蛋是从鸡窝里刚刚取出来的。

做成煎饼后，沁人肺腑的槐花香消失了，颜色却变得黄澄澄的，刺激食欲。吃起来，饼香和甜味比较突出，我吃了三块。

六、随想

中秋节的月亮

1

　　中秋节之夜，天朗气清，万里无云，正宜赏月。
　　坐在阳台之上，面朝东方，等月亮露出那银盆大脸。
　　月儿微笑着，迈过地平线，缓缓地升起，爬上树梢，爬过了楼顶。
　　远山如黛，近水似镜，天空深邃，星星稀疏。银辉笼罩之下，目光所及之处，朦朦胧胧，添了一层神秘。
　　天地轮回，年年中秋；月有盈亏，月月望朔；人有老幼，日日作息。
　　吃着传统手工掉皮掉渣的月饼，情不自禁地想起了过去。
　　过去这个时候，曾经"摸"过秋。趁着节日的银辉，悄入田野，或拔花生，或扒红薯，或摘毛豆，有所收获即回，生产队虽不主张，却不算偷。
　　但"摸"秋仅限在中秋节之夜。这是个特殊的日子。中秋节又名八月节、仲秋节、追月节、拜月节、女儿节或团圆节等，是传统文化节日。
　　中秋节始于唐，盛于宋，到明清时，已与元旦齐名，成为我国主要节日之一。
　　节日晚睡，赏银光普照，闻桂花芬芳，思嫦娥起舞，想吴刚酒香，嚼几口五仁月饼，饮一杯信阳毛尖，无限遐想，尽涌心头。

2

　　"春有百花秋有月，夏有凉风冬有雪。若无闲事挂心头，便是人间好时节。"读来容易做到难。天下凡夫俗子，思想很难空寂。要吃要穿，要住要行，要抚育子女，要赡养老人，闲事多多，心头不闲，所以好时节不是天天见面。

3

吟诗赏月，我一直感慨的是苏轼的《水调歌头·明月几时有》。

丙辰年中秋节，喝了一夜酒，酩酊大醉的他，端起酒杯，遥问苍天：明月从什么时候才有的呀？天上的宫殿，今天晚上是何年何月呢？我想乘御清风到天上，又恐怕在美玉砌成的楼宇，受不住高耸九天的寒冷。还是翩翩起舞，玩赏着月下清影，在人间为好。

月儿转过朱红色的楼阁，低低地挂在雕花的窗户上，照着没有睡意的自己。明月不该对人们有什么怨恨吧，为什么偏在人们离别时才圆呢？人有悲欢离合的变迁，月有阴晴圆缺的转换，这种事自古以来难以周全。只希望这世上所有人的亲人能平安健康，即便相隔千里，也能共享这美好的月光。

4

在灵山寺住持释学悟的方丈室内，曾看到墙壁上悬挂一幅他亲笔书写的中堂，内容是："白兔捣药秋复春，嫦娥孤栖与谁邻？今人不见古时月，今月曾经照古人。"

此诗出自李白的《把酒问月》。全诗是："青天有月来几时，我今停杯一问之：人攀明月不可得，月行却与人相随？皎如飞镜临丹阙，绿烟灭尽清辉发？但见宵从海上来，宁知晓向云间没？白兔捣药秋复春，嫦娥孤栖与谁邻？今人不见古时月，今月曾经照古人。古人今人若流水，共看明月皆如此。唯愿当歌对酒时，月光长照金樽里。"此诗的诗情与哲理，融为一体，读来意味深长，回肠荡气。

5

曾经，喜欢过一支歌。歌词大意是："半个月亮爬上来，照着我的姑娘梳妆台，请你把那纱窗快打开，为什么我的姑娘不出来，半个月亮爬上来，照

六、随想

着我的姑娘梳妆台,请你把那纱窗快打开,再把你的玫瑰摘一朵,轻轻地扔下来。"

顺其韵,也随诌几句:"一个圆月爬出来,笑看姑娘在阳台;一盒月饼新打开,馨香阵阵飘过来。桂花酒香赛茅台!"

吆喝声

没有亲耳听过老北京的叫卖声，只是从艺术形式中听到过不亚于艺术表演的相声。相声老艺人们惟妙惟肖地模仿，曾经令我笑得肚子发痛。

叫卖是一种宣传促销艺术。声音洪亮有节奏的吆喝，能够吸引人们的注意力，勾起消费的欲望。所以世俗有句老话：干啥讲啥，卖啥吆喝啥。

事实上正是如此。商业上活动，仅靠埋头自理显然不够，还需要宣传造势，广而告之，扩大知晓范围，增加吸引力。吆喝，是一种古老实用的广告方式，通过吆喝，吸引目标，达到目的。

我二十岁开始到地委工作，住在临街二层拐角小木楼上。窗外毗邻十字街口。每日凌晨，都被一男一女的吆喝声吵醒。那是两位自酿自卖甜酒的街民，听声音，就知道年龄不小了。

他们的吆喝声伴着黎明，回响在比较固定的街巷里。一先一后，相隔时间不长，各挑两盆甜酒，走走停停，边走边吆喝。脚步停了，吆喝声也不停止。好像各自都有常客，听到吆喝声，过来购买。

虽然同卖甜酒，同时吆喝，风格却大不一样。女声尖脆，男音憨沉。女的拉着长音："甜——酒——哦！"有点轻缓抒情的旋律。男的前长后短，酒字出口，戛然而止："甜——酒！"颇有豪放洪亮的风格。

十字街口，路灯较亮，周围居民集中，不远有个菜市场，早起买菜的人，陆陆续续打这里经过。他俩每每至此，都要放下挑子，歇一阵子。

我那个时候瞌睡虽大，也易惊醒。他们的吆喝，吵醒了我多少酣梦。醒了，想再睡也难。接下来的脚步声、交易声等，都钻进了耳朵里。有几次，我干脆打开窗户，探出头来，看一会儿买卖，似乎闻到了甜酒的香气。

六、随想

有几年,我离开了这个城市。后来回到这个城市后,又住在那个大院内。不过,没住那栋小楼,清早起来,也就听不到吆喝声的吵闹了。有时因事早起,路过那里,还能听到几声。

家搬过来后,自己做饭,偶尔蒸馍,需要甜酒发面。做汤圆时,添加甜酒也很美味。于是,在有规律的时间内,端一个白色搪瓷缸子,站到那十字街口,等着甜酒挑子的到来。再后来,只听见那个老头还有吆喝声。再后来,老头的吆喝声也听不到了。

往事悠悠,物是人非。如今,当年居住过的小木楼早已荡然无存。房子扒了盖,盖了扒,扒了又盖,如今,成为开发商一栋高楼的所在地。在那个大院里办了几十年公的地市委机关几年前已经搬走,院子里的老住户,也陆续搬的搬,迁的迁。几年前,我也搬出了那个大院子。

时间销蚀了惯有的吆喝声。不知在哪个瞬间,或者哪场梦后,那个卖甜酒的老头和老婆再也不可能做甜酒了,因此,也消失了耳边印象深深的吆喝声。那音律音调和甜酒的香气,我这一辈子都忘不了。

现在,虽然没有了那两个熟悉的吆喝声,却并不影响喜欢吃甜酒的人。曾经在清晨被吵的人,可以到超市去买不伴随吆喝声的瓶装甜酒吃。只是,有的人再也没有了吃甜酒的机会,早与那吆喝声一样,无影无踪了。

人生如此,来也自然,去也必然。任何喜怒哀乐,悲愁甜苦,最后都得归零。卖甜酒和吃甜酒的当然不可能永恒。也许,他们在世人看不见听不着的地方,渺渺冥冥之中,还偶尔回荡着当年那两个熟悉的声音。

现在,在这个美丽宜居的小城,我居住的附近,还能够听到另一种吆喝声:"卖鼠药哦,还有鼠夹——鼠笼——粘鼠板!"顺声而望,一个干瘦老头,骑着电动小四轮,在大街上慢慢悠悠地行着。车厢里摆的、挂的都是老鼠忌器。

吆喝声由远及近,再由近及远,一路走来,一路吆喝,不紧不慢,节奏雷同,似乎不累。如果定睛细看,吆喝声不是从老头嘴里出来,而是出自放置于车头上的那只喇叭。从声音判断,不像翻录职业人员的广播,像是老头的原创自录,带着明显的沙哑和方言味。

当然,如果走到农贸市场,或者背街小巷的地摊前,也可以听到另一种吆喝声。声音有男有女，风格大致相仿，无非是"王婆卖瓜，自卖自夸"。语音格调差异不大，南腔北调基础上憋出来的普通话，不大标准，甚至有点别扭。不过，一般都可以听懂。

　　守摊的嘴不用动，声音也多是摊上小喇叭里发出的。芯片技术，使叫卖声也用上了高科技。小喇叭胜过金嗓子，只要电池不断，不吃不喝不歇，不觉得饿，不觉得累，不怠工，一直喊道主人收摊，方才作罢。

六、随想

咸菜

朋友送我两小罐咸菜：一罐韭菜花，另一罐米椒。前者，我喜欢，闻着喷香，吃起来下饭开胃。米椒，却不敢挨。微辣的可以，辣味十足，就消受不了了。

有一年到中国香港和澳门地区，早餐吃白米稀饭，佐餐的有橄榄菜。头一次吃，感觉不错，买了几瓶，捎回家乡。后来这里也有卖的了，想起来，就去买一瓶，调节一下胃口。

近年来，在餐馆里吃饭，有人常点韩国泡菜，一小碟端上桌，闻着淡香，看着顺眼。白白的菜，红红的椒，颜色对比十分强烈。别看辣椒不少，却不感到辣口，有种爽脆、微酸、稍甜的口感。

吃得比较多的咸菜，要数四川榨菜和咸萝卜条。在外面吃粥，总喜欢要一点。还有大头菜，用青椒或者肉丝爆炒，吃起来也蛮开胃的。

说到咸菜，就想起小时候的饮食。那时年代，一年四季都有咸菜吃。家里穷，吃咸菜是生活的常态。所吃的咸菜都是自己动手腌制。

春天，腌制腊菜；夏季，腌制蒜瓣、蒜薹；夏秋之交，晒制豆瓣酱；秋后，腌制辣萝卜干；冬季，腌制雪里蕻。平时有咸菜下饭就不错了。

我上初中的时候，每周都带一小罐咸菜，一小袋粮食。粮食加钱换饭票，一般不买菜票。无论是吃干饭、稀饭还是吃馒头，都就着咸菜。有时到了周六，饭票和咸菜都没有了，下课后空着肚子往家走，需要步行八里。

进城头些年，家里仍然保持腌咸菜的习惯。品种和老家的差不多。有几年，我还买了两个泡菜坛，亲自动手，泡制四季时鲜蔬菜，有芹菜、豆角、辣椒、蒜头、黄瓜、箭杆白等。

有一年，我创新了一种鲜辣酱。原料用蒜头、辣椒、生姜，比例是5∶4∶1。方法：剁碎，加食盐搅拌均匀，装进玻璃容器，倒满芝麻油。

　　这种调料不加任何防腐剂，却可以保鲜半年。作为调料，随吃随取。打开瓶口，香气满屋。无论是调菜，还是直接食用，口感都特美。不仅全家人喜欢吃，有时来客，吃了都夸赞有味。

　　这些年，平时在家里吃饭的人少了，自己也懒得腌制咸菜了。平时吃肉也少，以吃新鲜蔬菜为主，想吃咸菜时，就跑到超市里买一点。

　　不少健康资料都说吃咸菜不利于健康，尤其是腌久了的咸菜，亚硝酸盐含量增加，容易致癌。尽管如此，仍然不愿意抛弃。看来，这辈子的生活似乎与咸菜有缘，难舍难分了。

六、随想

喝茶

1

我小时候多次去过大姨家。她家在安徽省阜南县王家坝东北方向一个庄台上。两地相距十多里,隔着一个石碑堰,一条淮河,步行需要两个多小时。

大姨夫姓张,是个农民,为人憨厚,不善言语,家境一般。除了种地,农闲时,也做点小买卖,弄些萝卜白菜,到附近集镇上售卖。有点小钱,舍不得花,亲戚背地称他"小扣手"。两个姨姐,一个姨弟,都没好好上学。

大姨姐比我大五六岁,身材匀称,面容端庄,浓眉大眼,配着两根长长的发辫,显得妩媚窈窕。她衣着普通,笑口常开,温和善良,诚实厚道,每次去,对我照顾都很好。我初中还没毕业,她就出嫁了。

那年春节,我去给大姨拜年,正逢大姨姐两口子回娘家。家乡习俗,拜年也有讲究,"初一叔,初二舅,初三初四岳父家,初五初六都走走。"新婚夫妇,头年春节,到女方家拜年,称作新客。招待新客,十分隆重。顿顿饭局,都得有人作陪。八仙桌,陪客七人。陪客的无论老幼,也无论辈分,都不能坐首席。首席非新客莫属。

我被邀陪新客。大姨家亲戚轮流请,一天三顿,每顿一家。连陪两天,吃了六顿正餐。每天半晌和半晚,还要上一道茶。所谓的茶,都是糟水、汤圆加荷包蛋,每人一碗。当时弄不明白,明明是饭,怎么叫作"茶"呢?

更让我弄不明白的是家庭变故。以后多年,极少见到大姨姐。有一天,突然听到一个坏消息:她自杀了。先是一惊,心头一酸,泪水立马涌上眼角。有什么想不开,走上了不归路?

355

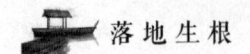

后来，每想到此事，就难受一阵子。我替大姨姐后悔，有什么过不去的坎呢？人死如灯灭，活着才是幸福。活着，可以观日出日落，听鸟语虫鸣，看云起云飞，赏花开花落。而这些，对还年轻的她，是再也无缘了。母亲唤闺女，孩子喊妈妈，怎么也听不见答不成了。

2

1969年，我19岁，春天，担任了生产队会计。

秋天，遇到旱灾，水稻减收，稻草收得也少。生产队大小二三十头耕牛，越冬是个问题。我岳父是队长，早就考虑到牛草短缺的问题，并联系到卖家。

隆冬的一日，队里组织二十几个男劳力，每人扛着一根扁担，前往运草。一大早集中出发，走了十几里田间小路。去时轻装，天阴沉沉的，刮着北风，没雨，没感到累。返回时，下起雨来，越下越大，重担在肩，就不一样了。

顶风冒雨，在乡间小路上跋涉，每一步都是艰辛的。头上冒着热气，雨水混着汗水不时往下滴。鞋里灌了泥浆，外衣淋湿了，内衣汗透了，肩上担子越来越沉，直往肉里吸。午后一两点钟，才回到生产队。卸下稻草，浑身酸软。回到家里，换了身干爽衣裳。妻子把饭热好，催促道："赶快喝碗红米茶吧。"

"红米茶"其实不是"茶"，而是饭。以大米为主，加少量黄豆，放在铁锅里，文火翻炒，至金黄色，满屋子飘香时，倒入清水，大火煮沸，改作小火烧一会，最后加点菜叶、食盐，挑一筷头子腊猪油，用勺子搅匀，盖上锅盖，烧滚即成。

明明是饭，缘何叫"茶"？当时并没在意这个问题。盛一碗，冒着香喷喷的热气。就势坐在厨房灶门前，连吃几大碗。肚子已经安静下来，不再"咕噜"作响。饭后，回到堂屋坐下，看着外面的雨滴变成了雪花，飘飘洒洒，心中顿生无比幸福的感觉。

3

开门七件事，柴米油盐酱醋茶。茶虽排老七，在我的家乡却是待客首选。来了客人，落座后第一项招待就是敬茶。

六、随想

淮河岸畔不产茶,早些年,一般农家没有茶叶,没喝过茶叶水。他们把白开水也称作茶,家里来了客人,倒一碗,双手递上,说:"请喝茶。"

在他们的心里,茶并不只是加了茶叶的水。放了锅巴,就称为锅巴茶;放了枣树叶,就称为枣叶茶;放了稻秧叶,就称为稻秧茶,放了炒至焦香的荞麦或大麦,就分别称作荞麦茶、大麦茶,还有姜茶、红米茶、鸡蛋茶,等等。

在农忙时,烧一锅白开水,盛一瓦盆,端到田间地头。劳作期间,不渴不喝,渴了才喝。一舀一碗,仰起脖子,一气喝完。

白开水口感不佳,有的井水还有腥咸苦味,烧水的时候就地取材,加点植物的青叶,或者炒香的粮食,作为调节,名曰:"改改水味。"有时候,在田里劳作时,没烧开水,出汗多了,口渴得厉害,就从砖井里打一桶水上来,对桶就喝。

4

信阳是著名绿茶"信阳毛尖"的产地,所产毛尖茶叶,条形紧缩,光圆细直多白毫,香高色碧回味甜。喝茶,在城里和茶区成为生活习惯,每天离不了。家里喝,外头喝,工作间隙喝,休闲时喝。开车的,车里放着茶杯。蹬三轮的,车把挂着茶杯。出差的,带着茶杯。旅游时,包里装着茶杯。城里有茶馆,乡下有茶庄。

茶乡人待客之道,少不了敬茶。纯朴、厚道、热情全融进了一杯热腾腾的茶水中。人在茶未喝,人走茶未凉,来了新人,便倒掉重泡。

在城市茶馆喝茶与到乡下茶农家喝茶大不一样。茶馆讲究装修雅致,茶器精美,茶叶品种齐全,绿茶、红茶、白茶、黑茶、黄茶、半发酵茶、全发酵茶、熏花茶等,名目繁多,等级细化,喝法讲究,花样繁多。

花的是钱,喝的是氛围,享受的是轻松。外面熙熙攘攘,里面安安静静。轻柔低回的音乐,氤氲蒸腾的水汽,淡淡飘逸的茶香,令人神清气爽。茶艺展示,现场抚琴,更能增添几分文化气息,净化杂乱思绪,挑起愉悦心情。

到茶农家喝茶,喝的是自然,体验的是纯朴。热情好客,简单大方,不

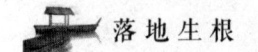

加修饰，总是拿最好的茶待客。

在办公室喝茶，喝的是习惯。在家里喝茶，那是各取所需，喝自己的最爱。

茶有茶道，琴有琴道。到了道的程度，大概已算极致，就是精神层面的享受。大众喝茶，解渴补水才是要义。有人喜喝普洱茶，相信有健体作用。也有人诟病，发酵后的几十年陈茶，易生黄曲霉素，那可是高温都难消解的致癌物。争议归争议，嗜茶之人照喝不误。想想世上事，也就不足为奇，比如抽烟，明明"有害健康"，有些人却甘当瘾君子。

我喜欢在茶农家喝茶。喝的是原味而不是花样。茶农采制好茶叶，不论级别，均不熏花，都是原味出手。招待客人，都是原汁原味。在茶农家喝茶，喝的是好茶而不是好价。特级芽头，号称极品。一等一级，一芽一叶初展，在茶农家喝茶，喝的是纯朴而不是奢华。一人一大杯，一人一泡。哪怕客人一口没喝，来了新客，也是倒掉新泡。在茶农家喝茶，喝的是诗画般的环境，而不是水泥钢铁堆砌的单调。水是净的，山是绿的，风是轻的，茶园如绸带，虫鸣鸟唱蛙闹鸡鸣，天籁之音相伴。

5

在工作岗位上，结识过一位爱茶的朋友。他喝得独到，保管茶叶也有特别的方法。

炒制好的绿茶十分娇气，怕潮、怕光、怕异味。常温之下，半月之后色汤味都会变化，汤色变黄，香味变淡，口感变差。

新茶叶上市后，天气渐热。夏天多雨，特别是梅雨季节，空气都能拧出水来。那时候家里没有冰箱，如何面对湿热天气，保质存鲜？他有办法。

买回来的茶叶，先用炭火复烘一遍，去除湿气。复烘后的茶叶，手指一捻，即成粉末。选用双层盖子的铁皮茶叶桶，装入茶叶，上头留有十分之一的空间。

木炭烧红后，分散到火盆边沿，自然灭火晾凉，用白纱布或者白纸包裹，放进茶叶桶里。盖好桶盖，点燃蜡烛，蜡封严实，置于通风阴凉处。这样，存放一年，依然鲜味充足，汤清色碧，香高回甘。

六、随想

他还有一个绝活。在桃花盛开的时候,到桃林里精心寻觅一种干枯的毛桃。那是头一年结桃子的时候,不成器的果实,干瘪了,挂在枝头。经过一夏的酷热,一冬的严寒,大部分都自然落地了。有极少数仍坚守于树枝头。待到春暖花开,满枝桃花,散发着香气。那毛茸茸的枯桃,便趁机吸收储存。

寻觅到这种枯桃后,用干净白布包裹,放进密封的茶叶桶里。桃花的香气慢慢被茶叶吸收。冲泡时,特有的茶香和桃花香混合释放,随着水汽飘溢而出,美妙无比。其他熏花茶无法比拟。

6

朋友送来一盒秋茶,打开一看,色泽墨绿,条索修长,虽非白毫满批,却也光圆细直。

捏一小撮放进玻璃里,提水高冲,顿时水汽氤氲,清香扑鼻。少顷,呷一口,清爽带甜,口感颇佳。

喝着喝着,想起一句茶谚:"春茶苦,夏茶涩,秋茶好喝舍不得摘。"

秋茶好喝在哪里?可能就在于它既没有春茶那么苦,又没有夏茶那么涩,中庸之下,又彰显了一点甜味。

茶叶中的苦和涩虽然对人体健康有好处,但是,多数人并不喜欢这两种味道。秋茶不苦不涩,想来是受人称赞的原因。

既然人们喜欢秋茶,却为什么舍不得摘呢?茶农说,摘多了,会影响第二年春茶的产量。而春茶卖得比秋茶贵得多。

价值观的驱使,春茶必然成为一年中采制的重头戏。可见,甘蔗没有两头甜。权衡利弊,智者常常是择其大者而为之。

对一种食品的评品,许多人偏重于口感。而甜味给人的感觉总是美美的,富有诱惑力。而苦和涩就不那么受人欢迎了。

人常说,良药苦口利于病,忠言逆耳利于行。可是,真到了面对苦味和逆耳忠言的时候,心里往往不那么舒坦,甚至反感、恼怒。

7

有位博友，素未谋面，从博客文字里，知道他在云南西双版纳做着茶叶生意，并且有自己的名号。制茶、卖茶、喝茶是博客的主要内容。

他们喝茶，的确了得。为了品一款好茶，不惜乘飞机，坐火车，开汽车，长途跋涉，到深圳、上海、苏州等地，与茶友相聚。

他们以茶相会，对茶叶、茶具、茶器、用水、喝茶的环境，都十分讲究。茶叶务必是极品，茶器必定是名牌，环境优美，古色古香，雅致清静，乐音低回，名香绕梁。

赤日炎炎，室外像个火炉？气温高达37度。室内开着空调，不热不冷，简直是另一个世界。

有位茶君子，爱茶懂茶，喜欢喝茶，家里藏有国内名茶。每次友人到家，总是请大家品尝几个品种。

此次照例。首先喝的是信阳毛尖。信阳人喜欢喝自产的毛尖茶。上等信阳毛尖，外形光圆细直，白毫满披，冲泡后汤色清亮，色碧香高，喝后神清气爽，回味甘甜。

每人一个玻璃杯，放一小撮信阳毛尖，先用落滚的清水，倒上四分之一杯，轻摇几下，倒掉浮水，再注入四分之三杯水，双手送到客人面前，谓之"酒七茶八"。

闻香、观色、品位，呷一口，停一会，再呷一口，再停一会，之后，常常是慢喝慢品，边喝边聊，大有喝茶之人不在茶的境况。

接着，喝红茶。先喝信阳红，再喝大红袍。每人换作小杯，不用宜兴紫砂，也不用釉彩汝窑，却用喇叭形小玻璃杯，一人泡，众人喝。一杯茶，一小口，一口一杯地喝着。

信阳红是近几年开发的新品，学用的是福建红茶生产工艺。良好的茶叶品质使信阳红问世后一炮打响。正山堂是它的前辈。如今，正山堂的制茶名师来这里制作的正山堂，质量与原产地已经无法区分得开。

最后喝的是普洱。什么生普、熟普、树洞、陈年，看叶底，闻茶味，头道二道三道直到九道，我听得如坠五里云雾之中。

不怕别人笑话，我虽然喜欢喝茶，但是对茶的知识较浅薄。平时只喝绿茶，而且是上午一杯绿茶，下午只喝白开水。多次试过，下午喝茶，影响夜里休息。夜里更不敢挨它。有两次，夜晚陪客人到茶馆里喝一杯茶，大半夜都无法入眠。

所以，除了绿茶，好劣我都品不出个名堂来。

茶喝多了也醉人。不少人有过醉茶的经历，我也是。开始不知道怎么回事，头发蒙，心里难受，事后才明白，原来是空腹喝了浓茶。

这世上，有许多类似喝茶的事情，与审美和享用都沾不上边儿，不品评，不考究，不谈历史渊源，不说文化底蕴，没有柔情百转，没有激情飞扬，没有繁琐礼仪，没有借景抒发，表现的只是一种生存本能，渴了就喝，饿了就吃，困了就睡。

8

周六下午，下雪了。这是入冬第一场雪。密密麻麻的雪花被东北风裹挟着，当空乱舞，从灰蒙蒙的天空里斜飘而下。屋顶白了，马路白了，山林也白了。

"登山去吧。"一位琴友打来电话。

"雪大路滑，山路更难走啊。万一滑倒了，摔伤了划不来。"

"那就喝茶去吧？"

"好。"

琴友和我去了一个小巷深处的茶馆。另几位琴友已经到了，选了一个空间较大的茶室，搬来一张琴桌。

琴友说，喝红茶、普洱茶不会影响睡眠的。经不住大家劝，我跟着喝起来。听琴，喝茶，聊天，一杯又一杯，热闹到晚上9点多。

茶散出门，街道全被白雪覆盖，车上也积了厚厚一层。雪水冻在挡风玻璃上，无法开行。回屋端两盆热水，拂去表层积雪，用湿热毛巾融化冻冰，才各自回家。

洗漱后躺在床上，怎么也不瞌睡。翻来覆去，直到凌晨三点，还挺有精神。心里大呼上当，不该贪杯，喝那么多茶水。

落地生根

山行侃歌

　　每每清晨登山，都能见到边登山边听歌的人。有男人，也有女人；有年轻人，也有老年人；有熟人，也有陌生人。他们听歌的工具多是手机、收音机或迷你功放机。或装在口袋里，或提在手袋里，边走边放边听。内容有戏剧，以豫剧、京剧为主；有爱情歌曲、抒情歌曲、草原歌曲，有老歌、新歌、流行歌曲，有舒缓的、欢快的和亢进的，五花八门，各取所好。

　　一日，见一个中年男子，把功放机挂在路旁的麻栎树杈上，双手拍打着一株松树，边锻炼身体，边听歌。功放机里重复播放着一首二人转，内容围绕着擦皮鞋，说说唱唱，说得多，唱得少。我路过一听，觉得挺有趣儿，就驻步静听，听了一遍，又听一遍。直到那人提起机子向山下走去，我才继续向上攀登。

　　一路上，意犹未尽，一些唱词老在脑子里转悠，引得浮想联翩。歌词水平一般，曲调也不复杂，格调也不算高雅。但是说说唱唱，很能抓人，起码令我这个初听者耳目一新，不肯轻易放弃，而且听后还有一些思考。

　　开头唱的是擦皮鞋的背景和环境。在马路边，生意开张了。主人坐在马路上，东瞅瞅，西望望，吆喝都来擦皮鞋。"黑鞋油、白鞋油、棕色鞋油都有，你们看，擦得亮不亮？"

　　"不是吹牛皮，俺练过功，提过气，原先也是个有钱的。铁饭碗，打不烂，吃一碗，又一碗，混得单位关了门。下了岗，没了饷。回了家，没钱花，来到街头把鞋擦。挣到钱，笑呵呵，老婆孩子有粥喝。"

　　接着是王婆卖瓜，自卖自夸："擦得好，擦得亮，每双只要两块五。"吆喝南来的，北往的，山东的、湖广的、新疆的、西藏的、朝鲜的、越南的、马

六、随想

来西亚的、印度的、蒙古的、秘鲁的……大家都来擦皮鞋！

再后便是具体数落从事不同职业、不同追求、不同品性的人。头脑不是电脑，记着忘着。记不全，更不精准。于是，凭着感觉，参照大意，无论韵律格式，东拉西扯，拼凑编创，得出新词，敲进键盘。如下：

榷药的，典当的，油嘴滑舌赖账的；
官大的，官小的，路子不顺烦恼的；
坐台的，卖唱的，为了票子放浪的；
卖馍的，卖面的，豆浆油条卤蛋的；
卖瓜的，卖枣的，摆摊针头线脑的；
逗猫的，遛狗的，勾肩挎腰牵手的；
打情的，卖俏的，花里胡哨瞎闹的；
杀猪的，宰羊的，雪花牛肉留洋的；
打鱼的，摸虾的，掏龟捉鳖赶鸭的；
架桥的，盖屋的，买间门面出租的；
装表的，安电的，爬上杆子架线的；
蹬车的，拉套的，对着电杆撒尿的；
烧锅的，做饭的，典着大腹便便的；
煎饼的，熬汤的，见了城管心慌的；
盖印的，收费的，有酒喝得烂醉的；
搬砖的，递瓦的，偷工减料装傻的；
洗头的，修脚的，松骨拿筋捶腰的；
拍马的，溜须的，鹌鹑蟋蟀斗鸡的；
相面的，雷人的，故弄玄虚装神的；
抽签的，解卦的，东拉西扯欺诈的；
写字的，作画的，掏钱抬高身价的；
画符的，念咒的，神神道道脸厚的；
唱歌的，跳舞的，吹吹打打敲鼓的；
登台的，演剧的，相声小品口技的；
卖书的，卖报的，专贴性病广告的；

花鼓的，玩猴的，耍枪弄棒吹牛的；

手机的，电脑的，驾着电驴猛跑的；

麻将的，双升的，半夜回家不声的；

修车的，修表的，见人都问你好的；

钓鱼的，打鸟的，见了兔子就跑的；

阉猪的，阉狗的，阉了牛犊不走的；

采油的，挖炭的，专门研究导弹的；

发财的，倒闭的，寻职无果憋气的；

……

大家都来擦皮鞋。你说擦得亮不亮？！

  一次小聚，我问朋友们听过"擦皮鞋"的歌没有，都说没有。于是，我就闲侃这一段给他们听听，逗得大家哈哈大笑，有人笑得前仰后合。开心之后，原以为会有人提出思考点什么？然而没有。而我总觉得应该有的。

六、随想

在茶农家喝茶

春茶开采时节，与几位朋友去茶农家喝茶。

出了市区，向西南方向的浉河港、董家河行进。一路上，群山连绵，溪流蜿蜒，泉清林翠，茶园相连。越走茶园越壮观，最大的连片茶园上万亩。

山路弯弯，不宽，水泥路面，比较平坦。驱车其上，满眼如诗如画。

随兴找了户茶农家。几间瓦房，背靠茶山。条条水平梯带，从山脚铺排到山顶。梯带上茶树茂密葱茏，宛如一条条柔润的绸带。

屋门朝向东南，五十米开外，有一池塘，水质清澈。塘岸有株高大的枫杨树，冠如巨伞。树下放个旧碾盘，摆着几把木质小靠椅。

池塘东南，有几块梯田；再东南，是南湾湖。浩瀚的湖面，波光潋滟。远岸山水相依，峰峦叠翠。

茶农热情招呼我们树下落座。接着，端来一盒绿茶，几个玻璃杯，又提来一个保温瓶，放在碾盘之上。

接着，泡茶。普通茶，一芽一叶，每杯放入一小撮，依次倒进少量开水，片刻，倒去，再提瓶高冲，至八分杯为止，然后双手逐一递给我们。

茶叶在杯子里上下翻腾后，徐徐下落，沉入杯底，缓缓舒展，如梦初醒。

淡淡的绿，从叶中徐徐释出，向杯口浸润，清澈的山泉水，渐成淡绿。

特有的茶香，随着氤氲水汽，飘出杯外。端杯闻闻，心旷神怡。

没有城市茶馆低回的音乐，没有闪烁的灯光，没有别致的雅座，没有古朴的茶台。有清风徐来，野花飘香，蜂飞蝶舞，虫鸣鸟唱，公鸡喔喔，麻鸭呱呱，偶尔几声汪汪狗吠。

抿一口，香气清纯，口感醇厚。细细品，略带苦涩。一杯将尽，丝丝甜味泛上咽喉。"香高色碧后味甜",名不虚传。

第二杯,自冲自饮。浓淡随性,各凭所好。一保温瓶水喝完,又要一瓶。

此情此景,激发了大家的谈兴。你一言,我一语,喝茶论茶。

有人批评过于追捧茶叶外形的评优导向,四万多个茶芽才能炒制一斤干茶,虽好看,价格却贵得玄乎,内质与一芽一叶的相比也好不到哪里去。茶芽太嫩,营养没有充实,味淡,不耐冲泡。而一芽一叶初展,既不失于嫩,又不至于老,恰到好处。外行人看热闹,内行人看门道。我赞成这个观点,也喜欢喝这样级别的信阳毛尖茶。

有人回忆起几十年来茶叶发展过程,颇有感触。20世纪80年代初,茶叶几角钱一斤,后来几元、几十元、几百元、几千元一斤,一路上涨,最贵的高达万元。那么贵的茶叶,喝的不是茶的本质,而是奢华。质优价廉的茶叶,才是大众消费的主体,才有着广阔和可持续的消费市场。

有人说,去城里的茶馆与茶社,偶尔体验一下,未尝不可,但不宜多去。朴实的消费,是生活的常态,也体验了古朴的茶文化。

对茶农的热情好客,憨厚大气,大家异口同声,倍加赞扬。茶农待客泡茶,不用茶壶,而用瓷杯或玻璃杯,一人一个,直接放进茶叶,先冲少许开水,略停倒掉,称作"洗茶温杯"。再倒至八分杯,谓之"酒七茶八"。双手端到客人手里,叫"双手敬客"。

之后边喝茶,边与客人叙话。客人杯子里剩水不多时,就提壶续水。一杯新茶,续水一般不超过三次。三次之后,倒掉茶渣,再泡。

如果客人继续留坐,就会语出谢言,欣然接受。如果婉拒,意思不再叨扰,即将离开。

客套话一般不用,不拐弯抹角,而是直来直去,真诚、大方、大气。开场之后,便不再陪喝,任客人自便。

叙到茶农生活,有苦有甜,有愁有乐。苦在过程,甜在结果。在苦与甜的交叉里,涌现出一批致力于茶产业的佼佼者,他们种茶、制茶、营销与推广茶文化,以感人的故事展现出爱茶的美好,昭示人生前行的风向标。激情成就了事业,毅力扯起了理想的风帆。

种茶在人,品茶在心。茶艺讲究多多,茶故事流传多多,构成了中国博

六、随想

大精深的茶文化。一杯佳茗下肚去,两朵桃花腮上来。言茶不尽意,悟茶在品中。

还有人说,茶文化是一种精神层面内容,大众更需求实用价值。渴了,有杯水润喉;困了,有杯茶提神;瞌睡了,有个枕头做梦;冷了,有件棉衣御寒。正所谓雨中送伞,雪里送炭。信仰不能无,步子不能虚。楼越盖得高,根基越应打得牢。

茶,浴火凝练,浴水重生。沉浮,舒展,奉献。品茶悟人生,启迪思想,增长智慧。喝着品着,越品越有味,越喝越得趣。临了,有朋友说,这次茶没白喝!

图书在版编目（CIP）数据

落地生根 / 赵主明著. -- 北京：中国广播影视出版社，2022.6（2024.1重印）
ISBN 978-7-5043-8836-0

Ⅰ．①落… Ⅱ．①赵… Ⅲ．①中国文学－当代文学－作品综合集 Ⅳ．① I217.2

中国版本图书馆 CIP 数据核字（2022）第 079137 号

落地生根
赵主明 著

图书策划	张九州
责任编辑	王丽丹
封面设计	盈丰飞雪
责任校对	张 哲

出版发行	中国广播影视出版社
电　　话	010－86093580　010－86093583
社　　址	北京市西城区真武庙二条9号
邮　　编	100045
网　　址	www.crtp.com.cn
电子信箱	crtp8@sina.com

经　　销	全国各地新华书店
印　　刷	三河市同力彩印有限公司

开　　本	787 毫米 × 1092 毫米　1/16
字　　数	380(千)字
印　　张	23.75
版　　次	2022年6月第1版　2024年1月第2次印刷
书　　号	ISBN 978-7-5043-8836-0
定　　价	68.00 元

（版权所有　翻印必究·印装有误　负责调换）